岩 波 文 庫

32-222-7

マンスフィールド・パーク

（上）

ジェイン・オースティン 作

新 井 潤 美
宮 丸 裕 二 訳

岩 波 書 店

Jane Austen

MANSFIELD PARK

1814

目次

［下巻目次］

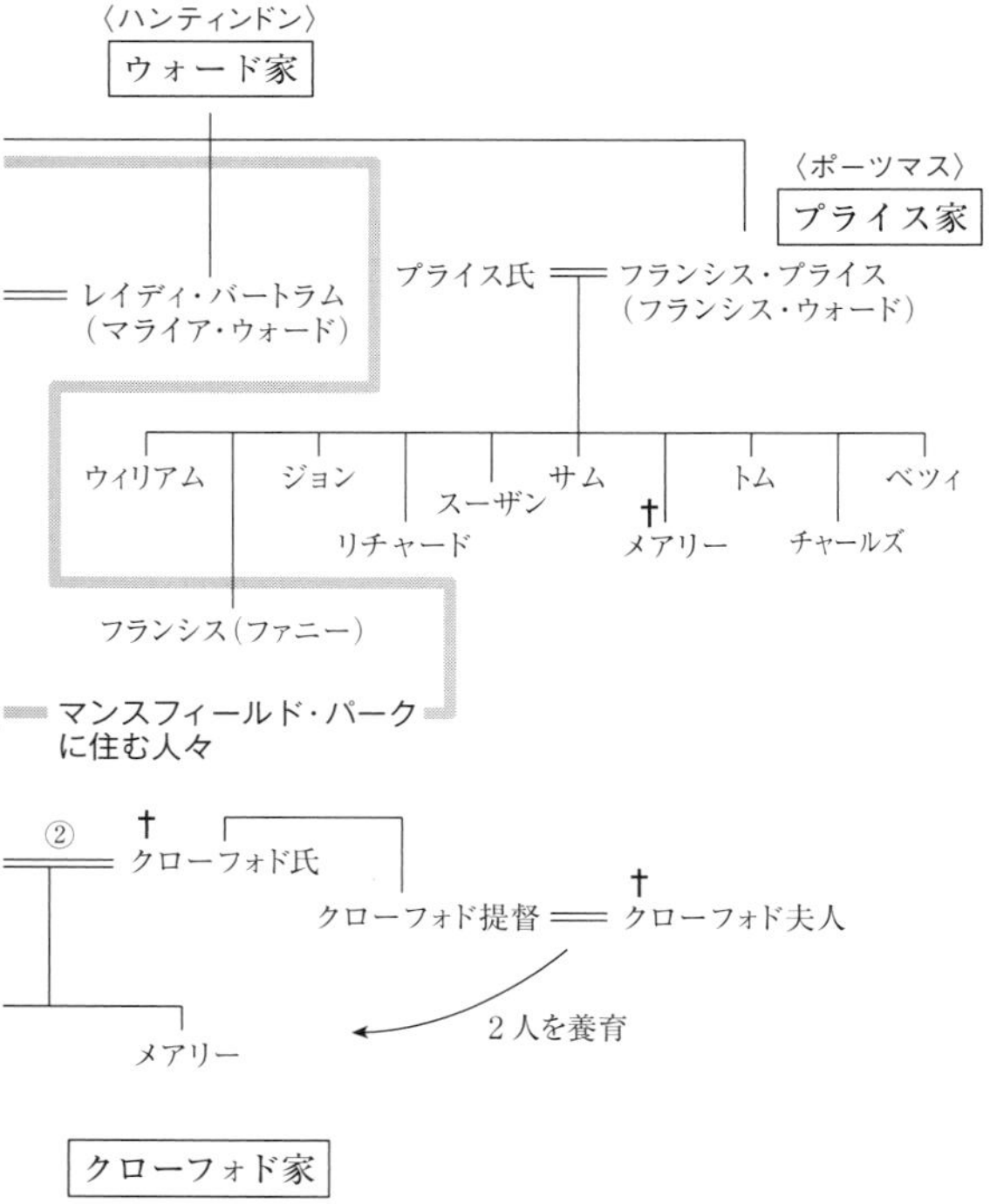
〈ハンティンドン〉
ウォード家
〈ポーツマス〉
プライス家
レイディ・バートラム
（マライア・ウォード）
プライス氏
フランシス・プライス
（フランシス・ウォード）
ウィリアム
ジョン
リチャード
スーザン
サム
†メアリー
トム
チャールズ
ベツィ
フランシス（ファニー）
マンスフィールド・パーク
に住む人々
②
†クローフォド氏
クローフォド提督
†クローフォド夫人
2人を養育
メアリー
クローフォド家

主要登場人物関係系図

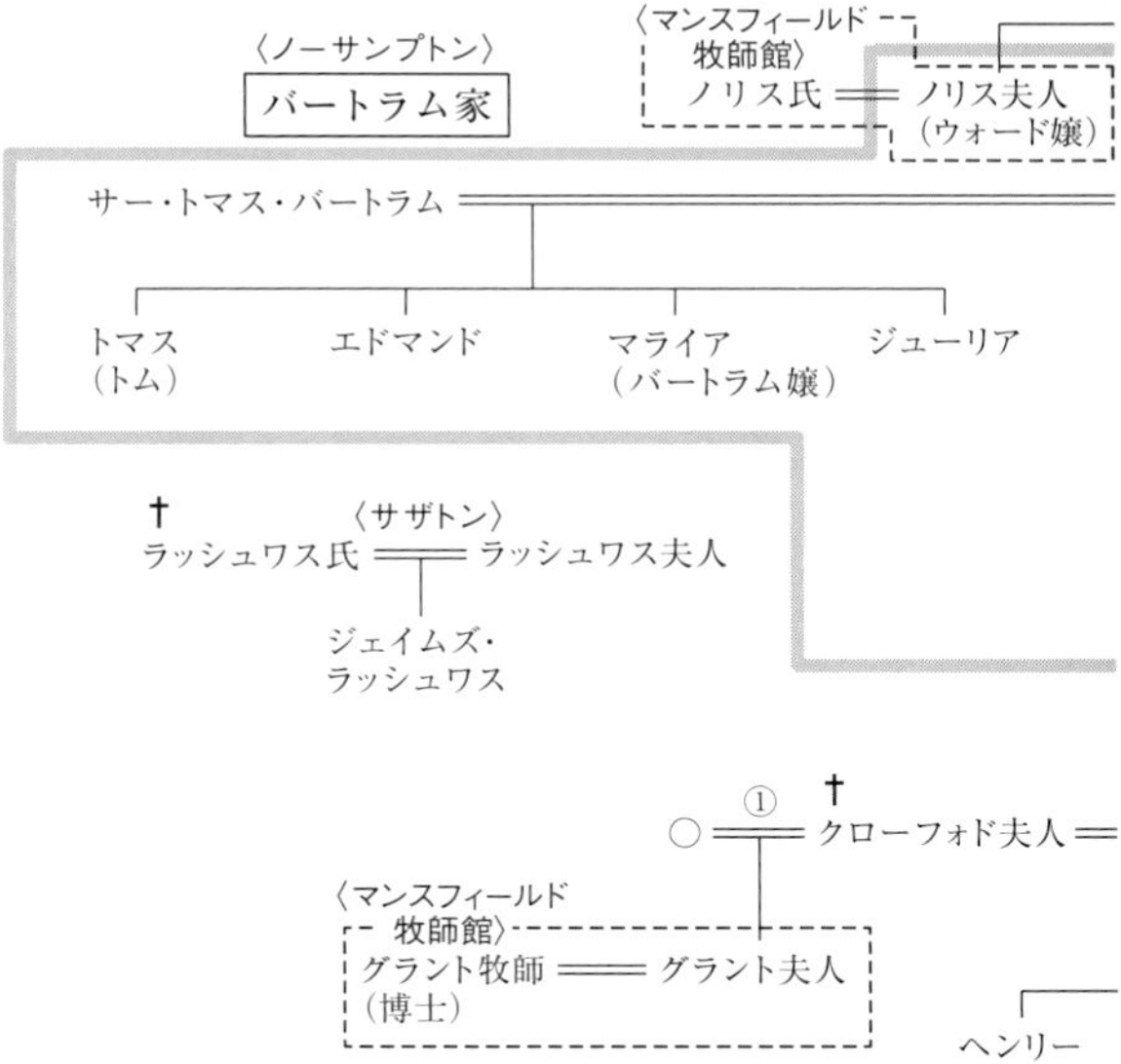
〈ノーサンプトン〉
バートラム家
〈マンスフィールド牧師館〉
ノリス氏
ノリス夫人
（ウォード嬢）
サー・トマス・バートラム
トマス
（トム）
エドマンド
マライア
（バートラム嬢）
ジューリア
†
〈サザトン〉
ラッシュワス氏
ラッシュワス夫人
ジェイムズ・ラッシュワス
①
†
クローフォド夫人
〈マンスフィールド牧師館〉
グラント牧師
（博士）
グラント夫人
ヘンリー

ノーフォーク
ノーサンプトンシャー
バーミンガム
ピーターバラ
ハンティンドン
ノーサンプトン
ニューマーケット
バンベリー
オックスフォード
リッチモンド
ロンドン
ニューベリー
トゥイッケナム
タンブリッジ
ポーツマス
ブライトン
ワイト島
主要登場地名地図

◆作品に登場する架空の地名
マンスフィールド・パーク(ノーサンプトン近郊, 以下パーク)
マンスフィールド・ウッド(パーク近隣の森)
イーストン(パーク近隣の土地)
ソーントン・レイシー(パークから少し離れた町)
サザトン(ラッシュワス家の邸宅がある. パークから約 16 キロ)
エヴリンガム(ノーフォークにある, クローフォドが不動産を持つ土地)
レシンビー(ピーターバラ近郊, エドマンドの友人が住む町. パークから約 110 キロ)
ストウク(パーク近隣の町)
マンチェスター
リヴァプール
チェルトナム
バース
ウェイマス
プリマス

マンスフィールド・パーク（上）

第一巻

第一章

今を遡ること約三十年、ハンティンドンに暮らすマライア・ウォードは、わずか七千ポンドの財産で、ノーサンプトンはマンスフィールド・パークに住まうサー・トマス・バートラムを射止めることに成功した。これで准男爵夫人の地位を手中に収め、立派な家と大層な実入りのおかげで何不自由なく暮らすことになった。マライアの地元の人々はこの縁談にざわめき、マライアのおじは自身が弁護士をしていることもあって、この相手に釣り合うには、マライアの持参金は少なくとも三千ポンドは足りないと言った。マライアには、条件のいいこの結婚によって利益に与るはずの姉妹が二人いた。そして、一家の知人の内、長女のウォード嬢と妹のフランシス嬢もマライアと同等の美貌に恵まれていると思う人々は、この二人にもマライアとさほど変わらぬ縁談があるだろうと予想してはばからなかった。しかし残念ながら、世の中には魅力的なお嬢さん方に見合うほど、資産持ちの男性がそうそう沢山いるわけではない。長女のウォード嬢は、六年待ったあげく、義弟サー・トマスの友人で、財産をほとんど持たない、ノリスという牧師を恋のお相手に選ぶほかはないと悟り、妹フランシス嬢はさらに悪条件で手を打った。実際、肝心な点だけ見れば、長女の縁談はそう悪いものではなかった。サー・トマス・バートラムがノリス氏にマンスフィールドの教会の牧師の職を与えることができたので、ノリス夫妻は、結婚生活を年千ポンド近くの収入とともに始められたのである。ところがフランシスの結婚はというと、ありきたりな言い方をすれば、親の顔に泥を塗るためにしたようなもので、相手は実に、学歴もない、財産もない、コネもない海兵隊大尉と徹底していて、およそこれ以上に酷い選択はないくらいだった。サー・トマスは顔が利いた。道義とプライド、すなわち正義を実践したいという意欲と自分の親類すべてがきちんとした地位に納まっていてほしいという願いから、自分の影響力を駆使して義妹のために一肌脱ぐのにやぶさかではなかった。ただ、義妹の夫の職業はどんな影響力も及ぼし得ないものであり、義妹夫妻に手を貸せる別の方法を考えている間に、姉妹の関係に完全な亀裂が入ってしまったのだ。これは姉と妹のそれぞれの振る舞い方からすると当然のなりゆきであったし、分別のない結婚というのは得てしてこうなるものなのである。反対されるのが分かっていたプライス夫人は、実際に結婚するまで、一言も家族には相談しなかった。レイディ・バートラムの座におさまったマライアは生来落ち着いた性格で、ゆっくり構えて、手を出すのも面倒だったので、妹のことについては諦めをもって対処し、これ以上このことに思いを向けなくなっていた。しかし、ノリス夫人となった姉は、行動の人だったので、妹のファニー（フランシスの愛称）に宛てて長々と憤りの手紙をしたためて、その愚行を責めては、後々どういう酷い目を見ることかと脅しておかないことには、腹の虫がおさまらなかった。妹のプライス夫人はプライス夫人で、これに気分を害され、大いに腹を立て、姉二人を痛烈に批判する返事を書き、さらにサー・トマスのプライドの高さについてあまりにも失敬なことを言ってきたので、ノリス夫人はとても自分の胸にはしまっておけなくなり、その結果、プライス夫妻との間には結構な期間、まったく交流が途絶えてしまっていたのだった。

プライス夫妻の住居は遠くにあり、互いの社交の場はあまりにもかけ離れていたので、続く十一年間は互いの噂を聞くこともほとんどなかった。あまりに疎遠になっていたので、ノリス夫人が怒りの込もった声で、ファニーがまた一人子どもを授かったんですよと時折報告できるのがなぜなのか、サー・トマスからすると不思議に思えるほどだった。ところが十一年目も末に来て、プライス夫人はもはや面子を守る余裕も、怒る余力もなくなっていた。もしくは、自分を支えてくれるかも知れない唯一の関係を台なしにするだけの元気もなくなっていたのかも知れない。ただでさえ大家族なのにまだこれから増えるし、夫は負傷して戦線からは退かねばならなくなるし、それでもつき合いや酒量は減るわけじゃなし、必要なものを揃えられる収入はないしで、プライス夫人は昔日うかつにも自分が投げうってしまった繋がりを回復したいと思うようになった。そこで姉のレイディ・バートラムに宛てて、後悔と反省を綴り、いかに子どもが多いか、子ども以外のものがいかに払底しているかを訴えた手紙を書いたので、和解は時間の問題となった。プライス夫人は九人目の出産を控えていた。自分が置かれた境遇を嘆いて、生まれてくる子に対して精神的支援を請うたその後では、すでにいる八人の子の将来もまた、親類の援助によっていかに左右されるかが身に染みていることを隠すことはできなかった。一番上は十歳の男の子であり、大変活発な性格で、早く社会に出たいと願っている。けれど、母親は何をしてやれよう。これからサー・トマス・バートラムの西インド諸島の地所運営に携われる可能性があるだろうか。どんな仕事だって決して嫌がりはしないだろう。あるいは、サー・トマスはこの子をウリッジ陸軍士官学校にやることについてはどうお考えだろう。もしくは東インド会社に入れるにはどうしたらいいのだろう。

この手紙は、出しておいて損はなかった。友好と親愛がよみがえったのだ。サー・トマスは親切な助言と経済的援助の約束を送って寄こし、レイディ・バートラムは心づけと赤ん坊の服やおむつを送り、ノリス夫人は返事を書いた。

すぐに現れた手紙の効き目は以上のとおりだが、さらに一年しない内に、もっと重要な効き目が現れた。自分は妹とその家族のことが気の毒で頭から離れないと、ノリス夫人はバートラム夫妻にしょっちゅう語っていた。私たちはあれだけのことをやってはあげたけれど、私はもう少し力になりたいのということだった。そしてとうとう、プライス夫人の大勢の子どもの中から一人分の世話と出費を肩代わりしてあげてはと言い出した。「九歳になった一番上の女の子の面倒を、私たちが見てあげたらどうかしら。気の毒に、この子の母親はこの歳の子に必要な世話をしてやれていないみたいですからね。よいことに手を貸せるのだから、その子にかかる手間と出費なんてなんでもないわ」。レイディ・バートラムはこの提案にすぐさま応じた。「確かにいい考えね。さっそく迎えにやりましょう」。

サー・トマスは妻のように、即座に大賛成とはゆかなかった。いろいろ問題を挙げ、躊躇を表した。「これは安請け合いしていい話ではない――このように育ってきた娘を家族から引き離すからには、それ相応の生活を用意してやらないと、親切どころか、むしろ残酷な行為になってしまうのではないか」。サー・トマスは四人の我が子のことを考えてみた――二人の息子との、従兄妹同士の恋愛云々――しかし、サー・トマスが重々しく反対意見を唱え始めるも、すぐさまノリス夫人がさえぎり、まだサー・トマスが口にしていない件も含めて、一つひとつの意見に異を唱えた。

「おっしゃりたいことはよくよく分かるんですよ、サー・トマス。あなたの寛大なお心遣いに溢れたお考え、大変ご立派だと思います。まったくもって、日頃、行っていらっしゃるところに見るとおりですものね。ある意味で、この子の身元を引き受けることになるわけですから、あらゆることをしてあげるべきだというお考えにはまったく賛成です。私だって、こういう場面で自分の役割を果たさないような人間ではありませんとも。私どものところには子がおりませんから、何かを遺す者があるとすれば、二人の妹の子どもたち以外に誰がいるでしょう。夫もとても公正な人ですし――。まああなたもご存じのとおり、私は口数も少なく、余計なことは申し上げませんけれどね。小さなことを気にして、善行を怖がるのはよしましょう。その子に教育を与え、相応しいかたちで世に送り出してあげれば、相当の可能性で身を固めて生活の糧を得られるでしょうから、誰にも迷惑をかけることはありませんでしょう。私たちの姪、いいえ、少なくともサー・トマス、あなたの姪なんですから、ここで育てられればとても有利なことがありますわ。そりゃあ、あなたのお子様たちに比べたら器量の面で見劣りはするかも知れないけれど、まあ、間違いなく見劣りしますけれども、こんなにいい条件でこちらの社交界に出させてもらうならば十中八九、よいご縁が見つかることでしょう。ええ、息子さんのことは確かにご心配でしょうけれど、でも、そんなことは決して起こりませんよ。ずっと兄妹として育てられるのですもの。まずあり得ませんよ。そんな例は聞いたこともありませんもの。むしろ、そういう事態を避けるためには、こうするのが一番なんですよ。もし仮に、その子がきれいな娘で、今から七年後に従兄のトムやエドマンドと初めて対面するとしましょう。それこそ危なっかしいわ。その子が私たちから離れたところで、貧しく、目をかけられずに育ったということだけで、あの心の優しい坊やたちのことですから、すぐに恋に落ちてしまうでしょう。でも今から一緒に育ててごらんになれば、仮にその子が天使のように美しかったとしても、あの男の子たちにとっても所詮は妹っていうことになりますでしょう」。

「おっしゃることは大いに的を射ておりますな」、サー・トマスが答えた。「それに、双方の状況にとって誠に理に適ったこのお話を、私の思いつきの妄想で邪魔しようなどという気は毛頭ないのです。私が申し上げようとしたのは、ただ、軽率に決めてはならないということ、それに、本当の意味でプライス夫人の力になるには、そして私たちにとっても不名誉にならないように話を運ぶためには、今後、将来にわたっても万が一ということがあって、あなたが強く信じていらっしゃるような身の固め方をしない場合にも、身分ある令嬢に相応しい生活を保障する責任を持たねばならないということなんです」。

「まったくおっしゃるとおりですわね」、ノリス夫人が大きな声で答えた。「本当に、寛大で思いやりに溢れた方でいらっしゃいますね。その点についてはまったく同感です。ご存じのように、私は愛する者のためならばできることはなんだってする用意があるんです。その子を、あなたのお子様の百分の一も大切に思えませんし、自分の子のように思ったりすることはできませんが、放っておくことも到底できません。だって、妹の子じゃありませんか。私の方に多少分け与えてやる余裕がありながら、その子が貧しさに苦しむのは見るに堪えないんです。サー・トマス、私には至らない点ばかりですが、それでも情はあります。貧しくはありますが、生活に必要なものを我慢してでも、人に施してあげたいのです。ですから、もしご異論がなければ、このかわいそうな妹に明日にも手紙を書いて、この話を申し出ようと思います。話がつきましたら、即座にこの私が、あの子をマンスフィールドへ連れて来る手配をします。あなた様にはお手間をとらせませんよ。ご存じのとおり、私は自分の手間は厭いませんからね。そのためにナニー（ノリス家の使用人の名前）をロンドンに向かわせましょう。ナニーはその従兄弟の馬具屋のところに泊まるでしょうから、その子とはそこで会わせることにしましょう。あちらはポーツマスからロンドンまで長距離馬車で来ればいいですからね。誰かしら信用のできる人で、ロンドンへ向かう人がいるでしょうから、付き添ってもらって。間違いのない商人の奥さんか誰か、必ずいるでしょう」。

ナニーの従兄弟について意見したのを除いては、サー・トマスには異存はなかった。そこで落ち合う場所を、金はかかるにしても格好のつくところに変えて、万事整い、全員が早くも自分たちはよいことをしたのだという満足感を味わっていた。この件で、各自が受け取る喜びの分け前はというと、厳密な意味での公平性に照らせば、均等とは言い難いものであった。なにしろ、サー・トマスはこの少女の、真にして永続的な後見人になるべく決意を固めており、ノリス夫人はその金銭的な負担を引き受けるつもりは一切なかったのだから。手間をかけ、口先を使い、工夫に頭をひねる点でノリス夫人は完全なる慈善家であり、施しの方法を指図させれば夫人の右に出るものはなかったが、同時にノリス夫人は、人にあれこれ指示するのと同じくらい金銭が大好きときており、人に金を出させる術と同じく、自分の金をどう出さないかという術もよく心得ていた。結婚前には得て当たり前と思っていた収入を実際の結婚では得られなかったものだから、夫人は当初より、大変に生活を切り詰める必要を感じていた。そして始めは必要に駆られた倹約だったが、やがてこれは趣味としての倹約となった。子どもがいないため、他に関心事がなかったからだ。もしも仮に養うべき子どもがあったなら、ノリス夫人だって財布の紐を緩めていたかも知れないが、子どもの世話が必要ないため倹約を妨げるものは一切なかったし、自分たちが使い切ることのない収入が毎年増えてゆく喜びを損ねるものも一切なかった。倹約に関するこうした自分の主義に酔いつつも、また実のところ自分の妹にそう思い入れもなかったことが足を引っ張って、ノリス夫人がこんなにも高くつく慈善に関して、それを計画してとりまとめたという手柄以上のことをするつもりがなかったのも無理はない。尤も、話を終えた後で牧師館へと戻る際にも、自分は世界でもまれに見る心の広い姉となり伯母になれたという考えにのぼせ上がるほど、自分のことがよく分かっていなかったということも考えられる。

この話題が再び挙がったとき、ノリス夫人の立場はさらにはっきりしたものになっていた。「お姉様、その子はどちらに先に行かせましょう。お姉様のところか、うちか」とレイディ・バートラムが物静かに尋ねたところ、その答えにサー・トマスはいささか驚いた。ノリス夫人は自分ではその子の世話を見ることはまったくできないと言うのだ。サー・トマスはてっきり、その子が牧師館で歓迎され、子どものいない伯母にうってつけの同居人となるだろうと思っていたのだが、それはまったくの思い違いというものだった。ノリス夫人は、残念ながら、少なくとも現状ではその少女が我が家へ身を寄せるのは問題外だと言った。「かわいそうなことに夫が身体をこわしておりまして、子どもの騒がしさに耐えるのは、空を飛ぶことさながらに無理な話なんです。もし痛風が治れば話は違ってくるでしょう。そうなれば、私たちの番になったら喜んで子どもを引き受けて、どんな不便にも耐えるでしょう。でも今は夫の看病で手一杯ですし、夫にそんな話をしただけでも、余計な心配をかけることになりますので」。

「では、その子はこちらに来させることにしましょう」と、レイディ・バートラムは落ち着き払って言った。ちょっと間があってから、サー・トマスは貫禄を見せてつけ足した。「ああ、このうちをその子の住まいとしようじゃないか。この子に対する最善の義務を果たしてやりたいからね。ここには少なくとも、年相応の話し相手と、専属の女性教師がいるからな」。

「本当ですわ」ノリス夫人は歓喜の声を上げた。「話し相手も教師もとっても大事ですわね。リー先生にとっては、二人教えるのも三人教えるのも同じことですもの。私もお役に立ちたいのは山々です。できることはもう精一杯やっているんです。私は自分の手間を惜しむような人間ではないんです。うちのナニーにあの子を連れて来させますよ。私のところに三日間、相談役がいなくなるのがどんなに不便であっても、そんなことはちっとも構いません。ねえ、マライア、あの子には、昔の子ども部屋だった辺りの白い屋根裏部屋をあてがうのでしょう。もってこいの場所じゃないの。そうすればリー先生も近くにいるし、従姉の女の子たちからもそう離れていないし、ハウス・メイド(1)たちも近くにいるから、どちらのハウス・メイドだってあの子の着替えを手伝えるし、お洋服の世話もさせられるでしょう。だって、他の子たちと同じ扱いであの子もエリスが世話をするわけにはいきませんからね。ええ、あの屋根裏以外の場所は考えられないわ」。

レイディ・バートラムに特に異論はなかった。

ノリス夫人が話し続ける。「気立てのよい子だといいですね。そしてこんなにもよい親戚を持ったことの有難みを充分分かる子だといいわ」。

「もしも性格に問題のある子でしたら」、サー・トマスが言った。「その場合は、我が家の子どものためにも、うちに置いておくわけにはいかなくなるでしょう。しかし、そのような悪い事態を予測すべき理由は見当たらないようだ。恐らく改めねばならないことは数多くありましょうし、我々としては、ひどい無知や、せせこましい見識、俗悪な作法にがっかりさせられることも、ある程度は覚悟しておかねばならんでしょう。ただ、そういうことは直して直せないものではありません。それに、一緒に住む者にとって悪影響ということにもなるまいと思います。仮にうちの娘たちがその子よりも年下だったら、ちょっと深刻な影響があるので、その子をうちに入れることを考え直してしまうところです。だが、この子はうちの娘たちよりも年下ですから、うちの娘への影響は心配するにも及びませんでしょうし、またその子にとっては一緒に住むことでいいことずくめと言っていい」。

「まさにそのとおりです」ノリス夫人は言った。「夫にも今朝そう言ってきたところなんです。それはもう、従兄姉たちと一緒に生活するだけでも、あの子にとって充分な教育になるんだと、夫には申しましてね。リー先生に教わらなくても、従兄姉たちといることによって、賢いよい子に育つことでしょうってね」。

「うちのパグ犬をその子がいじめたりしたら困るわ」レイディ・バートラムが言った。「やっとジューリアがパグに構わないようになったばかりなのに」。

「ノリスさん、一つ問題があるのはですね」、サー・トマスが言った。「一緒に育つにつれて、子どもたちの間にあるべき区別ができてゆくかという点なんです。うちの娘たちには自分たちの立場をわきまえさせなければならないし、それでいてその子をあまりに見下したりはしないようにする必要がある。それにその子に、気落ちさせない程度に抑えつつではありますが、やはりバートラム家の令嬢ではないのだと分かっておかせる必要があります。もちろん、うちの子たちには仲良くしてほしいところであるし、決してその子との関係においていささかもばかにすることなど許さないつもりですが、ただ、うちの子とその子が同じ扱いというわけには参りませんから。地位も、資産も、特権も、将来も、全部違っているんです。これがかなり慎重を期すところでありまして、この点、しかるべき振る舞いができるよう是非ご助力願いたいですな」。

ノリス夫人は全面的に協力する構えだった。これが最大限に困難な課題であるという点について、夫人はサー・トマスに完全に同意したが、このことは自分たちで難なく克服できると断言した。

ノリス夫人からプライス夫人への手紙が無駄にならなかったのはご想像いただけるだろう。プライス夫人としては、元気な男の子がこんなに沢山いるのに女の子の話が決まったことは意外であったようだが、深く感謝してこの申し出を受け入れ、その女の子が気立てがよくて、素直な子であり、決してバートラム家を追われるようなことをする子ではないと書き送った。プライス夫人は、さらに、いくらか虚弱で体力のない子であることも伝えたが、同時に環境が変わったら丈夫になるだろうとつけ加えた。かわいそうに、大勢いる自分の子どものほとんどは、環境を変えたらどれだけよく育つことかと思っていただろう。

(1) 通常ハウス・メイドは清掃を任い、着替えの手伝いをする資格がなく、着替えの手伝いはレイディーズ・メイドが担うが、ここではファニーの着替えなのでレイディーズ・メイドであるエリスに手伝わせるには及ばないと言っている。

第二章

　さて、かの女の子は、つつがなく長旅を経たのちに、ノーサンプトンでノリス夫人と落ち合った。ノリス夫人はこの子を迎える一番手となる栄誉を満喫し、待っている人々に引き合わせ、紹介するという重大任務にご満悦だった。

　ファニー・プライスはこのときちょうど十歳だった。そして、一目で人を魅了するとは言い難かったが、少なくとも、親戚に疎まれるようなところもなかった。歳の割には小柄で、血色も優れず、他にもこれといって目を見張るような美しいところはなかった。きわめて引っ込み思案でびくびくしていて、人の目にさらされて困っていた。しかし、そのたたずまいに関しては、ぎこちなくはあっても、下品ではなかった。声はかわいらしく、話をしているときの表情には魅力があった。サー・トマスとレイディ・バートラムは温かく迎え入れ、サー・トマスはこの子がいかに縮こまっているかを見ると、懸命に安心させようとした。しかし、困ったことに、元々しかつめらしい人であるサー・トマスにはこれは厄介なことであった。一方のレイディ・バートラムは、その半分の労も執らず、夫の十分の一も口をきかずに、単ににこやかであるがために、怖くない方の人という評価を即座に得たのだった。

子どもたちも全員家におり、少なくとも息子たちに関しては、愛想よく挨拶を交わし、気後れすることもなかった。二人は十七歳と十六歳で、年齢の割には背が高く、ファニーには、すっかり大人の男に映った。女の子たちの方はそれより歳が下で、父親に対する畏れもあって、いささかぎごちなかった。その父親が、特に女の子たちはファニーと仲良くするようにと、うまいとは言えない采配を振ったので、なおさらだった。しかし女の子たちは、もう沢山の人の前に出て、ちやほやされることに慣れていたので、歳相応のはにかみといったこととは一切無縁になっていた。ファニーに大胆さのかけらもないところを見てとると、自分たちはいよいよ大胆になり、すぐに余裕をもって、ファニーの顔や服をじっくりと見やることができた。

この家の子どもたちは美男美女ぞろいで、息子たちはとても男前で、娘たちは誰もが認める器量良しだった。四人とも体格がよく、年齢以上に堂々としていた。その結果、ファニーとは育ちの違いのせいで言動に差があったように、見た目の差もまた歴然だった。二人の姉妹とファニーとが実はさして年齢が変わらないことは、分からないほどだった。下の娘とは二歳しか違わなかったのだ。ジューリアはまだ十二歳、マライアはその一歳上に過ぎなかった。この間、小さな訪問者は居心地が悪くてしかたがなかった。そこにいる誰もが怖いし、自分のことを恥に思うし、あとにした家が恋しいあまり、顔を上げることもできず、相手に聞こえる声で話すこともできず、口を開いたら泣いてしまいそうだった。ノリス夫人はノーサンプトンからの道すがらファニーにずっと話しかけては、自分がどれほど恵まれているか、どれほど恩を感じるべき場面であるか、だからよい子にしなければいけないと説いたものだから、ファニーは自分がここで嬉しがらなければ罰が当たるのだと考えて悲しくなった。それに加えて、長旅による疲れも耐え難いものになっていた。サー・トマスがあえて親しげに話しかけてみてもその甲斐なく、よい子でいるようにとノリス夫人がお節介に繰り返したのも意味がなかった。レイディ・バートラムが微笑みかけて、自分とパグと一緒に、ソファに腰かけさせても無駄だった。グズベリーのタルトが出てきても、ファニーを元気づけることはできなかった。二口と食べない内に涙が溢れだし、もう寝るのが一番よかろうということで、ファニーは涙ともども、ベッドに連れて行かれた。

「あんまり幸先が良いとは言えませんわね」ファニーが部屋を出た後にノリス夫人が言った。「連れて来る途中にあれだけ言ったのに。もうちょっとよい子にしてくれると思いましたわ。最初の振る舞いがどんなに大事か言っておいたのに。拗ねてしまったのではないといいけれども。あの子の母親もしょっちゅう拗ねていたから。でもあの年齢ですから、大目に見なくてはなりませんわね。自分が育った家を離れるのを悲しむのは悪いことではないですし。どんなに酷い家でも、そこで育ったわけですし、ここに来られるのがどんなに自分にとっていいことなのか、まだ分かっていないんですよ。それにしても、あそこまで泣かなくてもね」。

しかしファニーが、マンスフィールド・パークのもの珍しさに慣れ、家族と離れていることに慣れるまでは、ノリス夫人の許容範囲を超えるほどの時間が必要だった。ファニーはとても感受性が強く、そのことが理解されなかったので、周りの者も、それ相応の気遣いをしなかった。誰も冷たくするつもりはなかったが、あえてファニーに心を配ろうという者もいなかったのである。

明くる日、バートラム家の令嬢たちは、従妹と遊んで親しくなるために、あえて休みを与えられたが、互いの距離はあまり縮まらなかった。ファニーが服の帯を二本しか持っていないこと、それにフランス語を習ったことがないのを知ると、ついみくびってしまうのであった。そして姉妹がわざわざ二重奏まで弾いてあげたのに、ファニーがそんなに感動を見せなかったので、あとは、一番気に入らないおもちゃをいくつか惜しみなくファニーにあげて、放っておくしかなかった。二人は、その頃夢中になっていた休みの日の遊びである、造花作り、もしくは金箔の紙の無駄遣いにとりかかった。

　従姉たちが近くにいようといまいと、学習室(1)にいようと、居間にいようと、庭にいようと、ファニーは結局は一人ぼっちで、誰だろうとどこにいようと怖がってばかりいた。レイディ・バートラムが黙っているので気後れし、サー・トマスのしかつめらしい表情には怖じ気づき、ノリス夫人に小言を言われれば意気消沈した。従兄たちにファニーの身体が小さいことをからかわれて傷つき、さらに自分の内気さを指摘されてますます内気になるのだった。リー先生はファニーがものを知らないことに驚きを隠さず、メイドはファニーの服を見て軽蔑した。こうした悲しみの中で、自分がかつて弟や妹たちの欠かせない遊び相手になってあげて、いろいろと教えたり、子守してあげたことを思い出すにつけ、いよいよ情けない気持ちになった。

　見るも立派な邸宅はファニーを驚かせはしても、慰めはしなかった。部屋という部屋は広すぎて落ち着かないし、触れるものはなんでも壊してしまいやしないかと不安だし、常に何かを恐れては、おどおどしていた。自分の部屋に引き込もって泣くことも珍しくなかった。ファニーがおやすみの挨拶をして居間をあとにすると、大人たちは、あの子は自分の恵まれた境遇を、充分に有難く思っているようだと噂した。しかし当の本人は、むせび泣きつつ眠りに落ちて、一日の悲しみがようやく終わりを迎えるのだった。こんな調子で一週間が経ったが、ファニーの物静かな様子からは、その悲しみが露見することはなかった。ところが、そんなある日、屋根裏の階段に座って泣いているところを、次男のエドマンドに見つかってしまったのだ。

「あれ、ファニー、いったいどうしたのかな」エドマンドは、持ち前の気立てのよさからくる思いやりを見せた。そう言ってファニーの隣に腰かけると、ふいをつかれて恥じているファニーの気を落ち着かせ、なんでも心おきなく話すように説得した。「身体の具合が悪いのかい。誰かに叱られたとか。それとも、マライアやジューリアと喧嘩したか、勉強で分からないことがあって困っているんなら、僕が教えるよ。何か僕にできることならば、なんでも言ってごらん」。長いこと「いいえ、いいえ、大丈夫です。ありがとう」という以上の答えは引き出せないでいた。しかし、それでもエドマンドは根気よくつき合い、ひとたびファニーの実家に話題を向けてみると、さらに激しく泣いたので、悲しみの原因がそれで分かった。エドマンドは慰めようとしてみた。

「お母様のもとを離れて暮らすのが寂しいんだね」エドマンドは言った。「ファニーはとてもいい子だからそう思うんだよ。でもここにいるのはみんな家族だし、ファニーが大好きだし、ファニーのためを思っているんだよ。今から庭に出てみよう。それできょうだいの話を聞かせてくれよ」。

この話題を掘り下げてみると、仲の良いきょうだいの中でも、その中の一人に特別な思い入れがあることが分かった。ファニーが一番しゃべったのはウィリアムのことで、一番会いたがってもいた。ウィリアムはファニーの一つ上の長男で、一番の仲良しだった。何か困ったことがあると、いつも母親に口をきいてくれていた。ウィリアムは母親のお気に入りだったのだ。「お兄ちゃまは私がここに来ることを嫌がっていたの。私がいないととても寂しいと言っていました」。「でも手紙を書いて寄こすだろう」。「ええ、そう約束したの。でも私に先に書きなさいって」。「じゃあ、いつ書くの」。ファニーは下を向いて、遠慮気味に答えた。「分かりません。便箋がなくて」。

「なんだ、それだけのことなら、僕が便箋やら何やらを用意するよ。そうすれば、いつでも好きなときに手紙を書けるだろう。お兄ちゃまに手紙を書いたら、元気が出るかな」。

「はい、とても」。

「じゃあ、すぐに用意しようよ。一緒に朝食室においで。そこに全部あるし、今は誰もいないから」。

「でも、書いたって、その後に郵便で送らないと」。

「ああ、それは大丈夫だよ。他の手紙と一緒に出すよ。父がサインするから[2]、ウィリアム君が受け取るときにはお金がかからないよ」。

「えっ、伯父ちゃまが」ファニーはおびえて言った。

「そうだよ、手紙を書き終えたら、父に頼みに行くよ」。

ファニーはそんな大胆なことをと思ったが、有難く受け入れることにした。そして一緒に朝食室に行き、エドマンドが紙を用意して、定規で線を引いてあげるさまは、まるで実の兄のように親切で、しかもその精密さでは兄を凌いでいただろう。ファニーが手紙を書いている間エドマンドはそこにいて、自分のペンナイフで羽ペンの先を削ったり、綴りを教えてあげたりと、必要に応じて手伝ってあげた。こうした親切にファニーは大変感謝をしていたが、それに重ねてエドマンドが示したウィリアムに対する思いやりがファニーには何よりも嬉しかった。エドマンドが手ずからウィリアムに挨拶をしたためて、半ギニー硬貨（薄い金貨のこと。ギニー硬貨については上巻解説五五三頁参照）を入れてその上に封蝋を押した(3)。ファニーは胸がいっぱいで上手く表せそうもなかった。しかしファニーの表情と飾らない言葉で、感謝と喜びの気持ちは充分に伝わり、エドマンドもファニーに興味を抱き始めた。さらに話をする内に、エドマンドにはファニーが温かい心の持ち主であり、気性のまっすぐな子どもであることが分かった。また、ファニーが自分の置かれた境遇についてかなり敏感になっていて、さらにきわめて内気であることから、この少女にはもっと目をかけてやらなければと考えた。エドマンドはファニーに冷たくしていたというつもりもなかったが、今や率先して親切にしてあげる必要性を感じていた。したがって、まずは自分たちに対する恐怖を取り除こうと試みた。そして特に、マライアやジューリアと一緒に遊ぶ上でのコツを沢山教えて、なるべく元気にはしゃげばいいと言った。

この日を境に、ファニーはだいぶ楽になった。自分は一人ぼっちではないと感じられたし、エドマンドの優しさのおかげで、他の人とのつき合いにも自信を持てるようになった。この屋敷にも馴染んできたし、この家の人たちのことも前ほど恐ろしいと思わなくなった。ファニーにとってまだ怖い人がいたとしても、少なくともその人の性格が分かってきたので、それに合わせる方法をつかめるようになってきた。垢抜けない感じとぎこちなさは、当初は家の者の神経にひどく障り、これはファニー自身、気にしていたことだったが、それも自然に消えていった。もう伯父の前に参じても震え上がることもなくなったし、ノリス夫人の声にもひどくびくつくことはなくなった。ファニーが従姉たちの仲間に入れてもらえることもあった。年齢が下だし発育が追いついていないために、いつも一緒に遊んではもらえなかったが、二人のする遊びによっては、もう一人いると好都合なこともあった。そのもう一人が、おとなしく、言いなりになってくれるのでなおさらだった。そしてノリス夫人が姉妹からファニーの悪口を引き出そうとしたり、エドマンドがほめ言葉を引き出そうとしたりすると、「ファニーは結構いい子よ」と認めざるを得なかった。

エドマンドはファニーに一貫して親切だった。トムからは時折ちょっかいを出されたが、トムからすれば、そんなことは十七歳の若者が十歳の子どもにして当然と思っていたのだろう。トムはちょうどこれから社会に出ようというところで、元気いっぱいで、長男だけあって、細かいことは気にせず、自分は金を使って享楽するために生まれてきたんだと考えていた。小さな従妹に見せる親切は、自分の立場と財力に見合うものだった。トムはファニーにしゃれた贈り物をしつつも、からかいの種にした。

ファニーが見られる容姿になり、前よりは活発になってくると、サー・トマスとノリス夫人は、自分たちの思いやり溢れる計画の結果に大いに満足し始めた。ファニーは飛び抜けて聡明だとは言えないけれど聞き分けのある子だから、そうそうお荷物にはなっていないだろうという見解で一致した。ファニーをみくびっているのはこの二人だけではなかった。ファニーは読み書きもできたし、裁縫もできるが、それ以外のことを習ったことがなかった。それに従姉たちは、自分たちが昔から当たり前に知っていることでもファニーが何も知らないことに気づくと、ファニーはよほどのばかなのだと思い、最初の二、三週間は居間にそのことを報告しに来るのが恒例となっていた。「ねえ、お母様、すごいのよ。あの子、ヨーロッパ地図のジグソーパズルができないの」とか、「あの子、ロシアの有名な河川の名前が言えないのよ」、あるいは「小アジアっていう言葉を聞いたことがないみたいなの」、「水彩絵の具とクレヨンの違いが分からないんですって」、「変よね、こんなに何も知らない子っているのね」。

　すると配慮のゆきとどいた伯母はいつもこう答えていた。「確かにひどいわね。でもね、あなたたちのように賢くて、呑み込みが速い子ばかりじゃあないんですよ」。

「だって伯母様、あの子、本当に何も知らないのよ。昨日の夜も、アイルランドへの行き方を訊いたら、ワイト島へ渡るって言うのよ。島といったらワイト島のことしか頭になくって、まるで世界中に他の島は一つもないみたいに、「島」って言ったらあれだと思っているの[4]。あの子の歳であれほどものを知らなかったら、私なら絶対恥ずかしいわ。私なんか、あの子が今全然知らないことを、自分が知らなかった頃のことも覚えてないわ。ねえ、伯母様、私たちがイングランドの歴代国王の名と、その戴冠年代と、統治時代の主な出来事を暗唱してたのは、もうずいぶん前のことでしょう」。

「そうよ」もう一人の子も言った。「それにローマ皇帝をセヴェルスまで全部暗記したわよ。世界の神話に、金属と半金属の種類、惑星の名前と、有名な哲学者の名前と、みんな覚えたわ」。

「ええ、そうだったわね。でもそれはあなたたちが素晴らしい記憶力に恵まれているんだわ。あなたたちの従妹は気の毒だけど暗記力がまったくないのね。他のことでもそうだけど、記憶力っていうのは、その人によって大きな差があるものなのよ。だからあの子のことは大目に見て、その欠陥をかわいそうだと思ってあげなきゃ。それにね、覚えていらっしゃい、たとえあなたたちのようにお勉強ができて賢くても、謙虚にならなくてはだめよ。もう沢山のことを知っていても、まだまだ勉強することがあるのよ」。

「そうよ、十七歳まではね。でも、ファニーってとてもばかな、おかしなことを言うのよ。音楽も絵も習いたくないんですって」。

「あら、確かにばかなことを言うわね。やる気も努力も欠けているわ。でも、結局は、その方がいいかも知れないわね。だって、あなたたちも知っているようにお父様とお母様がよい方たちだから、あなたたちと一緒にあの子を育てようとなさったけれど――思いついたのは私ですけどね――でもあの子があなた方ほど教養を身に着ける必要があるかどうかは別問題。むしろ、あなた方との違いが際立つ方が望ましいわけなんだし」。

ノリス夫人が、このようにして、姪たちの考え方を形成していったのだ。このような調子だから、将来有望な素質を元々持ち、それに早くから教育を受けていても、この二人の娘が自分という人間を知ることや、心の広さや謙虚さといった、そう簡単には身に着けられない美徳を欠いていたのも故なきことではなかった。立派な教育を受けてはいても、人格だけは磨き損ねていた。サー・トマスには、何が子どもに欠けているのかが見えていなかった。というのも、サー・トマスは本当に子どものことを心配していたのだが、愛情を表に出す人ではなかったので、その結果、子どもたちも父の前では自然に振る舞えなかったのである。

娘たちの教育にレイディ・バートラムはいささかの関心も示していなかった。そんなことに構っている暇はなかったのだ。なにしろ着飾ってソファに座っては、役に立つわけでも美しいわけでもないが大がかりな刺繍にとりかからなければならなかったのだから。子どもよりもパグのことを心配したけれど、自分に迷惑がかからないかぎりにおいては子どもも大いに甘やかし、家族の重要な事柄はすべてサー・トマスに任せて、重要でない事柄は姉に任せることにしていた。仮に時間があったとしても、娘たちの世話を焼く必要は感じなかった。というのは、娘たちのことは住み込みの女性家庭教師が見ているし、それに立派な男性の先生方も付けてあるし、それで充分だったからだ。ファニーが勉強を苦手とすることについては、「かわいそうとしか言いようがないわね。でもみんなが賢いというわけにはいかないでしょう。ファニーはこれからもっと努力しなければならないわね。それしかありませんよ。頭はよくないかも知れないけれども、悪い子ではないわ。伝言を頼んだらすぐに行ってきてくれるし、いるものをすぐに持ってくるのよ」と言った。

ファニーは、無知で臆病ではあったが、マンスフィールド・パークに居場所を見つけていた。自分の家と同様にこの家を愛するようになり、従兄姉たちに囲まれてそう不幸せでもなく成長していった。マライアやジューリアには、特に意地の悪いところはなかった。ファニーは二人の態度に傷つくことはよくあったが、ここで傷ついていいほど自分は偉くはないと考えていたのだ。

ファニーがこの家に移ってきたあたりの時期から、レイディ・バートラムは、ちょっとした体調の不良から、そしてかなりの怠惰もあって、毎年春を過ごすことにしていたロンドンの邸宅へは足を運ばなくなり、マンスフィールドから一歩も出なくなった。自分がいないことで、サー・トマスが不満に思おうが満足しようがお構いなしで、一人で国会での務めを果たしてもらうことにしたのである。そのようなわけでバートラム家の令嬢たちはマンスフィールドに残って暗記に取り組み、二重奏を練習し、身長も伸びて、女性らしく育った。父親の望むとおりの、容姿、立ち居振る舞い、そして教養を身に着けていったのである。長男はだらしなく、浪費癖があり、この段階ですでに父親を相当に心配させていたのだが、他の子どもたちはまったく不安をもたらさなかった。娘たちは、バートラムの家名を名乗っている間はその名に新たな優雅さを与えてくれるだろうと、サー・トマスは思った。それに娘たちが他の名を名乗るようになった際には、バートラムの名を立派な縁組でさらに高めてくれるだろうと確信していた。エドマンドの正しい判断力とまっすぐな性格は、本人にとっても、周りの人間にとっても、実利と名誉と幸せをはっきりと約束していた。エドマンドは聖職者を目指していた。

サー・トマスは、自らの子どもに関する心配と満足の中にあって、自分がプライス夫人の子どもたちにしてやれることをするのも忘れてはいなかった。プライス家の息子たちが進路を決めるべき歳になったら、その教育と職探しを惜しみなく支援した。ファニーはもはや実家に帰ることはなかったが、家族が受けた恩を嬉しく思い、また、家族の一員が将来有望だとか、そこでよくやっていると聞くにつけ、心から満足するのであった。その後一度だけ、長年にわたる生活の中で、ウィリアムと会う機会があった。他の者には一切会うことはなく、たとえ短い間でもファニーがあの家へ戻って行くことなど誰も考えていないようであったし、実家の方でも戻ってこいとは言わなかった。ただウィリアムは、ファニーが出て行ったすぐ後に、船乗りになることに決め、海に出る前にノーサンプトンシャーで妹と一週間過ごすよう招かれたのだった。再会したときのおさまらぬ懐かしさ、一緒にいる時間の途方もない嬉しさ、楽しく笑って過ごした時間、深刻な顔をつき合わせて話し合った様子は、ご想像いただけるだろう。この少年が最後まで快活で希望に燃えていたさま、兄が去って行くときの少女の悲しみもまたお分かりだろう。幸運なことにこの訪問はクリスマス休暇中のことだったので、エドマンドに慰めてもらうことができた。エドマンドはウィリアムがこれから仕事でどんなことをして、なんになるのかを面白くファニーに話してくれたので、このつらい別れも意味があってのことだとファニーは次第に納得することができたのだ。エドマンドは常にファニーの味方だった。イートン校(5)を出てオックスフォード大学に進んでもエドマンドの優しい性格に変わるところはなく、今までよりももっとその優しさを与えてくれる機会が増えるばかりだった。人並みのことをしてあげているだけだという風に装い、手を貸しすぎてはいまいかと迷うこともなかった。ファニーのためを思い、ファニーの気持ちに配慮し、ファニーの資質が理解されるように努め、それを阻む内気な性格を克服するよう手を差し伸べ、ファニーに助言をし、慰め、勇気づけてくれるのだった。

　この家の他の人間からはあまり注目されていないので、エドマンド一人の手助けではファニーの存在が表立つことはなかった。しかし、エドマンドがファニーを気にかけていたことが功を奏して、ファニーの感性は磨かれ、趣味を拡げていった。エドマンドは、ファニーが賢く、呑み込みが速くて判断力に長けていることを発見していた。そして読書が好きだから、適切に指示すれば、その読書も勉強になると分かっていた。リー先生はフランス語を教え、日課として『歴史』(オリヴァー・ゴウルドスミス(一七二八—七四)の『英国史』のことだと思われる)を朗読させていた。しかし、余暇に読む本を奨めたのはエドマンドだった。ファニーの感性を伸ばし、判断力をつけさせていった。読んだものについて話をすることで読書も意義深いものになったし、エドマンドが適切にほめてくれて、読書もさらに魅力的なものになった。そしてファニーも、ウィリアムを別にすれば、この世の誰よりもエドマンドが好きだった。ファニーの気持ちはもっぱらこの二人に向いていたのである。

(1) 英国では十八世紀の後半を通じて、こうした大邸宅では目的ごとに違った部屋を用意する傾向が強まっていった。後出の朝食をとることのみを目的とした「朝食室」や、ビリヤードをするためにある「玉突き部屋」などがある。こうしたものを備えているという側面を考えると、当時の大邸宅の中でもマンスフィールドは比較的築年数の浅く、流行が強く反映した家と見ることができる。

(2) サー・トマスは国会に議席を持っており、当時、議員は議員特権として郵便を無料で送ることができた。こうして支払いを免除される郵便を除けば、当時は切手が考案される以前なので、手紙を受け取る者が郵便代金を支払う決まりになっていた。

(3) 封蠟は蠟を溶かして蠟印を押すことで封をするものであるが、封筒を使わず便箋をたたむだけで郵送する場合にも封蠟を用いるのが一般的であった。

(4) ワイト島はブリテン島南岸、ポーツマスの南沖に位置する島である。ポーツマスに育ち、取り立てて教育を受けていないファニーからすると、島と言えばワイト島のことだと思うのはある程度まで理由のあることだったと考えられる。

(5) イートン校は、歴史ある学校(パブリック・スクール)でロンドン中心部から西に三十五キロメートルほどの郊外に位置する。王族をはじめ、貴族やジェントリ階級の子弟が入学することで知られる。他のパブリック・スクール同様に寄宿舎制なので、入学すると休暇期間を除いては家に帰ることはない。

第三章

この家族に起こった最初の重要な事件はノリス牧師の死だった。ファニーが十五歳くらいのときのことで、その結果として変化が起こり、新たな事情も生じてきたのだった。ノリス夫人は牧師館を出なければならず（死去や異動などにより教区牧師が交代となると、その教区の牧師館に住む権利も新たな着任者とその家族に移る）、まずマンスフィールド・パークに身を寄せ、その後はサー・トマスが村に所有する小さな家に引っ越した。そこでノリス夫人は、夫がいなくても充分一人でやっていけると考えることによって夫の死の悲しみを乗り越え、さらに、倹約しなければならないと考えることによって、収入の減少の辛さを乗り越えた。

ノリス牧師の教会の職は今後エドマンドが引き継ぐことになっていた。もしこの伯父がもう数年早く亡くなっていれば、エドマンドが聖職に就く歳になるまで、友人の牧師が一時的に代わりを務めているはずだった。しかし長男のトムの浪費があまりにも大きかったので、教会の職は他人に譲らなくてはならなくなった[1]。兄が豪遊したつけを、弟が払うはめになったのである。実際は、エドマンドのためにもう一つ教会のポストが用意されていた。このことでサー・トマスの良心の呵責は少しは和らいだが、それでも次男に対しては不当な仕打ちだと思わざるを得なかった。今まで何を言ってもしても長男には効果はなかったが、弟に被害が及んだ今回ばかりは、少しは反省してもらおうと真剣になった。

「トム、恥を知りなさい」とサー・トマスは、最高の威厳を込めて言った。「おまえのためにも採らなければならない手段を私は恥ずかしいと思うし、兄として今おまえがどのような情けない気持ちになっているかと思うと、それは気の毒になるほどだ。エドマンドはおまえのせいで、当然得るべき収入の半分以上を十年や二十年、いや三十年、あるいは一生失うことになる。今後私かおまえがエドマンドにもっといい職を与えてやれることを祈るが、それができたとしても、エドマンドにとっては当然の権利であり、どちらにしてもエドマンドに犠牲を強いることには変わりはない。これもすべて、今おまえの借金を急いで片づけなければならないせいなのだと肝に銘じておきなさい」。

トムはある程度は恥じ入り、反省もした。しかし、できるだけ早く父のもとから退散すると、すぐに持ち前の楽観的な利己主義で三つのことを考えた。まず第一に、「友達に比べると自分の借金などそう大した額ではない」、第二に「親父ときたら大げさだから、うんざりだ」、そして第三に、「次に教会に入る奴が誰だろうと、どうせすぐに死んでくれるさ」。

ノリス牧師の死後を引き継いだのはグラント博士（神学の博士号の学位を持っているのでこう呼ばれる）という人物で、間もなくマンスフィールドの牧師館に越してきた。四十五歳の至って健康な男で、どうやらバートラム氏（トムのこと。上巻解説五四二頁参照）の三つ目の思惑も外れそうだったが、「いやいや、奴は首が短くて、卒中でも起こしそうだから、旨いものをたらふく食べればぽっくりいくさ」と考えていた。

グラント博士は十五歳くらい若い妻を連れていたが子どもはなく、「とてもきちんとした、感じのいい人たち」という、お決まりの評判を携えてやって来た。

そして今やサー・トマスは、義理の姉が姪の面倒を見たいと言ってくれる時期が来たと思っていた。ノリス夫人の状況が変化したことと、ファニーが成長したことの両方によって、二人が一緒に住むのになんの支障もなくなったどころか、むしろその方が望ましいように思われたからである。それに長男の浪費に加えて、サー・トマス自身、西インド諸島の地所が最近損失を出したことからも、姪を養い、将来を保障するという負担から解放されるのは悪いことではなかった。それを確実と信じたサー・トマスはその可能性を妻に話した。そしてレイディ・バートラムが次にこの件を思い出したのが、たまたまファニーがそばにいたときだったので、落ち着き払ってこう言った。「そうだわファニー、ここを出てお姉様と一緒に暮らすんですってね。どうかしら」。

ファニーはあまりにも驚いたので、伯母の言葉をただ繰り返すだけだった。「ここを出て、ですって」。

「そうよ、何をそんなに驚いているの。あなたはもう五年ここにいるのだし、ノリス伯母様は以前から、伯父様が亡くなったらあなたを引き取るつもりだったの。でも向うに行っても、服の型紙を縫いつけに、うちにいらっしゃいね」。

ファニーにとってこの話はまったく予想していなかったし、きわめて有難くないものだった。ノリス伯母からは一度も親切にしてもらったことはなく、この伯母を愛することは不可能だったのだ。

「ここを出るのはとてもつらいです」とファニーは震える声で言った。

「ええ、そうでしょうね。それは当然のことよ。ここに来てから、いやなことは何もなかったはずですもの」。

「伯母様、私はご恩を忘れませんわ」とファニーは遠慮深く答えた。

「そうね、忘れないでいてくれるわね。あなたはいつもとてもよい子でしたもの」。

「では、私はもうここに住むことはないのですか」。

「ないわね。でもこれからもいいお家で暮らせるのよ。あなたにとっては、ここにいても向こうにいてもそう変わりはないでしょう」。

ファニーはつらい気持ちでいっぱいで部屋を出て行った。自分には、そう変わりはないとは思えなかったし、ノリス伯母と暮らすことも、楽しいこととはとても思えなかった。エドマンドに会ったとたんに、ファニーはその悲しみを打ち明けた。

「エドマンド、とてもいやなことが起こりそうなの。私が最初は嫌がっていたことでも、気が変わるようにいつも説得してくれたけれど、今度は無理でしょう。これからノリス伯母様と暮らすことになったの」。

「本当かい」。

「ええ、バートラム伯母様にたった今聞いたの。もうすっかり決まったんですって。マンスフィールド・パークを出て、ノリス伯母様が白壁邸《ホワイト・ハウス》に引っ越したら私もそちらに行くことになるみたい」。

「でもファニー、君がここまで嫌がってることだけ別にすれば、これはとてもよいことだと思うよ」。

「まあ、エドマンド」。

「君にとって、いいことばかりだよ。伯母様は君と住みたいと言うことによって分別のあるところを見せていらっしゃるね。最適な同居人と話し相手をお選びになったたし、お金への執着にも振りまわされていらっしゃらないようだし。君は伯母様にとって理想の相手だよ。そんなにいやなことでもないだろう」。

「いいえ、いやだわ。どうしようもなく、いやだわ。この家と、この家のすべてのものが大好きなんですもの。向こうでは何一つ愛せないわ。伯母様のことがとても苦手なのは分かっているでしょう」。

「君が子どもだったときの伯母様の態度については弁護しようがないけれど、でも僕たちに対しても同じ、まあ、だいたい同じようなものだったよ。伯母様は子どもをかわいがることは苦手だから。でも君の歳ではそう酷いことはないだろう。いや、すでにずっとよい態度になっていると思うよ。それに君が伯母様のただ一人の同居人になったら、当然君の存在は必要だろうからね」。

「誰にとっても、私が必要な存在になるなんてあり得ないわ」。

「なぜだい」。

「だって、私のどこをとっても。置かれている立場や、愚かさや、洗練されていないところとか」。

「君が愚かだとか、洗練されていないとかいうようなことは、かけらもないよ。ただ、そんな風に間違った言葉を使うことについては別だけどね。君を知る人々にとって重要な存在になれない理由なんてまったくない。分別はあるし、優しいし、感謝の気持ちだって持っているから、親切をされたら必ずお返しをするに違いないしね。同居人で話し相手になる人としてはこれ以上のことはないだろう」。

「エドマンド、ほめすぎよ」と、ファニーはこの称賛に顔を赤らめて言った。「そんなに私のことをよく思ってくれるなんて、なんてお礼を言えばいいのかしら。エドマンド、もし私がここを出ることになっても、そのご親切は一生忘れないわ」。

「おい、ファニー、白壁邸くらいの距離からならば、確かに忘れないでいてほしいね。まるで二百マイルも行ったところに移るみたいに言うけれど、単に敷地の向こう側じゃないか。これまでとほとんど変わらないよ。向こうとこちらでは毎日行き来するのだから。ただ一つ変わる点は、君が伯母様と暮らすことによって、嫌でも注目されるようになることだ。ここでは、君は他の人の陰に隠れているけれど、伯母様とでは、君も自分の意見を言わなければならなくなるからね」。

「まあ、そんなことを言わないで」。

「いや、喜んで言わせてもらうよ。ノリス伯母様は今の君の世話をするのにはうちの母よりもずっと適している。本当に関心を持った相手にはかなり世話を焼く性格だから、君も元々持っている美点に自信が持てるようになるはずさ」。

ファニーは溜息を吐《つ》いて言った。「残念ながらそうは思えないけれども。でも私よりもあなたの方が正しいことを言っているはずだし、避けられないことを受け入れるように説得しようとしてくれるのは有難いわ。もし伯母様が本当に私のことを思って下さっていると思えれば、私だって人の役に立っている気になれてとても嬉しいのだけれど。ここでは私はまったく役に立っていないのは分かっているけど、でも本当にこの場所が大好きなの」。

「ファニー、この家を出ることになっても、この土地を出るわけではないんだよ。今までと変わらずに敷地や庭を歩きまわっていいんだから。いくら変化が嫌いな君でも、こんな形だけの変化を怖がることはないさ。いつもと同じ道を散歩して、同じ図書室で本を選んで、同じ人々を見て、同じ馬に乗るのだから」。

「確かにそうね。あのかわいい、灰色の年寄りポニーね。前は本当に乗馬が怖くて、私の健康のためにいいと言われるだけでも恐ろしかったのに——馬の話になると、伯父様が口を開くのが怖くて震えたわ。私の恐怖を消すためにあなたが一生懸命に説得してくれて、少しすればきっと気に入ると思わせてくれて、結局あなたが言うとおりになったことを考えると、あなたの予言がいつも当たると思える気がしてくるわ」。

「そう、乗馬が健康によかったように、ノリス伯母様と暮らすことは君の精神にとって絶対にいいと思うよ。君を最終的に幸せにしてくれるだろうし」。

こうして二人の会話は終わったが、それがファニーにとって役に立ったかというと、まったく無駄な会話だった。というのもノリス夫人は、姪を引き取る気がいささかもなかったからだ。そんな考えが浮かんだとしても、注意深く避けるべき事柄として考えただけだった。そうした期待を起こさせないためにこそ、わざわざマンスフィールド教区の中で、自分の階級で恥ずかしくないかぎりで最も小さな住居を選んだのであった。白壁邸は自分と使用人が入るといっぱいで、あとはかろうじて客用の寝室が一部屋あるのみだった。ノリス夫人は特に客用の寝室にこだわった。牧師館に住んでいる頃はまったく使うことのなかった客用寝室だったが、今や、友人を泊めるための寝室は絶対に必要ということだった。しかしノリス夫人がいかにこうして予防線を張っても、実はあるいいことを企んでいるという嫌疑をまぬがれなかった。いや、むしろこれほど客用寝室にこだわっていたために、本当はファニーのためにそれを用意しているのではないかとサー・トマスに勘違いをさせたのかも知れない。間もなく、レイディ・バートラムがノリス夫人に思い出したように言ったことで、事態がはっきりした。

「お姉様、ファニーがそちらで暮らすようになれば、もうリー先生のお世話にならずに済みますよね」。

ノリス夫人は驚いて飛び上がらんばかりだった。「うちで暮らすって、レイディ・バートラム、いったいどういうことでしょう」。

「ファニーはお姉様と暮らすのでしょう。サー・トマスとそう決められたのかと思っていました」。

「私とですって。とんでもない。そんなこと一言もサー・トマスに言っていないし、サー・トマスからも聞いていませんよ。ファニーが私と暮らすなんて。そんなことまったく考えていなかったし、私たち二人のことを知っている人ならば考えもしないことでしょう。だってまあ、私がファニーと暮らしてどうしろと言うのですか。哀れで力のない、寂しい未亡人で、もうなに一つできやしないし、すっかり心が参ってしまっているのに、ファニーみたいな年頃の娘、十五の娘を引き取るだなんて。あの年頃が最も注意と世話が必要ですし、どんなに大らかな人でも我慢がいるというのに。まさかサー・トマスが本気でそんなことを望んでいらっしゃるわけではないでしょう。サー・トマスは私のことを思って下さる方ですから。私のことを少しでも考えて下さる方は、決してそんなことを提案なさらないと思いますよ。サー・トマスはなんだってそんなことをあなたに言ったのですか」。

「そう言われてもよく分からないわ。それが最良の提案だと思ったのではないですか」。

「でも実際になんておっしゃったのよ。私にファニーを引き取ることを望むだなんておっしゃるわけはないわ。本心では、まさかそんなことを望んでいらっしゃらないのは間違いないわ」。

「ええ、ただ、恐らくそうなるだろうとは言っていました。私もそう思いましたし。二人とも、お姉様が喜ぶかと思ったので。でもお姉様がおいやならば結構ですよ。ファニーは特に邪魔ではありませんから」。

「まあ、あなた。私の今置かれた悲しい状況を考えると、喜ぶなんてことがあるかしら。今や哀れな寂しい未亡人となって、最良の夫を亡くし、夫の看病で体調も崩して精神もずたずたになって、心の平和もなくなって、最愛の夫に恥ずかしくないように、淑女の地位を保つのがやっとという収入しかなくて。ファニーのような子を引き取ることで私が嬉しがると思うのかしら。たとえ自分がそうしたくても、あのかわいそうな子にそんな不当な仕打ちはできません。今あの子はちゃんと面倒を見てもらって、将来も有望ですもの。私はあとは精一杯、自分の悲しみと困難に耐えていくだけなのよ」。

「ではお姉様はたった一人で暮らすことは、おいやではないのね」。

「まあ、レイディ・バートラム。私にはもう孤独しかないでしょう。時には小さな我が家に友達を呼ぼうとは思っていますが――友達のための部屋はいつも空けておくつもりですから――、でも私の将来のほとんどはまったくの一人っきりで暮らすことになるんですすよ。なんとか帳尻を合わせながら生活ができるのなら、それで充分です」。

「お姉様、そんなに生活が苦しいの。サー・トマスはお姉様の年収は六百ポンドだっておっしゃっているわよ」。

「ええ、レイディ・バートラム、文句を言える立場じゃありませんもの。今までのような生活はできないことが分かっているけれど、できるところでは倹約して、もっと上手くお金の管理をしなくてはなりません。以前は家のことに気前よくお金を使っていたけど、今は節約することを恥とは思っていないのよ。収入だけでなくて、立場もずいぶん変わったんですもの。牧師としてノリスに求められてきた多くのものは、今は私は果たすことができませんから。ふらりと訪ねてくる人たちに、うちの台所でいつもどのくらい食事を出していたかなんて、誰も知らないでしょうね。白壁邸ではもっと管理を厳しくしなければ。どうしても収入を超えないようにしないとたまらないわ。それに正直に言えば、それだけではなくて、年末になったら少し貯金に回せればもっといいんだけれど」。

「そうなさるでしょうね。だっていつもそうなさってるでしょう」。

「レイディ・バートラム、私の目的は、あとの人たちの役に立つことですよ。お金がもっとあればいいなと思うのは、あなたの子どもたちのためですよ。私には他に愛情を注ぐ相手がいないし、あの子たちに少しでも役立つお金を遺せればただただ嬉しいと思っているんですよ」。

「とても有難いことですけれど、どうぞそんなご心配はなさらないで。子どもたちの将来は保障されていますから。それはサー・トマスにお任せしてありますから」。

「あら、でももしアンティグアの土地からの見返りがあんなにも減ってしまっているのなら、サー・トマスの収入もいくらか限られてくるでしょう」。

「ああ、そのことならすぐに解決しますよ。サー・トマスがそのことで手紙を書いていましたからね」。

「とにかくね、レイディ・バートラム」とノリス夫人は立ち上がりながら言った。「私はただあなたがた家族の役に立ちたいだけなんですよ。ですから、もしサー・トマスが、私がファニーを引き取ることをまた口になさったら、私のこの健康状態と精神状態では無理だと言って下さるわよね。そうでなくてもファニーを入れる部屋なんてないんですよ。友達のために一部屋空けておかなければなりませんからね」。

この会話の内、レイディ・バートラムが伝えた部分を聞いただけでも、サー・トマスは、自分がいかに義姉のことを誤解していたかを悟るのに充分だった。そしてノリス夫人はその瞬間から金輪際、ファニーを引き取ることを期待される危険にも、サー・トマスからその話をされる危険にも遭わなくなった。自分があんなにも積極的に引き取ろうと言っていた姪の世話をここで一切拒否したことにサー・トマスは驚きを覚えずにはいられなかった。しかし、サー・トマスにもレイディ・バートラムにも、自分の財産をすべて甥と姪に遺すつもりであることをノリス夫人はすぐに伝えたので、サー・トマスもこの有難き恩恵を甘んじて受け入れることにした。このことによって、名実共に子どもたちが潤うと同時に、ファニーの養育費も都合しやすくなるからである。

ファニーは家を移るという恐れがまったくの杞憂だったことを間もなく知った。そしてそれを聞かされたときに自ずと心から湧き出る喜びは、移るのがファニーにとって絶対によいことだと信じていたエドマンドの失望をいささか和らげた。ノリス夫人は白壁邸に移り、グラント夫妻は牧師館に到着し、マンスフィールドにはしばらく元の生活が戻った。

グラント夫妻は気のおけない社交的な人たちだったので、新しく知り合った人々はほとんどがとても喜んだ。夫妻には欠点もあり、ノリス夫人はすぐにそれを見つけた。グラント博士は食道楽で、毎晩豪勢な食事をとりたがった。そしてグラント夫人は、切り詰めながらその食欲を満たそうとはせずに、自分の料理人にマンスフィールド・パークの料理人と同じくらい高額の報酬を与えて、自分ではほとんど家事に携わらなかったのだ。ノリス夫人はこのことについて、また、牧師館で毎日消費されているバターと卵の量についても、冷静に話をするということがとてもできなかった。「私ほど、気前がいいもてなし好きはいないからね。私ほど、しみったれたことが嫌いな人もいないんですよ。牧師館は昔からその点では言うことがなかったし、私がいたときには悪い評判が立ったことなんてまずありませんでしたよ。でもね、あの人のやり方は理解できません。片田舎の牧師館にはご立派な奥様は向いていませんよ。私が使っていたあんな貯蔵室なんかには、グラント夫人はお入りにならないんでしょうね。誰に訊いても、グラント夫人の年収は五千ポンド以上ではないって話なのに」。

レイディ・バートラムはこの種の悪口にはさして興味を示さなかった。節約家の不平に共感することはできなかったが、グラント夫人が別に美しいわけでもないのに、こんなにもいい生活ができていることに、美人の一人としては憤慨せずにはいられなかった。そしてノリス夫人と同じくらい饒舌ではないにしても、同じように頻繁にこのことに驚いてみせた。

これらの意見を交わしてから一年も経たない内に、ご婦人方の意識と会話に上る重要性があると認められるような出来事が起こった。サー・トマスは自分自身がアンティグアに行く必要を感じ、長男を悪い友人から引き離すために一緒に連れて行くことにしたのだ。親子は一年近くイングランドを留守にするつもりで出発することになった。

財政的な意味で必要だということと、国を離れることが息子にとっていいことなのだという意志を確認すると、家族から離れて、人生で最も重要な時期にいる娘たちの世話を人の手に委ねなければいけないという、サー・トマスの苦痛も和らいだ。レイディ・バートラムがその点で自分の代わりを務められる、いや、むしろ本来果たすべき務めを果たすことができるのだとは考えなかった。しかしノリス夫人の注意深い監視とエドマンドの判断力を信じ、娘たちの身の振り方を心配せずに国を出ることができた。

レイディ・バートラムにとって、夫が自分のもとを離れることは決して喜ばしいことではなかった。しかし夫の身の安全を恐れることはまったくなく、身体にとって辛いことがあると心配することもなかった。自分以外の人間が危険や困難にさらされたり、疲れたりすることはないと思う人種の一人だったからだ。

バートラム姉妹のこのときの状況は大いに同情すべきものだった。二人が悲しんでいたからではなく、悲しまなかったからである。父親は姉妹にとって愛情の対象ではなく、自分たちの楽しみを奪う存在であり、厄介なことに、その不在はきわめて有難いものだったった。父がいないおかげですべての枷が外れるのであった。そして、サー・トマスが知ったら禁止するようなことに手を出すつもりは一切なくても、これからは羽を伸ばし、なんだってできると一瞬で感じとったのだった。ファニーも姉妹と同じくらい安堵し、そのことを意識していたが、より優しい性格が災いして、自分を恩知らずだと感じ、悲しむことができないことが本当に悲しかった。「自分と兄弟にこれほど目をかけてくれたサー・トマスが行ってしまい、もしかしたら帰ってこないかも知れないのに。それなのに涙ひとつこぼせないなんて。なんて私はいけない人間なの」。その上、サー・トマスは出発のその日の朝に、その年の冬にはファニーがウィリアムに会えるといいんだがと言い、ウィリアムが所属する小艦隊がイングランドに着いたらすぐに手紙を書いて、マンスフィールドに呼ぶようにとも言ってくれたのだ。「なんて思いやりがあって、ご親切なのでしょう」。そしてもしサー・トマスがそう言いながら微笑みかけて、優しく名前を呼んでくれさえしたなら、それまでの険しい表情や冷淡な言葉も一切忘れることができたかも知れない。しかし、サー・トマスは最後に、ファニーが落胆して傷つくような言葉をつけ加えたのである。「もしウィリアムがマンスフィールドに来たら、おまえと離れていた多くの歳月を経て、おまえが成長したと思ってもらえればいいがな。しかし、残念だが妹が十六歳になってみても、十歳の頃とあまり変わらなかったと思うのが実際のところかな」。伯父が去った後、ファニーはこのことを思い出して胸が張り裂けんばかりに泣いたのであった。そしてファニーの泣き腫らした目を見たバートラム姉妹は、自分たちの従妹は偽善者なのだと確信を抱いたのであった。

(1) サー・トマスは、マンスフィールドとソーントン・レイシーに一つずつ教会の禄を有していて、マンスフィールドの禄を空けておけばオックスフォード大学を卒業後にエドマンドをそこに就かせることができる。しかし、財政状況が厳しくなると遊休資産として寝かせても置けないので、グラント牧師に使用権を一時的に渡さなければならなくなっていた。

第四章

トム・バートラムはこれまでもあまり家にいなかったので、その出発は特に誰にも影響を与えなかった。ほどなくしてレイディ・バートラムが驚いたことに、この家は主人がいなくても問題なくやっていけていたし、エドマンドも主人に代わって食卓で肉を切り分け（上巻解説五六〇頁参照）、家令[1]と話をし、事務弁護士に連絡し、使用人の賃金を払うといった役割をこなせていたし、少しでも母が疲れや面倒を抱え込むことのないようにしてくれていた。レイディ・バートラムがすることといえば、自分が書いた手紙の宛名を書くことくらいだった。

親子が平穏な航海を終えて、アンティグアに無事にたどり着いたという第一報が届いた。ただしその前にノリス夫人が、恐ろしい事態をあれこれ想像し、エドマンドが一人のときを捕まえては恐怖心を伝染させようとしていた。夫人はなんらかの致命的な事故が起これば自分が第一に知らされると確信していたため、家族の者への伝え方の準備は万全であった。しかし二人が至って元気であるという便りがサー・トマスから届いたため、ノリス夫人は、動揺してみせたり、家族に対して慰めの言葉をかけてみたりなどをすぐに実践して見せるわけにはゆかなくなった。

冬が来て、去った後も、ノリス夫人が準備した慰めの言葉は必要とされないままで、親子からの知らせは相変わらず、至って良好だった。そしてノリス夫人は姪たちのための楽しい催し物を考え、二人の身づくろいを手伝い、二人の特技をお披露目し、その夫たちを探すことに精を出し、また、自分の家の管理に加えて、妹のことにも口を出したし、グラント夫人の浪費にも目をやらなければいけないこともあり、不在の親子の身を心配している暇もそうそうなくなっていった。

バートラム姉妹は今や、美女として近隣に知れ渡っていた。二人は美しくて才芸に秀でているだけでなく、生まれつきの屈託のない身のこなしに加えて、他人に対する礼儀と敬意を教え込まれていたため、近隣の人々に口先で賞賛される上、好意まで抱かれていた。二人は虚栄心をあらわにする必要がなかったので、まるでそんなものは持ち合わせていないように映ったし、気取った様子も見せはしなかった。一方で伯母が、二人の振る舞いへの賞賛を近所の人々の口から引き出してきては二人に伝えるので、姉妹は自分たちには欠点がないと思い込むのだった。

レイディ・バートラムは娘たちと一緒に公の場に出て行くことはなかった。元来が無精であって、自分がわざわざ出ていってまでとなると、母親として娘たちが社交界で成功し、楽しんでいるのを目にするのも億劫な質《たち》だった。一方、ノリス夫人は姉妹に付き添うという名誉ある代役には目がなく、自分で馬を調達しないで社交界に出入りできる恩恵を充分に楽しんだ。(2)

ファニーはこうした社交シーズンの催しとは無縁であったが、家の者が出払っているときなど、伯母の付き添いとして役立っていると言われることは嬉しかった。そしてリー先生がマンスフィールドから暇をもらった後では、舞踏会や夜会が開かれる折には、自ずとレイディ・バートラムにとって大事な存在となった。ファニーは伯母の話し相手になり、朗読をしてあげた。このような静かな夕べには、二人で過ごし、誰からもきつい言葉を投げかけられずに済むので、いつでもびくびくして引っ込み思案なファニーにとって、言葉に表すことができないほど快適なものだった。従姉たちの社交生活については、後で話を聞くのを楽しんだ。特に、舞踏会の話や、エドマンドが誰と踊ったのかを聞くのは大好きだったが、自分のような立場の者がそのような場に行くことが許されるとは夢にも思わず、だからこうして話を聞くときも自分とは違う世界の話として聞いていた。総じてファニーにとっては過ごしやすい冬だった。ウィリアムが帰国することはとうとうなかったけれど、今にも帰国するのではと楽しみに待つだけでも充分楽しかった。

　春には昔からかわいがっていた年老いた灰色のポニーが死んでしまった。そしてこの死によって、しばらくは、ファニーに気持ちの上だけでなく、健康上の損失の危険が生じていた。というのも、ファニーの健康のために乗馬が重要だということを誰もが認めていながら、新たな馬を与えようという動きは一切なかったのだ。その理由はというと、伯母たちの言葉を借りれば、「だって、従姉たちの馬を、いつだって使っていないときに借りて乗ればいいじゃないの」ということだった。しかしバートラム姉妹は天気のいい日は毎日馬に乗り、親切そうには見えても人のために自分を犠牲にするほどではなかったため、ファニーが二人の馬を使える日など来ようはずもなかった(上巻解説五六三頁参照)。四月、五月は、晴れた日なら姉妹は乗馬を楽しみ、その間ファニーは一方の伯母と二人きりで家の中で一日中じっとしているか、もしくはもう一方の伯母にせっつかれては、自分の体力を超えて歩くかのどちらかであった。レイディ・バートラムは運動というものが嫌いなために、そんなものは不必要な営みと決めてかかっていて、一方、一日中歩きまわる習慣のあるノリス夫人は、みんなも同じくらい歩くべきだと考えていた。このときエドマンドは家にいなかった。そうでなければ、こうした日々の過ごし方はもっと早くに改善されていただろう。エドマンドが家に帰ってきてファニーの置かれた状況とその悪影響を見たときには、するべきことは一つだった。「ファニーに馬を買ってやらねば」というこの判断については、母親が面倒がり、伯母が倹約の精神から、二人が口を揃えてそんなものは必要ないと言おうとも、ここは断固として譲らなかった。ノリス夫人は、すでにいる馬の中から、おとなしく年のいった馬をファニーにあてがえば充分で、さもなくば家令に借りたっていいんだし、あるいはグラント牧師が郵便局に使いを出すために持っているポニーを借りればいいだろうという意見だった。ファニーが従姉たちと同様に淑女らしく専用の馬を持つだなんて所詮は無駄であるばかりか、もっと言えば分不相応としか思えないとのことだった。「サー・トマスの意に反することは間違いないでしょう。一家の収入のかなりの部分がどうなるかというときに、それもご不在中にそんな買い物をして、馬を一頭増やすなんてことをしては、とても申し開きできないでしょう」と言い張る伯母に対して、エドマンドからは「ファニーには馬が必要なんです」という答えしか返ってこなかった。ノリス夫人は同意しかねたが、レイディ・バートラムはファニーには馬が必要だという息子の意見にはまったく賛成で、夫が同意してくれるかどうかという点では、「ただ、そんなに急がなくても、サー・トマスがお帰りになるまで待ちましょうよ。そうしたらサー・トマスがすべてご自分で手配して下さるわ。九月にはお帰りになるのですもの。それまで待っても問題ないでしょう」ということだった。

エドマンドからすると、ファニーに対する思いやりに欠けるという点で、母親よりも伯母の態度が腹立たしかったが、それでも母よりも伯母の言うことに耳を傾けざるを得なかった。自分が出過ぎた真似をしたと父親に思われずに、それでいてファニーがすぐに運動を始められる解決法をついに考えついた。ファニーの運動不足を一刻も早くどうにかしたかったのである。エドマンドは自分の馬を三頭持っていたが、女性が乗れるものは一つもなく、その内の二頭は狩猟用で、もう一頭は使い勝手のいい、道路を移動するための馬だった。エドマンドはこの三頭目の馬を、ファニーが乗れそうな馬と交換することに決めたのだ。そういう馬が調達できそうな場所はおよその見当はついていたので、いったんそれと決めてしまうや、すぐに話をつけてきた。こうして新しく得た牝馬は最適だった。特に手間をかけずとも、女性の乗馬用に訓練することができ、ほとんどファニー一人だけのものとなった。それまであの灰色の老ポニーほど自分にぴったりくる馬はいまいと思っていたが、エドマンドの牝馬はそれよりもずっと心地よく、さらにそれがエドマンドの思いやりのおかげだと思うと、ファニーの喜びはとても言葉で表せないほどだった。ファニーにとって、エドマンドは善と偉大さの鑑であり、その価値は自分にしか分からないもので、どんなに感謝しても足りないのだった。エドマンドに対してファニーが抱く気持ちは、敬意、感謝、信頼と愛情といったものすべてが混じり合っていた。

この馬が名実共にエドマンドのものであるかぎり、ファニーがそれに乗ろうと、ノリス夫人は目をつむることができた。そしてレイディ・バートラムは仮に自分が難色を示したことを覚えていたとしても、エドマンドが主人の帰宅を待たなかった件については充分に許しただろう。九月になってもサー・トマスはまだ海外にいて、いつ仕事が片づいて帰国できるのか見当がつかない状態だった。ちょうど帰国の準備をしようとしたときに突然厄介なことが持ち上がり、予定が立たなくなったので、サー・トマスは長男を先に帰し、あとは自分が見届けることにした。トムは無事に帰国し、父は元気でやっていることをみんなに告げた。しかしこんな報告では、少なくともノリス夫人は大して安心しなかった。サー・トマスが自分の身に悪いことが起こるのではないかという予兆を感じ、親心から長男だけ先に送り出したのだと考えたため、ノリス夫人はきわめて不吉な予感を感じずにいられなかったのだ。そして秋になって夜が長くなるにつれ、孤独な自邸にあって、このような恐ろしい考えにいよいよとらわれてしまうと、結果、毎晩マンスフィールド・パークの食堂に寄せてもらってしのぐよりないのだった。しかし冬の社交が再開すると、事態は変わってきた。シーズンが進むにつれ、ノリス夫人は上の娘の行く末に目を配る楽しみに忙しく、少しは落ち着いてきた。「もしサー・トマスが二度とお戻りになれない運命にあったとしても、マライアの結婚は大きな慰めとなるでしょう」と日々考えるようになっていた。資産のある男性とおつき合いがあったときにはいつだってそう考えたし、特に、紹介された男性が、若くて、最近その地方で最も大きな地所や邸宅の一つも相続していたりすれば、ことさらであった。

ラッシュワス氏は、一目会ったその日からバートラム嬢の美しさに参ってしまい、ちょうどそろそろ結婚をと思ってもいたので、すぐに、自分は恋に落ちたのだと思い込んだ。若くてのっそりした男性で、常識程度の知性しか持ち合わせていなかったが、その姿にも言葉遣いにも特に不愉快なところはなかったので、このご令嬢は自分の射止めた若者に満足した。今や二十一歳になったマライア・バートラムは、結婚を義務と了解し始めていた。そしてラッシュワス氏との結婚であれば、自分の父親をも超える収入を得ることができたし、今や最大の望みであるロンドンの別邸も手に入るので、可能ならばラッシュワス氏と結婚することは、人の道に適うだけでなく、もうはっきりと自分のたどるべき道に見えてきたのだった。ノリス夫人はこの結婚を進めるのに大変な努力を見せた。あらゆる助言や策を駆使して、両家にとってこの縁がいかにも願わしいものとして話を進めてゆくのだった。そこで駆使した手段の筆頭に挙げられるのは、相手の紳士と現在同居している母親と親密になることだった。そのためには、レイディ・バートラムに、ろくに舗装もしていないひどい道路を十マイルも馬車に乗って訪問させることさえやってのけた。すぐさま先方の母君とノリス夫人は打ち解けた。ラッシュワス夫人は、息子の結婚を強く願っていることを伝えた上、今まで見た若いご令嬢の中でも、気立てのよさと多才さからして、バートラム嬢は最も息子を幸せにしてくれそうだと語った。このほめ言葉を聞いて、ノリス夫人もこの娘の美点にお気づきになるとはさぞ人を見る目がおありになるとほめ返した。「マライアは確かに私どもの誉れであり、喜びでして、言ってみれば欠点が一つもない天使ですわ。それにもちろん、多くの殿方を惹きつけてしまうものですから、よい方を選ぶのも並大抵のことではありませんの。それにしても今お近づきになったばかりではございますけれど、ラッシュワスさんはまさにマライアにぴったりとお見受けいたしましたわ」。

何度かの舞踏会で、一緒に踊ることが手頃な回数に達すると、若い二人は両家の期待に応えることになった。そして、目下不在のサー・トマスの許可を得るという条件の下に婚約が交わされた。両家はもちろん、近隣の人々も満足するところだった。というのも、近隣の人々も何週間も前から、ラッシュワス氏がバートラム嬢と結婚するべきだと感じていたのだから。

サー・トマスの許可が得られるまでにはさらに数ヶ月を要した。しかしその数ヶ月の間も、この縁組にサー・トマスが喜ぶことを疑う者はなかったから、両家の関係の深まりをさえぎるものはなく、またこの件については秘密といって一つもなかった。あるとすればただ、ノリス夫人が、この話をあらゆるところで持ち出しては、今はまだご内密にとことわりを入れていたことくらいだろうか。

エドマンドは家族でただ一人、この縁談に問題を感じていた。伯母がその人柄をどんなにほめそやして伝えてみても、ラッシュワス氏が妹にとってよい相手とは思えなかったのだ。妹の幸せなのだから妹本人にしか決められまいと思ってはいたが、その妹本人が収入の多さを重視して自らの幸せを考えているのは、気に入らなかった。また、ラッシュワス氏と同席するたびに、「年収一万二千ポンド(3)の金を取ったら、こいつはただのばかでしかないんだろうな」とつい思ってしまうのだった。

ところがサー・トマスは、どう考えてもこちらに利益をもたらすこの良縁に満足していた。なにしろ、耳に入ってくることといえば、非の打ち所のないよい話ばかりだったのだから。「これこそは、願っていた良縁だ。同じイングランドで、同じ地域で、支持政党まで同じだ」と(後の記述から二人ともトーリー党支持であることがわかる)、サー・トマスはすぐさま喜んで許可を与えた。唯一つけた条件は自分が帰国するまで結婚を待ってほしいということで、またもや帰国を目前に控えているとのことだった。この手紙は四月に書かれたものだったが、夏が終わるまでには、万事満足に処理して、アンティグアをあとにするつもりだとのことだった。

七月はこのような状況だった。ファニーがちょうど十八歳になった頃、村に新しい住民として加わったのは、グラント夫人の母が再婚してもうけた子で、弟と妹にあたる、クローフォド氏とクローフォド嬢である。二人は若いながら、財産があった。クローフォド氏はノーフォークに立派な地所があり、妹にも二万ポンド(4)の財産があった。子どもの頃は二人とも、グラント夫人にとてもかわいがられていた。ところが夫人が嫁いですぐに三人の共通の母親が死去したことから、二人はグラント夫人がよく知らない二人の父親の弟夫妻に引き取られて育ったので、それ以降ほとんど会うことはなくなったのだった。二人はこの叔父と叔母、クローフォド提督夫妻のもとでかわいがられて育っていった。叔父夫婦は他のことでは一切意見が合わなくとも、子どもへの愛情においては一致団結していた。少なくともそれぞれにひいきするお気に入りの子がいるという以外には、子どもに関してはぶつかることもなかった。提督は男の子をいたく気に入り、夫人は女の子を溺愛した。そしてこのたび夫人が死去したので、そのお気に入りの姪は、叔父の家でさらに数ヶ月は辛抱したものの、別の住家を探さざるを得なくなったのである。

クロ―フォド提督は素行の悪い人物として知られていて、姪を家に置き続けるよりも、愛人を家に呼ぶことに決めたのだ。このためグラント夫人は、妹の方から家に来たいと言ってもらうという恩恵をこうむったのである。この申し出は、グラント夫人にとっても歓迎で、クロ―フォド嬢にとっては渡りに船であった。というのもグラント夫人はこの頃には、子どものいない田舎暮らしの淑女が普通やるような暇つぶしをそろそろやり尽くしてしまっていたし、お気に入りの居間を小ぎれいな家具で満たして、観葉植物と家禽を選ぶのも一段落していたので、このあたりで新しい気分転換があればと思っていたのである。だから、昔からずっとかわいがってやり、独身であるかぎりは一緒に住まわせたいと思っていた妹がやって来るのは、大歓迎だったのだ。一番の心配はといえば、ロンドンの暮らしに慣れ切った若い娘が、マンスフィールドに来たら退屈しやしないかということくらいだった。

クロ―フォド嬢も、同じ心配をまったくしていないわけではなかったが、その心配はどちらかというと、姉の暮らしぶりやこの地域の近所づき合いへの懸念から生ずるところが大きかった。そして、そもそもは兄の邸宅に一緒に住もうと兄を説得しようとして失敗に終わったために、他の親戚に当たろうと決心した、その結果なのだった。あいにく兄のヘンリー・クロ―フォドは、ひとところに永住するとか、社交の場を限られるとかいうことをひどく嫌がる人間だった。そのような重大なことでは妹に譲るわけにはいかなかったが、それでも最高の思いやりをみせてノーサンプトンシャーまで妹を送って行き、妹がそこに飽きたら三十分以内に迎えに来て連れ帰ってあげるという手はずだった。

やって来た方にも迎え入れる方にもきわめて納得のいく再会となった。クローフォド嬢は、しばらく見ることのなかった姉が堅苦しいわけでも、野暮ったいわけでもないのが分かったし、その夫も外見を見るかぎりでは紳士だし、家も広いし調度も整っていた。そしてグラント夫人の方でも、かつてにも増して愛情を注ぐつもりでいた相手が、実に魅力的な若き男女であることが分かった。メアリー・クローフォドの美貌は際立っていた。ヘンリーも、美男子とは言えないものの、その振る舞いと表情に堂々としたものがあった。快活で、好感の持てる二人だったので、グラント夫人はすぐに、見栄え以外の面でも立派な二人に違いないと判断した。二人とも気に入ったが、特にメアリーをかわいいと思った。グラント夫人自身、とりたてて美貌で勝負したことがなかったものだから、この妹が自慢の種になるのが嬉しくてしかたがなかった。グラント夫人は、メアリーが到着するのに先立ってもう結婚相手を探し始めていて、妹の相手をトム・バートラムに決めてしまっていたのだった。いくら相手が准男爵の長男とはいっても、二万ポンドの財産と、品があって多才に育っているに違いないとあらかじめ自分が踏んでいた妹にとっては、分不相応ということはないはずだった。そして夫人は開けっぴろげで率直な女性だったので、到着して三時間と経たない内に、もうメアリーに自分の計画するところを打ち明けてしまっていた。

クローフォド嬢はこんなに近くにそんな名家があるのを喜んだ。姉が先回りして考えてくれていたことについても、その結果白羽の矢が立った相手についても不満はなかった。よい縁さえ見つかれば、是非結婚したかったし、バートラム氏とはロンドンで前に会っていて、その社会的地位にも、人となりにも異存はなかった。したがってクローフォド嬢は、表向き冗談としてこのことを話していても、真剣に考えることを忘れていなかった。この企てはすぐにヘンリーにも伝えられた。

「それから、これをもっといい話にする方法を思いついたのよ」とグラント夫人はつけ加えて言った。「あなた方二人に是非この近辺に落ち着いてほしいの。だから、ヘンリー、あなたはバートラム家の下の方のお嬢さんと結婚なさい。あの娘さんも、よくできたお嬢さんで、とても美しいし、気立てはよいし、いろいろとゆきとどいていますから、結婚すればきっと幸せになれるわよ」。

ヘンリーはお辞儀をして礼を言った。

「まあお姉様」、メアリーは言った。「もしもお兄様をこの話に傾かせることがおできになったら、私はお姉様のような賢い人と血がつながっていることを自慢したくなりますわよ。お姉様に、これから片づけることになる未婚の娘が五人も六人もいないのはもったいないわね。お兄様に結婚を説得することがおできになったら、お姉様はフランス人女性並の交渉力をお持ちということだわ。イングランド式の方法はもうさんざんやり尽くしてしまったんですもの。お兄様には私の友達三人が代わるがわる虜になったんですよ。本人たちやその母親たち――策に長けた人たちよ――だけじゃなく、叔母様と私までもがお兄様を口説いて、諭して、時には担ごうとして、どんなに苦労したことか、ご想像もつかないでしょうね。お兄様は、それはもう人をその気にさせるのがお上手で、ひどいものですのよ。今お姉様がおっしゃったバートラムのご令嬢たちを傷つけたくないのなら、せいぜいお兄様に近づかせないことですわね」。

「まあヘンリー、あなたがそんな人だったなんて、信じられないわ」。

「いやいや、それは有難い。メアリーよりもお姉様の方が分かって下さるでしょう。若さと経験のなさのせいで何かと疑り深くなるあたり、ご寛容にお考えいただかないと。僕は用心深い性格でして、急いて将来の幸せを台なしにしたくないんですよ。僕は人一倍、結婚というものに期待しているんですよ。妻を持つ幸福というのは、ほら、詩人が賢明にも吟じるとおり「天の最後にして最高の天恵」(5)ですから」。

「ほら、お姉様、お兄様が今どの言葉を強調したかお分かりになったでしょう。ほうら、笑ったりして。いやらしいこと。提督が悪いお手本ばかり見せて、すっかりだめになってしまったんだわ」。

「男性が若い内は、結婚について何を言おうと本気でとりあわないことですよ」。グラント夫人は言った。「その気がないようなことを言っているかも知れないけれど、まだよい出会いをしていないからっていうだけのお話なんですからね」。

グラント牧師は笑いながら、クローフォド嬢の方は結婚について積極的であることを、結構なことだと評価した。

「ええ、もちろんですとも。ちっとも恥ずかしいとは思わないわ。相応しい相手とであれば、この世の誰もが結婚すべきだと思います。相応しくない結婚をして、自分を貶める人はとても見ていられません。でも、もし有益な結婚ができるのであれば、すぐにでもしたらいいんです」。

(1) 上流階級は大きな資産を抱えており、それを農耕地や商工業経営用途、あるいは住居として貸し出すことで、その資産から利潤を生み出している。そのため、自身が直接利用する資産のみならず、こうした資産を管理する専門職（この場合は家令）の手に委ね、連絡を常にとりつつ運用をする。

（2）パーティに出かけるには馬車で乗り付けることになっており、社交に加わるような家ではほとんどが自家用の馬と馬車を所有しているが、時にそれが用意できない場合は体面を整えるために貸与によって調達する必要がでてくる。

（3）年収一万二千ポンドという額から判断すると、ラッシュワス家は、貴族の下に位置づけられるジェントリ階級の中では、当時としては破格に大きな財産を持っていたことになる。参考までに（少し前の時代設定ではあるが）『高慢と偏見』のフィッウィリアム・ダーシーであっても年収一万ポンドであると言及がある。

（4）二万ポンドの財産であるということは、当時の政府の資金運用に預けることで年利五パーセント、すなわち毎年一千ポンドを、自由に使える金銭として支給されたことを意味する。

（5）聖書の説くところによると、最初の人間アダムのあばら骨を取って神は最初の女性を創り出した。つまり天が与えた最後の贈り物とは妻のことで、詩人ジョン・ミルトン（一六〇八—七四）が『失楽園』（一六六七年）でこの場面を描いた箇所から引用をしている。

第五章

若い同士は最初から互いを気に入った。どちら側も相手を魅了するものを持っており、両家の人々は礼儀を踏み外さない範囲で、あっという間に親密になっていった。クローフォド嬢の美貌は、バートラム姉妹の反感を買う類いのものではなかった。姉妹は自分たちの器量が充分いいため、他の器量良しの女性を嫌う必要がなかったので、兄たちと同じくらい、クローフォド嬢の快活な黒い目、きれいな浅黒い肌、そしてかわいらしさに惹かれたのだ。もしクローフォド嬢が背が高くて、成熟した体格で、金髪だったら、問題があったかも知れない。しかしそうではなかったので比較の余地もなく、クローフォド嬢はクローフォド嬢でかわいらしくきれいな娘であるのに対して、自分たちは自分たちでこの辺りで最も美しい女性だという自覚があったのだ。

クローフォド嬢の兄は美男子とは言えなかった。むしろ、初対面では不器量に見えると言ってもよかった。色黒で見栄えがしない男性だったが、それでも立派な紳士であり、きわめて好感の持てる態度を見せていた。二度目に会ったとき、クローフォド氏はそれほど不器量とも見えなくなっていた。確かに美男子ではなかったが、それでも表情がとても豊かで、歯並びが整っていて、体格も立派なので、顔立ちがいま一つであることを忘れさせるほどだった。会うのが三度目を数え、牧師館で会食をした後ともなれば、もはや誰にも不器量とは言わせないのだった。それどころか氏は、バートラム姉妹がそれまで会った中で最も感じのよい男性であり、二人ともすっかり魅了されてしまっていた。バートラム嬢が婚約しているので、クローフォド氏は当然ジューリアのものとなり、ジューリア自身もそのことを充分に承知していたので、クローフォド氏がマンスフィールドに来て一週間も経たない内に、ジューリアはすっかり恋愛の対象となる上での心の準備ができあがっていた。

この件について、マライアの方は考えがもっと混乱していて、すっきりしていなかった。この件を直視したくもないし、考えたくもなかったのだ。「感じのいい男性に好意を抱いたって当然だわ。みんな私が婚約していることを知っているんですもの。クローフォドさんが気をつければいいだけよ」。クローフォド氏はと言えば、自ら危険を冒す気など毛頭なかった。バートラム姉妹のご機嫌をとって損はなかったし、姉妹の方でも歓迎だった。だから最初は、姉妹の好意を得ようという程度にしか考えていなかった。自分に恋い焦がれてほしいとまでは思わなかったのだが、分別も感性も持ち合わせているし、判断力にも思いやりにも欠けてはいないはずなのに、こういった点ではかなり好き勝手に振る舞うのだった。

「ご友人のバートラム姉妹のことはすっかり大好きになってしまいましたよ」。ヘンリーは、食事会の後に、二人を馬車まで送って帰ってくると姉に言った。「大変優雅で感じのよいお嬢さんたちですね」。

「ええ、本当にそうだわね。あの方たちを気に入ってくれて嬉しいわ。どちらかといえば、ジューリアの方がお気に入りなのね」。

「ええ、ジューリアの方を気に入りましたね」。

「でも本当にそうなのかしら。お姉様の方が美人だとみんなには思われているみたいだけれど」。

「そうでしょうね。目鼻立ちも姉の方がよくできているし、面持ちも姉の方が好きですが、それでも僕のお気に入りはジューリアです。バートラム嬢の方が確かに美人だし、僕にとって感じがよかったですが、それでもお姉様のお言いつけとあらば、いつだってジューリアの方を僕の好みといたしますよ」。

「もういいわよ、ヘンリー。でも今にジューリアの方を好きになるに決まってるわ」。

「ですから、もうすでにジューリアを気に入っていると言っているじゃないですか」。

「それにお姉様の方のバートラムさんは婚約なさっているのよ。どうかそのことを覚えていてちょうだい。もうお相手を決めていらっしゃるのよ」。

「ええ、だからいいんです。婚約した女性というのは常に、相手がいない女性よりもよいものですよ。自分に満足していますからね。もう心配することはないし、人に思い切りいい顔を見せても疑われることはないですからね。婚約している女性にはできないことなど何一つないのです。恐れるものはないのですから」。

「まあそんなことを。ラッシュワスさんはとてもいい若者だし、バートラム嬢にとってはとても良いご縁談なんですよ」。

「でもバートラム嬢はラッシュワスさんのことは好きでもなんでもないっていうのが、お姉様がお持ちのご意見でしょう。ただ、僕はそうは思いませんよ。バートラム嬢はラッシュワス氏にぞっこんだと思います。その名前が出たときのバートラム嬢の目で分かりました。あの方が好きでもない人と結婚の約束をするなんて、とてもとても僕には思えませんよ」。

「メアリー、この人、手がつけられないわ」。

「もう、放っておくしかないでしょう。何を言っても無駄なんですもの。でもきっと最後には丸めこまれるわよ」。

「でも丸めこまれるなんていやよ。騙されてなんてほしいわけじゃないわ。正々堂々としていなくては」。

「あらまあ、お兄様は好き勝手をして、一度騙されてみたらいいんだわ。どうせ同じことですもの。誰だっていつかは騙されるのよ」。

「結婚の話では必ずしもそうではないわよ、メアリー」。

「いいえ、結婚だからこそ騙されるのよ。ご結婚されている方の前であえて言わせていただければ、お姉様、男でも女でも、結婚した段階で丸めこまれていないなんて言える人は百人に一人もいないでしょう。どこを見てもそうだわ。それに、取引という取引の中でも、結婚こそは、相手に期待するばかりで、自分の方は嘘だらけなのを見れば、そうとしか思えませんから」。

「あなたはヒル・ストリート（ロンドンのメイ・フェア地区に実在する住所。当時から流行の先端をゆく土地で、社交の中心地だった）で結婚の悪いお手本を見てしまったようね」。

「かわいそうに、叔母にとっては確かに結婚はよいものではなかったでしょうね。でも、私に言わせれば、結婚というのは策略よ。結婚がもたらす利益とか、相手の教養や資質に対して大いに期待し、信頼をおいて結婚する人を多く見てきましたけど、みんなあとから欺かれたことに気づいて、始めに考えていたのとは正反対の生活を送ることになるんです。まさに騙されているではありませんか」。

「まあメアリー、もう少し想像力を働かせましょうよ。悪いけど、ちょっとそのお話、信じることはできないわ。それじゃ、ものごとの片面しか見えていないんですもの。結婚の悪い点は見ていても、慰めとなる点を見ていないでしょう。ちょっとした衝突や失望はどこにでもあることだし、誰だって期待が先走るものよ。でも人というのはあるところで幸せになれなければ、他のところに幸せを見出そうとしはじめるものなのよ。もしも最初の算段が間違っていても、次の算段はもうちょっとうまくやれるんだし、人というのは、どこかに慰めを見出すものよ。それにね、メアリー、ほんの少しのことを悪く解釈して騒ぎ立てる傍観者こそが、誰よりも、騙され、いっぱい食わされているんですよ」。

「ご立派ですこと、お姉様。既婚者同士の団結心には脱帽ですわ。私が結婚したら、同じように固い信念を持つつもりよ。私の友人も、みんなお姉様と同じ考えなら、いちいち心配しなくて済むでしょうにね」。

「あなたもヘンリーも、困ったものね。でも私が治して見せましょう。マンスフィールドがきっとあなた方を癒してくれるわ。それも騙しっこなしでね。この家にいれば、まともになりますよ」。

クローフォド兄妹はまともになろうとは思わなくとも、今後もそこにいることにはまったく異論はなかった。メアリーは当面、牧師館に住むことに満足していたし、ヘンリーも滞在を延ばすつもりだった。最初はほんの数日で去るつもりだったが、来てみればマンスフィールドは面白そうだったし、他に特に行くところもなかったのだ。グラント夫人は二人をそばに置いておくことについては大歓迎だったし、グラント牧師もきわめて満足だった。怠惰で出不精の男にとって、クローフォド嬢のような話し好きできれいな女性がそばにいるのは至極結構なことだったし、クローフォド氏が客として滞在しているかぎり、毎日ボルドー酒を飲む言い訳ができたのである。

バートラム姉妹がクローフォド氏に夢中になるさまは、クローフォド嬢にはとても真似できるようなものではなかった。それでもバートラム兄弟が非常に立派な若者であることを認め、このような若い紳士が二人揃っているのはロンドンでも珍しく、そして二人とも、なかでも長男は、立ち居振る舞いが洗練されていることを認めざるを得なかった。兄の方はロンドンにしょっちゅう行っていたし、エドマンドよりも陽気で、女性に親切だったので、メアリーが気に入るのは断然こちらに決まっていた。さらに、長男であることも大きな要因であった。クローフォド嬢には早くから、自分は長男の方を好きになるだろうとの予感があったのだ。自分はそういう質だと分かっていたから。

　いずれにしても、長男のトム・バートラムは好感を持たれて当然であった。誰からも好かれるタイプの若者だったし、高尚な類いの美点よりも一般受けのする美点に恵まれていた。形式張らず、常に上機嫌、顔が広くて、話題も豊富だった。さらに、将来はマンスフィールド・パークを相続し、准男爵の地位に就くという事実も加わるのだから、悪いはずはなかった。クローフォド嬢はじきに、トム・バートラムの人も地位も自分にはちょうどいいかも知れないと思うようになった。よく考えて周りを見まわすと、ほとんどいいことずくめなのだった。庭園、しかもぐるっと周囲五マイルもある本格的な庭園がある。さらに、最も引き立つ場所に人目を避けるように建てられた、広くて近代的な邸宅は、国中の名士の邸宅を集めた版画集に載っても恥ずかしくないようなものだった。あとは内装の一切を取り替えてしまえば申し分なかった。気の合う妹たちに、やかましくない母親、そして当のトムも感じのよい男だった。特に今は、父親に止められていてあまり賭博はしていないし、さらに、将来はサー・トマスとなる特権を約束されている。決して悪くはない話であった。受けることにしよう。というわけで、さっそくバートラム氏がB競馬場で走らせることになっている競走馬について少し興味を示してみることにした。

　トムがこの競馬のために家を留守にしたのは、両家が知り合って間もない頃だった。

家族によると、トムがいったんそこへ行ったら数週間は帰ってこないのが普通らしいので、メアリーにとって、これはさっそくトムの情熱を試すいい機会だった。トム自身は、メアリーを競馬へ誘い出すべくしきりに説得を試み、みんなで行くという計画についても熱心に語ったが、メアリーには、話につき合う以上のことをするつもりはなかった。

さてファニーである。この間ずっとファニーは、何をして、何を考えていたのだろう。そして新参者たちをどう思っていたのだろうか。世に十八歳の若き女性多しといえども、ファニーほど、その意見が求められないお嬢さんもそういないだろう。いつもの静かな様子で、ほとんど誰も気に留めなかったが、ファニーなりに、クローフォド嬢の美しさには賛辞を送っていた。しかし、クローフォド氏が不器量であるということについては、考えが変わらなかった。従姉たちがクローフォド氏の器量がよいことを何度繰り返しても同意できなかったので、何も言わなかった。ファニー自身が浴びた注目は次のようなものだった。「あなたたちのことはもうかなり沢山分かってきたわ。でもプライスさんのことはもう一つ分からなくて」とクローフォド嬢は、バートラム兄弟と散歩しながら言った。「あの方はもう「出て」いらっしゃるの、それともまだなの。よく分からないわ。あなた方と一緒に牧師館で食事をとったので、出ていらっしゃるんだと思ったけれども、ほとんどお話をなさらないので、やはり出ていらっしゃらないようにも思えましたし」。

この質問は主にエドマンドに向けられていた。「多分おっしゃることは分かるのですが、お答えをするのは難しいですね」と答えた。「私の従妹はもう大人です。年齢でも分別でも、一人前の女性ですが、出るの、出ないのというのは僕にはよく分かりませんから」。

「とおっしゃっても、これほど簡単に判断がつくことはないのよ。あまりにもはっきりしているんですもの。一般的に言って、外見だけではなくて、立ち居振る舞いもまったく違ってきますから。これまでは、お嬢さんが社交界に出たかそうでないか、判断を間違えるなんてことはあり得ないと思っていました。社交界に出ていないお嬢さんはみんな似たような服装をしているんです。たとえば顔をおおうようなボネットをかぶって、とてもおとなしそうにしていて、一言も口をきかないのよ。そうやってお笑いになるけれども、本当なのよ。度を越さないかぎりなら、それでいいんだと思います。若いお嬢さんは静かで控えめでなければいけませんから。一番いけないのは、社交界に出たとたんにあまりにも急に立ち居振る舞いが変わってしまうのを、沢山お見かけすることなんです。瞬時に、控えめな態度から、正反対の、自信たっぷりな態度に変わってしまうことがあるんですもの。そこがこの制度の問題でしょう。十八か十九のお嬢さんがすぐに誰とでも対等に振る舞ってしまうのを見るのは気持ちのよいものではありませんわ。そういうお嬢さんが、その前の年にはほとんど口をきくこともできなかったりしていたんですから。バートラムさん、あなたならこのような変わり身をごらんになったことがありますでしょう」。

「確かにありますね。でも、そんなことをなさってはいけませんよ。何をおっしゃっているのか分かりましたよ。例のアンダスン嬢との一件をからかっていらっしゃるのでしょう」。

「いいえ、そんな。アンダスン嬢ですって。なんのことか、誰のことかも分かりませんわ。まったく見当もつかないわ。なんのことだか教えて下さるなら、喜んでからかって差し上げますけど」。

「まったく、実に見事におとぼけになる。でも私はそうやすやすとひっかかりませんからね。急に変わってしまった若いお嬢さんとおっしゃったのは、アンダスン嬢のことでしょう。あまりにもぴったりと当てはまるので間違いようがないですよ。まったくおっしゃっていたとおりなんですから。ベイカー・ストリートのアンダスン一家でしょう。つい最近この一家の話をしたばかりですよ。なあ、エドマンド、この間チャールズ・アンダスンのことを話したろう。まさにこの方が今おっしゃったとおりだよ。二年前にアンダスンが僕を家族に紹介したときには、妹はまだ「出て」いなかったので、一言も口をきいてもらえなかったんですよ。ある日その家でアンダスンのことを一時間ばかり待っているとき、部屋にはそのお嬢さんと、小さな女の子が一人か二人いただけでね。確か家庭教師は病気だったか逃げ出したかで、母親は諸々の用件を書きつけた手紙を持っては始終出たり入ったりしていて、その若いお嬢さんは、僕に一言話すどころか、一瞥もくれなかったんです。話しかけてもろくに答えないし、口をすぼめてしまって、しまいにはなんとも言えない様子で顔をそむける始末で。再び会ったのは一年後のことです。そのときにはもう「出て」いたんですね。ホルフォード夫人の家でお会いしたけど、誰なのか分からなかったくらいです。僕のところにやって来て、知り合いのように話しかけて、こちらがきまりが悪くなるほどどぎまぎろじろ僕の顔を見て、べらべらしゃべるしよく笑いかけてくるし、もう、僕は顔をどちらに向けたらいいか分からなかったね。あのときは、部屋中の笑いものだったに違いないよ。クローフォードさんは明らかにその話をお聞きになったのでしょう」。

「いいお話ですわね。そしてアンダスンさんには不名誉だけど、充分あり得ることですね。あまりにもよくこういう例を見るんですから。世の母親は、娘をどう教育するか、まだ分かっていないのね。どうしてそんなことになってしまうのでしょう。私がお手本を示せるとは思いませんけれども、そんなのが間違っていることは確かですからね」。

「女性がどう振る舞うべきか、身をもって実行している方々は、素晴らしい手本となっていますよ」とバートラム氏は喜ばせるように言った。

「どうしてそうなったかは明らかですよ」、兄ほど女性を喜ばせる術に長けていないエドマンドは答えた。「そういう娘さんはよいしつけを受けていないんですよ。最初から間違った考えを教え込まれているのです。常に人の目を気にして行動しているのですから。ですから、世間に出る前だって、最初から謙虚だったわけではないんです」。

「果たして、そうなのかしら」。ためらいつつもクローフォド嬢は答えた。「その点は賛同しかねますわ。出る前のお嬢さんたちの振る舞いは、少なくとも謙虚に見えるのですから。社交界に出ていないお嬢さんたちが、出ているかのように振る舞って遠慮がない様子を見せる方がずっとよくないわ。そういう例を私も見てきていますし。最悪なものよ。本当に見るに堪えません」。

「そう、それはとても厄介なんですよ」、とバートラム氏は言った。「人を混乱させますからね。どう振る舞ってよいのか分からなくなりますよ。今あなたが見事に描写なさった、顔をおおうボネットとおとなしそうな様子——まさに言い得てますね——があれば、判断がつきます。でも僕はボネットとおとなしい様子がなかったせいで、去年大変なへまをやりましたよ。去年の九月に友人と一週間、ラムズゲイトに滞在したんですよ。ちょうど西インド諸島から帰った後でした。そこで友人のスネイドがですね――ええと、スネイドのことは話したよな、エドマンド。スネイドの両親と妹たちも来ていましたが、僕はご家族とは初対面だったんです。アルビオン・プレイスの滞在先に着いたとき、家族は出払っていましてね。我々は出先に追って行くことにしまして、埠頭で一家を見つけたんです。スネイド夫人とお嬢さんお二人は、別の知人と一緒でした。挨拶をして、スネイド夫人が男性に囲まれていたので、お嬢さんのうちの一人と家まで一緒に歩いて、できるかぎり愛想よくしておきました。そのお嬢さんはまったく気やすい様子で、話を聞いているだけでなく、自分の方もよくしゃべっていました。僕はその段階では自分の振る舞いにまずいところがあろうなどと思いもしなかったんです。二人のお嬢さんはまったく同じように見えたんです。二人ともきれいな服装で、他のお嬢さんと同じようなベールをかぶってパラソルを持っていました。でも後で知ったんですが、僕はもっぱら妹の方の相手をしていて、そのお嬢さんがまだ「出て」いなかったものですから、お姉さんの方をずいぶんと怒らせてしまったらしいんです。オーガスタさんのことは、あと半年は無視しておかねばいけなかったんですよ。スネイド嬢は僕を一生許しませんよ」。

「まあ、それはいけなかったわね。スネイド嬢もかわいそうに。私には妹はいませんけれども、お姉さんのお気持ちは分かるわ。妹のせいで自分が無視されるなんて、ずいぶん腹の立つことでしょう。でもそれは完全にお母様がいけないのよ。オーガスタさんは家庭教師と一緒にいるべきだったのですから。そういう中途半端なやり方は決してよくないわ。ところでプライスさんについて、きちんと知りたいわ。舞踏会にはいつもお出になるのかしら。私の姉のところだけでなく、他の食事会にもいらっしゃるのかしら」。

「いいえ」、とエドマンドは答えた。「舞踏会に行ったことはないと思いますよ。私の母がそもそも社交にあまり出ませんし、グラント夫人のお宅くらいにしか食事にも参りません。いつもファニーは、母と一緒に、家にいますから」。

「ああ、それならはっきりしているわ。プライスさんはまだ社交界に出ていらっしゃらないのね」。

第六章

バートラム氏はB競馬場に向けて出発したので、クロ－フォド嬢は大きな喪失感を覚悟していた。両家は今やほとんど毎日会っていたが、バートラム氏がいなくなると、つまらなくなるだろうと思っていた。実際に出発から間もないマンスフィールド・パークでの夕食会では、クローフォド嬢はいつもの末席近くに陣取りながらも、トムからエドマンドにもてなし役が交代したことで、がらりと雰囲気が変わってしまうことを予想していた。退屈な会になることはよく分かっていた。兄と比べて、エドマンドは気の利いたことの一つも言えないだろう。取り分けたスープをまわしている間も、話題はいま一つ盛り上がらず、笑い声も、冗談もなくただワインを飲むだけだろう。鹿肉を切り分けるときにも「この間食べた鹿肉は」とか「友人の某君はね」といった面白いエピソードが聞けないことは明らかだった。クローフォド嬢は単に、テーブルの上座の方の話題に耳を傾けて、自分たち兄妹が来てからは初めて、マンスフィールドにお目見えするラッシュワス氏を観察することに面白みを探すほかなかった。

ラッシュワス氏はちょうど隣の州の友人の家に滞在していたのだが、その友人が家の敷地を敷地改造家[1]に任せていたことを知り、このことで頭がいっぱいになり、自分のところも同様に改造したがっていた。そしてこの件についても大したことを言ったわけではなかったが、それ以外の件となるとまったく話ができなかった。この話はすでに応接間でもしていたのに、食堂でもまだ続けているのだ。ラッシュワス氏が繰り返し話題に出す狙いは、明らかにバートラム嬢の注意を引き、意見を求めるためであった。そしてバートラム嬢の振る舞いにはラッシュワス氏への共感はなく、他の人々への優越感が感じられこそすれ、サザトン・コートと、それに関する話題が出ることが満足だったため、それなりの愛想を見せているのだった。

「コンプトンをご覧に入れたかったですねえ」とラッシュワス氏は語った。「最高な場所ですよ。あんなに見事に生まれかわった場所を見たのは生まれて初めてです。どこにいるか分からないくらいだとスミスに言ってやりました。門から邸宅までの道は今や国中でも一番と言ってもいい。思いもかけないかたちで邸宅が現れるんです。まったく、昨日サザトンに帰ったときには牢屋に帰ってくるみたいでした。古びた、気が滅入るような牢屋ですよ」。

「まあ、なんてことを」とノリス夫人は声を上げた。「牢屋だなんて。サザトン・コートは世界一立派で歴史のある場所ですのに」。

「ですが、なによりも改造が必要ですよ。あんなに改造が必要な場所は見たことがありませんよ。なにしろ、あまりにも殺伐としているので、どこから手をつけたらいいか分からないくらいです」。

「ラッシュワスさんが今はそう思われるのも無理もありません」とグラント夫人はノリス夫人に言って微笑んだ。「でも、じきにサザトンは、ラッシュワスさんがお望みのとおり、いろいろな意味でずっとよくなることでしょう」。

「なんとかしなければと思うんですが」とラッシュワス氏は言った。「でもどうすればよいでしょう。誰かの助けを借りられるといいんだが」。

「この場合、一番助けになるのは恐らくあのレプトンさん[2]でしょうね」とバートラム嬢は涼しい顔で答えた。

「そう、私もそう思っていたんですよ。スミスのところもあんなによくしたんだから。すぐにでも依頼しなくては。一日五ギニー取られますがね」。

「あら、たとえ一〇ギニーであっても、あなたなら気になさらないでしょう」とノリス夫人は大きな声を上げた。「大したお金ではないでしょう。私だったら、お金のことなんか考えませんわ。最良を尽くしてもらって、最もいい結果が出るんだから。サザトン・コートのような場所だったら、最高の趣味でもって、お金には糸目をつけずに改造するべきですよ。なんといっても広いし、改造しがいのある敷地ですものね。私なら、サザトンの五十分の一の場所でもあったら、常に樹木を植え替えたり、改造したりしていることでしょうね。そういうことが異常に好きな質ですから。今私の住んでいる半エーカーの土地では、そんなことはとてもできませんけれど。ばかげたことにしかなりませんからね。でももっと広い場所があれば、改造したり樹木を植えたりすることがものすごく楽しくなるでしょうね。牧師館でもずいぶんその手のことはやりましたよ。嫁いできたときとは、まったく様変わりしましたわ。若い人たちはあまり覚えていないかも知れないわね。でもサー・トマスは、どんなに改造を加えたか、よく覚えていらっしゃるはずよ。他にももっといろいろなことができたはずなんだけれど、なにぶん夫の健康がすぐれなくなってね。ほとんど外に出て楽しむことができなかったものですから、私はサー・トマスと一緒にいろいろ計画しても、結局全部はできませんでしたよ。もしそのことさえなければ、庭の壁の続きを作って、教会の庭との間に生垣を植えようと思っていたのに。その後でグラント博士が、そうなさいましたけどね。常になにかしらやっていましたからね。夫が逝く前の年の春も、厩舎の壁の前にあんずの樹を植えたんですよ。今はずいぶん立派な樹に育って、ほぼ完璧といったところかしら」と、最後の言葉はグラント博士に向けた。

「確かに見事に育ちましたな」とグラント博士は答えた。「土壌もいいし。ただし惜しいことに、あの樹の前を通るたびに思うんですが、実があまりにも貧弱だから、収穫するだけ手間がもったいないんですよ」。

「まあ、あのあんずはムア・パーク種ですのよ。なにしろムア・パークですからね。値も張ったんですよ。まあ、サー・トマスから頂いたものではありますが、請求書には七シリングと書いてあって、正真正銘のムア・パークでしたわよ」。

「そいつは、つかまされましたな」グラント博士は言った。「あのあんずがムア・パークだというならば、このジャガイモだってムア・パークあんずってことになってしまいますよ。あんずはいいものでも大した風味などないものですが、少なくともいいあんずなら口に入れることくらいはできるものですよ。うちの庭のあんずと違ってね」。

「奥様、本当はね」とグラント夫人は向かいに座っているノリス夫人に対して、公然と内緒話をしてみせた。「夫はうちのあんずの味を知らないんですのよ。ほとんど生で食べさせてもらってないんですもの。あんずは少し調理すればとても美味しくなるものですし、うちのはとても大きくて立派な実がなるので、料理人が早々に独り占めしてタルトやジャムにしてしまうんですよ」。

気色ばんだノリス夫人はこの言葉で機嫌を直し、しばらくの間はサザトンの改造計画の話題から離れた。グラント博士とノリス夫人の仲は決してよくなかった。牧師館の修繕費のことでもめたことがあったし、生活習慣もまったく異なっていたのである。

間もなく、ラッシュワス氏が再び話し始めた。「スミスのところは今や国中の羨望の的ですよ。レプトンが手がける前はどうってことないところだったのに。だから、レプトンを雇おうと思っています」。

「ラッシュワスさん、私だったら、とてもきれいな灌木を植えますわ。天気のいい日には気持ちがよいですからね」とレイディ・バートラムが口をはさんだ。

ラッシュワス氏はその意見に同意を示すと共に、喜ばせようと一生懸命だった。ところが、一方でレイディ・バートラムの趣味に感心しながらも、同時に以前から自分も同じ考えであることを示そうとし、また、一方で等しくご婦人方みんなのためにもあろうとしつつ、それでもなお一人のご婦人を特に喜ばせたいことをそれとなく伝えようとして、次第に自分の中で混乱に陥っていくのだった。そこでエドマンドはワインを勧めることでラッシュワス氏の発言に終止符を打ってあげた。

しかし普段はそう饒舌でもないラッシュワス氏なのに、今はお気に入りの計画について黙っていることはできなかった。「スミスの土地は百エーカー余りしかないのに、あんなに見事に改造したのには驚きですよ。サザトンでは、牧草地を除いてもたっぷり七百エーカーはありますから、コンプトンであれだけの改造ができるのであれば、私たちも決して諦めることはないと思うんですよ。あそこでは、家に近すぎるところに生えていた古くて見事な木を二、三本切り取ったおかげで、驚くほど見晴らしがよくなったんです。サザトンでは、レプトンに限らずその手の人たちは、並木を切り倒すでしょうね。ほら、西側から丘の上に続く並木ですよ」とバートラム嬢の方を見て言った。しかしバートラム嬢は「並木ですって。覚えていませんわ。サザトンのことはほとんど知らないんですもの」とすまして答えた。

ファニーは、エドマンドの向こう側に座って、クローフォド嬢の真向かいに座り、じっと話を聞いていたが、エドマンドに向かって小さな声で話しかけた。

「並木を切り倒してしまうの。残念だわ。クーパー(3)の詩を思い出すわね。「倒れた並木よ、私はおまえたちの不当な運命をまたもや嘆くのだ」」。

エドマンドはファニーに微笑みかけた。「どうやら並木の運命はかなり危ういようだね」。

「並木が倒される前に今の、元のままのサザトンを見てみたいわ。でもそれは無理でしょうね」。

「行ったことがなかったっけ。そうか、無理だね。乗馬で行くには遠すぎるから。なんとかならないかな」。

「ええ、でも構わないわ。いつか行ければ、昔の姿がどのようだったか、教えて下さいね」。

「サザトンは古くてなかなか堂々としたお屋敷なのですってね。どんな建築様式なのかしら」とクローフォド嬢が尋ねた。

「屋敷はエリザベス朝に建てられたもので、大きくて、左右対称の煉瓦造りです。重厚だけれども品があって、いい部屋が沢山あります。立地はよくありませんが。敷地の最も低いところに建っているので、その点では改修に適していませんね。でも森は立派だし、小川は使いようではとてもよくなるはずです。改造するというラッシュワスさんのご計画には賛成ですし、とてもよい結果になることは間違いないでしょう」。

クローフォド嬢はおとなしく聞きながら、「育ちのいいお方ね。なるべくいい方へ話を持っていこうとしているのだわ」と考えた。

「ラッシュワスさんにどうしろというわけではありませんが」とエドマンドは続けた。「私なら専門家には頼まないでしょうね。たとえ出来上がりがそれほど美しくなくても、自分の趣味を生かして、だんだんと変えていきたいですね。人の間違いよりは、自分の間違いの方が耐えられますし」。

「もちろんあなたはそれがおできになるでしょうから。でも私はだめだわ。私は今の状態がどうなっているのかということ以外は見えない質ですから。もし田舎に自分の屋敷を持っていたら、レプトン氏なり誰なりにお願いして、支払った分だけの仕上がりを保証してもらいますわ。そして完成してから見に行くでしょうね」。

「私だったら、だんだんできあがっていくのを見るのが楽しみでしょうね」とファニーが言った。

「そう、あなたはそういうことに慣れていらっしゃるのね。私はそういう経験がなかったから。唯一経験があるとしたら、とある、私が自分ではとても大好きとは言えない方がなさったので、ひときわ改造中の不便がいやでたまらなくなっちゃったのよ。私のご立派な叔父様ですけどね、三年前に夏用の別荘をトゥイッケナムにお買いになったの。私は大喜びで叔母様と遊びに行ったわ。でも、とてもきれいなところだったので、もちろん改造しなければというわけで、三ヶ月の間、泥まみれのてんやわんやでした。砂利道もなければ、座るベンチもろくにない状態で。田舎なら家はできるだけ完璧であってほしいわ。森や花壇や沢山のベンチも欲しいし。ただ、私が関わるのはまっぴらだけど。ヘンリーはそうではなくて、何かしているのが大好きなのよ」。

エドマンドはクロフォード嬢を結構気に入っていたのに、こんなにも叔父について無遠慮に語るので、がっかりした。はしたないと思い、しばらくは口をつぐんでいたが、クロフォード嬢がその後も微笑み、明るく振る舞い続けたので、とりあえずはそのことを考えないことにした。

「バートラムさん、ようやくハープのことで連絡が届きましたわ」と話した。「無事にノーサンプトンに着いているし、この十日余り、そこにあったそうです。何度もそこにはないとはっきり言われましたのに」。エドマンドは驚き、喜んだ。「どうやら私たちの訊き方が直接に過ぎたようなんです。使用人をやったり、自分たちで行ったり。ロンドンから七十マイルも離れていると、このやり方は通用しませんね。でも今朝、ようやく正しい方法で情報を得たのよ。私のハープをどこかの農夫が見かけて、それを粉屋に言って、粉屋が肉屋に言って、肉屋の義理の息子がお店に伝言を残してくれたんですって」。

「どういう方法にせよ、ありかが分かってよかったですね。もうこれ以上遅れることなく届くといいんだが」。

「明日には届くことになっています。でもどうやって届くとお思いになりますか。荷馬車ではないのよ。この村ではそんなものは一切借りられないんです。いっそポーターと荷車を頼む方が簡単なくらいでした」。

「今年の干し草の収穫は、かなり遅れましたからね、荷馬車を借りるのは難しいでしょうね」。

「あまりにも大騒ぎで驚きましたわ。田舎で荷馬車が借りられないはずはないと思ったので、すぐに借りてくるようにメイドに言ったんです。窓の外を見れば農場があるし、森を歩いても必ず農場にぶつかるんですもの、頼めば借りられると思ったし、ここで借りてあげられなくて申し訳ないとさえ思っていたのよ。そうしたらまあ、後で分かって驚いたんですが、私はとても理不尽で無理なお願いをしていたのね。農家の主人にも、働く人たちにも干し草にまで嫌われちゃったみたい。グラント博士の土地管理人には顔をあわせないようにした方がよさそうだし、いつもはとても親切なお義兄様でさえ、私のしたことを知って顔をしかめられたわ」。

「今までお考えになったことがないのも尤もですが、もし考えてごらんになったら、干し草を収穫することがどんなに大事かお分かりになるでしょう。どんなときでも荷車を借りることは、あなたが思っていらっしゃるほど簡単なことではないんですよ。ここの農夫たちには荷車を貸し出す習慣がありませんから。ましてや刈り入れ時には馬一頭だって手放すことはできません」。

「今にこちらの習慣にも慣れてくると思いますわ。でもすべてはお金で手に入るというロンドンの原則をもってすると、この田舎のがんとした独立心に、最初は少しとまどいました。でも明日にはハープが届くのよ。ヘンリー兄さんは親切だから、バルーシュ馬車(4)で運んでくれるんですって。ずいぶん豪勢な運び方になるわね」。

エドマンドは、ハープは大好きな楽器なので、聴かせてもらうのが楽しみだと答えた。ファニーはハープの演奏を聴いたことがなかったので、是非聴いてみたいと言った。

「喜んでお二人にお聴かせしますよ」とクローフォド嬢は答えた。「お二人の我慢が続くかぎりお聴かせするわ。それに、我慢が切れてからもね。私は音楽が大好きですが、あなた方が同じく音楽好きでいらしたとしても、弾く側は絶対に有利でしょう。弾く方が聴くより多くの楽しみが味わえますからね。バートラムさん、お兄様に手紙を書くときに私のハープがやっと届くと伝えて下さいね。そのことでは散々愚痴を聞いていただいたので。それからお帰りになるときのために、知っている中で一番悲しい曲を練習しておくともお伝え下さいね。お兄様の馬はきっと負けるに決まっていますから」。

「手紙を書くときにはお望みどおりなんでも書きますが、今のところ書く理由がないんですよ」。

「そうね、それにお兄様が一年間留守になさっても、用事でもないかぎり、お互いに手紙なんて書かないのでしょう。書く理由がまったくないでしょうから。男の兄弟っておかしいのね。ものすごく緊急の用事がないかぎり手紙を全然書かない上に、馬が病気だとか、親戚が亡くなったといった用件をいざ書かなきゃいけないことになっても極力短く済ませるだけなんですもの。あなた方が使う文体はたった一つなのよね。私もよく知っているわ。ヘンリーはいつもは理想の兄で、妹思いで、なんでも打ち明けてくれるし、なんでも話してくれて、おしゃべりし出したら何時間にでもなるのに、手紙になると未だかつて便箋一枚を超えたことがないのよ。それどころか、いつも「メアリーへ。今到着しました。バースは混んでいて、いつもと変わりません。不一。兄より」ですもの。これが本当の男性的な文体なのでしょう。まったく兄らしい手紙だわ」。

「家族から遠いところにいる場合なら、長い手紙だって書けるんじゃないかしら」とファニーは、ウィリアムのことを考えて、顔を赤らめながらも言った。

「プライスさんのお兄さんは海に出ているんですよ」とエドマンドが補った。「文通相手として申し分ないので、あなたの見方は男性に厳しいと思ってるようですね」。

「まあ、海に。もちろん海軍ですよね」。

ファニーとしてはエドマンドに説明してもらいたかったが、あえて沈黙を守っているので、自分で兄の状況を話さなければならなくなってしまった。兄の職業について、今まで配属された外国の海域について、ファニーは活き活きと話をしたが、兄が国を離れている年月に話が及ぶと、目に涙を浮かべていた。クローフォド嬢は礼儀に沿って、ウィリアムのいち早い昇進を祈った。

「ひょっとして従弟の船に乗っている大佐をご存じではないですか」とエドマンドは尋ねた。「マーシャル大佐です。あなたは海軍にお知り合いが沢山いらっしゃいましたよね」。

「提督ならば大勢知り合いがありますわ。ただし」、とクローフォド嬢はいささか偉そうに言葉を続けた。「下の方にいる士官の方々はほとんど存じ上げませんの。大佐艦長（「ポスト・キャプテン」と呼ばれ、中将、少将、准将よりも位が下であるが、大佐の中では最も高位に位置づけられている職位）の中にはとてもいい方々も沢山いらっしゃるでしょうけれども、お会いする機会に恵まれませんので。提督のことなら、かなりいろいろお話しできますよ。様々な提督と、その職位と、賃金と、もめごとや嫉妬についてもね。皆さん揃って、不当な扱いを受けているし、昇進もできないそうですわ。確かに叔父の家にいたときには提督の方々とお知り合いになれました。少将と中将についての少々の中傷はよく耳にしましたわ(5)。言っておきますけれど、今のは駄洒落のつもりで言ったんじゃありませんからね」。

エドマンドは再び重い気持ちになり、「軍役は立派な職務ですよ」と答えるだけだった。

「ええ、ただし、この職業で満足するには二つの条件が揃ってないとね。一つは財産が築けること、もう一つは、その財産を慎重に使うこと。でも私の好きな職業ではありません。私にはいいものとは思えませんでしたから」。

エドマンドは再びハープに話題を戻し、演奏を聴くのをとても楽しみにしていると繰り返した。

一方、他の人々はまだ敷地の改造の話を続けていた。グラント夫人は、ジューリア・バートラムとの会話を邪魔したくはなかったが、とうとう我慢できなくなって弟に話しかけた。「ヘンリー、あなたの意見はどうなの。あなただって庭の改造をしたことはあるのだし、聞くところでは、エヴリンガム(6)はイングランド中のどの家と比較しても恥ずかしくないというじゃない。大変美しいところでしょう。私が思うに、改造前だってエヴリンガムは完璧でしたよ。あのなだらかな地面、あの立派な樹々。是非もう一度見たいわ」。

「お姉様のご意見を拝聴できれば、大変有難いですね」とヘンリーは答えた。「でも恐らくがっかりなさると思いますよ。今思い描いているものには及ばないでしょうから。敷地はまったく大したことのない広さですし、あまりに小さいので驚かれるでしょう。

それに改造ということについても、残念ながらほとんど手を加える余地がなかったんです。もっといろいろとやってみたかったのですが」。

「そういうことがお好きなのね」とジューリアは尋ねた。

「ええ、大好きですね。でも敷地が元々美しいので、私のような若造にさえ、あとはどうすればいいか分かったし、すぐに決めることができました。成人してエヴリンガムを譲り受け、その後わずか三ヶ月と経たない内に今の姿にしてしまいましたよ。ウェストミンスター校に在学中にすでに計画して、ケンブリッジ大学に進んだときにちょっと変えたかも知れませんが、二十一歳のときにはもう実行に移していました。ラッシュワスさんには、まだまだこれからの楽しみが控えていて羨ましいですよ。私の場合、楽しみがすぐに終わってしまいましたから」。

「判断が素早い人は、決断も早いし、実行も早いんでしょうね」とジューリアは言った。「手持ち無沙汰とは無縁でしょうね。ラッシュワスさんを羨むくらいなら、いっそ意見を言って、お手伝いなされればいかが」。

グラント夫人はこの会話の終わりの方を聞いて、強く賛成した。弟の判断に並ぶものはないと思っていたからである。さらにバートラム嬢もこの考え方を気に入り、友人や私心のない人々の意見を聞いた後で、プロに任せても遅くはないと言ったので、ラッシュワス氏はクローフォド氏の助けを借りることにした。そしてクローフォド氏は自分などとてもと、礼儀正しく一通り遠慮してみせた後に、それではもし自分でお役に立てるのであればなんなりとと申し出た。ラッシュワス氏はクローフォド氏に、サザトンに滞在するよう誘い始めたが、しかしここでノリス夫人が、クローフォド氏を自分たちの元から連れ去ってはほしくない二人の姪の心の内を見抜いたかのように、修正案を出した。

「クローフォドさんは是非ご覧になりたいですよね。でも私たちも一緒に行けないかしら。みんなで参りましょうよ。ラッシュワスさん、お宅の改造についてはみんなが興味を持っていますし、クローフォドさんの意見を現地を見ながら聞いてみたいし、ひょっとしたらこの子たちの意見もお役に立つかも知れませんよ。それに私も、お母様に是非またお目にかかりたいとずっと思っていましたのよ。うちに馬さえあれば、こんなにご無沙汰してしまうこともなかったんだけど。でもみんなで行けば、他の方が敷地を歩きまわっていろいろ決めている間に、私はラッシュワス夫人と数時間はお話ができますし、その後みんなでここに帰ってきて遅めの食事をとるのもいいし、サザトンで食事をしてしまってもいいですし、お母様のご都合がいい方で。それに月が出ているはずですから、光に照らされて楽に帰ってこられますよ。ねえ、クローフォドさん、私と姪たちをバルーシュ馬車で連れて行って下さいますでしょう。エドマンドは馬に乗って行けばいいし、ねえ、レイディ・バートラム、ファニーはあなたと残りますから」。

レイディ・バートラムに異存はなかった。行くことになった者はすぐさま同意を口にした。ただし、エドマンドだけは話をすべて聞いてはいても、何も言わなかった。

(1) 自邸の地所を用いた風景作りに際して手を貸す、敷地改造家というプロが現れてきていた。ここでもギニー通貨で支払っていることからも分かるように、庭師の扱いというよりは、芸術家に依頼して仕事をしていただくという扱いであった。

(2) ハンフリー・レプトン(一七五二―一八一八)。前出の「敷地改造家」として最も有名であった実在の人物。オースティンが小説執筆に際して、このように登場人物の知り合いという身近なかたちで実在の人物を作中に登場させるのは極めて稀な例である。また、オーステイン家の親戚の地所を手がけたこともあり、オースティンからしても実際に関係がある人物であった。

(3) イングランドの詩人ウィリアム・クーパー(一七三一―一八〇〇)。ここで引用されているのは「ソファ」という詩(詩集『務め』(一七八五)に所収)の一部。

(4) バルーシュ馬車は人を運ぶ馬車の中でも装飾が施されており、豪華なものになる。人が四人前後向かい合わせに乗って、後方座席には可動式の幌屋根がついている。さらに前方の御者席とその隣にもう一人座ることができる(上巻解説五六七頁の図参照)。一方、先に出てくる荷馬車は、大きさの代わりに安定性が犠牲になっており、人を乗せられないこともないがサスペンションがないので、乗り心地や物を運ぶときの安定性では相当に質が落ちることになる。

(5) メアリー・クロフォードがここで駄洒落を言った(あるいは結果的に駄洒落になってしまうことを言ってしまった)ことは、その後の本人による釈明によって明らかではあるが、その駄洒落の内容については長く議論されてきている。原文ではRears, and Vices(大文字かつイタリック体文字で強調されている)となっており、それぞれ海軍中将(vice admiral)および海軍少将(rear admiral)という階級にかけてあることは明らかであるが、rearとviceには「お尻」と「悪徳」の意味があるので、当時海軍の悪弊として非難の対象になっていた軍人同士の同性愛行為を揶揄したものではないかという見方が根強くある。しかし、時に悪趣味な冗談を言うオースティンであっても、またメアリーの台詞として言わせていることを考慮しても、この小説で広くそれを世に発表することは、普段の小説執筆姿勢に照らしてほとんど考えがたい。したがって「人の下に置かれる」(rear)、「人として堕落した」(vice)程度のことがかけてある駄洒落として解するのが妥当な線だろうと訳者としては考えている。

(6) エヴリンガムはヨークシャーに実在の土地の名で、英国には他にも同名の土地があるが、本作中に登場するヘンリー・クロフォードの土地とされるエヴリンガムについては地理的な位置や規模から考えて架空の土地であると考えられる。

第七章

「ファニー、メアリー・クローフォドさんのことを今はどう思うようになったかな」。自分自身、このことについてひとしきり考えた後、エドマンドは翌日になって尋ねた。

「昨日、あの人のことをどう思った」。

「とても好感を持ったわ。お話もお上手だし。聞いていて楽しいわ。それにきれいな人だから、つい見とれてしまうわ」。

「魅力的なのはあの人の表情だね。すばらしく豊かだよ。でもファニー、あの人の話で、これはちょっとどうかと思うところはなかったかい」。

「ええ、もちろん、叔父様についてあのようにおっしゃるのはどうかしら。驚いてしまったもの。あんなにも長い間一緒に暮らしていたのに、たとえ叔父様の方にどんな欠点があるにせよ、あの方のお兄様をとてもかわいがっていらして、まるで息子のように世話を焼いているというでしょう。それなのに、ちょっと信じられなかったわ」。

「君もそう考えると思ったよ。とてもほめられたことではないし、あれは礼を欠いていたね」。

「それに恩を忘れていらっしゃると思います」。

「恩知らずというのは言葉としては強いね。あの人の叔父様が恩を感じなければいけないほどの人かどうかは分からないしね。叔母様への恩は確かに忘れてはいけないけれど。そしてあの人があんなことを言うのも、叔母様への恩義があるからなんだろう。難しい状況で育った人なんだよ。ああして熱い感情と活発な精神を持っている人だから、クローフォド夫人の思い出に忠実であろうとするからこそ、つい提督を非難せずにはいられないのだろう。夫妻のどちらが悪いのかは僕には分からないけど、提督が今やっているることを見ると、どちらかというと夫人の肩を持ちたくなるね。ただクローフォドさんがああまで完全に叔母様の味方をするのは当然なことだし、愛情の証だよ。あの人の考えを批判する気にはなれない。ただ、それを人前で言うというのは問題だね」。

ファニーは少し考えたのちに口を開いた。「そんなことを人前でおっしゃってしまうのも、元はクローフォド夫人に原因があるのかも知れないわね。夫人が姪御さんを育てたんですもの。提督のことでどういう態度をとるべきか、正しい教育をなさったとは思えないわ」。

「確かにそのとおりだね。そう、姪の欠点は、そのまま叔母の欠点ということになるね。だからこそ、環境に恵まれずに育ったことがいっそう残念だね。でも今の場所はいい影響を及ぼすだろう。グラント夫人の言動は申し分ない。クローフォドさんがお兄様のことを話すときも、愛情が伝わってくるしね」。

「ええ、そうね。ただ、手紙の短さ云々のお話だけはどうかと思ったけれど。思わず笑ってしまうところだったわ。でも、姉や妹と離れて暮らしているのに、読みごたえのある手紙を書かない兄弟なんて、愛情も人柄も疑ってしまうわ。ウィリアムなら、どんな場合でも、ちゃんと書いてくれるもの。それにあなたまでが出先で長い手紙を書かないだろうなんて、どうして決めつけるのかしら」。

「それはあの人が明るい人で、自分や人を面白がらせられるものならなんでも利用するからだよ。意地が悪かったり、品がなかったりするのでないかぎり、それはまったく問題がないし、クローフォドさんの表情や様子にはそんなことはひとかけらも見られないね。きついところや、下品で粗野なところはまったくない。まったくもって女性らしい人だ。僕たちが今話したこと以外の点ではね。あのことは許し難いけれども。君が僕と同じ意見で嬉しいよ」。

エドマンドこそがファニーの考え方を方向づけて、その愛情を得てきたのであることを考えると、ファニーがエドマンドと同じ意見であるのも不思議はなかった。とはいえこの話題に関しては、意見が分かれてくる危険も生じてきていた。エドマンドは今やクローフォド嬢への賞賛の道を歩み出しており、ファニーがついて来られないところへ行ってしまう可能性があったからだ。クローフォド嬢の魅力はそれからも損なわれることはなかった。ハープは無事届き、この若い婦人の美しさ、機知、そして気立てのよさをさらに引き立てたようだった。頼まれればすぐに楽器を奏で、それもきわめて魅力的な表情と手際で弾いてみせ、一曲弾き終わるたびに何か気の利いたことを言ってみせた。エドマンドはこのお気に入りの楽器を聴く楽しみのために毎日牧師館へ出かけて行った。演奏を聴いてくれる人がいるのが迷惑なはずはなく、行くたびに次の日の招待を受け、すぐにこれは日課になっていった。

きれいで明るい若い女性が、自身と同じくらい優美なハープを弾きながら、地面まで届く窓の近くに座っている。外には夏の豊かな緑に囲まれた芝生が広がっている。男だったら誰でも気持ちを持っていかれるだろう。季節、情景、空気、すべてが心をとろけさせ、感情を湧き起こす手助けをしていた。グラント夫人とその刺繍も無駄ではなかった。そしていったん恋が始まるとすべてのものが意味を持つので、サンドウィッチの皿と、その前に座って人に勧めるグラント博士さえもが見る価値を備えていた。このようなことについて意識的に考えてみるわけでもなく、自分が何に片足をつっ込んでいるかも分からないまま、牧師館へ一週間日参した頃には、エドマンドはもうすっかり恋のとりこになっていた。そして相手のご婦人の名誉のためにつけ加えると、こちらもまた、特に社交的でもなく、長男でもなく、お世辞を言うわけでも、楽しい世間話をするわけでもないのに、エドマンドのことをにくからず思うようになっていた。こうなるとは予期もせず、なぜこうなったか自分でも理解できないながらも、ともかくそう感じ始めていた。普通の基準で測ったら、エドマンドは決して魅力的な男ではなかった。無駄話はしないし、大げさにほめてくれることもしないし、自分の意見は曲げないし、自分に対する態度も大人しいもので、分かりやすかった。ひょっとしたらエドマンドの誠意、実直さ、純粋さになにか惹きつけるものがあったのかも知れず、クローフォド嬢はそのことを認めようとはしないまでも、感じとることはできたのかも知れない。しかしいずれにせよあまり深くは考えなかった。今はエドマンドは自分を楽しませてくれるし、そばにいると嬉しかった。それで充分だったのである。

ファニーはエドマンドが毎日牧師館に出かけるのを不思議だとは思わなかった。自分だって、招待を受けていなくても気づかれずに行けるのなら、ハープを聴きに行きたかった。また、夕方の散歩を終えて、両家族がそれぞれの家に帰るときに、エドマンドがグラント夫人と妹を送って行き、クローフォド氏がマンスフィールド・パークのご婦人方を送ってくれるのもおかしいとは思えなかった。しかしこの交代はきわめてつらいものであり、エドマンドがそこにいてワインと水を混ぜるのをやってくれないのであれば、何も飲まない方が断然ましだった。これだけの時間をクローフォド嬢と一緒に過ごしながら、最初に気づいていた種類の欠点をエドマンドがもうそれ以上は発見していないらしいのは少し驚きだった。ファニーの方はクローフォド嬢に会うたびに必ずと言っていいほど、同じ類いの欠点に気づかされていたからだ。しかし、事実エドマンドは気づいていないようだった。エドマンドはファニーにクローフォド嬢の話をするのを好んだが、あれからは提督の悪口を口にしないことに満足しているようだった。ファニーは自分が意地が悪いように思われたくないため、自分の意見を言うのを控えていた。

クローフォド嬢が最初にファニーを困らせたのは、乗馬を覚えたいと言い出したことからだった。クローフォド嬢は、マンスフィールドに落ち着いてすぐ、バートラム姉妹の示した手本を見て自分も乗馬がしたくなった。エドマンドとも親しくなる内に乗馬を勧められ、エドマンドの所有するおとなしい牝馬が、マンスフィールドの厩舎の中でも一番初心者にちょうどよいだろうと、貸してくれることになった。ただしエドマンドはこの申し出によって、従妹になんら苦痛も損失ももたらすつもりなどなかった。このことでファニーは運動を一日たりとも疎かにすることはないはずだった。ファニーの乗馬が始まる三十分前に、牧師館に馬を貸すだけのことであった。そしてこのことが最初に提案されるとファニーは気を悪くするどころか、自分の許可を求めてもらえたことに感謝で胸がいっぱいになった。

クローフォド嬢の最初の乗馬の試みは大変うまくいき、ファニーにもなんの不利益ももたらさなかった。エドマンドは馬を牧師館に連れて行き、クローフォド嬢の乗馬を見守り、充分時間に間に合うように帰ってきた。ファニーや、従兄姉たちがいないときには必ずファニーのお供をするしっかりした年配の御者の準備が整う前に、すでに戻っていたのだ。しかし二日目の試みはそうはいかなかった。クローフォド嬢はあまりにも乗馬を楽しんだために、いつまでもやめられなかったのだ。活動的で恐れを知らず、いささか小柄でありながらも身体のつくりがしっかりしているので、乗馬にはうってつけだった。そして純粋に乗馬が楽しいという他に、エドマンドが一緒にいて教えてくれること、さらに女性には珍しいほどぐんぐん上達しているという自覚も手伝ったのだろう。馬から降りるのがいやでたまらなかったのだ。ファニーがすでに準備ができて待っており、ノリス夫人が早く出かけなさいと叱り始めても馬が到着する気配はなく、エドマンドも姿を現さなかった。伯母を避けるため、そしてエドマンドを探すためにファニーは外に出た。

牧師館との距離は半マイルもなかったが、互いに姿は見えない位置にあった。しかし玄関から五十ヤードほど歩いて行くと、マンスフィールド・パークの庭園を見渡すことができ、牧師館とその敷地が村道の向こうに緩やかな傾斜をなしているのが見えた。そしてグラント博士の牧草地にすぐに一行を見つけることができた。エドマンドとクローフォド嬢が共に馬に乗り、並んで進んでいて、グラント夫妻とクローフォド氏、そして二、三人の馬番が立って二人を見ていた。楽しそうな集まりだった。全員の関心は一つのことに集まっており、皆が楽しんでいるのは間違いなかった。笑い声はファニーの耳にまで届いていたのだから。だがその声はファニーの心を楽しませるものではなかった。エドマンドが自分のことを忘れるなんてと思うと、心が痛んだ。それでも牧草地から目を離すことはできず、そこで起こっていることを眺めずにはいられなかった。

最初、クローフォド嬢とその従者は、そう小さいわけではない牧草地をそろそろと馬を歩かせて回っていた。次にどうやらクローフォド嬢の提案で、二人の馬は駆け足になった。臆病なファニーにとって、クローフォド嬢の乗馬は驚くほど上手だった。数分後に二人は完全に馬を止めた。エドマンドは近くに寄り、話をしていて、どうやらたづなの操り方を教えているようだった。手を取っているのが見えた。あるいはファニーの目が届かないところも想像力が補っていた。こんなことを気にしてはいけない。エドマンドが人の役に立とうとして、気立てのよさを示していることに、なんの問題があるだろうか。もちろん、クローフォド氏がエドマンドの代わりに教えてあげてもよいはずだ。兄として当然であり、兄としてふさわしい行為でもあっただろう。恐らくクローフォド氏は気立てのよさを誇って、馬の操り方を自慢していても、実は教えることなどまったく無理で、エドマンドと比べると、自分から進んで親切をする心構えもないのだろう。ファニーは馬が一日に二度も使われるのはかわいそうだと思い始めた。自分のことは忘れられてもしょうがないが、せめてあの馬のことを考えてあげるべきだと。

馬とその乗り手に対するファニーの感情は、牧草地の一行が解散し、馬に乗ったままのクローフォド嬢と徒歩で付き添うエドマンドが門を通って道に出てきて、マンスフィールドの敷地に入り、ファニーが立っているところに向かってくるにつれて、少し静まってきた。待ちくたびれたような失礼な様子に見えるのではないかと心配になり、そう見えないように、自分から二人の方へ歩き出した。

「プライスさん、ごめんなさい」クローフォド嬢は声が届くところまで来たとたんに言った。「あなたをお待たせしたことを直接お詫びしようと思って参りました。でもなんの言い訳もできませんわ。すっかり遅くなって、とても失礼なことをしているって分かっていたのよ。だからどうか許して下さいね。わがままは治す術がないので、許していただくしかないんですよ」。

ファニーはきわめて感じのよい答えをし、エドマンドも、ファニーが特に急いではいないだろうと言い添えた。「従妹には、いつもの二倍の距離だって乗るだけの時間がまだまだたっぷりありますから」とエドマンドは言った。「それに出発を三十分遅らせることによって、楽にもなったんですよ。今は雲が出てきていますが、その前だったら暑すぎたでしょう。あなたこそあんなに運動してお疲れではないですか。ここからまた歩いて帰らなければならないのに」。

「私は疲れることなんて一つもないわ。疲れるとしたらこの馬から降りるときね」とクローフォド嬢は、エドマンドに助けられて馬から飛び降りながら言った。「私は体力が結構ありますから。私が疲れることといったら、やりたくないことをするときだけですもの。プライスさん、こんな不躾な態度でごめんなさいね。でもどうぞ楽しんで下さいね。このかわいくていい子できれいなお馬さんがどんなに素晴らしかったか、あとで教えて下さいね」。

自分の馬を連れて近くで待っていた年老いた御者がやって来て、ファニーは馬に乗せられ、二人は敷地の別の方向へ出発した。振り返って、あとの二人が一緒に坂を下って村の方へ歩いて行くのを見るとファニーの気持ちはますます掻き乱された。連れの話すこともまったく慰めにならなかった。御者はクローフォド嬢の乗馬の様子を、ファニーと同じくらいの興味を持って見ていたのだが、その乗り方を賞賛した。

「あれほど堂々と馬に乗るご婦人を見るのは気持ちがよいですな」と御者は言った。「あんなに乗馬がお上手なご婦人は初めてですよ。まったく恐れを知らないようですな。お嬢様が最初に乗り始めたときとは大違いじゃないですか。今度の復活祭《イースター》で六年になりますかな。まあ、サー・トマスが最初に馬にお乗せになったときのお嬢様の怖がりようといったら」。

居間に場所を移してもクローフォド嬢は賞賛の的であった。バートラム姉妹は、クローフォド嬢が生まれつき体力と勇気に恵まれているのを絶賛した。自分たちと同じように乗馬が好きで、自分たちと同じように乗馬の筋がよいので、喜んでほめ上げたのである。

「絶対に乗馬が上手いと思っていたわ」とジューリアが言った。「そういう体格ですもの。あのお兄様にも負けないくらいの均整のとれた身体つきだわ」。

「そうね」とマライアも口をはさんだ。「それに体力だけでなく気力も充実していらっしゃるもの。乗馬が上手いかどうかは、精神力とかなり関係があると思うわ」。

それぞれの寝室に別れる前に、エドマンドはファニーに、翌日も馬に乗る予定があるかと尋ねた。

「いえ、あの、分からないわ。もし馬を使いたいのならば私のことは気にしないで」というのがファニーの答えだった。

「いや、僕が使いたいのではないんだけどね」とエドマンドは言った。「でも君が外に出ない日があれば、クロフォード嬢はもっと長く乗馬をしたいと思うんだ。というか、昼食までの時間をずっとね。マンスフィールド・コモン（コモンは地域の共有地のこと）にとても行きたがっているんだ。あそこの眺めがどんなにいいか、グラント夫人から聞いたようでね。あの人だったら充分行けると思うよ。でもそれはいつにしてもいいんだ。君の運動の邪魔をするつもりはあの人にはまったくないから。邪魔するべきでもないしね。あの人の乗馬は楽しみのためで、君のは健康のためだからね」。

「あの、明日は乗馬はしないわ」とファニーは言った。「最近かなり外出したので、明日は家にいるわ。それにもうかなり歩けるほど丈夫になりましたから」。

　エドマンドの嬉しそうな顔がファニーの慰めだった。そしてマンスフィールド・コモンへの乗馬はさっそく次の朝に行われた。ファニー以外の若い人はみんな出かけて行き、大変楽しい時を過ごし、晩にその話をすることによって二倍の楽しみを味わった。このような企画が成功すると、たいてい次の企画が生まれるものだ。マンスフィールド・コモンへの遠出は、一行を、次の日に別のところへの遠出に促した。景色のよいところは他にいくらでもあったし、暑い時期ではあったが、一行が行きたいと思うところには常に木陰があったのだ。若い人たちが行くところには必ず木陰があると決まっているものだから。こうして、四日続けてクローフォド兄妹を案内してきれいな景色を見せることになった。すべてがうまくいった。全員朗らかにして上機嫌、暑さとてせいぜい楽しい会話の種になる程度だった。しかし四日目を迎えて、一行の内の一人が甚だ楽しくない気分になってしまった。その一人というのはバートラム嬢だった。エドマンドとジューリアは牧師館での夕食に呼ばれたが、バートラム嬢は外されたのである。グラント夫人にはまったく悪気がなかった。ラッシュワス氏がその日マンスフィールド・パークに来ると思われていたので、あえてそうしたのであった。しかしバートラム嬢は大いに気分を害し、礼儀を考えて、家に着くまでは不満と怒りを秘めておくのに大変苦労した。ラッシュワス氏が結局は来なかったことで、ますます自尊心が傷つけられた。自分がいかにラッシュワス氏を惹きつけているかを周りに見せつけることもできなかったのだから。マライアは母親、伯母、そして従妹に対して不機嫌で、夕食の間もデザートのときもこれ以上できようもないほど陰鬱に振る舞った。

十時から十一時の間に、エドマンドとジューリアが居間に入ってきた。二人は夜の新鮮な空気を吸って顔は紅潮し、機嫌もよく、居間に座っていた三人の淑女とは大違いだった。マライアは読んでいる本からろくに顔も上げなかったし、レイディ・バートラムは半分眠っていたし、ノリス夫人でさえも姪の不機嫌に影響されており、夕食会について一つ二つ質問をしたが、すぐに答えが返ってこないと、もうこれ以上何も言わないと決めてしまったようだった。数分の間、兄と妹は夜の気持ちよさと星について語るのに夢中で、自分たち以外の人間については考えが及ばなかった。しかし言葉が途切れると、エドマンドは周りを見まわして「ファニーはどこですか。もう休んだのですか」と尋ねた。

「私が知るかぎりではまだのはずよ」とノリス夫人が答えた。「ついさっきまでここにいましたよ」。

ファニーの穏やかな声が、この奥にとても長い部屋の向こう側から、自分がソファにいることを告げた。ノリス夫人は小言を言い始めた。

「ファニー、一晩中ソファにだらだらしているなんて、ばかなことはおやめなさい。私たちのようにこちらに来て人の役に立つことをしてごらんなさい。自分の縫い物がないのならば、貧しい人のための縫い物がありますよ。先週買った白木綿《しろもめん》がまだそのままなのよ。あれを裁断するので腰が折れてしまいそうだったわ。他の人のことも考えなければいけませんよ。それにいい若い者がいつもソファでごろごろしているなんて、とんでもないことだわ」。

小言が半分も済まない内にファニーはすでにテーブルの席に戻って、縫い物を取り上げていた。楽しい一日のおかげで上機嫌だったジューリアは、ファニーの肩をもって声を上げた。「まあ伯母様、ファニーはこの家の他の誰よりも、ソファに座っている時間は短いと思うわ」。

エドマンドはファニーをじっと見つめてから口を開いた。「ファニー、頭痛があるんじゃないか」。

ファニーは否定はできなかったが、それほどひどくはないと答えた。

「そんなことはないはずだよ」とエドマンドは言った。「僕にはちゃんと分かっているんだから。いつからだい」。

「夕食の少し前からです。暑さのせいですわ」。

「この暑さなのに外に出たのかい」。

「もちろん外に出ましたよ」とノリス夫人は言った。「こんなに天気のいい日に家にいろと言うの。私たちみんな外に出ていましたよ。あなたのお母様ですら今日は一時間以上も外にいたのよ」。

「ええ、そうよ、エドマンド」とレイディ・バートラムは言った。ノリス夫人のファニーへのきつい小言で、完全に目を覚ましたのだった。「一時間以上、外にいたのよ。花壇に四十五分座っていて、ファニーはバラを摘んでいたのよ。とても気持ちよかったけれども、とても暑かったわ。あずまやは日陰になっていたんだけど、家まで戻ってくる間はひどかったわ」。

「ファニーはバラを摘んでいたのですか」。

「ええ、恐らく今年はもう最後でしょう。かわいそうに、ファニーはとても暑かったでしょうけれど、もう花がすっかり開いていて、これ以上待てなかったのよ」。

「確かにしょうがなかったのよ」とノリス夫人はいささか和らいだ口調で続けた。「でもね、ファニーの頭痛はそのとき始まったんじゃないかと思うのよ。熱い陽射しの中で立ったり腰をかがめたりするほど頭痛を引き起こすことはないでしょう。でも明日には治るわ。あなたのアロマ・ヴィネガーを貸してあげたらいかが。私はいつも補充するのを忘れてしまうのよ」。

「もう貸してあげましたとも」とレイディ・バートラムは言った。「お姉様の家から二度目に戻ってきたときに渡したのよ」。

「なんですって」とエドマンドは声を上げた。「ファニーはバラを摘むだけでなく、歩いていたのですか。この暑い中、伯母様の家まで歩いて行って、それも二度もですって。頭痛が起こるのも無理はありませんよ」。

ノリス夫人はジューリアと話していて、聞こえていませんという様子だった。

「ファニーが参ってしまうのではないかと気がかりではあったのよ」とレイディ・バートラムが言った。「でもバラを摘み終わったら、伯母様が欲しいとおっしゃったので、家まで届けなければいけませんでしたからね」。

「でも二度も行くほどの量だったのですか」。

「いいえ、でも乾燥させるために客用の部屋に入れる必要があったのよ。で、ファニーが鍵をかけて持ってくるのを忘れたものだから、もう一度行かなければならなかったの」。

エドマンドは立ち上がって、部屋の中を歩きまわりながら尋ねた。

「で、このようなお使いをする人はファニー以外にいなかったのですか。お母様、これは酷いですよ」。

「では、他にどうすればよかったというの」もはや聞いていないふりができなくなったノリス夫人が大声をあげた。「あとは私が行くしかなくなってしまうじゃないの。でも身体は一つですからね。乳しぼり娘のことで、お母様に頼まれてグリーンさんと話をしていたのですよ。それからジョン・グルームに頼まれて、息子のことでジェフリーズ夫人に手紙を書かなければならず、かわいそうに、グルームを三十分も待たせていたのですから。私が楽をしようとしているなんて、そんなことはどんなときでも誰にも言えないはずだし、さすがに私だっていっぺんに沢山のことはできませんよ。それにファニーに家まで行ってもらったことも、距離はせいぜい四分の一マイルですから、そう無理なことではないでしょう。私など一日三回も往復して、朝早くとか夜遅くとか、そう、どんな天気のときでも。でも一度だって文句を言ったりしませんよ」。

「ファニーに伯母様の半分でも体力があったらと思いますよ」。

「ファニーがもっときちんと運動をしていれば、こんなにすぐに参ってしまうことはないんですすよ。ずいぶん長いこと馬に乗っていないし、馬に乗らないときにも歩くべきなのよ。もしその前に馬に乗っていたのだったら、あんなことは頼みませんよ。でも、バラ園で腰をかがめていた後は、歩いた方がいいと思ったのよ。あの種の疲労の後に散歩するほどいいことはないわ。それに陽射しは強かったけれど、それほど暑くはなかったのよ。ここだけの話ですけどね、エドマンド」と、意味ありげに母親を見てうなずきながら続けた。「バラを摘んでから、花壇でうろうろしていたのがいけなかったのよ」。

「確かにそうでしょうね」と、姉の言葉を小耳にはさんだレイディ・バートラムは素直に認めた。「確かにあそこで頭痛が起こったのでしょうね。あの暑さでは誰でも参ってしまうわ。私も我慢の限界だったわ。あそこに座って、パグが花壇に入り込まないように呼び戻すのだけでも参りそうだったわ」。

エドマンドはもう二人の婦人に何も言わなかったが、軽食を並べた盆がまだ下げられていないテーブルまで行って、マデイラ酒をグラスに注ぐと、ファニーのところへ持っていき、それを残さず飲み干すように言った。ファニーは断りたかったが、様々な感情から溢れ出た涙のせいで、何か言うよりも、黙って飲む方が簡単だった。

エドマンドは母親と伯母に対していらだっていたが、それ以上に、自分のことが腹立たしかった。ファニーを疎かにしていた自分は、二人がしたどんなことよりも、悪いことをしていたのだ。ファニーのことをちゃんと思いやってさえいれば、こんなことは起こらなかっただろう。四日間も放っておかれて、一緒にいる人も選べなければ、運動の術もなく、理不尽な伯母たちの要求を断る口実もなかったのだ。ファニーが四日間も乗馬できなかったことを考えると、自分を恥じ入り、クローフォド嬢の楽しみをいかに奪うことになろうと、二度とこのようなことを起こしてはいけないと真剣に決意した。

ファニーは、最初にマンスフィールド・パークに来たときと同じくらい胸がいっぱいになりながら床についた。身体の不調は恐らく、精神状態にも影響されていたのだろう。

自分は放っておかれていると感じていて、この数日間、不満や妬みと闘っていたのである。みんなから見えないようにソファに横になっているときの心の痛みは頭の痛みよりもはるかに大きいものだった。そしてエドマンドの優しさによって急激に状況が変わったので、もはや自分を保つことができなかったのである。

第八章

ファニーは乗馬を翌日再開した。その日は快適で涼しく、最近の数日の天気よりもしのぎやすかったこともあり、ファニーが体調を取り戻し、また乗馬を楽しめるようになればよいがとエドマンドは思っていた。ファニーが出かけている間にラッシュワス氏が母親を連れてやって来た。ラッシュワス夫人が来たのは親交を深めるためだった。特に、サザトン訪問の企画は二週間前の提案だったのに、その後、ラッシュワス夫人が家を留守にしていた都合から、この間延期されていたので、これを実現せねばと思っていたのだ。ノリス夫人も姪たちも、この案が再び持ち上がったことにとても喜び、そう遠くない日にちで提案があり、その日に決まった。あとは、クローフォド氏さえご都合がよければということだった。ご令嬢たちはこの条件をつけることは忘れなかった。そしてこの日でクローフォド氏の都合もいいに決まっているとノリス夫人が言い張ったけれど、姉妹はそんなことを信じようとも思わなかったし、信じてしまってその日に結局クローフォド氏が来られないという危険を冒すつもりもなかった。とうとう、バートラム嬢がそれとなく促したので、ラッシュワス氏は、自分が直接牧師館に行ってクローフォド氏に水曜日の都合を尋ねることが期待されているのだと気づいた。

ラッシュワス氏が戻らない内に、グラント夫人とクローフォド嬢がやって来た。二人はしばらく前に外出し、別の道を通ってマンスフィールドに来たために、ラッシュワス氏とは入れ違いになってしまったのだった。とはいえ、二人はクローフォド氏は今ちょうど在宅中だと伝えて安心させた。もちろん、サザトン訪問の話になった。他のことを話せという方が無理だった。なにしろ、ノリス夫人はこの計画に大乗り気だったのだ。おまけにラッシュワス夫人というのは、悪気がなく、礼儀正しく、ありきたりなおしゃべりをする質で、そもそもがもったいぶっており、自分と息子のことしか頭にない人物なので、レイディ・バートラムにも是非お越しいただきたいといつまでも繰り返した。レイディ・バートラムは何度も辞退したのだが、その辞退の仕方があまりにも穏やかだったので、ラッシュワス夫人はそれが本心ではないと思っていたのだ。しまいには、もっと饒舌で、声の大きなノリス夫人が代わって、本当に行くつもりがないのだと告げた。

「ラッシュワスさん、妹には体力的に難しいんです。まず無理でしょうね。往きが十マイル、戻りも十マイルでございましょう。今回は妹は失礼させていただいて、うちの二人の娘と私だけでお邪魔いたしますわ。妹がたとえ遠くたって行けるなら行きたいと言うのはサザトンくらいしかないのですけれど、しかし、とても無理ですわ。ファニー・プライスが一緒に留守番しますから、問題ありませんよ。エドマンドは今ここにはいませんけれども、いたらきっと一緒にお邪魔したいと言うはずですわ。あの子は馬に乗って行けばいいですからね」。

ラッシュワス夫人もレイディ・バートラムが家に居残ることを受け入れざるを得なくなり、残念がるばかりだった。「レイディ・バートラムがいらっしゃれないのは大きな痛手ですし、あのお嬢さん、プライスさんにも是非いらしてほしかったわ。まだサザトンにいらしたことはなかったでしょう。お見せできなくて残念ですわ」。

「まあ奥様、本当にご親切に言って下さってありがとうございます」とノリス夫人は声を上げた。「でもファニーはこの先いつでもサザトンに伺うことができますからね。この先いくらでも時間はあるんです。でも今回お邪魔するのは無理ですわ。レイディ・バートラムが手放しませんからね」。

「ええ、私にはファニーがいてくれないと」。

誰もがサザトンを見たがっているに違いないと思い込んでいるラッシュワス夫人は、続いてクローフォド嬢を招待した。グラント夫人は、この土地に引っ越してきてからまだ一度もラッシュワス夫人を訪問しておらず、今回も丁重に招待を断わったが、妹は行くだろうと答えた。そしてメアリーはそれ相応に促され、勧められると、招待を受け入れるのにもそう時間はかからなかった。ラッシュワス氏は牧師館からよい知らせを持ち帰ってきた。そしてエドマンドは入ってくると、水曜日の計画がすっかり決まったことを聞かされた。その後エドマンドは、ラッシュワス夫人を馬車まで見送り、牧師館の二人の女性を途中まで送って行った。

エドマンドが朝食室に戻ってくると、ノリス夫人は、クローフォド嬢が仲間に加わったのがよかったのかどうか、クローフォド氏のバルーシュ馬車がもういっぱいなのではないかと思いあぐねている最中だった。バートラム姉妹は伯母の心配を聞いて笑った。バルーシュ馬車には充分四人座ることができるし、それとは別に外の御者席のクローフォド氏の隣にもう一人乗れるということだった。

「でも、なぜクローフォドの馬車を使わなきゃならないんだ。少なくともその馬車だけで行くこともないだろう」とエドマンドが口をはさんだ。「お母様の馬車[1]を使えばいいじゃないか。この間、初めてこの話が持ち上がったときから思っていたんだけど、我が家が揃って訪問するのなら、うちの馬車で行くのが筋だろうに」。

「なんですって」とジューリアは叫んだ。「この季節にうちの馬車に三人でぎゅうぎゅう詰めになって行けとおっしゃるの。バルーシュに乗れるのよ。お兄様、それはだめだわ」。

「それだけじゃないわ」とマライアが言葉を続けた。「クローフォドさんだって私たちを乗せて行きたがってらっしゃるのよ。最初にお話ししたときから、もうそのつもりでいらっしゃるわ」。

「それに、エドマンド」とノリス夫人がつけ加えた。「一つで足りるのに二台も馬車を出したってしょうがないでしょう。ここだけの話、うちの御者は、ここからサザトンまでの道があまり好きではないのよ。道が狭いから、馬車を擦ってしまうといつもこぼしているのよ。サー・トマスがお戻りになって、馬車のニスがすっかり剝がれてしまっているのをお見せするわけにはいきませんからね」。

「それは、クローフォドさんの馬車に乗せていただくのに、あまりほめられた理由ではないわね」とマライアが言った。「本当のところ、ウィルコックスが下手で、馬車を操れないのよ。今度の水曜日には、道が狭くて困るなんてことはないと請け合うわ」。

「バルーシュ馬車の御者席に座るのがつらかったり、いやだったりすることはないんだね」とエドマンドが訊いた。

「いやですって」マライアは答えた。「それどころか、バルーシュ馬車の中でも一番いい席だと思うのが普通なんじゃないかしら。景色を見るには最適の席ですもの。多分メアリーさんが、ご自分で御者席を選ばれるでしょうね」。

「ならばファニーが一緒に行くのに問題はないね。ファニーが座る場所も充分にあるようだから」。

「ファニーですって」ノリス夫人は言い返した。「まあエドマンド、ファニーが行くなんてことはありませんよ。あなたのお母様と留守番をするんですから。もうラッシュワスの奥様にもそう申し上げましたからね。ファニーが来るとは思っていらっしゃいませんよ」。

「まさか、ファニーに行くなとはおっしゃいませんよね」とエドマンドは母親の方を向いた。「お母様に不都合があるなら別ですが。もしファニーがいなくてもなんとかなるならば、留守番をさせようなどとはお考えになりませんよね」。

「ええ、もちろんそうよ。でもファニーがいないと困っちゃうわ」。

「いや、大丈夫です。僕が代わりに家に残りますから」。

エドマンドのこの言葉には全員が声を上げた。「ええ」とエドマンドは言葉を続けた。「僕は別に行く必要はありませんから、家にいるつもりです。ファニーはサザトンをとても見たがっていますから。本当に行きたがっているんですよ。滅多にこんな風に楽しむ機会がありませんから。もちろん、お母様も、今回はファニーに楽しんできてもらいたいとお思いですよね」。

「ええ、もちろんよ。伯母様さえ反対なさらないのならね」。

ノリス夫人の手元に残された反対意見はただ一つ、それはファニーは行かないともうラッシュワス夫人には言ってしまっているから、後になって連れて行くのはとても変に思われてしまうというもので、ノリス夫人にとってはこれはどうやっても動かし難い根拠になっていた。

「どうしたって、おかしいでしょう。まったく礼儀知らずなことだし、ラッシュワス夫人に対しても失礼だわ。あの方は特に礼儀正しくて細やかな気遣いをなさる方なんですよ。こちらだってきちんとしなきゃ」。

ノリス夫人はファニーに愛情を感じていないし、ファニーを喜ばせたいと思ったことなど一度としてなかった。しかし、今回のエドマンドの案に反対したのはそのせいではなく、ただ、自分が言い出した計画どおりにものごとを運びたいからというだけのことだった。万事をうまく計画したのが自分だったので、少しでも変えたら、計画が損なわれるとしか考えられなかったのである。ようやく口をはさめるようになるとエドマンドはノリス夫人に、ラッシュワス夫人については心配は無用ですと答えた。だって、玄関まで送って行く際に、たぶんプライス嬢も一行に加わるだろうと夫人に伝え、すぐさま夫人は丁重な招待の言葉で答えていたのだからと。ノリス夫人は怒りのあまり素直にこのことを受け入れられず、「分かりました、分かりました、好きなようにしたらいいわ。勝手になさい。私にはどうでもいいことなんですから」と言うだけだった。

「お兄様がファニーの代わりに留守番するなんて、なんだかおかしいわね」とマライアは言った。

「ファニーもお兄様に大いに感謝しないと」とジューリアはつけ加えながら、本来留守番を申し出るべきなのは自分だったことを自覚しているので、そそくさと部屋を出て行った。

エドマンドが「ファニーは普通に感謝してくれるに決まっているよ」とだけ言うと、その話題はそれっきりになった。

この新たな計画を聞いたときのファニーは、行けるのが嬉しい気持ちよりも感謝の気持ちの方がはるかに勝っていた。ファニーの感じやすい心には、エドマンドの優しさは痛いほどに思われた。エドマンドはファニーの抱く愛情の大きさに気づいていないので、ファニーの感謝の深さは、はるかにエドマンドの想像を超えていた。しかし、自分のためにエドマンドが楽しみを犠牲にしてくれたのはファニーにはつらいことでもあり、エドマンドがいないならサザトンを見たって意味がなかったのだ。

マンスフィールドに住む両家族が次に会ったときには、計画にもう一つ変更が加わり、今度は全員が満足するものになった。グラント夫人がエドマンドの代わりにレイディ・バートラムのお相手を務めることを申し出て、ディナーにはグラント博士も同席することになった。レイディ・バートラムはこの計画に大変満足し、若い令嬢方も気をとり直した。エドマンド本人までが、やはり仲間に入れることになったのは有難いと言い、ノリス夫人に至ってはこれは素晴らしい計画で、グラント夫人がこれを提案したとき、まさに自分もまったく同じことが口元まで出かかっているところだったということだった。

水曜日は晴れ上がり、朝食が済むと間もなく、クローフォド氏が姉と妹を乗せてバルーシュ馬車で到着した。全員準備ができていたので、あとは、グラント夫人が馬車から降りて、代わりにみんなが乗り込むだけだった。最上席、誰もが羨む、誉れ高きその場所は空席のままだった。この席に座る幸運は誰のものになるのだろうか。バートラム姉妹はそれぞれ、他の人に勧めているように見せながら、巧みにこの席をものにする方法を考えていたのだが、グラント夫人が馬車を降りつつ発した言葉ですべてが決まった。

「全部で五人いらっしゃるから、お一人はヘンリーの隣に座った方がいいわね。ジューリア、あなたはこの間、馬車を御してみたいと言っていたでしょう。今日は覚えるのにちょうどいい機会じゃないかしら」。

幸福なジューリア、そして不幸なマライア。ジューリアはさっそくバルーシュ馬車の御者席に座り、マライアは気を悪くしてむっつりしたまま、車内に乗り込んだ。そして馬車は出発し、家に残る二人のご婦人は安全を祈り、女主人の腕に抱かれたパグは吠え声で見送った。

馬車は快適な田舎道を進んで行った。馬でもあまり遠乗りをしたことのないファニーにとって、景色はすぐに見慣れぬものとなり、新しい風景を見たり、美しい情景に感動したりして、すっかり楽しんでいた。会話に加わるように要求されることはあまりなく、自分の方でもまた加わりたいと思ってはいなかった。一人であれこれ考えるのを常とするファニーにとって、それが最も心地よいのだった。そして周りの景色を眺め、道の向かう方角や、土の色の変化、収穫の具合、農夫の小屋、牛の群れ、それに子どもたちを見ていれば充分だった。あとはエドマンドがそこにいて、見たものの感想を語ることができたら申し分なかったのだが。ファニーと、隣に座っているご令嬢との共通点といったら、およそこのことだけであった。エドマンドを大事に思っている点をおいては、クローフォド嬢はファニーとは何から何まで違っていたのである。クローフォド嬢は、ファニーのような繊細な趣向、精神、感情を一切持ち合わせていなかった。自然、少なくとも動きのない自然現象に、クローフォド嬢はほとんど注意を払わなかった。その注意はすべて人間に向き、軽快で活気のあるものに対して、その本領を発揮するのだった。しかし、馬車の後ろに長く一本道が見えているところとか、急な坂を登るところでエドマンドが追いついて来たときに、振り返ってその姿を見ようとするときだけは、二人の行動はまったく一緒だった。「ほら、あそこにいるわ」という言葉が二人の口から同時に出ることも一度ならずあったのである。

最初の七マイルは、バートラム嬢にとって楽しいとは言い難かった。視界に入るのは常にクローフォド氏と自分の妹ばかりで、二人は並んで座り、しきりに話して、笑っているのだった。クローフォド氏が微笑みながらジューリアを見るときの横顔や、ジューリアの笑い声を聞くたびにいらだったけれど、体面を重んじてそれをなんとか抑えていた。ジューリアがこちらを振り返るときには満面の笑みを浮かべており、こちらに話しかける声はまさにご機嫌だった。「素晴らしい景色よ。皆さんにも是非見せてあげたいわ」、云々。しかし実際に交代しようと言い出したのはたった一度だけ、長い坂の頂上付近で、それもクローフォド嬢に訊いただけであり、本心と伝わってくる言い方ではなかった。「ここはとてもいい景色だわ。私の席を譲って差し上げたいけれども、私がどんなにお勧めしても代わって下さらないでしょうね」。そしてクローフォド嬢がろくに返事もできないまま、馬車はまた速度を上げて進んで行くのだった。

一行の、サザトンとの距離が縮まるにつれて、バートラム嬢は優勢になってきた。バートラム嬢にはいわば二本の矢の用意があったのだ。バートラム嬢の中には、ラッシュワス感情とクローフォド感情があり、サザトンの領内に入る頃には、ラッシュワス感情の方が大きく作用するようになっていた。その土地でのラッシュワス氏の地位は、そのままマライアの地位でもあった。「あの森はサザトンの一部ですよ」とクローフォド嬢に示したり、「この道の両側の土地はラッシュワスさんが所有しているみたいね」とさりげなく言ってみたりするたびに、気持ちが高揚するのを抑えることができなかった。そして、ラッシュワス家代々の領地であり、荘園領主刑事裁判所や荘園領主裁判所の権限が思う存分発揮される、あの立派な自由保有の邸宅(2)に一行がさしかかると、マライアはいよいよ得意気になっていった。

「クローフォドさん、この後はもうでこぼこの道はありませんよ、もうここからはなだらかになります。これ以降はまともな道ですよ。ラッシュワスさんが後を継いでから、舗装したのですから。ここが村の入り口になります。あそこの一群の小屋は酷いものでしょう。あの教会の尖塔はとても立派だという評判ですの。教会が邸宅のすぐ近くになくてよかったわ。ほら、よく昔からの土地はそうなっているでしょう。それだと鐘がうるさくてしょうがないわ。あそこにあるのが牧師館です。手入れがゆきとどいた家でしょう。牧師夫妻はとてもいい方たちだそうですわ。あそこにあるのが私設救貧院(3)です。ラッシュワス家の人たちが建てたんですよ。右側が家令の家で、とてもしっかりした人ですのよ。さあ、表門に来ましたけれども、まだ家まではここから一マイル近くもあるんですよ。こちら側も見苦しくはないでしょう。立派な樹が何本か立っているのはいいんですが、家の位置はちょっとまずいわね。なにしろ、これから半マイルほど坂を降りて行かなければならないんですよ。家までの道がもっとよかったら、そんなに悪いところではないのですけど」。

クローフォド嬢はすかさず賞賛の言葉を口にした。バートラム嬢の気持ちはおおよそ分かっていたので、なるべく喜ばせてあげなければと感じていたのである。ノリス夫人もよどみなくほめ言葉を並べ、ファニーまでもが感嘆を表し、マライアを満足させた。ファニーは視界に入っているものすべてを熱心に見入り、なんとか屋敷も目にすることができて、「敬意を抱かずにはいられない家ですね」と感想を述べた後に、こうつけ加えた。「それで、並木道はどこですか。家は東向きですね。ということは並木は家の裏ですよね。ラッシュワスさんは並木道は西に向かっているとおっしゃっていましたので」。

「ええ、ちょうど家の裏側よ。並木は少し離れたところから始まって、敷地の端の方に向かって半マイルほど坂に沿って上がっていくようになっています。ここからも少し見えるわ。向こうにある樹々の一部がね。全部オークの樹なのよ」。

ラッシュワス氏から意見を求められたときにはまったく知らないと答えていたのに、バートラム嬢は今や確固たる情報として伝えていた。そして家の玄関へと導く大きな石段の前に馬車が着いた頃には、虚栄心と自尊心がもたらす最大限の喜びと高揚の中にいた。

（1）バルーシュ馬車が四人乗りであるのに対して、ここで言われているレイディ・バートラム専用の馬車は、「シェイズ馬車」と呼ばれ、左右二輪で小規模の馬車である。通常は二人乗りで、御者も合わせて二人乗りの小規模のものもあるが、恐らくここでは二人席とは別に前方に御者席があるものになる。

（2）本来、君主が土地利用の権利を与える際は、その土地の売買や家賃を決める処分の権利が与えられるだけではなく、その土地の持ち主には、その土地での争いを解決する司法権も同時に与えられ、その権限を与えられているのが荘園領主刑事裁判所や荘園領主裁判所になる。

（3）福祉を受けることが当然の人権と認められ国家の単位で制度が整えられる以前は、寄る辺なき子どもや老人の世話を私設救貧院が担った。君主や善意を持つ領主の名の下に、またその財源で設置されたもので、「上に立つ者の社会的責務（ノブレス・オブリージュ）」の一例である。

第九章

ラッシュワス氏は婚約者の来訪を玄関で待ち、一行を丁重な挨拶で出迎えた。応接間ではラッシュワス氏の母親がこれまた丁寧に迎えた。母子ともバートラム嬢を特別に歓待し、大いに満足を与えた。到着の挨拶が一通り済むと、では食事をいただかねばということで、食堂へと続く扉が開かれ、一同が、部屋を一つ二つ通り抜けると、軽食がたっぷりと、そして優雅に並べられていた。みんなよくしゃべり、よく食べ、万事好調だった。やがて今日の訪問の一番の目的が話題になった。さて、クローフォド氏は敷地をどういう手段でご覧になるか。ラッシュワス氏は、自分の二人乗り馬車(1)はどうかと提案した。クローフォド氏は、馬車は三人以上乗れるものの方がもっと便利なのではないかと応じた。「二人乗りの方が軽快かも知れませんが、大きいものの方が皆さんが同行できますし、それに、ここは、敷地を皆さんで見ていただいて、判断を仰ぐこともできますから」。

その二人乗り馬車に加えて、家族用の馬車も使えばどうかとラッシュワス夫人が言ってみたが、この案はあまり歓迎されなかった。(2) 若い令嬢たちは誰一人として同意の笑みを見せもしないし、意見も言わなかった。夫人が次に提案したのは、初めて来た方もいらっしゃるのだから家の中を案内するというものだったが、こちらは前の案よりは賛同を得ることができた。バートラム嬢は家の大きさをみんなが見るのは悪い気がしなかったし、全員、まずは何かすることができたので安心したからである。

一行はテーブルから立つと、ラッシュワス夫人に連れられて、いくつかの部屋を見てまわった。どれも天井が高く、大半は広かった。内装は五十年前のスタイルで、床はぴかぴかに磨かれ、重厚なマホガニー、豪華なダマスク織りの布地に、大理石が使われ、金箔や彫り物が施されていた。絵画が沢山あり、その内のいくつかは価値のあるものだったが、大部分は家族代々の肖像画であり、これに価値を見出せるのはラッシュワス夫人だけだった。なにしろ夫人は苦労して、一つひとつの肖像画が誰のものであるかをハウスキーパーから学んで頭に叩き込み、その甲斐あって今やハウスキーパーに劣らず家の中を案内できるようになっていたのだから。(3) ちょうど今、夫人は主にクローフォド嬢とファニーに向かって話していたが、二人の反応にははっきりと差があった。つまり、クローフォド嬢はすでに何十もの屋敷を見ていながら、特にどれにも興味を持つこともなく、失礼にならぬ程度に聞いている風だったが、ファニーは、見るものすべて目新しいばかりか興味もあったので、ラッシュワス夫人の話を夢中で聞いていた。一家の歴史、その興りと栄光、王家の訪問や忠誠の話。ファニーは自分の歴史の知識と結びつけたり、過去の情景を想像したりして、夫人の話を大いに楽しんだのである。

家の建っている位置が悪く、どの部屋へ行っても敷地をよく見ることはできなかった。ファニーらがラッシュワス夫人の話を聞いている間、ヘンリー・クローフォドは窓の外を見て、深刻な面持ちで、頭を振っていた。西側のどの部屋からも、見えるのはただ、芝生の向こうにそびえる高い鉄の柵や、門のすぐ向こうに広がる並木道の入り口だけだった。

あえて窓税[4]を沢山払いたいか、メイドの仕事を増やしたいのかとしか思われないほどに、窓が沢山ある部屋を見た後で、ラッシュワス夫人は言った。「さあ、これから礼拝堂に入りますよ。本当なら上の階から入って、そこから見下ろすべきなんですが、皆さん、近しい方々ですので、こちらから入るかたちにしてもよろしいですね」。

一行は礼拝堂に入った。ファニーはもっと立派なものを想像したが、実際にはただっ広い長方形の部屋を、礼拝用にしつらえただけのものだった。何か、目を惹くもの、礼拝堂らしいものといえば、ふんだんに使われたマホガニーと、二階にあるこの一家の専用席の手すりの向こうに赤いビロードのクッションが見えるくらいだった。「がっかりだわ」とファニーは小声でエドマンドに言った。「私が思っていた礼拝堂とは違うわ。神への畏れを感じさせるものもなければ、物悲しさもなければ、崇高なものもないわ。側廊もなければアーチもないし、碑文もないし、旗もない。ほら、あの「天の夜風に吹かれる旗」もないのよ。「この下にスコットランド王が眠る」その気配もないし」（ウォルター・スコットによる詩『最後の吟遊詩人の詩』（一八〇五年）からの一節であるが、引用としては原文通りでないところが数ヶ所ある）。

「ファニー、分かっているだろう、ここは最近建てられてるし、使う場面も限られているんだよ。お城や僧院にある古い礼拝堂とは違うのだから。ここはただ一家が使うためのものだしね。この一家の先祖も、埋葬してあるのは、たぶん教区の教会だろう。旗や記念碑はそっちで探さなきゃ」。

「そのことに気づかなかった私もばかだけど、やっぱり期待外れだったわ」。

ラッシュワス夫人は解説を始めた。「この礼拝堂がご覧のような形になったのはジェイムズ二世の治世でした。それまでは座席はただのオーク材でできていたと聞いています。説教壇と家族席に敷いてある布のクッションも当時は単なる紫色の布だったとされていますが、これも確かなことは分かっていません。なかなか立派な礼拝堂で、以前は毎日朝晩使っていました。家の専属牧師がここで礼拝を司っていたことは、まだ多くの方々が記憶しているところです。でも夫のラッシュワスが生前その習慣を廃止したのです」。

「時を経《ふ》れば進展ありとはよく言ったものですね」とクローフォド嬢が微笑みながらエドマンドに言った。

ラッシュワス夫人は、この暗記してある話をもう一度繰り返すため、クローフォド氏のところへ行き、エドマンドとファニーとクローフォド嬢はあとに残された。

「その習慣が廃止になってしまったのは残念でしたね」とファニーが声を上げた。「昔の生活が持つよいところだったのに。礼拝堂と専属の牧師というのは、大きなお屋敷につきものですもの。そういうお家にいかにも相応しいものですよね。家中の人がお祈りのために集まる習慣はとても立派なことですから」。

「確かにご立派なことね」とクローフォド嬢がそう言いながら笑った。「家の主人が命じて、かわいそうに、メイドや下男が仕事や休憩を中断しては、日に二回ここでお祈りをするんだわ。それでいて自分たちはなにかと言い訳をつけて出てこないのだから、実に結構なお話だわ」。

「ファニーの言っている、家中が集まるというのはそういう意味じゃないんじゃないですかね」とエドマンドが言った。「主人も女主人も来ないなら、いいどころか、むしろ悪い習慣と言えるでしょうから」。

「その種のことはどちらにしても、各人の好きにした方がいいんです。誰だって、自分の好きにしたいでしょう。お祈りの時間ややり方なんて。出席の義務があって、堅苦しい儀式があって、拘束されて、長い時間じっとしてるだなんて——誰だって嫌がるわ。その昔、あの家族席でひざまづいたり、欠伸をしたりしていた善男善女だって、頭が痛いときに礼拝に来なくても叱られず、もう十分間だけ寝床にいられるような時代がいつか来るんだと聞いたら、飛び上がって喜んで、羨んだはずよ。ラッシュワス家の麗しき代々のご令嬢たちが、毎日どれほどうんざりした気持ちでこの礼拝堂にやって来たか想像できますかしら。エレナーさんだのブリジットさんだのといったお若いお嬢様方は、見かけはお行儀よく、信心深そうにしていらしても、礼拝中に考えているのはまったく別のことばかりなのよ。牧師さんが見られた外見でない場合は特にね。なにしろあの頃の牧師は今よりももっと酷かったようですから」。

すぐには誰も答えなかった。ファニーは気色ばんでエドマンドの方を向いては見たが、腹立たしさのあまり言葉が出なかった。そしてエドマンドにしても、返事をする前に多少落ち着く必要があった。

「あなたは陽気でいらっしゃるために、真剣であるべきことについても真剣にはなれなくなっているのですね。今のは大変面白い想定ですし、人の性《さが》を分かっている人なら否定し難いところです。時として、人は意思のままにものごとに集中できないことがあるものです。仮におっしゃるとおり、それがよくあることだとしましょう。つまり、放っておいたらその弱さがやがては習慣として定着してしまうとしましょう。だとしたら、そのような人が一人っきりでどのようなお祈りができるとお思いですか。礼拝堂で集中できなくて、あれこれ気が散っているような人たちが、小さな個室ならもっと集中できるとおっしゃるんですか」。

「ええ、そうでしょうね。その場合は少なくとも二つの利点があります。気を散らすようなものごとが少ないということと、それに時間を短く切り上げられることです」。

「一つの場で集中できないような人間は、場面を変えたところで簡単に気が散ってしまうと思いますがね。それにこうした場所や周囲の人々を見て、それに倣おうという気持ちになることだって結構あるものなんです。まあ確かにおっしゃるとおり、時間が長いせいで礼拝で集中力が続かなくなることもありますね。そうでなければ世話はないのですが。私もついこの間までオックスフォード大学にいましたから、礼拝の祈りの長さはよくよく覚えていますよ」。

このような会話を交わしている間、一行は礼拝堂に散らばっていたのだが、ジューリアがクロ－フォド氏に、姉のことを指して言った。「ほら、ラッシュワスさんとマライアが並んで立っているわ。まるでこれから結婚式が行われるみたい。いかにもそれらしい感じじゃない」。

クローフォド氏は微笑んで同意を示したが、マライアの近くまで行って、当人にしか聞こえない声で言った。「バートラムさん、あなたがこんなに祭壇の近くにいる姿は見たくないものですね」。

マライアははっとして、思わず一、二歩後ずさりしたが、すぐに気をとり直し、笑ってみせながら、こちらも小声で「私を新郎に受け渡す役目をお願いできるかしら」と尋ねた。

「残念ながら、私だとあまり上手くはできないでしょう」とクローフォド氏は意味ありげな表情で答えた。

そのときジューリアもやって来て、冗談に加わった。

「今すぐに式が挙げられなくて本当に残念ね。[5] 結婚許可証さえあればよかったのに。だってせっかくみんなこうやって集まっているのに。今ここで結婚式ができたら、好都合だし、楽しいのに」。

ジューリアは周りにはばからずこのことを口にしては笑い声を上げたので、ラッシュワス親子の耳にも届いた。その結果、マライアは恋人から愛の言葉を聞かされるはめになり、ラッシュワス夫人は、この話題に相応しい笑みを浮かべ、厳粛な態度で、それがいつ行われても、自分にとってこの上なく喜ばしいことであると話した。

「お兄様がもう聖職に就いていればよかったのに」とジューリアは大声で言い、クローフォド嬢やファニーと一緒にいるエドマンドのもとに駆け寄った。「もう牧師になっていたら、お兄様の手で、今すぐ二人の式を挙げられるのよ。まだ聖職に就いていないなんて、残念ね。ラッシュワスさんもマライアもすっかり準備ができているのよ」。

ジューリアの言葉を聞いたクローフォド嬢の表情は、人が見たらさぞ面白がったろう。この新しい情報を耳にして仰天したと言ってもよかった。ファニーはこれを見てむしろ同情してしまった。「たった今ご自分がおっしゃったことを思うときっと、いたたまれないでしょう」という考えがよぎったのだった。

「聖職ですって」とクローフォド嬢は言った。「じゃあ、あなたは牧師におなりになるのね」。

「ええ、父が帰国したらすぐに聖職に就きます。恐らくクリスマス頃になるでしょう」。

クローフォド嬢は気をとり直し、顔色を取り戻すと、「そうと分かっていたら、聖職についてもっと敬意を持ってお話ししましたのに」とだけ答えて、話題を変えた。

一同が去って、間もなく礼拝堂には、一年中ほとんど乱されることのない静けさと落ち着きが戻った。妹に腹を立てたバートラム嬢が先頭に立ち、他の者も皆、ここの見物はもう充分だろうと思ったようだった。

屋敷の下の階の案内はすべて終わり、こと屋敷案内にかけては疲れ知らずのラッシュワス夫人としては、これからまだ中央階段から上階に上がって部屋を残らずすべて見せて回るつもりでいたのだが、残り時間の懸念からそれを息子が止めた。「家の中を見る時間が長くなりすぎると、家の外を見る時間が短くなってしまうんですよ」。この種の自明の理は、これよりはるかに聡明な人だろうと、つい口にしてしまうことはあるものではある。「もう二時を過ぎましたし、五時には夕食ですから」。

ラッシュワス夫人は同意し、さて敷地内を誰と誰がどういう手順で回ろうかといった問題を解決する必要が生じ、ノリス夫人は馬車と馬をどのように組み合わせるのが一番いいか采配を考え始めていた。しかしその頃、若者たちは、外へ続く扉の開いているその外の石段、それに続く向こうに芝生や茂みや心地よさそうな場所が広がっているのを見て、同じ一つの衝動に駆られたように、同時に空気と自由を求めるかのように、全員外に出て行ってしまった。

「とりあえずこっちに行ってみましょうか」、ラッシュワス夫人は、接客の礼をわきまえて、若い人の意を汲み、あとに続きながら言った。「うちの植物はほとんどここに集めてありますし、ここには珍しいキジもいるんですよ」。

「質問その一」とクローフォド氏は周りを見まわしながら言った。「先に進む前に、ここに面白そうなものがあるじゃありませんか。あそこに見える壁にはかなり期待してよさそうですよ。ラッシュワスさん、この芝生の上で戦略会議といきましょうか」。

「ジェイムズ」とラッシュワス夫人は息子に呼びかけた。「森はまだどなたもご覧になっていないと思うのよ。バートラムさんも妹さんも、まだ森には行ってらっしゃらないでしょう」。

誰も異論を唱えなかったが、誰もすぐには何をしようともしなかったし、先へ行こうとする気配も見せなかった。とりあえず全員が、辺りの植物やキジを見ていたり、それぞれ好き勝手に散らばっていた。最初に動きを見せたのはクローフォド氏で、屋敷のこの箇所の改修の可能性を調べ始めたのだった。芝生は両側を高い壁が挟み、植物が植えられた箇所の向こう側はボウリング・グリーン（6）になっていた。その向こうは長い遊歩道になっている高台で、背の高い柵で閉じられていた。その柵越しに、隣に続く森の樹のてっぺんが見えた。あら探しには格好の場所だった。クローフォド氏のすぐ後にバートラム嬢とラッシュワス氏が続き、しばらくして他も何人かずつ固まり始めた。エドマンドとクローフォド嬢とファニーの、何とはなしに固まっていた三人も高台にたどり着いたときには、クローフォド氏ら三人はしきりにあれこれ意見を出し合っていた。三人が口にする愚痴や不平に少しの間耳を貸した後、エドマンドたちは先に進んでいった。あとの三人、ラッシュワス夫人とノリス夫人とジューリアはかなり遅れて歩いていた。もはや幸運の星の下にいるとは言えなくなったジューリアは、やむなく、ラッシュワス夫人と一緒にいて、我慢して、ゆっくりとした足取りに合わせていた。一方伯母の方は、キジに餌をやりに出てきたハウスキーパーと世間話をしていた。この九人の中で唯一、自分の置かれた状況に満足していないのが、哀れなジューリアで、今や完全に苦行を課せられていた。バルーシュ馬車の御者席に座っていたときのジューリアは、もはや影もなかった。礼儀正しく振る舞うのが義務として育てられたために、この場を逃れることもできなかった。それでいて本当の意味での自制心、他人への配慮、自己制御、正しい行いの認識といったものを教わり損ねていたため、この状況には耐えられなかったのである。

「ひどく暑いですわね」と、高台を一回りし、その真ん中にある、森に続く門に再び近づいたときに、クローフォド嬢が言った。「もっと涼しいところに行きたいわね。気持ちよさそうな森があるわ。中に入れるかしら。門に鍵がかかってないといいわね。でもきっとかかっているんだわ。こういう大きなお屋敷で、どこでも通行自由なのは庭師だけですからね」。

ところが門には鍵がかかっていなかったので、三人は喜んで門を抜け、照りつける昼の陽射しから退避した。その先の森までには相当な長い階段があった。二エーカーほどの土地に、主にカラマツ、月桂樹と、枝を落としたブナが植えられており、整えられすぎてはいたものの、ボウリング・グリーンや高台に比べるとうっそうとして陰っていて、天然の美しさが見られた。三人とも気分が回復し、しばらくは歩きまわり、感嘆の言葉を口にするだけだった。しばらくおいて、少し間が空いた後でクローフォド嬢が言った。

「バートラムさん、あなたは牧師さんになるのですね。ちょっと驚きました」。

「なぜ驚かれるんですか。僕がなんらかの職業に就かなければならないのはご存じでしょう。ご覧のとおり、僕は法律も学んでいないし、陸軍にも海軍にも入っていませんからね」。

「ええ、おっしゃるとおり。そう言われてみればそうね。でも普通は次男にはおじ様かおじい様が財産を残してくれるものよ」。

「それは大変結構な慣習ですが」と、エドマンドは答えた。「どこでもそんな風にとはいきません。僕はその例外の一人ということになりますので、例外なりに自分でなんとかしなければならないんです」。

「でも、どうしてまた牧師なのですか。末っ子の就く仕事と思っていましたわ。上の兄弟が他の職業を取ってしまった後に残るものだとばかり」。

「では、あなたは聖職を好きで選ぶ人間など絶対にいないと思っていらしたんですか」。

「「絶対にいない」と言ったら言いすぎですわ。でも、話すときに言う「絶対にいない」っていうのは、「それほど多くはいない」という程度の意味ですから、「それほどいない」とは確かに思っていますわね。だって、教会にいて何ができますか。男の方は仕事で名を成したいとお思いになるものですし、法律でも軍隊でもそれはできますけれども、教会にいては無理でしょう。牧師じゃ何もできませんから」。

「「何も」は、「絶対」と同様、会話上の極端な言い方なんでしょうね。牧師は国事にも時流にも大きな影響力を持つことはないでしょう。群集を率いることもなければ、流行の先端を行くこともない。でも僕にはまるっきり意味のないこととは思えないんです。個々の、あるいは集団としての人間にとって、現世でも来世でも最も重要な事柄を司る仕事です。それに、宗教と道徳の守護者であり、宗教や道徳に影響を受けた人間の様々な営みを見守る仕事ですから。聖職なんて何もできないと公言できる人などいないでしょう。もし実際に聖職に就いているのに何もできない人がいるなら、それは義務を怠っているからであって、任務の重要性を受けとめず、本来やるべきことを放棄しているために、そう映るのでしょう」。

「あなたは牧師の仕事を、普通言われるよりははるかに重要なものとお考えなのね。私の理解も超えているわ。聖職が世の中でそんな影響力や重大性を示した例など見たことがありませんし、牧師さん自体にほとんどお目にかからないのにどうやってそんな影響力や重大性を持てるんでしょう。週に二度説教をするだけなのよ。たとえその説教が聞く価値がある話だったとしても、お手製のお粗末な説教なんかじゃなくブレア[7]の説教集を借用するくらいには物分かりがよかったとしても、あなたがおっしゃるような意味を果たして持つものかしら。週の残りの日々にも、大勢の信徒たちの行動を左右して、振る舞いに影響を与えることができるのかしら。だって、説教壇以外で牧師さんの姿なんてほとんど見ることはありませんのよ」。

「ロンドンでのことをおっしゃっているのですね。僕はこの国全体のことを言っているのです」。

「首都は国全体を代表する見本ではないですか」。

「この王国に根づく美徳と悪徳の割合を示す見本が都会だとは思いたくないですね。大都市に我が国の最も高い徳が集結しているとはとても言えないでしょう。教派を問わず、立派な人間が善をなすのは大きな都市ではありませんし、牧師が強い影響を与えるのも決して都市で見られることではありませんから。上手に説教ができる牧師なら耳を傾ける人もいるし、尊敬も集めるでしょう。しかしよい牧師であるなら、自分の教区と近隣において、上手な説教以外でも役に立つことができるんです。その教区と近隣が手ごろに限定されていて、誰もがその牧師の人柄を分かっていて、普段の行いを目にするような環境にある場合に限られますがね。ロンドンはそうではないでしょう。ロンドンでは、牧師は大勢の教区民の中で埋もれてしまっています。大半の人は、説教をするときの牧師しか知りません。それに人々の行いに与える影響力についてですがね、いいですか、クローフォドさん、僕の言っていることを誤解しないで聞いて下さいよ。牧師が行儀のよさの見本だとも、人としての洗練や礼儀の手本を示しているとも、人生の先導役だとも言うつもりはないんです。僕はさっきから「行い」と言っていますが、もしかすると「品行」と言った方が分かりやすいかも知れません。道義が欠かせないんです。牧師が人に教え、勧める義務がある教義から生まれるものです。そしてどこにいようと、牧師のあるべき姿、あるいはあるべきでない姿は、そのまま、この国の人々の姿でもあるのです」。

「そのとおりです」とファニーは静かな熱意を込めて言った。

「ほら」とクローフォド嬢は声を上げた。「もうすっかりプライスさんは納得していらっしゃるわ」。

「クローフォドさんにも納得していただきたいところですが」。

「それは無理でしょうね」とクローフォド嬢は茶目っ気のある笑いを浮かべて言った。「あなたが聖職に就く件は、さっき聞いたときと同じくらい今だって驚いていますわ。もっとよいご職業がお似合いだわ。ねえ、考え直されたらいかが。まだ間に合うわ。法律関係にいらっしゃいよ」。

「法律関係にいらっしゃい、ですか。この森にいらっしゃいと言うくらい簡単におっしゃる」。

「そしてあなたは、法律の方がよほど荒れた森なのだとかなんとかおっしゃりたいのでしょう。ほうら、言おうと思っていたでしょう。いいこと、私が機先を制しましたからね」。

「僕が気が利いたことを言うのを邪魔したいというのならば、そう慌てる必要はありませんよ。僕にはまったくウィットというものがありませんから、ご心配には及びません。きわめて当たり前のことしか言えない、散文的な人間です。気の利いたことを言うのを期待されて三十分経っても何も出てこないなんてことはざらですから」。

一行は静かになった。それぞれ考えにふけっていた。ファニーが最初に沈黙を破った。

「このきれいな森を歩いているだけなのに疲れてしまったみたいです。次にベンチを見つけたときでいいので、もし差し支えなければ、少し腰を下ろしても構わないでしょうか」。

「ファニー、まったくうっかりしていたよ」とエドマンドは叫び、すぐに自分の腕を取らせた。「相当参ってしまったのではないといいけれども」。そしてクローフォド嬢の方に向くと言った。「そちらの方も腕につかまって下さいませんか」。

「ありがとう、でも私は全然疲れていないんですよ」。クローフォド嬢はそう言いながらもエドマンドの腕を取った。そうしてくれたことは、初めての接触の機会となったので、それが嬉しいあまり、エドマンドはあまりファニーに注意を払わなくなった。「ほとんど触れていないじゃないですか」とエドマンドは言った。「まったくお役に立っていないようだ。女性の腕は男性の腕に比べると驚くほど軽いものですね。オックスフォードでは、道の端から端まで、よく男同士腕を貸し合って歩いたものですが、それに比べたらあなたは、虫がとまっているようなものですよ」。

「本当に疲れていないのですもの。不思議なくらいだわ。だってもうこの森を一マイルは歩いたでしょう。もうそれくらいになりますわよね」。

「いや、半マイルにもなりませんよ」と、答えはにべもなかった。というのもエドマンドは女性特有の理屈を超えた距離や時間の感じ方を共有するほどには、まだ恋に溺れてはいなかったからだ。

「あら、でもどんなにぐるぐる回ってきたか考えてごらんになって。とても曲がりくねった道を歩いてきたでしょう。第一、この森は直線で測っても半マイルはあるはずだわ。だって、あの大きな道を外れてから、まだ森の端を見ていないのですから」。

「でも覚えていらっしゃるでしょう。あの大きな道を外れる前には、真正面に森の端が見えていた。向こうまで見通せて、向こうの端には鉄の門がありましたけれども、そこまで八分の一マイルくらいでしたよ」。

「八分の一でも何分の一でもいいけれど、森がとても長いのは確かよ。そして私たちはここに入ってきてから、何度もあっちへ行ったりこっちへ行ったりしていましたから。ですから私が一マイル歩いたと言っても、そう大きく外れてはいないと思うわ」。

「僕たちがここに入ってきてから、今ちょうど十五分経ったところです」とエドマンドは懐中時計を取り出して言った。「僕たちは時速四マイルで歩いてきたとおっしゃるんですか」。

「まあ、時計を持ち出すだなんて。時計が進むのは、いつだって速すぎるか、遅すぎるかするものよ。時計なんてなんの説得力も持たないんだから」。

それから数歩行くと、話題になっていた大きな道に出た。そして木陰の涼しいところに、堀垣《ほりがき》(上巻解説五七一頁参照)越しに荘園が見渡せる大きなベンチがあり、三人はそこに腰をかけた。

「ファニー、ずいぶん疲れたんじゃないか」と、ファニーを見たエドマンドは言った。「もっと早く言えばいいのに。参ってしまったりしたら、今日の楽しみは台なしだよ。クローフォドさん、この人は運動をするとすぐに疲れてしまうんですよ。乗馬は別ですが」。

「そういうことなら、先週、私が馬を独り占めするのを許すなんて、ずいぶん酷いことをなさるのね。私もあなたもとても反省するべきだわ。でももう二度とそんなことはしませんから」。

「あなたがこんなに気がついて、気配りをして下さるので、僕の不注意がいっそう悔やまれますよ。ファニーのことはあなたに任せた方が安泰のようですね」。

「でも今日はお疲れになるのは無理もないことですわ。今日私たちが強いられてきたことほど疲れることってあるかしら。大きなお屋敷の見学に、部屋から部屋をぶらぶらと歩きまわって、目は疲れるし、気疲れするし、よく分からないことをいろいろ聞かされるし、どうでもいいことをほめなければならないんですもの。世の中でこんなに退屈なことはないと言っていいと思うけれど、プライスさんも退屈だったことでしょう。自覚なさっていたかどうか分かりませんけど」。

「すぐ元気になりますわ」とファニーは言った。「天気のいい日に木陰に座って、緑を眺めるのは最高の薬ですから」。

しばらく腰をかけた後、クローフォド嬢は再び立ち上がった。「動いていたいわ。休憩すると疲れるんですもの。あの堀垣越しに景色を見るのは、もう飽き飽きしたわ。同じ景色をあの鉄の門越しに見てみましょうよ。あそこからはあまりよく見えないかも知れないけれど」。

エドマンドも同様に立ち上がった。「さあクローフォドさん、この道を端までご覧になっていただければ、これが半マイルどころか、その半分もないことがお分かりでしょう」。

「とても長い距離なのは確かよ」とクローフォド嬢は答えた、「それだけは一目で分かるわ」。

エドマンドはまだクローフォド嬢を納得させようとしていたが、無駄だった。相手は計算をしようともしなかったし、何かと比べてみようとするのにもとりあわなかった。ただ微笑んで自分の意見を堅持するだけだった。理屈を首尾一貫して積み上げても、この議論の楽しさには敵わないものだったので、二人は喜んで会話を続けた。結局、森をもう少し歩いて、大きさを測ってみようということで話がまとまった。堀垣に沿って、緑に囲まれたまっすぐの道が伸びていたので、それをたどって今いる道の最後まで行ってみよう、そして別の道でも距離が測れそうなのであれば、そっちへも歩いてみて、数分で戻ってこようということになった。ファニーはもう充分休んだからと、自分も立ち上がろうとしたが、制止された。エドマンドがあまりにも熱心にもう少し休むように言ったので、逆らうことはできなかった。ベンチに残って、従兄の思いやりに感謝しつつ、自分にもう少し体力があればと残念に思った。二人が角を曲がるまでその姿を見送り、耳を澄ましていたが、やがて声がまったく聴こえなくなった。

（1）この二人乗り馬車は「カーリクル馬車」と呼ばれ、可動式の幌屋根がついている。二人乗り（御者台は別）で二頭立ての馬車。

（2）ラッシュワス夫人が追加を提案している馬車はレイディ・バートラムのものと同じ「シェイズ馬車」という家庭用の馬車になる。この二台の組み合わせがあまり賛同を得られなかったのは、家庭用の馬車を使うとなるとクローフォドではなく家付きの御者が御すことになってしまうからである。

（3）ハウスキーパーとは、執事と並び、家政を担う使用人を束ねる責任者である。また、大邸宅を来訪者に見せて、その歴史の解説と共に案内して回る慣習は、十八世紀にはすでに定着しており、観光業のヒントになった。来訪者に案内して回るのは本来はハウスキーパーの役割になる。

（4）一六九六年から導入された税金で、窓に課税した。人頭税としての趣旨と共に、市民の裕福さに応じて課税するのがねらいであったが、当時は所得への課税やそれに伴う所得の開示への抵抗が強く、同趣旨である窓税が施行された。最も税率が上がったのが軍事費を必要としたナポレオン戦争の時期である。一八五一年に廃止となる。

（5）英国では結婚をしようとする場合、結婚の許可を教会から得る必要があった。結婚をしようと思う者がそれを教会に申請すると、教区の教会のその結婚予告が礼拝で三週間連続で読み上げられ、重婚者や他で婚約している者などであるという訴えがどこからも出なかった場合に、結婚が認められる。こうした期間を省略するために金銭を支払うことで結婚許可証を発行してもらうことができた。あるいは金銭に余裕があることを世間に示すためにステイタスとしてあえて許可証を申請する場合もあった。

（6）鉄球を転がして競うタイプのボウリングをすることができるような広さをもった、平らな芝生の敷地のことを、ボウリング・グリーンという。必ずしもそこがその球技に使われるというわけではない。

（7）ヒュー・ブレアは長老派で英国国教徒ではなかったが、その『説教集』（一七七七―一八〇一年)の評価は国教徒の間でも大変高く、再版を繰り返し、よく知られていた。この『説教集』からかいつまんだ内容で教区住民に説教を実施する牧師が実際に横行し、労力をかけて下手な説教をするよりはこれを参照した方が気が利いているとの助言も聞かれるまでになった。つまり、牧師のアンチョコとして広く信徒にまで知られていたのである。

第十章

十五分、二十分と時間が経つ間も、ファニーは、自分のこと、それにエドマンド、クローフォド嬢のことを考えていたが、それを邪魔するものは何もなかった。こんなにも長い間、一人で放っておかれていることに驚きを感じ始めて、二人の足音と声がまた聴こえてこないかと、心配げに耳を澄ませていた。聞き耳を立てていると、ようやく何か聴こえてきた。聴こえてきたのは近づいてくる声と足音だったが、それは待ち望んでいた二人のものではなく、現れたのは、バートラム嬢、ラッシュワス氏、クローフォド氏だった。三人は自分がさっき通ったのと同じ道から入ってきて目の前に現れた。

「プライスさんが一人でいらっしゃるよ」、「まあファニー、いったいどうしたの」というのが最初に発せられた言葉だった。ファニーはなりゆきを説明した。「まあ、かわいそうに」、マライアは声を上げた。「なんて酷いことをするんでしょう。私たちと一緒にいればよかったのよ」。

そして二人の紳士を両脇に従えて座ると、会話の続きに戻り、敷地の改造の可能性を活発に議論した。何もまだ決まってはいなかったが、ただ、ヘンリー・クローフォドは発想や計画案を豊富に持っていた。そしてその発案はたいていの場合、即座に容認された。最初はマライアが、そしてその次にラッシュワス氏が、という順でほめてゆく。ラッシュワス氏には他の人の意見を聞くことが一番大事なようで、言うことといえば友人のスミスの敷地を見てもらえていればということだけだった。

そんな風に数分過ごした後に、バートラム嬢は鉄の門を目にし、そこから先の庭園まで行って全体を眺めてから、計画を立てたいと言い出した。それは素晴らしい意見で、最良の方法であり、これ以上うまい手立てはないというのが、クローフォドの主張だった。そして早速、半マイル足らず先に屋敷を見渡せそうな小山を見つけた。したがってすぐさまその小山に行くため、その門を通らなければならなかった。ところが、門には鍵がかかっていた。ラッシュワス氏は、鍵を持って来ればよかったと言った。鍵を持って来ようかとは思ったんだけどと言ってみた。次回は必ず鍵を持ってくるとも言ってみたが、そう決断してみたところで目下の問題は解決しなかった。門を通り抜けることはできないのだ。そしてここを通りたいというバートラム嬢の願望は弱まる兆しもなかったので、結局、ラッシュワス氏は、自分が鍵を取ってくるとはっきりと言い出すほかかなくなってしまった。そして言ったとおり、鍵を取りに引き返した。

「もうこんなにも家から遠いところまで来てしまっているから、こうしてもらうのが一番でした」と、ラッシュワス氏が去ってから、クローフォド氏が言った。

「ええ、他にどうしようもないわ。でも、正直におっしゃって下さい、この場所はずいぶん期待外れでいらしたんでしょう」。

「いいえ、むしろ逆ですよ。この様式のものとしては期待していた以上だし、立派だし、完成されていますよ。この様式自体が最高だとは言えないかも知れませんがね。それに正直に申しますと」と、声を少しひそめて言った。「私が今回のようにサザトンを楽しく眺めることは、もう二度とないでしょうね。来年の夏に、私にとって、今よりもいい場所になっているなんてことはまずないと思いますよ」。

一瞬戸惑ってからバートラム嬢は言葉を返した。「あなたくらい、世間でいろいろと経験を積んでいらっしゃる方なら、個人的な思いを超えて、もっと客観的な目でご覧になることでしょう。サザトンがよくなったと周囲が思うなら、あなただってここがよくなったとお思いになるはずだわ」。

「私は満足に経験を積んでいることばかりではありませんよ。私は、世馴れた男のように、感情がその場限りというわけでもありませんし、過去の記憶だからといって自分で好きに感情を操れるわけでもありません」。

この言葉の後、少し沈黙があった。バートラム嬢は再び口を開いた。「今朝、ここへ来るまでの道のりをとても楽しんでいらしたわね。ずいぶん朗らかでしたもの。ジューリアと二人でずっと笑っていらっしゃったでしょう」。

「そうでしたっけ。ああ、確かにそうでしたね。でも何で笑っていたのか全然思い出せないなあ。ああそうだ、確か叔父が使っている歳のいったアイルランド人の馬番のおかしな話をしていたんだった。妹さんは笑うのが大好きですね」。

「妹は私よりも明るい娘だと思っていらっしゃるのね」。

「あなたよりは簡単に笑わせられますね」とクローフォドは答え、「つまり、楽しませるのが簡単なんです」と微笑みながらつけ加えた。「あなたが相手だったら、十マイルの道のりを、アイルランド話で笑わせることはできないでしょうから」。

「元々を言えば私だって、ジューリアと同じくらい陽気な質ですけれど、今はいろいろ考えなければならないことがありまして」。

「確かにそのとおりです。それに状況によっては、あまりにも陽気過ぎるというのは、鈍感だからということになってしまうかも知れませんし。でもあなたの現在の立場では、陽気でないとおかしいですよ。目の前に広がっているのは大変晴れやかな展望なのですから」。

「文字通りの意味でおっしゃっているのかしら、それとも比喩なのかしら。文字通りの意味でしょうね。ええ、確かに天気はいいし、庭園はとても魅力的だわ。でもいやなのは、あの鉄の門と堀垣。束縛と苦難を感じるわ。「私は外に出られない、とムクドリは言いました[1]」。こう話す中にも感情を込め、マライアは門のところまで歩いて行った。クローフォド氏が後ろに立った。「ラッシュワスさんは、鍵を取りに行くのにずいぶんと時間がかかっているのね」。

「そしてもちろん、あなたは鍵があって、そしてラッシュワスさんも許して、守ってくれるのでなければ、外に出ようとはしないのでしょうね。さもなくば、ほら、私がこうしてお手伝いすれば、わりと簡単に、門の脇をすり抜けることができるようですよ。あなたが本当にもう少し自由に歩きまわりたいと願って、それが禁止されているとも思わなければ、できるはずですよ」。

「禁止されているなんて、もちろん思いませんわ。実際そうやって外に出ることはできるんですし、そうしますとも。ラッシュワスさんだって、もうじき戻っていらっしゃるでしょう。その間私たちはそう遠くまで行くわけではありませんし」。

「それに遠くへ足を伸ばしたとしても、私たちが小山の近く、小山のオークの森にいると、プライスさんが伝えて下さるでしょう」。

ファニーは二人のこの行いを間違っていると感じ、制止しないではいられなかった。「マライアさん、お怪我をなさいますよ」と声を上げた。「柵に引っかかって、きっとお怪我をなさいますよ。ドレスも破れてしまうわ。堀垣に落ちるかも知れませんよ。いらっしゃらないほうがいいわ」。

ファニーがそう言い終わらないうちにもうマライアは向こう側におり、成功に気をよくして笑いながら答えた。「ご心配ありがとうね、ファニー、でも私もドレスもまったく問題なしよ。じゃあね」。

ファニーは再び一人とり残され、決して心地よくはなかった。今見聞きしたことがほぼすべてに心を痛め、バートラム嬢の行いには唖然とし、クローフォド氏には憤りを感じていた。二人は小山に向かって遠回りで、ファニーにはきわめて変に思われる方の道をたどっていき、間もなく見えなくなった。そしてそれから数分間ファニーには誰の姿も見えず、声も聴こえなかった。この小さな森にたった一人とり残されたかのようだった。エドマンドとクローフォド嬢も森を出て行ったんじゃないかと思われてきたが、エドマンドが自分のことをこうも完全に忘れるとは思えなかった。

不愉快なことを考えていたところへ急に足音が聴こえてきて、ファニーは我に返った。大きな道を誰かが急ぎ足で近づいてきた。ラッシュワス氏かと思ったが、現われたのはジューリアだった。暑そうで息を切らしており、ファニーを見るとがっかりしたように声を上げた。「あらまあ、他の人たちはどこ。マライアやクローフォドさんと一緒なのかと思ったわ」。

ファニーは事情を説明した。

「まったく、いい気なものね。どこにも姿が見えないじゃないの」と門越しに庭園の中を一生懸命探しながらジューリアは言った。「でもそんなに遠くに行ったはずはないし、マライアにできたのなら、私だって一人でもできるわ」。

「でもジューリアさん、ラッシュワスさんがすぐに鍵を持っていらっしゃるのよ。ラッシュワスさんを待った方がいいわ」。

「いいえ、いやよ。あの家族にはもうこりごり。いいこと、たった今あのうっとうしい母親からやっと逃げてきたんだから。あなたがここにゆっくり座って楽しんでいる間、私は散々な目に遭っていたのよ。あなたも私の立場になってもみてよ。でもあなたはいつもそういういやな役回りから何とか逃れているのよね」。

これはきわめて不当な言いがかりだったが、ファニーは状況を理解し、言わせておくことにした。ジューリアは機嫌が悪く、怒りっぽくなっていたが、今におさまるだろうと見て、ファニーはとりあわずに、ラッシュワス氏のことを見かけなかったかと尋ねるだけにしておいた。

「ええ、ええ、見かけたわよ。まるで生きるか死ぬかの問題のように大急ぎで、行く先とあなたたちの居場所を教えてくれるのがやっとだったわ」。

「そこまでなさったのに、無駄になってしまうなんて、お気の毒だわ」。

「それはマライアお嬢様の問題だわ。私はお姉様が犯した罪の罰まで受けるいわれはないわよ。うちの困った伯母様がハウスキーパーとあれこれ話している内は、あの母親からとても逃げる間もなかったけど、息子の相手まではごめんだわ」。

そして直ちにジューリアは生垣を乗り越えて歩いて行き、クローフォドさんかエドマンドを見なかったかと、最後にファニーが訊いても答えなかった。しかしファニーは、ラッシュワスさんが来てしまったらどうしようと、恐れにも近い感情を抱いていたので、二人がこんなに長い間何をしているのだろうという方は、それほど心配する余裕がなかった。ラッシュワス氏がひどく不当に扱われていると思ったので、今起きたことを本人に説明しなければならないのは気が重かった。ジューリアが外に出て行ってから五分も経たないうちにラッシュワス氏は姿を見せた。ファニーはできるだけ悪く思わないように説明したが、きわめて気を悪くし、感情を害しているのが見ていてよく分かった。最初はほとんど口をきかなかったが、その表情から、大変とり乱し、怒っているのが見てとれた。門のところまで歩いて行くと、どうしてよいか分からない様子でそこに立ち尽くしていた。

「お二人にここに残っていてくれと言われました――それをお伝えするようにと従姉のマライアに言われたのですが、あの小山かその近くにいるからということでした」。

「ここから先に行くのはやめておきます」とラッシュワス氏は不機嫌そうに言った。「二人の姿は見えませんから。あの小山に私がたどり着いた頃には、もう別のところに行っていることでしょう。これ以上歩くのは真っ平です」。

そう言ってとてもむっつりとした様子で、ファニーの隣に腰をかけた。

「本当にお気の毒ですわ。困りましたわね」とファニーは言い、もっと上手い言葉が浮かべばよかったのにと思った。

少し沈黙があった後に、「私を待っていて下さってもよかったのに」とラッシュワス氏が言った。

「バートラムさんは、あなたが後を追っていらっしゃると思っていたものですから」。

「もし私を待っていてくれれば、私が後を追う必要などないでしょう」。

これは否定できないところで、ファニーは黙り込んでしまった。少し間があってからラッシュワス氏は言葉を続けた。「ねえプライスさん、あなたも他の人たちのように、あのクローフォドさんを評価しますか。私としては、どこがいいのか分かりませんよ」。

「目を引く男性とはちょっと言えませんね」。

「目を引くですって。あんな小男が人の目を引くだなんて、とてもじゃないが言えませんよ。身長が五フィート九インチもないでしょう。それどころか、五フィート八インチそこそこじゃないかと思いますよ（一七三センチメートルほど）。まったく見栄えのしない男です。私が思うに、このクローフォド兄妹が来てからこっち、ろくなことがありませんね。奴らが来る前のほうがよっぽどよかった」。

ファニーはここで小さな溜息を抑え切れず、ラッシュワス氏の言葉に反論する余地もなかった。

「もし私が鍵を取りに行くのを渋ったりしていたのならばまだ分かりますが、マライアさんが必要だと言ったときに、即座に取りに戻ったのですから」。

「本当に、とても快く行って下さったし、きっとできるだけ急いでお歩きになったのでしょう。でもご承知のように、ここからお家の中までは距離がありますし、待っている人は時間の判断が鈍りますから、三十秒が五分にも感じられたりしますのでね」。

ラッシュワス氏は立ち上がって再び門のところに行き、「最初から鍵を持って来るんだった」と言った。ラッシュワス氏がそこに立ち続けていることから、少しその怒りが解けてきたのではないかと思われたので、ファニーはもう一度言ってみた。「あなたもお二人のところにいらしてはいかがです。庭園のあの部分からは屋敷がもっとよく見えるはずと思って出て行ったので、今頃、改造の計画を立てていらっしゃるわ。でもあなたがいらっしゃらなくては、何も決められませんから」。

どうやらファニーは連れを引き止めるよりは、追いやる方が得意なようだった。ラッシュワス氏はうなづいた。「あなたがそうおっしゃるなら行きましょう。せっかく鍵を持って来たのを、無駄にしたくないですからね」。そう言うと、もう何も言わず、すぐさま門を開けて、外に出た。

今やファニーの頭は、もうずいぶん前に自分を置いてこの場を去った二人のことでいっぱいになり、とうとう我慢ができなくなって、二人を探しに行こうと決めた。二人が行った森沿いの道をたどり、別の道に出たところで、クローフォド嬢が話しながら笑う声を再び耳にした。その声はだんだん近くなり、さらに数回角を曲がったところで、二人の姿が見えた。ファニーを後にして間もなく、そこから庭園に出て行って、たった今森に戻って来たということだった。脇の門に鍵がかかっていなかったので、つい出てみたくなったのだ。二人は庭園から、ファニーがずっと最後には行きたいと思っていた並木道に入り、その木陰にずっと座っていたのだった。二人が説明するところでは、そういうことだった。とても楽しく時間を過ごして、明らかに時の経つのを忘れていたらしかった。エドマンドがその並木道を自分にも見せたがってくれたこと、それに疲れてしまってさえいなければ間違いなく自分を迎えに来たのにと言ってくれたことが、ファニーにとってせめてもの慰めだった。しかし、こう言われてみても、ほんの数分いなくなるだけだと言われたのに一時間も放っておかれた心の痛みを癒やせなかったし、それだけの時間で二人が何を話していたか知りたいと思う気持ちが、この言葉を聞いてなくなるわけではなかった。その結果、全員がそろそろ屋敷に戻ろうということになったときには、ファニーは失意と憂鬱でいっぱいになっていた。

高台へとつながる階段にたどりついたときにちょうど、ラッシュワス夫人とノリス夫人が階段の上に姿を現した。屋敷を出てから一時間半たった今、ようやく森に入ろうとしているところだった。ノリス夫人はあまりにもいろいろなことに気をとられて、これより早くはここへたどり着けなかったのである。姪たちの楽しみが、いらいらするような出来事で半減していようとも、夫人には完全に楽しい時間だった。というのも、ハウスキーパーはキジについて実に多くのことを教えてくれた後、夫人を酪農場に連れて行き、そこの牝牛についてもいろいろ説明し、おいしくて有名なクリームチーズのレシピをくれたのだった。そしてジューリアが先に行ってしまってからは、庭師が現れて、きわめて満足の行く会話をしたのであった。つまり、夫人は庭師の孫息子の病気がほかでもない瘧《おこり》であることを説明して分からせ、そのためのお守りを用意することを約束し、そのお礼として苗床にあるとっておきの植物を全部見せてもらい、きわめて珍しい種類のヒースまで頂戴することができたのであった。

こうして再び集合すると全員一緒に屋敷に戻り、ソファに座り、おしゃべりをし、『クウォータリー・レヴュー』(2)をぱらぱらとめくりながら、全員が帰ってくるのと、ディナーの準備が整うのを待った。バートラム姉妹と二人の紳士は遅くまで戻ってこなかったが、散歩を完全に楽しんだとは言えないようだったし、その日の目的に適うようなこともありそうな気配はなかった。それぞれが言うことには、ただひたすら他の人の後を追っていただけで、ようやく全員集まったときには、もう改造の話をする時間がなかったということだったが、ファニーが見たところでは、それぞれが機嫌を取り戻すにも遅すぎるように思われた。ジューリアとラッシュワス氏を見るかぎりでは、一行の中で不満を抱いているのは自分だけではないようで、それぞれの顔つきは暗かった。クロフォド氏とバートラム嬢はずっと楽しげな様子で、クローフォド氏はディナーの間他の二人の機嫌をとり、全体の気分を明るくするのに特に骨を折っているように、ファニーには思われた。

ディナーの後には間もなく紅茶とコーヒーが出てきて、そこから十マイルの帰途が待っているので、時間を無駄にするわけにいかなかった。したがって全員がテーブルに着いた瞬間から馬車が玄関に着けられるまで、大したことをせずに忙しげにただ動きまわるだけだった。ノリス夫人は落ち着きなくばたばたし、キジの卵を数個とクリームチーズをハウスキーパーからもらって、ラッシュワス夫人に長々と礼を言いながら、一行の先に立って出発の準備にとりかかった。それと同時にクローフォド氏はジューリアに近づいて言った。「私を一人にはなさいませんよね。あのような席で、夜風に吹かれるのがおいやなら別ですが」。思いがけない申し出だったが、それも喜んで受け入れ、ジューリアの一日の終わりは、始まりと同じくらいよいものになりそうに思われた。バートラム嬢の方は、別の展開を勝手に想定していたので少々がっかりした。しかし本当は自分の方が気に入られているという確信があったので、失望にも耐えることができたし、ラッシュワス氏の別れの挨拶も愛想よく受け止めることができた。ラッシュワス氏が望んでいたのは間違いなく、マライアが御者席ではなくて中の席に着くことであり、そうなったのを見届けて、満足しているようだった。

「さあファニー、今日はあなたにとっていい日だったわね」、一行を乗せた馬車が敷地の中を走って行くとノリス夫人は言った。「最初から最後まで楽しいことだらけで。あなたはバートラム伯母様と私が来させてあげたことに、とても感謝しなければいけないのよ。本当にあなたにとってはいい一日だったのだから」。

マライアは不機嫌が高じて不躾に言った。「伯母様だってずいぶんいい思いをしたのではないかしら。おいしそうなものをいっぱい膝に乗せていらっしゃるし、私たちの間には何かを入れたかごが置いてありますけど、さっきからひどく肘に当たってきますのよ」。

「ああ、これね。とってもきれいなヒースなのよ。あの感じのよい庭師のおじいさんが持って行けと言うものですからね。でもお邪魔なら膝に乗せるわ。はい、ファニー、あなたはこの荷物を持ってちょうだい。気をつけてね。落としてはいけませんよ。クリームチーズが入っているの。ディナーに出てきたのと同じ、とてもおいしいやつね。あの気の利くウィテカーさん（ラッシュワス家のハウスキーパー）がどうしても持って行けと言うものですから。私は何度も遠慮したんですけど、涙を浮かべんばかりに繰り返すし、絶対に妹が喜ぶと思ったのでね。あのウィテカーさんはなんていい使用人なのでしょう。上級使用人の食事にワインが出るのかと訊いたら、とんでもない、とびっくりしていたわ。それに白いドレスを着たからというのでハウス・メイドを二人解雇しているんですよ（当時の慣習として、白を身につけることは高貴さの証であるのと対照的に、使用人は黒や茶など濃い色の服装をすることが求められた）。チーズをちゃんと持っていてね、ファニー。

これで、こっちの包みとバスケットをちゃんと持てるわ」。

「他にどんなものをせしめていらしたの」と、マライアはサザトンの評価が上々なのにちょっと気をよくして尋ねた。

「まあ、せしめただなんて。あとはあの見事なキジの卵を四つ、ウィテカーさんが私にどうしても持って行くように言うものだから。断っても聞かないのよ。私が一人暮らしならば、こういう生き物を飼うことが慰めになるだろうと言うし、確かにそのとおりだわ。今卵を抱えていない雌鳥に温めさせるように、マンスフィールドの酪農係のメイドに言っておくわ。もしそれがかえったら自分の家に持って帰って、鳥小屋を借りますよ。一人でいる寂しいときに、雛を育てるのはとても慰めになるわ。もしうまく育ったら、あなたのお母様にも差し上げますよ」。

暖かく、静かで美しい晩で、この自然の条件の下なら、きわめて快適な旅であるはずだった。しかし、ノリス夫人が話すのをやめると、馬車の中はすっかり静かになった。みんな神経はかなり疲れており、この日、楽しみとつらさのどちらが多かったかを訊かれたら、ほぼ全員がいい勝負だと思っただろう。

（1）ロレンス・スターンによる小説『センチメンタル・ジャーニー』の中で当時はよく知ら

れていた一節からの引用。主人公ヨーリックが、フランスで、パスポートの不携帯が原因でバスティーユに投獄されそうになり、牢の中も外もそんなに変わらないだろうと気を強く持とうとするも、ムクドリの鳴いた声がこう聞こえてきて落胆する。

(2) 一八〇九年に刊行された雑誌。改革派のウィッグ党に対抗するかたちで保守派のトーリー党の思想を代表していた。ここから、サー・トマスもラッシュワスも共にトーリー党支持だということが分かる。

第十一章

サザトンでの一日は不満な点もあったが、バートラム姉妹にとっては、その後間もなくアンティグアからマンスフィールドに届いた手紙に比べたらはるかにましだった。姉妹は父親のことなんかを考えるより、ヘンリー・クローフォドのことを考えていたかったのだ。そして、この手紙が伝えるとおり父親がしばらくしてイングランドに戻ってくるのは、非常に有難くない知らせであった。

父親が戻ってくる、その問題の月は、十一月だった。サー・トマスはこのことについて、自分の経験と懸念に照らし、充分な確信をもって書いてきた。九月には定期船に乗って帰ってくると確約できるまでに、現地での仕事はほとんど終わっており、十一月の上旬には愛する家族のもとに戻る算段であった。

マライアはジューリアよりも気の毒な立場に置かれていた。というのも父親の帰宅を機に嫁ぐことになっており、自分の幸せを最も願う人物が戻ってくるそのときに、幸せをもたらしてくれる人物として自分が選んだ恋人と結ばれることになってしまうからだった。これは思うだに憂鬱な将来であり、マライアにできるのは、それを霧でおおってしまうことでしかなく、霧が晴れてしまったときにはまるで別の視野が開けてくることを祈るくらいだった。「十一月の上旬ということはないはずよ。常になにかしらの理由で遅れるものだから。天候が悪かったり、そうでなくても何か起きるものよ」。目を閉じてものを見たり、思考を停止して理屈を思いつこうとする人々が心の支えにする、あの「何か」である。「早くても十一月の中旬だわ。十一月の中旬ならば、三ヶ月も先ということになる。三ヶ月というと、十三週間。十三週間もあれば、何が起こっても不思議はない」。

娘たちが自分の帰宅についてどう思ったか、その半分も知ってしまったなら、サー・トマスは大変に遺憾に思ったであろうし、また、ある若い女性がこのことに大きな興味を抱いたのを知っても、これも慰めになるとは言い難いところだった。兄と共にマンスフィールド・パークで夕べを過ごしにやって来たクローフォド嬢が、このよい知らせを聞かされることになったのだ。そしてこの件に関しては、単に礼儀上の関心を示し、静かにお祝いの言葉を述べて、それ以上何も思わない風に見せてはいたが、実は興味津々でこの話を聞いていたのであった。ノリス夫人がサー・トマスからの手紙について詳しく述べると、そこでこの話題は終わりになった。しかしお茶の後のことである。クローフォド嬢は、エドマンドやファニーと共に、開いた窓のそばに立って、たそがれの風景を見ていた。その間、バートラム姉妹、ラッシュワス氏とヘンリー・クロフォドは、ピアノのところでろうそくの明かりをともしていた。このときになってクロフォド嬢は、いきなりまたこの話題を取りあげた。ピアノのそばの四人の方を見て、「ラッシュワスさん、お幸せそうね。気持ちは早や、十一月のようね」と言った。

エドマンドもラッシュワス氏の方を見たが、何も言わなかった。

「あなたのお父様のご帰宅はとても大きな出来事ですね」。

「確かにこれだけ長く不在でしたからね。長いだけでなく、ずいぶんと危険を伴っていましたから」。

「その後、他にも、大きな出来事が続きますね。妹さんのご結婚、そしてあなたが聖職にお就きになる」。

「ええ」。

「気を悪くなさらないでね」とクロフォド嬢は笑いながら言った。「でも、異教の英雄たちの物語をつい思い出してしまいますわ。ほら、よその国で大冒険をして、戻ると神に生贄を捧げたりする」。

「今回のことでは犠牲は出しませんよ」とエドマンドは重々しい微笑を浮かべながら、

再びピアノの方へ目をやった。「妹が完全に自分で決めたことですからね」。

「あら、ええ、それは分かっていますわ。冗談よ。若い娘なら誰だってしたいことをなさっただけですし、きっととても幸せになられるでしょう。もう一つの犠牲がなんだかは、もちろんあなたにはお分かりにならないでしょうね」。

「僕が聖職に就くことは、マライアが結婚するのと同様、私の意志ですることですよ」。

「あなたのご意志が、お父様のご都合にこれほどぴったり同じだったのは、実に運がよかったことですね。お聞きしたところでは、あなたのために、この辺りにとてもよい聖職禄《せいしょくろく》(上巻解説五四六頁参照)がとってあるそうで」。

「そのことが僕の決断に影響を与えたとおっしゃるのですね」。

「そんなことは絶対にありませんわ」とファニーが声を上げた。

「肩を持ってくれてありがとう、ファニー、でも僕自身もそこまで言えるかどうかは分からないよ。いやむしろ、あのような聖職禄があったことで、実際、僕の決断は恐らく影響を受けたんでしょうね。そのことが悪いとも思いませんし。元々聖職に就くのはいやではなかったし、若い時分から余裕のある生活ができる収入が得られるのを予め知っていたからといって、牧師として劣るわけではないと思います。僕は恵まれていて、自ら選べる立場にいたんです。悪い影響の受け方をしたとは思いませんし、父もそんなことを許さない良心を持ち合わせていましたからね。確かに置かれた状況も影響しましたが、悪い影響だとは思っていません」。

少し間があった後に、ファニーが口を開いた。「提督の息子が海軍に入ったり、将軍の息子が陸軍に入るのと同じようなものですし、このことを悪いことと思う人はいないでしょう。職業に就くにあたって親戚や知人が便宜を図るのは、おかしなことではありませんし、そうしたからといって、実はその職業についてそれほど真剣ではないんだと勘ぐる人もいないと思いますわ」。

「確かにそうですね、プライスさん。でもそれには立派な理由がありますよ。海軍や陸軍の仕事は、それ自体が魅力ある職業ですから。すべてのいい条件が揃っていますわ。英雄的だし、危険を冒しているし、精力的だし、それに格好いいじゃない。兵隊や水兵は、常に社交界で人気がありますでしょう。男性が兵隊や水兵になるのに首をかしげる人はいませんわ」。

「対して、昇進が確かだという理由で聖職に就こうとする男の場合、動機が不純かも知れないとおっしゃるのですか」とエドマンドは尋ねた。「教会を与えられる保証なしに聖職に就くのでないかぎり、とてもあなたは納得してくれないんでしょうね」。

「なんですって、聖職禄が保証されてもいないのに、聖職に就くですって。それは狂気の沙汰ね。どうかしているわ」。

「聖職禄が保証されていても、いなくても、聖職に就くべきでないとおっしゃるのなら、いったいどうやって教会の担い手を探せとおっしゃるのですか。いや、あなたはきっとなんと答えてよいか分からないでしょう。でもあなたの議論からすると、おのずと一点においては聖職者の肩を持ってしまっているのだと認めざるを得ないでしょう。あなたに言わせれば、兵隊や水兵にとって、英雄的資質、名声や社交といったものは、強い誘惑であり、褒美なのだそうですが、それが始めからないのであれば、聖職者は自分の職を選ぶにあたって、誠意がないとか、動機が不純であるとかいう嫌疑をかけられることもなくなろうというものですよね」。

「ええ、もちろん、自分から手に入れに行かなくて済む、すでにそこに用意された収入を得たいのが本心だということについては、充分に誠意が感じられるわ。そして、食べて、飲んで、太ることに一生を捧げるという、純粋な動機があることもね。これは怠惰よ、バートラムさん。そう、怠惰と、楽な生活への欲求が人を牧師にさせるのです。見上げた功名心、優れた人たちの仲間に入りたいという向上心、他人と感じよく接したいという気持ち、こうしたものが欠けている人たちが牧師になるものなのよ。牧師がやっていることといえば、不精で自分本位のことばかりですわ。新聞を読んで、天気の話をして、奥さんと喧嘩をすることくらいしかないんです。仕事はみんな牧師補がやってくれて、自分の生きがいは食事をすることだけなんだわ」。

「確かにそういう牧師もいるでしょうけれども、クローフォドさんが、そういう牧師が一般的だと言うには足りませんね。この大ざっぱな、失礼ながら陳腐と言わざるを得ないご批判はあなた自身の判断から生まれたものではなくて、偏見を持った周りの人たちの判断から来ているのではないですか。そういう意見をずっと聞いてきたからなのでしょう。ご自分の経験からは牧師についてあまり知ることはできなかったはずです。あなたはこれほどまで決定的にこの職業を非難なさいますが、個人としてはこの職業の人をほとんどご存じないのでしょう。あなたは、叔父様の家の食卓で聞いたことの受け売りをなさっていらっしゃるだけなんだ」。

「私は世間一般での見られ方を申し上げているんですよ。そして世間の意見というものは、正しいのが常ですもの。私自身は確かに牧師の普段の生活をそれほど見ているわけではないですが、あまりにも多くの人が見ていますから、情報が間違っていることはないはずよ」。

「ある職業に就いている、教育を受けた男たちが、その宗派を問わず一緒くたに非難されている場合は、情報が間違っているに違いありませんよ。（微笑みながら）あるいは何か他のものが間違っているのかも知れませんが。あなたの叔父様とお仲間の提督の方々がご存じだった牧師といえば、船に乗り込んだ従軍牧師くらいではないですか。そういう牧師は、たとえいい牧師でも悪い牧師でも、うっとうしい存在として映っていたでしょうし」。

「ウィリアムは、アントワープ号の牧師さんにとても親切にしてもらったんですよ」とファニーが感情を込めて口をはさんだのは、今の会話の流れに沿っているとは言えないものの、自分の気持ちそのままだった。

「私は叔父様の意見をそのまま鵜呑みにすることなんてほとんどありませんのでね」とクロフォド嬢は言葉を続けた。「あなたがそこまでおっしゃるなら言ってしまいますけれど、私だって、牧師がどんなものかまったく知る機会がないわけではないんですよ。現に義兄のグラント博士のお宅に泊めてもらっていますでしょう。グラント博士は私にはとても親切でよくして下さるし、本当の意味での紳士ですし、きっと立派な学者さんでいらして頭がよくて、しょっちゅう、とても優れた説教をなさって、きわめて尊敬すべき人ですわ。でも私が見るかぎりでは、あの方は怠惰で、自己中心的な食道楽で、何に関しても自分の好みを通して、他の人のためには何一つしてあげようとはせず、その上、料理人が何か失敗をやらかしたら、あの立派な奥様に八つ当たりする方なんです。

実はヘンリーも私も今晩は家から追い出されたようなものですよ。ガチョウのひなの料理が期待どおりでなかったみたいで、ご機嫌が直らないんですもの。かわいそうなお姉様は残って、お相手をしていますが」。

「確かに、あなたが批判なさるのも無理ないですね。すぐ機嫌が悪くなって、さらに、自分を甘やかすという大変嘆かわしい習慣がそれに拍車をかけている。あなたのお姉様がその犠牲になっているのを見るのは、あなたのような気質の方にはとてもつらいことでしょう。ファニー、形勢は僕らにとって不利みたいだね。グラント博士の弁護をするのはちょっと難しいよ」。

「そうですね」とファニーは答えた。「それでも、そのせいでこの職業すべてを見限ることはないでしょう。だって、グラント博士がどんな職業を選ばれたとしても、気質が、あの、まあ、あまりよくはないということは変わらないでしょうから。もし海軍か陸軍に入られたら、今よりもかなり多くの人々があの方の指揮下にいたでしょう。そうすると今よりもずいぶん多くの人々が不幸になっていたということになりますね。それに、グラント博士が改めるべき点について言うと、もしあの方がもっと活動的で、世俗の職業に就いていらしたら、もっと酷かったと思わずにはいられませんわ。だって、他の職業に就いていたら、自分を顧みるには、忙しいし、そんな義務もないので——つまり、今のお仕事ではまだしも少しはお持ちでいらっしゃる自覚さえも、お持ちになることはないでしょうから。人は、特にグラント博士のような分別のある人なら、毎週他人に義務を果たすことを説いて、毎週日曜日に二度教会であのような優れた説教をなさっていれば、ご自分がその影響を受けないはずがありませんもの。ご自分について考える機会があるでしょうし、ご自分を抑えようとなさっているには違いありませんわ。もし牧師さん以外の職業に就いていたら、そうはいかなかったでしょう」。

「確かにおっしゃることへの反論はできませんわね。でもプライスさん、自分の説教のおかげでやっとご機嫌を保っているような男性の奥様には、けっしておなりにならないように願いますわ。毎週日曜日には説教のおかげでご機嫌がよくても、ガチョウのひなのことで月曜の朝から土曜の夜まで当たり散らされたらたまりませんもの」。

「ファニーにしょっちゅう当たり散らすような男は」と、エドマンドは愛情を込めて言った。「どんな説教とて救い難い男性に決まっています」。

ファニーは身体を今よりもさらに窓の方に向けた。クローフォド嬢は感じのいい口調で「プライスさんはほめられるべき人なのに、ほめられることには慣れていないのね」と言っている内に、バートラム姉妹の熱心な誘いで、一緒に合唱するためにピアノのところに駆け寄っていった。あとに残されたエドマンドは、クローフォド嬢の気取らない態度から軽快で優雅な足取りにいたるまで、あらゆる美徳を目にして、うっとりとしていた。

「本当に気立てのいい人だね」と間もなくエドマンドは口を開いた。「あのような性格だったら、人を傷つけるようなことはしないだろう。それに歩き方の優雅なこと。そして他人の願い事をすぐに聞いてくれる。呼ばれて即座に応じてくれるし」。そして一瞬考えてからつけ足した。「それだけに、あのような人たちと暮らしていたのは本当に残念なことだね」。

ファニーは同意し、これから合唱が始まるにもかかわらず、エドマンドが窓のところにいて、自分のそばを離れないのが嬉しかった。そしてほどなく自分と同じように窓の外の景色に目を向け、雲ひとつない美しい夜と、それと対照をなしている森の深い陰がもたらす荘厳さと安らぎを味わうのを楽しんだ。ファニーは思っていることを口に出してみた。「これこそ調和だわ。そして安らぎも。どんな絵画も音楽も敵わないし、詩が描こうとしても試みだけで終わってしまうんだわ。どんな悩みも癒されるし、喜びで心が震えるものがここにあるわ。このような夜の景色を見ると、世の中には悪いことも悲しいこともないように思えるの。そして人々が自然の崇高にもっと注意を払って、このような景色を見ることで、いつもの自分から抜け出すことができるなら、きっと今のような悪いことも悲しいことも消えてなくなるんだわ」。

「君が熱く語るのを聞くのは嬉しいものだね、ファニー。とても美しい夜だし、君のようにそれを感じること——少なくとも幼い内に、自然を好むこと——を教えられていない人のことはずいぶん気の毒に思うよ。失っているものが大きいからね」。

「このように感じ、考えることを教えてくれたのは、あなただわ、エドマンド」。

「なにしろ、教え子が優秀だったからね。ほら、牛飼座がとても明るく見える」。

「そう、大熊座もね。カシオペア座も見えたらいいのに」。

「見るには芝生に出なければ。夜風が心配かな」。

「いいえ、ちっとも。二人でこうして星を見るのはずいぶん久しぶりですもの」。

「そうだね、どうしてだろう」。合唱が始まった。「これが終わったら行こう、ファニー」とエドマンドは、窓に背を向けて言った。そしてファニーからすると残念なことに、合唱が進むとエドマンドも前に出て、少しずつピアノのところに行った。合唱が終わると歌い手たちのそばで、もう一回と強く頼んでいる人たちに加わっていた。

ファニーは一人で窓のところで溜息を吐《つ》いていたが、風邪を引くからとノリス夫人に叱られ、追い払われた。

第十二章

サー・トマスは十一月に帰国することになっていたが、長男は仕事でその前に帰ることになった。九月が近づくと、バートラム氏の帰宅の知らせは、最初に猟場番人への手紙によって（狩猟の季節は九月一日に開始することになっているため）、そしてその次にエドマンドに宛てた手紙によって伝わった。そして八月の終わりには本人が到着した。相変わらず必要とあらば、なによりクローフォド嬢のご希望とあらば、快活にもなり、社交的にもなり、ご婦人方のお相手もし、ウェイマス[1]や競馬の話、パーティや友人の話もした。六週間前ならばクローフォド嬢はこういった話に興味深く耳を傾けただろうが、実際に比べてみた後では、実は自分は弟の方に好意を抱いているのだという自覚を深めるばかりだった。

これは自分にとって腹立たしいことで、クローフォド嬢は心から嘆かわしいと思ったが、事実は事実だった。そして長男に対しては、結婚を考えるどころか、自分に惹きつけて美人としての自尊心を充たそうとする以上には、何をしかけようという気もなかった。トム・バートラム氏がこれほど長くマンスフィールドを留守にしたのは、自分自身の楽しみのためであり、自分の都合のみであるからには、クロ－フォド嬢に関心がないことを完全に証明していたので、クロ－フォド嬢の方だってそれにも増して無関心だった。相手がマンスフィールド・パークの主人となり、将来サー・トマスを名乗るのは間違いないのだが、たとえ今すぐそうなってこちらにやって来たとしても、結婚相手として受け入れることはできないとさえ思っていた。

バートラム氏がマンスフィールドに戻らなければならないのは、そういう季節がやってきて、それなりの義務が生じたからであり、それはクロ－フォド氏が同じ理由でノーフォークに戻らなければならないということでもあった(2)。九月の初めになったので、クローフォド氏はどうしてもエヴリンガムに帰らなければならなかった。氏は二週間の予定で帰って行った。この二週間がバートラム姉妹にとってあまりにもつまらない二週間となった。このことで姉妹は二人とも警戒心を抱いてもよかった。ジューリアですら、どうやら自分は姉に嫉妬心を感じてしまっているということ一つとっても、クロ－フォド氏は信頼できないし、戻ってきてほしくもないと思う充分な理由となったはずである。そして二週間の間に、この紳士の方にしても、狩猟と睡眠の合間にたっぷり時間があったわけだから、自分のやっていることを顧みて、自分の気まぐれな虚栄心が何をもたらすかを考えてみることができれば、もうしばらくはマンスフィールドに近づくべきではないと自覚したってよかったのだ。しかし実際には、贅沢と悪い手本しか見たことがなかったために、軽率で自己中心的に育ってしまったので、今が楽しければそれでいいとしか考えなかった。クローフォド氏のようにあらゆる楽しみを知り尽くしている人間にとっても、美しく、聡明で、自分に好意を抱いているバートラム姉妹といることは、格好の気晴らしになったのである。そして、マンスフィールドでの人づき合いに勝るものがノーフォークにはなかったため、クローフォド氏は予定どおりマンスフィールドに戻って行き、引き続き自分が弄ぶつもりの相手に喜んで迎えられることになった。

話し相手がラッシュワス氏のみとなったマライアは、毎日その日の狩猟がどうだったかを詳しく聞かされることの繰り返しで、猟犬の自慢、隣人に対する嫉妬、隣人が狩猟をする権利を持っているのかどうか疑わしいこと、密猟者を捕まえてやるんだという決意をとことん聞かされるはめになった。(3) こういった話題は聞かせる側に才能が備わっているか、聞く側が聞かせる側に特別の愛情を抱いているのでもないかぎり、女性にとっては楽しめないものであり、マライアはクローフォド氏の不在をきわめてつまらなく思った。そして自由の身であり、他にすることもないジューリアは、姉よりもさらにクローフォド氏の不在をつまらなく思う資格が自分にはあると考えていた。二人のどちらも、自分の方がクローフォド氏に好かれていると思っていた。ジューリアがそう思うのは、そうであってほしいと願うグラント夫人がそう自分にほのめかすからであり、マライアがそう思うのは、クロードフォード氏自身がそう自分にほのめかすからであった。クローフォド氏が帰ってきてからも、以前と何も変わらなかった。姉妹のどちらの好意も損なわないように、それぞれに対して快活で親しげに振る舞ってはみせるが、人目を引くほどの、一貫していて堅実な気遣いや親愛の情はどちらに対しても見せるところまではいかなかった。

クローフォド氏に対して少しでも嫌悪の感情を抱いたのはファニーだけだった。しかしサザトンのあの一日以来、クローフォド氏がバートラム姉妹のどちらかと一緒にいると注意を払わずにはいられなかったし、その結果、不信感を抱き、非難せずにはいられなかった。そして、もしファニーに自分の判断力に見合うだけの自信があれば、自分がものごとをはっきりと見て公平に判断もしていると確信できていたならば、いつもの相談相手に大事な話をしていたかも知れなかった。しかしそういう確信はなかったので、単に暗示的なことを言ってみるだけにして、それも伝わりはしなかったのだった。「なんだか意外ね」とファニーは言った。「クローフォドさんは、前回はあんなに長く、七週間もここにいらしたのに、行ってまたすぐに戻っていらっしゃるなんて。確か変化と移動が大好きだと言ってらしたから、いったんここを出て行かれたら、また別のところにいらっしゃると思っていましたわ。マンスフィールドより、ずっとにぎやかなところに慣れていらっしゃるでしょうに」。

「かえって見直したよ」とエドマンドは答えた。「それに妹さんは喜んでいらっしゃるだろうよ。あの落ち着かない生活をよく思ってはいなかったからね」。

「従姉たちは、あの方をずいぶん気に入っているみたいですね」。

「そうだね、あの男は女性に必ず気に入られるだろうね。グラント夫人は、ジューリアがお目当てだと思っておられるようだよ。僕にはそれはよく分からないけれども、そうあってほしいと思うね。真剣に人を好きになりさえすれば、クローフォドには言うことはないんだし」。

「もしマライアさんが婚約していなかったら」とファニーは恐る恐る言った。「ジューリアよりも好かれているんじゃないかと、時には思うくらいだわ」。

「ということはファニー、君が思う以上に、クローフォドはジューリアの方が好きだということとかも知れないよ。なんでも男というものは、自分の気持ちがはっきりする前は、意中の女性その人よりも、その女性の姉妹とか仲の良い友人の方に目を向けることが多いらしいよ。クローフォドにはものごとが分かっているから、マライアの近くにいるのが危なっかしいと思ったら、ここにい続けるようなことはしないだろうよ。そしてマライアに関しては、自分の気持ちが確かだというあれだけの証拠を見せてくれたのだから、僕は心配はしていないよ」。

ファニーは、これは自分の思い過ごしであって、これからは考えを改めようと思った。しかし、いかにエドマンドに従う習性があっても、そして、ジューリアがクローフォドのお気に入りであることを、他の人々が互いの視線で確認し合ったり、言葉で暗示し合っているのをいくら見ても、やはり、どう考えていいか分からないときがあった。ある晩、この件について伯母のノリス夫人が抱く希望と気持ち、そして似た事柄についてのラッシュワス夫人の気持ちを聞くことがあり、聞きつつも、よく分からなかった。実際、聞かないで済むなら、それに越したことはなかったのだ。というのは、そのときは他の若い人たちは踊っていて、ファニーはきわめて不本意ながらも、お目付役の婦人たちと共に暖炉のそばに座っていなければならず、どうしても耳に入ってきてしまったためである。踊りの相手になってくれそうなただ一人の望みは上の従兄だけであり、そのバートラム氏が再び部屋に戻ってきてくれるのを首を長くして待っていた。これはファニーの初めての舞踏会だった。といっても、多くの若い令嬢の初めての舞踏会のような前準備もなければ、華やかさもなかった。新しく来た使用人がヴァイオリンを弾けるということ、それにグラント夫人がいるし、おまけにバートラム氏の新しい親友が遊びにきていたので、踊り手が五組できるということもあり、その日の午後に急遽思いついたくらいのものだったのである。しかし、ファニーにとってここまでの四つの踊りはきわめて楽しく、たとえ十五分でも踊る時間が減ったのは辛かった。待ち焦がれながら、踊り手を見たりドアを見たりしている内に、さきほどの二人の女性の会話が無理やり耳に入ってきたのであった。

「ほら、奥様」とノリス夫人は、一緒に踊るのは二回目になるラッシュワス氏とマライアに目を向けながら言った。「あの幸せそうな表情がもう一回見られますわね」。

「ええ、奥様、確かにそうですね」とラッシュワス夫人はもったいぶった含み笑いを浮かべながら答えた。「やっとお似合いの組み合わせに戻ってきましたね。途中で踊りの相手を変えなければならないのは残念ですわね。ああした関係にある若い男女については、一般的な踊りの慣習をあてはめる必要はないと思いますわ。息子の方も、なんでそう言わなかったのかしら」。

「たぶんご子息はそうおっしゃったのでしょう、ご子息はまめな方ですから。でもうちのマライアはとても礼儀作法にはうるさいんですよ。最近では珍しいくらい、本当のたしなみがあるんですよ、ラッシュワスさん、要するにあの娘は目立つことが嫌いなんです。ほら、今のあの子の顔をご覧下さい。この前の二つの踊りのときとは全然違っているでしょう」。

バートラム嬢は確かに幸せそうだった。目は喜びで輝き、話し方はきわめて活気を帯びていた。というのもジューリアとその踊りの相手であるクローフォド氏も近くにおり、四人は一群をなしていたからである。マライアがその前にどのような表情をしていたかファニーは思い出せなかった。そのときは自分はエドマンドと踊っていて、マライアのことなど念頭になかったのである。

ノリス夫人は言葉を続けた。「若い人があのように健全に楽しんでいて、あんなに仲が良くて、こんなにすべてがうまくいっているのを見るのは嬉しいものね。サー・トマスが見たらどんなに喜ぶことでしょう。それに奥様、もう一組縁組ができるとお思いになりませんこと。ラッシュワスさんがもういいお手本を示して下さっているし、こういうことはすぐに伝染しますからね」。

ラッシュワス夫人は自分の息子しか眼中になかったので、なんのことだか分からなかった。「あそこの一組ですよ。もう症状が出ていませんこと」。

「あらまあ、ジューリアさんとクローフォドさん。ええ、確かにとてもお似合いね。財産をどのくらいお持ちなのかしら」。

「年収四千ポンドですわ」。

「あらそう。それ以上の財産がない方は、お持ちの財産で満足しなければね。年収四千ポンドというのは悪くありませんし、とても品があって、しっかりした若い方のようですから、ジューリアさんはとても幸せになるでしょうね」。

「まだ決まったことではないんですよ、奥様。まだ内輪で話しているだけですからね。でもそうなることは、ほぼ間違いないですわ。クローフォドさんは、明らかにジューリアを特別に扱っていますから」。

ファニーはこれ以上聞けなくなった。話を聞き、疑問に思うことは一時おあずけとなった。それは、バートラム氏が部屋に戻ってきたので、ファニーは身に余る栄誉とは思いながらも、きっと踊りに誘ってくれると思っていたからだ。バートラム氏はこの小さな一団の方にやって来た。しかし踊りに誘う代わりに、ファニーの近くに椅子を寄せ、たった今しがた見てきたばかりの馬の不調と馬番の意見を話して聞かせた。ファニーは踊りに誘われないだろうと悟り、その謙虚な性格から、期待していた自分が間違っていたのだと即座に感じた。馬の話をし終わると、トムはテーブルから新聞を取り上げ目をやりながら面倒くさそうに言った。「ファニー、踊りたければ一緒に踊ってあげるよ」。この申し出に対して、ファニーは、それをしのぐ丁寧な調子で拒否の返事をした。「いえ、踊りたくはありませんので」。「それならよかった」とトムはずっと元気な口調で言い、新聞を投げ出すと言葉を続けた。「もう死ぬほど疲れているんでね。あの善良な連中がいつまでも続けていられるのが不思議だよ。あんなばかげたことが楽しいなんて、全員が恋でもしてしまってるのかね。多分そうなんだろうね。奴らは、一目見ただけで、どの組も恋する組み合わせだと分かるよ。イェイツとグラント夫人以外、みんなね。でもここだけの話だけど、あのかわいそうなご夫人も、連中と同じくらい恋をする必要があるようだね。あの博士との生活はとんでもなく退屈だろうから」と言いながら、にやりとして、博士の座っている椅子の方を向いたところ、博士が自分の肘のすぐそばに座っているのに気づくや、相当の俊敏さで自分の表情も話題も変えたので、ファニーは笑う気分ではなかったものの、つい笑わずにはいられなかった。「アメリカじゃ大変なことになっていますねえ、グラント博士。(4)どう思われますか。社会問題についてどう考えるべきか、絶えず、博士にはご指南いただいていますから」。

「ねえ、トム」と伯母がすぐに声を上げた。「踊ってないみたいだから、私たちとホイスト（トランプのゲームの一種で、四人が二人ずつのチームになって遊ぶため、人数合わせにトムが誘われている）をやってくれるわよね」。そして席を立って、さらに畳みかけるようにそばにやって来ると、声をひそめてつけ足した。「ラッシユワスの奥様のためにホイストをしようと思うのよ。あなたのお母様も是非と望んでらっしゃるのだけれど、房飾りで手一杯だから、今は時間がないのよ。あなたと私とグラント博士でちょうど人数が揃うわ。それに私たちは半クラウン単位でしか賭けないけれど、あなたは博士を相手にならら半ギニー単位で賭けてもいいですからね」(半クラウンは二シリング六ペンスで、半ギニーは一〇シリング六ペンスなので、ここでは大幅に賭金の額を増やしていることになる)。

「そうしたいのはやまやまでして」とトムは答えながらすぐさま飛び上がって言った。「是非そうしたいところなのですが——でも、ちょうど今から踊るところなんですよ。さあ、ファニー」と手を取った。「これ以上ぐずぐずしていると踊りが終わってしまうよ」。

ファニーは喜んでついて行ったが、ここで従兄に深い感謝の気持ちを抱くのはちょっと無理だったたし、従兄のように、他人のわがままと自分のわがままは別だと考えることもできなかった。

「ずいぶんなお願いじゃないか」と歩きながらトムはいらだって声を上げた。「これから自分たちと、たっぷり二時間も、トランプにつき合わせようっていうんだから。伯母様とグラント博士といえばいつも喧嘩しているし、あの呑み込みの悪い婆さんにしたら、ホイストは代数くらいの難物なのに。伯母様のお節介もほどほどにしてもらいたいよ。それもあの誘い方はなんだい。遠慮もないし、みんなの前で、断ることもできないじゃないか。そういうところが特にいやだね。まったく腹が立つよ。意向を尋ねて、選択の余地も与えるふりをしておきながら、絶対に断れないような言い方をするんだよ。何か頼みごとをするときはいつもそうなんだ。もし運よく君と踊ることを思いつかなかったら、捕まるところだったよ。酷い話だ。まったく、伯母様が一度何か思いつくと絶対に止められないんだ」。

(1) ウェイマスは、イングランド南岸の西方に位置し、当時相次いで開発されたリゾート地の一つで、貴族やジェントリ階級に人気があった。一七八九年に国王ジョージ三世が自らこの地で健康を回復したという。

(2) 九月になると、狩りが始まると同時に、休暇の季節である八月が終わるので、置かれている立場上、地所に関する業務や領地の仕事が待ち受けている。

(3) 狩猟を行う資格を持っているのは、年に千ポンドを稼ぎ出す価値のある土地を保有する者、もしくは年に百五十ポンドで土地を借用している者のみに限られ、厳しく管理された。食糧調達のための密猟が横行し、捕まると五ポンドの罰金または三ヶ月の禁固が科された。

(4) 一八一〇年代になってもなお、アメリカが関係する貿易は戦時と同様の緊張関係が続いていた。トム・バートラムとしてはここではなんでもいい一つの話題としてアメリカの話を持ち出しているが、当時の読者には当然挙がってよい重要な話題ではあった。

第十三章

トムの新しい友人のジョン・イェイツ閣下は貴族の息子だった。時流に乗っていて、金離れもよく、長男でないにしても、自分で自由にできるまとまった財産をもう譲り受けていたが、取り柄といえばそれくらいだった。そのような人物がマンスフィールドに招待されたことをサー・トマスならおよそ喜ばしいとは思わなかっただろう。バートラム氏とはウェイマスで最初に知り合い、十日間というもの、同じ社交仲間だった。仮にこれを友情と呼んでいいなら、その友情は、イェイツ氏がマンスフィールドの近くまで来たら遊びに来るようにと招待し、そして必ず遊びに行くよと約束することによって、完成を見たのである。そしてイェイツ氏は本当にやって来た。それも、予想以上に早く。これは、ウェイマスを出た後に遊びに行った別の友人の館での、お楽しみのための大人数の集まりが突如解散してしまったという事情からだった。イェイツ氏が到着したときは落胆していて、頭は演劇のことでいっぱいだった。その集まりというのは、素人演劇をやるためのものだったのだ。そしてイェイツ氏も出演予定だったその劇の上演まであと二日というときに、その友人の家族の近親者が突然死去したことで、計画は中断、役者たちは解散ということになったのである。至福と名声まであと一歩というところ、ほんのあと少しで、コーンウォールのレイヴンショー卿の屋敷であるエクルスフォードで演じた余興をほめ上げた長い記事が新聞に載り、関係者全員の不朽の名声は、少なくとも一年間は動かぬものになるところだったのに、すべてが台なしになるというのはきわめてつらいことであり、イェイツ氏が口を開けばそのことばかりだった。エクルスフォードとそこに作った劇場、舞台装置、衣装、リハーサルやそこで言っていた冗談がお決まりの話題であり、自分がそのときに演じるはずだった役柄を自慢するくらいしか、イェイツ氏の慰めはなかった。

イェイツ氏にとって幸いなことに、演劇というものは広く愛されており、若い人にとって芝居をしてみたいという欲求は相当に強く、氏がどんなにそのことばかり話そうと、聞き手が聞き飽きるということはないのだった。最初に役を決めるところから終幕まで、すべてが魅惑的な話であり、聞いている内に、ほとんどがその仲間に入って自分の演技力を試してみたいと思うのだった。演目は『恋人たちの誓い』（下巻解説を参照、下巻に全訳を所収）で、イェイツ氏はキャセル伯爵の役を演じるはずだった。「ほんの端役なんですよ」と氏は言った。「気に入っている役ではないし、次はもう引き受けないでしょうが、あんまりうるさいことは言いたくなかったのでね。やりがいのある役は二つだけなんですが、その役は私がエクルスフォードに着く前にすでにレイヴンショー卿と公爵が取ってしまっていたのです。レイヴンショー卿は私に譲ってくれるとおっしゃいましたが、もちろんそういうわけにはいきませんからね。レイヴンショー卿がご自分の才能をまったく勘違いしていらっしゃるのがお気の毒でしたよ。あの男爵を演ずるのはまったく無理でしたからね。小柄だし、声は弱いし、十分も経つといつも声が枯れてしまうんです。あれでは芝居も台なしと分かってはいましたけれど、私はやかましいことは言わないことにしたんです。サー・ヘンリーにしても、公爵にはフレデリックの役をやるのは無理だと考えていましたが、それはご自分がフレデリックの役を演じたかったからなんですよ。でも、どう考えても、サー・ヘンリーに比べたら公爵の方がまだ上手でしたね。サー・ヘンリーがあんな大根だったとは驚きましたよ。幸いなことにサー・ヘンリーの役は芝居全体を左右するものではありませんでしたがね。アガサ役は見事でしたし、公爵の演技もみんな絶賛していました。全体的に実にうまくいってたはずですよ」

「確かにそれは非常に残念でしたね」とか、「本当にお気の毒でしたわ」と、その話は聞いている人の深い同情を誘った。

「愚痴を言ってもしかたがありませんが、あのお気の毒な未亡人のおばあさん、最高に間が悪いときに亡くなりましたよ。あと三日あればよかったのだから、せめてその間だけでも訃報を伏せていてほしかったですね。たった三日のことですよ。それに近親といっても祖母ですし、二百マイルも遠くでのことなんだから、実行しても問題はなかったはずだし、そういう意見も確かにあったんですよ。でもレイヴンショー卿は恐らくイングランド中でも最高に礼儀にうるさい方ですから、承知しませんでした」。

「喜劇に代えて、おまけの一幕(1)といったところですかね」とバートラム氏が言った。「『恋人たちの誓い』は幕引きとなって、残ったレイヴンショー卿と夫人が、たった二人で『我が祖母(2)』を演じることになったというわけだ。まあ、少なくとも奴《やっこ》さんには遺産が有難かったろうよ。それにここだけの話だけれども、男爵の役なんか引き受けてしまって、面目も潰れて、大声で肺も潰れてしまうのが怖くなって、中止するのにやぶさかでなかったんじゃないですか。イェイツ、君には埋め合わせとして、マンスフィールドで小さな劇場を作って、その支配人になってもらわなければ」。

　これはその場の思いつきで言ったことだったが、その場だけでは終わらなかった。なにしろ、演劇への情熱を刺激されてしまい、一時的に館の主人である当人が特にそれを強く感じていた。あまりにも暇な時間が多いために、目新しいものならばなんでも面白そうに思えるだけでなく、才気に富んでいて笑いを好むというその性格は、演劇を試みるのにうってつけだった。この思いは頭を離れなかった。「我が家にもエクルスフォードのような劇場と舞台があって、何かできればいいのに」。この願いは二人の妹たちも口にしたし、ヘンリー・クローフォドに至っては、あらゆる人生の快楽を経験したが、演劇だけはまだやってみたことがなかったので、この思いつきにすっかり乗り気だった。「今の私なら、シャイロックやリチャード三世から、赤い上着に三角帽の歌う笑劇役者まで、古今に書かれたどんな役でも、我を忘れて演じられると思いますよ」と言った。「どんな役も、あらゆる役がこなせるような気がしてきました。英語で書かれたどんな悲劇だろうが喜劇だろうが、怒鳴ったり喚いたり、溜息を吐いたり、跳ねまわったりすることも。何かやりましょうよ。たとえ一本の芝居の半分でも、一幕でもいいし、一場でもいいから、何も私たちの前に立ちふさがるものはないでしょう。ここにいらっしゃる方々は止めませんよね」と、バートラム姉妹の方を見た。「それに劇場といっても、大したものはいりませんよ。自分たちの楽しみのためにやるのですから。この家のどの部屋でだって充分できますよ」。

「幕は必要でしょう」とトム・バートラムが言った。「緑のベイズの生地（羊毛で粗く編んである生地。この時代の演劇は舞台が始まる前の幕は緑色だった）が何ヤードかあれば、それでひょっとしたら足りるのかな」。

「ええ、それで充分」とイェイツ氏が声を上げた。「それに加えて、舞台袖の幕の一枚か二枚と、ドアをつけたフラット[3]と、上から垂らす背景幕が三枚か四枚ほどあればいいんです。この規模だったら、それくらいあれば充分でしょう。内輪だけの楽しみなのだから、それ以上はいらないはずです」。

「いえ、それ以下で満足しなければいけないでしょうね」とマライアが言った。「時間がないし、他にもいろいろ問題が出てきてしまうでしょうから。それよりもクローフォドさんがおっしゃるように、一番の目的は劇場を作ることではなく、演技に置くべきですわ。この国の優れた芝居の多くの役柄は、演じるのに舞台装置なんていらないんですから」。

「いや」と、話を聞きながらだんだんと懸念を深め始めたエドマンドが口をはさんだ。「やるならば中途半端じゃ話になりませんよ。もし芝居をやるのならば、オーケストラ席、ボックス席に天井桟敷まで揃った劇場を使って、一つの芝居を最初から最後まで、まるまる上演したらどうなんだい。ドイツの芝居がやれるならなんだっていいんだろう[4]。最後にどんでん返しの様変わり、おまけにフィギュア・ダンス（偉人の姿形を模す踊り）にホーンパイプ（水兵の踊り）となんでもござれ。幕間にはちゃんと歌もつけてね（当時の舞台は、本編の他にも、多くの余興的な出し物が付随していた）。エクルスフォードのを超えられないくらいなら、やったって意味がありませんよ」。

「もう、お兄様、そんなことは言わないで下さい」とジューリアが言った。「お兄様は誰よりもお芝居が好きだし、お芝居をご覧になるためにはどんなに遠くにもいらっしゃるじゃない」。

「確かに、本物の演技、経験を積んだ芝居を観るためにならどこへでも行くさ。でも役者の訓練も受けていない人たちが素人くさいことをするのを観るんだったら、この部屋から隣の部屋へだって行ってみようという気にはなれないよ。下手に教育を受けて、礼儀作法を知ってしまった紳士淑女が、そんなことに手を染めてみたところで」。

少しの間、皆黙っていたが、またこの話題に戻り、大変熱心な話し合いになった。話が進む中で、残りの人も乗り気だと分かるにつれて皆ますます盛り上がっていった。そして、トム・バートラムが喜劇をやりたがり、二人の姉妹とヘンリー・クローフォドが悲劇をやりたがっていること、同時に全員がやりたがるような芝居を見つけることはいとも簡単だろうという結論に達するも、それ以外は何も決まらなかったのだが、なにかしらの作品を演じようという決意は相当固いようで、エドマンドはかなり不安に思うのだった。母親は、テーブルを囲む人々の会話を全部聞いていながら少しも反対の意を表さなかったが、エドマンドはもし可能ならば自分がこれを阻止しようと心に決めた。

同じ日の晩に、エドマンドが自分の説得力を試す機会が訪れた。マライア、ジューリア、ヘンリー・クローフォドとイェイツ氏が玉突き部屋にいた。トムがそこから応接間に戻ってくると、エドマンドは考えにふけりながら暖炉の脇に立っており、レイディ・バートラムは少し離れたソファに横たわり、ファニーがそのすぐ近くで夫人の刺繍の準備を整えていた。トムは部屋に入るなり口を開いた。「うちの玉突き台ほど酷いものはこの地上どこを探したって見つからないね。もう我慢ならないし、あれじゃもう二度と使う気にならないな。でもたった一ついい発見があったんだ。やろうと思えばあの部屋は劇場にはうってつけなんだ。ちょうどいい形と奥行きだから、好都合なことに、五分もかけてお父様の書斎の本棚を動かせば、向こう側の二つのドアが両方とも書斎に通じてしまうんだ。それにお父様の書斎は楽屋として最適だ。まるでそのために玉突き部屋とつながっているかと思うくらいだよ」。

「トム、まさか本気で芝居をやろうとしているんじゃないでしょうね」とエドマンドは、兄が暖炉に近づいてくると低い声で尋ねた。

「本気かって。こんなに本気になったことはないくらい本気だよ。なんでそんなに驚くんだい」。

「とてもよくないことだと思うからですよ。概して素人演劇に非難はつきものですが、今の我々の状況を考えるとそんなことをするのは、非常に無分別、いや、無分別なんてもんじゃない。お父様が今旅先にいて、常にいろんな危険にさらされていることを考えても非常に無神経なことだし、それにマライアのことを考えても、今置かれた状況はとても微妙なんです。どこからどう考えてもきわめて判断は微妙でしょう」。

「ずいぶん大げさに考えるんだな。お父様が帰っていらっしゃるまで、(5)週三回上演して、地域の人々をこぞって招こうというわけでもあるまいし。そんなご大層なことじゃないんだ。仲間内のちょっとした気晴らしだよ。気分転換をして、何か新しいことに挑戦してみるだけなんだよ。観客もいらなければ、宣伝もいらない。我々には、何が適切な作品なのか決めるだけの判断力はあるし、誰か立派な作家が書いた優雅な言葉を口に出すことで、いつものおしゃべりよりも悪いことを引き起こすなんてことはないだろう。僕は何一つ心配していないし、気にもしていないよ。それにお父様がいらっしゃらないのは、上演に賛成する理由にこそなれ、反対する理由にはならないね。お父様が戻ってくるのを待ちながら、お母様はとても心配されているんだから、気晴らしを作って心配を忘れてもらって、これから数週間楽しませてあげることができたら、とても有効な時間の使い方だろうし、お父様もそう思うだろうよ。お母様にとっては最高に心配なときなのだから」。

このときに二人とも母親の方に目をやった。レイディ・バートラムはソファの隅に寄りかかり、健康、富、安心と平穏を思わせる姿で、ちょうどうとうとしているところで、ファニーが刺繍の難しい部分を代わりにやっているところだった。

エドマンドはこれを見て、微笑んで頭を振った。

「いやあ、こいつは参ったな」とトムは叫び、大きな声で笑うと、椅子にどっかと座った。「まったくもう、お母様ったら、少しはご心配を――今のはまずかったですね」。

「どうしたんです」とレイディ・バートラムは、半分寝ぼけた気だるい声で聞いた。

「私は眠っていませんわよ」。

「もちろんですよ。誰もそんなことを言っていませんよ。でもエドマンド」、レイディ・バートラムが再び舟を漕ぎ始めると、トムは立ち上がって元の口調で話に戻った。

「でもこれだけは言っておくよ。なんら悪いことはないはずじゃないか」。

「僕は賛成できませんね。お父様は絶対によくお思いにならないでしょう」。

「そして僕は、断固として、その意見に反対だね。うちのお父様ほど若い人が才能を発揮するのを喜んで、それを励ましてくれる人はいないし、演技や朗読や暗唱といったものは昔からお好きだったじゃないか。僕たちの子どもの頃もそれをしきりにやらせていたのは、間違いないだろう。まさにこの部屋で、お父様を喜ばせるために、ジューリアス・シーザーの遺体を前に哀悼の言葉をなんべんも言ったし、「生きるべきか死ぬべきか」と繰り返しただろう。それにいつだったかのクリスマス休暇の間は毎晩、「我が名はノーヴァル」(6)だったはずだろう」。

「あれはまったく別の話じゃないですか。自分だって違うと分かってて言っているんでしょう。お父様は僕たちがまだ子どもだった頃は、正しい発話を身につけさせたかったんですよ。でも、もう大人になった自分の娘たちが芝居に出るとなったら、とても喜ぶとは思えません。お父様はやっていいことと悪いことの区別には、とても厳しい方ですから」。

「そんなことは全部分かっているよ」とトムは気を悪くして言った。「おまえと同じくらいにお父様のことは分かっているつもりだし、妹たちにもお父様を悲しませるようなことはやらせないよ。エドマンド、おまえは自分のことをやっていればいいんだ。一家の他のことは僕に任せておけよ」。

「もしどうしても芝居をするとおっしゃるのなら」とエドマンドは食い下がった。「ごく小規模で地味にやっていただきたいですね。それに劇場を作るのはやめた方がいいと思いますよ。ご不在中にお父様の家を勝手にいじるのはよくないと思いますから」。

「そうしたことは万事、僕が責任を取る」とトムがきっぱりと言った。「この家を悪いようにはしないよ。この家に関しては、おまえに劣らず、大切にしたいと思う理由が僕にもあるからね。それに僕が提案したのは、本棚を動かすとか、ドアが開くようにするとか、あるいは玉突き部屋を一週間だけ玉突きをせずに使うということなんだから、それにはお父様は反対なさるまい。僕たちが前に比べてこの部屋で過ごす時間が長くなったとか、朝食室にあまりいないとか、妹のピアノがこの部屋のこちらからあちらへ移動したということにお父様が文句を言うと思うかい。それと同じことだよ。そんなこと、あるわけないだろう」。

「仮に改装を行うこと自体は問題ないとしても、それにかかる費用に問題があるでしょう」。

「そう、ああいう改装の費用は膨大だろうよ。ゆうに二十ポンドはかかるだろう。確かに劇場にあるようなものを揃える必要があるし。でもきわめて簡素なもので充分なんだ。緑の幕に、大工が少し手を入れてくれれば——それで充分だよ。それに大工仕事は全部、うちのクリストファー・ジャクスンに任せられるのだから、費用を心配すること自体、意味がないよ。そして、ジャクスンにやらせるなら、サー・トマスにもご異論はないだろう。この家で、観察力や判断力があるのは自分だけだと思わないでもらいたいもんだね。いやならば芝居をしなければいいさ。でも、人にまで指図しようとは思わないことだね」。

「いや、芝居をやるかやらないかって話なら」とエドマンドは言った。「僕は絶対にやらないよ」。

エドマンドが言い終わらない内にトムは部屋を出て行き、残されたエドマンドは腰を下ろして、腹立たしい思いの中で、暖炉の火をつついていた。

すべてを聞いていて、すべての点においてエドマンドに共感していたファニーは、なんとか慰めようと、思い切って言ってみた。「ひょっとしたら、皆さんがやりたいと思うお芝居を結局は見つけられないっていうこともあるかも知れませんよ。お兄様の趣味と、妹さんたちの趣味はだいぶ違っているようですから」。

「それには期待できないね、ファニー。あの連中がこの計画を実行したいと思えば、何かしら見つけるだろうから。妹たちに話して、なんとかやめるように説得してみるよ。それくらいしか打つ手がないね」。

「ノリス伯母様は味方をして下さるのではないかしら」。

「確かに味方はして下さるだろうけれど、伯母様には、トムにも妹たちにも大した影響力はないからね。それに僕が説得できないとしても、伯母様に頼んでまでどうにかするくらいなら、なるようになれと思うよ。家族間のいさかいというのは何よりいやなものだし、互いに喧嘩を始めちゃ、元も子もないからね」。

翌朝エドマンドは妹たちとこの件に関して話す機会があったが、エドマンドの忠告に耳を貸すのも嫌がり、その議論を受け入れず、ひたすらに楽しみを追求したいという決意を曲げようとしない点でトムとまったく変わるところはなかった。母親はこの案に一切反対しなかったし、二人には父親が反対するともまったく思えなかった。実に多くの立派な家庭で、そして数多くの尊敬すべき地位の女性が行ってきたことをするのだから、いささかも悪いことだとは思われなかったのだ。そして、兄弟姉妹とごく親しい友人の間だけでやることであり、本人たち以外まったく知る由もない、今回の企画を非難するのは、用心深いにもほどがあるとしか言いようがないということだった。ジューリアだけは確かに、マライアが今現在置かれている状況には特別な注意を払うべきで、気を遣うべきだとは思っているようだった。尤も、それは自分に火の粉が降りかかってこようという話でもない。自分自身は自由の身なのだから。そしてマライアの方では、自分が婚約しているからこそ、人に拘束されることはなく、ジューリアと違って、何かするにつけていちいち両親に相談するには及ばないと思っているのだった。エドマンドはほとんど説得することを見込めないままに、この件についてなお諭していたのだが、そうする間にも、ヘンリー・クローフォドが牧師館から着くや間もなく部屋に入ってきた。

「我々の劇場の下働きが見つかりました、バートラムさん。端役をする人が足りないということにはならなさそうですよ。妹がよろしくと言っていました。是非お仲間に入れてほしいとのことです。誰もやりたがらないような中年女性だろうが地味な相談相手役だろうが喜んで引き受けると言っていますよ」。

マライアはエドマンドの方を見た。「さあ、こうなったらなんとおっしゃるのかしら、お兄様。メアリー・クローフォドが賛同して下さっているのに、それでも私たちが間違っているのかしら」と、言わんばかりだった。エドマンドは黙ってしまい、才気煥発な人にとって、演劇は魅惑的なのだろうと認めざるを得なくなってしまった。さらに、恋する人間ならではの理屈が動員されて、むしろ相手の協調的で人の頼みを断れない性格について想いを馳せるばかりであった。

計画は進んでいった。反対したところで無駄だった。そしてノリス夫人にしても、反対すると思っていたこと自体がエドマンドの思い違いだった。何か反論を始めても、伯母に対して絶大な権力を持つ長男と長女に五分もすれば言いくるめられてしまうばかりだった。つまり伯母にしたら、この企画は誰にもそれほどの経済的負担を強いるわけでなし、まして自分には一切の負担がないし、これを機に、せかせか忙しげに、偉そうに動きまわることができそうであるし、そしてこの一ヶ月の間、自費で暮らしていた我が家をあとにして、一日中みんなの役に立つからとマンスフィールドに寝泊まりする口実ができたことを考えると、この企画に結局のところ大賛成だったのである。

(1) 十八世紀と十九世紀初頭の演劇では、お芝居を五本立てで上演し、さらに笑劇(あるいはおとぎ話や、おふざけの芸や踊りなど)を加えて終わるのが典型的な組み合わせだった。後半からきた客は半額で楽しめたこともあり、最後の笑劇も歓迎はされていたものの、付随的なものと捉えられる傾向にあった。

(2) 劇作家で画家のプリンス・ホア(一七五五―一八三四)が自分の生誕地バースにて一七九五年に上演した作品。当初はおまけの笑劇だったが、人気が上昇し、やがて主たる出し物の扱いになっていった。

(3) フラットとは舞台用語で、舞台の背景の一部を構成する板のこと。

(4) エドマンドの話し方には、ドイツ由来の芝居が道徳的に感心しないものであることが含意されている。実際、『恋人たちの誓い』がそうであるように、感動的ではありながらも、不義の関係を持った者、シングルマザーなど、道を誤ったと当時は判断される女性が頻出しており、英国では批判の対象になることが多く、そのことから形成されているイメージが元になっている。

(5) 当時の大西洋航海は決して安全とは言えない命懸けのものであり、難破の危険の他に、現地や船上で熱帯特有の疫病に罹患する危険、フランス軍やフランスが公認している私掠船《しりゃくせん》に狙われる危険も大いにあった。上巻解説五五二頁参照。

（6）スコットランドの軍人、聖職者、劇作家であるジョン・ホウム（一七二二―一八〇八）が書いて一七五七年にエディンバラで発表した悲劇『ダグラス』への言及。『ダグラス』は次章で演目の候補としても検討されている。主人公のノーヴァルは貧しい身分ながら勇敢な騎士なのだが、後に、実は高貴な出身であることが分かる。

第十四章

エドマンドが当初思ったよりも、ファニーの予測が正解に近かったようだ。全員が納得する作品を見つけるのは並大抵なことではなかったのだ。大工がすでに注文を受けて、寸法を測って、少なくとも二つの問題に解決案を示して対処し、計画と費用がかさむことが分かってきて、そして作業を始めたその間も、まだ上演する芝居は決まっていなかった。別のことに関してもいくつか準備は進んでいた。緑のベイズ地の布の巨大なロールがノーサンプトンから届き、ノリス夫人が裁断し(夫人があれこれと裁ち方を工夫したおかげで、たっぷり四分の三ヤードもの倹約ができたのだが)、メイドたちが幕として仕立てつつあったが、それでも芝居は決まっていなかった。そんな風に二、三日が過ぎて、エドマンドは、このまま適当な芝居が見つからないのではという希望さえ抱き始めたのである。

実際、気を配らねばならないことがあまりにも多く、意向を確かめなければならない人の数があまりに多く、重要な役柄があまりにも多く必要である上に、何より大事なこととして、全員を満足させるには芝居が悲劇でありつつ、かつ喜劇でもなくてはならなかったため、若い人が熱心に追求する事柄の例にもれず、この件に関しても合意の見込みはあまりないように思われるのであった。

悲劇派にはトム・バートラム姉妹、ヘンリー・クローフォドとイェイツ氏が属していた。喜劇派はトム・バートラムだったが、完全に孤立しているわけではなかった。というのは、メアリー・クローフォドは、礼儀上自分の希望を強く表さないけれど、明らかに喜劇側に傾いていた。ただ、トムの強い決意と押しの強さは味方を必要としないほどだったのだ。そして、この乗り越え難い見解の違いを別にすれば、登場人物が少ないが、どの役柄も主役級のもので、主要な女性の役が三つあるような作品を、全員揃って希望していた。名作を全部洗い出したが、得るところはなかった。『ハムレット』も、『マクベス』も、『オセロー』も、『ダグラス』か『博打打ち《ばくち》』のいずれであっても、悲劇派さえも満足させることはできなかった。そして『恋がたき』、『醜聞の学校』、『運命の輪』、『法定相続人』(1)、それにあり余るほどのその他諸々の演目も、次々と、さらに強い反対を受けて却下された。どの芝居にも誰かしらの異論があり、提案のたびに毎回いずれかの派が言っていた。「嘘だろう、そんなのは全然駄目だ。泣き喚くような悲劇はやめましょうよ」、「登場人物が多すぎます」、「その劇には女性の役にろくなものがありません」、「それだけはやめてちょうだい、お兄様、全部の役を埋められませんよ」、「そんな役、誰もやりたがらないですよ」、「最初から最後まで悪ふざけの劇じゃないですか。その芝居ならいいかも知れないけれども、品のない役柄がありますから」、「意見を言えとおっしゃるならあえて言いますけれど、英語で書かれた芝居の中でも、その作品ほど退屈なものはないと思いますよ」、「私自身は面倒なことを言いたくありませんし、なんでも喜んで引き受けますけれど、それ以上まずい選択はないと思いますね」。

　ファニーはそんな様子を眺め、聞き耳をたて、全員が自分本位でありながら、多かれ少なかれそれをごまかそうとしつつ話が進むのを面白がらずにはおれず、結果がどうなるものか興味深く見まもっていた。自分の希望としては何か芝居を演じるのを観てみたかった。というのも、それまで芝居というものは一部分すら観たことがなかったからである。とはいえ、今の家の状況下では、あらゆる重要な事柄を考慮すると、芝居が実現することは決して好ましいことではなかった。

「これではどうにも埒があきませんよ」とトム・バートラムがとうとう言った。「我々はとんでもなく時間を無駄にしています。何かに決めなければ。何だっていいから、ともかく決めないと。あまり完璧を狙ってはいけませんよ。少しばかり登場人物が多くても、臆してはいけません。一人が二役くらいやらなければ。少し理想を下げる必要があるんです。つまらない役柄であっても、それを面白く演じることで、その分自分の評価も上がろうというものです。たった今から僕はもう面倒なことを言うのはやめました。どんな役でも仰せつかったらやってのけますよ。それが喜劇的であればね。喜劇でさえあれば、もう何の注文もつけませんから」。

そしてもう五回目くらいになるが『法定相続人』を提案し、自分がデュバリー卿とパングロス博士のどちらの役を取るかという程度にはまだ迷いがあるけれど、他の役柄には非常に立派な悲劇的な役があるんだからと、きわめて熱心に説得しようとしたが、それはまったく聞いてもらえなかった。

この不毛な試みのもたらした沈黙を、同じ話し手が破った。テーブルの上に置かれたいくつもの戯曲の一つを取り上げ、ぱらぱら見ながら、いきなり声を上げたのだ。「『恋人たちの誓い』。レイヴンショー家のときにやろうとしたんだから、我々にだって『恋人たちの誓い』はぴったりでしょう。なぜ今まで気づかなかったんだろう。僕はちょうどいいんじゃないかと思いますけどね。皆さん、どうですか。イェイツとクロフォドにはそれぞれ、見事に悲劇的な役柄があるし、下手な詩を作ってばかりいるあの執事の役は僕がやりましょう。他に誰もやりたがらなければの話ですがね。ささいな役ですけれども、こういう役は嫌いじゃないし、さっきも言いましたが、僕はどんな役だって引き受けて最善を尽くすつもりですから。残りの役柄は誰にでも任せられるでしょう。あとは、キャセル伯爵とアンハルトだけですから」。

　この提案は全員に受け入れられた。皆が何も決まらないことに飽き飽きしていた中で、ようやくぴったりなものが提案されたと、皆がまず思った。イェイツ氏は特に喜んだ。エクルスフォードでは男爵役をやりたくてやりたくて溜息を吐《つ》き、レイヴンショー卿が怒声を張り上げる台詞一つひとつを妬ましく思い、後で自分の部屋へ戻っては怒声を張り上げ直していたのであった。ウィルデンハイム男爵の台詞を怒鳴りまくることこそはイェイツ氏の演劇的野心にとっての真骨頂であるだけに、すでに台詞の半分をそらんじることができるという点で一歩先んじていたので、即座にその役を演じることを申し出た。しかし当人の名誉のためにつけ加えると、氏は決してその役を独り占めしようと決意したのではなかった。というのも、フレデリックの役柄でも充分怒鳴り甲斐があることを思い出し、その役にも同様の意欲を持っていたのである。ヘンリー・クローフォドはどちらでもいいと言っていた。イェイツ氏が取らなかった方の役で結構と言ったから、二人の間にはひとしきりお世辞が交わされることになった。バートラム嬢は自分をアガサ役と見込んでいるので、イェイツ氏に向かって、これは身長と体型が考慮されなければならない点であり、イェイツ氏の方が背が高いのだから、特に男爵に向いていますよと口を出して決着をつけようとした。その意見は同意され、二人の役柄はそれぞれに沿って振り当てられたため、フレデリックにはバートラム嬢の望むとおりの人がなった。これで三人分の役が決まり、それにラッシュワス氏については、あの人はどんな役でもやりますからとマライアが保証した。姉と同様、自分がアガサを演じるつもりのジューリアが、このとき、クローフォド嬢に関する懸念を口にした。

「こんな決め方では、ここにいらっしゃらない方に悪いわ」とジューリアは言った。「女性の役が足りませんもの。アミーリアとアガサは、マライアと私がやるとしても、そうするとクローフォドさん、妹さんが演じる役がなくなってしまうわ」。

クローフォド氏は、そのような心配は無用だと言った。妹は、必要でないかぎり演じるつもりはないだろうし、本人は気を遣ってほしくはないだろうということだった。しかしこれにはトム・バートラムが即座に異論を唱え、アミーリアの役は、もしご本人さえよろしいなら、妹さんに是非やっていただかないとと主張した。「あの方がなさるのが自然でもあり、必然でもあるのですよ」とトムは言った。「私の妹たちのどちらかがアガサをやるべきなのと同じことですよ。妹たちはアミーリアをやりたがらないはずですよ。とても喜劇的な役どころですからね」。

ちょっとした沈黙があった。姉妹はどちらも心配そうな表情を浮かべた。二人とも自分こそアガサにぴったりだと思っており、周りから是非にと勧められるのを待っていたからだ。この間、台本を取り上げ、何気ない風に第一幕のページをめくっていたヘンリー・クローフォドが間もなくこの点に決着をつけた。「僕はジュ、、、、ーリア・バートラムさんには」とクローフォドが言った。「アガサの役をご遠慮いただきたいですね。ジューリアさんが相手では僕が真面目にやれなくなってしまいますから。本当に、どうかこの役をなさらないで下さい(と、ジューリアの方を向いた)。あなたが悲しみで蒼白になっている表情を見るのはたまりませんよ。僕たちがあれだけ一緒に笑った記憶が絶対によみがえってきてしまって、フレデリックは背嚢《はいのう》を背負ったまま逃げ出さなければならなくなりますから」。

愛想良く丁寧に、こう言った。しかしジューリアにとっては、その言った内容のせいで、せっかくの感じのいい口調も台なしだった。語り手がちらとマライアに目をやるのが見えたことで、自分が間違いなく侮辱されたと思った。これは作戦であり、計略に違いない。自分は軽んじられ、マライアが好まれているのだ。マライアは小さな勝利の微笑みを抑えようとしており、充分にこのことを本人も理解しているのが目に見えて分かった。そしてジューリアが気をとり直して話す準備ができていない内に、兄まで敵側に加勢して言った。「ああ、そうだよ。マライアがアガサをやらなければね。マライアならアガサにもってこいだ。ジューリアは自分では悲劇に向いていると思っているかも知れないが、とても任せられないよ。まったく悲劇のかけらも感じられないタイプだからね。見た目からして悲劇向きじゃないしな。顔つきにも悲劇的なところはないし、歩くのも話すのも速いし、真顔でいるのも無理だろう。あの田舎の老婆の役をやるべきだよ。農夫の妻の役をね。ジューリア、そうだよ、あの役がいいよ。農夫の妻はとてもいい役だよ。夫の大げさな博愛の台詞と対照をなす、地に足のついた、元気のいい婆さんだ。この農夫の妻をやるんだね」。

「農夫の妻ですって」とイェイツ氏が叫んだ。「なんてことを言うんですか。そんな、一番さ さいで、くだらなくて、つまらない役を。まったくありきたりな役で、一つもろくな台詞がない。妹さんにそれをやらせるなんて。その提案そのものが侮辱ですよ。エクルスフォードでは家庭教師の女性がやることになっていましたよ。他の人にはとてもやらせられないとみんな了解していましたからね。座長殿、もっと正しい判断をお願いしますよ。一座のメンバーの才能をもっと把握してくれないのであれば、座長をお任せできなくなりますね」。

「そういうことを言い出せば、確かに、僕とこの一座が実際に演技をやってみるまでは、ある程度は推測に頼らざるを得ない面があるんだ。でも僕はジューリアを侮ったつもりはないんだよ。アガサ役に二人はいらないし、農夫の妻は一人必要だからね。僕自身、歳とった執事の役に甘んじることで、妹に謙譲の手本を示したつもりだよ。役が大したことがなければ、それだけいい結果をもたらして評価されるチャンスがあるんだ。もし妹が滑稽な役は一切気に入らないというのならば、農夫の妻の台詞と農夫の台詞を全部入れ替えればどうだろう。夫の方は、充分に深刻で哀れを誘うだろう。それでも、芝居に大した影響はないだろうし、夫については、妻の台詞を言わせてもらえるなら、僕が心底喜んで引き受けようじゃないか」。

「君が農夫の妻をお気に入りなのはよく分かったが」とヘンリー・クローフォドは言った。「あの役は妹さんに似合うようなものには、どうやってもならないし、妹さんの気立てのよさにつけ入るようなことをするのは感心しませんね。妹さんにやらせたりしてはいけませんよ。この方持ち前の性格のよさに甘えてはいけません。妹さんの才能は、アミーリアでなら発揮されるでしょう。アミーリアの役柄は、うまく表現するのがアガサよりもさらに難しいのですから。アミーリアというのはこの芝居の中で一番難しい役なんじゃないでしょうか。大変な演技力と、相当の感性がなければ、抑制の効いた茶目っ気と素朴さを表すことができませんからね。名女優でもこの役に失敗しているのを見るくらいです。実際、素朴さというのは、職業的女優は誰も表現することができないものです。あの職業の人たちが持ち合わせない、繊細な感情を必要としますから。淑女でなければできません。これこそは、ジューリア・バートラムでなければ。やっていただけますよね」。こう言って、不安そうな、懇願するような表情でジューリアの方を向いたので、ジューリアの気持ちは少し和らいだ。しかし、何を言うか迷っている間にも再び兄が、クローフォド嬢の方が向いているという主張を始めた。

「いやいや、ジューリアにはアミーリアは無理だろう。まったく向いてないね。役にどう考えてもぴったりこないし、上手くやれっこないよ。背が高くて骨格がよすぎる。アミーリアは小さくて、華奢で、少女っぽい、跳ねるような人物でなきゃ。クローフォドさんにぴったりだし、これはクローフォドさんにしかできないだろうな。あの役柄そのままの人だ。とても上手くなさると思うよ」。

これには注意を向けず、ヘンリー・クローフォドはジューリアへの懇願を続けた。「我々のためにもアミーリアをやって下さい」と言った。「是非そうして下さい。この役柄をよくお読みになれば、ご自分が向いていると感じると思いますよ。あなたは悲劇がお好みかも知れませんが、喜劇の方であなたを選んでいるんです。バスケットに食べ物を入れて、牢屋に入っている僕を訪ねてくれるんですよ。牢屋まで会いに来てくれますよね。あなたがバスケットを持って入ってくるのが目に浮かびますよ」。

その口調が効果を見せた。ジューリアの気持ちは揺らいだ。でも、単に自分をなだめ、穏やかに済ませて、先ほどの侮辱を忘れさせようとしているんじゃないだろうか。信用するわけにはいかない。あれは間違いなく侮辱だった。ひょっとしたら自分を弄んでいるのかも知れない。ジューリアは姉に疑念をもって目を向けた。マライアの表情ひとつですべては決まるのだ。マライアは腹を立て、はっとした様子でいるだろうか――しかし、目に映ったマライアはきわめて穏やかで満足げだった。これを見てジューリアは悟った。マライアが幸せそうなときは、自分が不幸でしかあり得ないのだと。だからすぐに憤慨し、震える声でクローフォドに言った。「私がバスケットに食べ物を入れてやって来ても笑い出したりはなさらないんですね――どちらかといえばこの役の方が――いえ、でもあなたにとっては、私を見て笑いを堪えられないのは、アガサ役のときに限られるんですね」。ジューリアは話すのをやめた。ヘンリー・クローフォドはいささか間の抜けた表情をして、どう言えばいいのか分からない様子だった。トム・バートラムがまた始めた。

「クローフォドさんがアミーリアでなければ。きっとすばらしいアミーリアになるはずだよ」。

「私がその役を欲しがってるとお思いにならないでね」とジューリアはすぐさま腹を

立てて叫んだ。「私はアガサをやらないのであれば、他の役はやりませんから。それにアミーリアなんて、私には、あんな不愉快な役はありませんわ。本当にいやな人物よ。嫌味で、小生意気で、わざとらしくて、あつかましい小娘じゃないの。私は前から喜劇はいやだと言っていたでしょう。これはなかでも最悪の喜劇だわ」。そう言うと、急いで部屋を出て行った。残された者の内、気まずさを感じたのは一人だけではなかったが、深く同情を感じたのはファニーくらいだった。ファニーは静かにすべてを聞いていたので、ジューリアの気持ちが乱れているのが妬みからなのであることを思うと、大変かわいそうだと思わずにいられなかったのだ。

ジューリアが出て行ってから少しの間沈黙があった。しかし兄はすぐに『恋人たちの誓い』に戻り、熱心に台本をめくって、イェイツ氏と一緒に、どんな舞台背景が必要か、相談を始めた。その間マライアとヘンリー・クローフォドは小声で何か話していた。「私はあの役を喜んでジューリアに譲ったっていいのよ。でもね、私だって下手でしょうけど、あの子がやったらもっと酷くなってしまうと思うのよ」というマライアの言葉は、期待される賛辞の言葉を招いたのは間違いないだろう。

しばらくこうして時間を過ごした後、一同は散り散りになり、トム・バートラムはイェイツ氏と出て行った。二人はさらに話を進めるために、共に、「劇場」と呼ばれ始めたその部屋に入って行き、バートラム嬢はクローフォド嬢にアミーリアの役をやってくれるよう頼むために、自ら牧師館に出かけて行った。ファニーは一人で残された。

一人になって最初にしたことは、テーブルに置きっぱなしになっていた台本を手に取って、これまでずいぶん話には聞いてきた芝居の中身を直接見てみることだった。好奇心が呼び覚まされ、このような作品が選ばれたこと、つまり普通の家で演じる提案がなされ賛同を得たことに時折驚愕を覚えながら、熱心に読み進んだ。アガサとアミーリアは、それぞれ違った意味で、家庭で演じるにはあまりにも不適切に思えたのだった。一方の置かれた状況、そしてもう一方の話す言葉、どちらをとっても慎みのある女性が表現するにはあまりにも相応しくない。自分が何をしようとしているのか、従姉たちは分かっているのかどうか、疑わしくなってきたのである。そして、エドマンドが間違いなく異論を唱えるだろうが、それで二人の目が覚めてくれることを願うばかりだった。

（1）『博打打ち』は、劇作家エドワード・ムーア（一七一二―五七）による一七五三年に発表された悲劇作品。『恋がたき』（一七七五年にコヴェント・ガーデン劇場で初演）と『醜聞の学校』（一七七七年にドゥルーリー・レイン劇場で初演）は劇作家リチャード・シェリダン（一七五一―一八一六）による作品。『運命の輪』は劇作家リチャード・カンバーランド（一七三一

—一八一二)によって一七九五年にドゥルーリー・レイン劇場で初演された喜劇で、コツェブーが自分の作品からの盗作であると主張している。『法定相続人』は作家ジョージ・コウルマン(一七六二—一八三六)が書いた喜劇で一七九七年にヘイマーケット王立劇場で初演されている。

第十五章

クローフォド嬢はあてがわれた役を二つ返事で受け入れ、バートラム嬢が牧師館から戻ると間もなく、ラッシュワス氏が到着したので、また一人の配役が決まった。ラッシュワス氏はキャセル伯爵とアンハルトの二つの役を打診されたが、最初はどちらにしていいか分からず、バートラム嬢に相談したが、それぞれの役柄の特徴を説明され、二つがどう違うかを教えられると、自分が以前この芝居をロンドンで見たこと、そしてそのときにアンハルトが非常にばかな男に見えたことを思い出し、じきに、伯爵に決めた。ラッシュワス氏の覚えなければいけない台詞が少なければ少ないに越したことはないと思ったバートラム嬢は、この決断に賛成した。そして、伯爵とアガサが一緒に演じる場面があればいいのにという氏の願いにはあまり共感できなかったし、今からでもそんな場面が発見できないだろうかとゆっくりとページをめくっている間、じっくりつき合っていることもできなかったが、それでも大変親切に台詞を覚えるのを手伝い、短くできる台詞はすべて短くし、加えて、豪華な衣装を身に着けなければいけないと説明し、色も選んであげた。ラッシュワスは立派な衣装を着るのを嫌がるふりをしながらも、実は大変喜んで、自分がどのような格好をするべきかということに夢中なあまり、他の人の役にまでは頭がまわらず、マライアがなかば覚悟していたような種類の疑義も持ち出さなければ、不快感も持たなかった。

日中ずっと外出していたエドマンドが知らぬ間に、ここまでことが進んだ。しかし、夕食に先立って応接間に入ると、トムとマライアとイェイツ氏がさかんに議論を行っていた。そしてラッシュワス氏がすぐさまやって来て、朗報を伝えた。

「我々の芝居が決まりましたよ」と氏は言った。「『恋人たちの誓い』に決まりましてね、私の役はキャセル伯爵に決まりまして、最初は青色の衣装と、それにピンクのサテン地のマントを羽織って入ってきて、それから狩猟服ということで、豪華な衣装を着けるんですよ。そういうのはどうも苦手な方なんですけれどね」。

ファニーはエドマンドを目で追っていたので、この言葉を聞いたとき、エドマンドの顔を見て、どんな気持ちでいるか手に取るように分かって、胸が痛んだ。

「『恋人たちの誓い』ですか」とだけ、エドマンドは非常に驚いた口調でラッシュワス氏に対して答えた。そして、もちろんこれを打ち消す言葉が聞けるはずと疑わずに、兄と妹の方を見た。

「そうなんです」とイェイッ氏は声を上げた。「これだけ議論して、苦労しましたが、結局『恋人たちの誓い』が我々に一番ぴったりで、異論が出なかったんです。これまで思いつかなかったのが不思議なくらいだ。気づかなかった僕がばかでした。なにせ、エクルスフォードにあるものが全部ここに揃っているし、何か手本があるのはやりやすいですからね。もう配役もほとんど決めました」

「でも女性はどうするんですか」とエドマンドはマライアを見ながら、重々しい口調で言った。

マライアは答えながらも思わず顔を赤らめた。「私はレイディ・レイヴンショーがなさるはずだった役に決まりましたし(ここで、より大胆な目つきになり)、クローフォドさんはアミーリアをなさいます」。

「あの芝居が、この顔ぶれで全部の役が埋められるようなものだとは、まさか思っていませんでしたね」と答えながら、エドマンドは母親と伯母とファニーが座っている暖炉の方へ行き、きわめていらだった様子で腰を下ろした。

ラッシュワス氏はついてきて言った。「私は出番が三回あって、台詞が四十二個もあるんですよ。これは、ちょっとしたものですよね。でも豪華な衣装を着るというのはちょっとね。青い衣装にピンクのサテン地のマントなんて身に着けたら、自分が誰だか分からなくなってしまいそうだな」。

エドマンドは答えが見つからなかった。大工が何か確認したいと言うので、数分後にバートラム氏は部屋から呼び出され、イェイツ氏がこれに同行して、すぐにラッシュワス氏もあとを追ったので、エドマンドはこの機をすぐさま捉えて口を開いた。

「イェイツ氏の前でこの芝居についてあれこれ言うとエクルスフォードのお友達の批判になってしまうのではと黙っていたけれど、マライア、今君には言わずにいられないよ。これは家庭で演じるには非常に向いていない芝居だから、どうかやめてほしいんだ。もう一度よくこの芝居を読めばきっと君は止めるだろうがね。一幕だけでもお母様か伯母様の前で朗読してみれば、この芝居をやることがいいことかどうか判断できるはずだ。まして、お父様がどう考えるかはもう君に訊いたりする必要はないと思うけど」。

「お兄様とはずいぶん意見が違うわ」とマライアは声を上げた。「私はこの芝居のことはよく知っていますわ。そしてほんの数ヶ所削ったりすれば——もちろん削る予定ですし——そうすれば、特に反対すべき点はないと思いますから。それに、この作品を家庭で演じるのに何の問題もないと思っている若い女性は私だけではないんですよ」。

「それは残念なことだね」というのがエドマンドの答えだった。「でもこの件に関しては、先頭に立つのは君だよ。君が手本を示さなければ。もし他の人たちが間違ったことをしていても、君が立場上、正してあげて、本当の品性とは何かを見せなければならない。振る舞いのすべての点に関して、君の言動が、他の人々の規範とならなければならないんだ」。

自分の重要性をこのように説かれることには一定の効果があった。というのもマライアほど先頭に立つのが好きな人間はいなかったからだ。したがってかなり機嫌を直して答えた。「お兄様、お言葉はとても有難く思うわ。よかれと思っておっしゃってるのは、よく分かります。それでも深刻に考えすぎだと思います。それにこのようなことに関して、私から他人に長々と説教を垂れるつもりはありませんわ。そちらの方がよほど頂けない振る舞いよ」。

「人に説教をしろなどとは言っていないだろう。いや、君の行動が模範となれば、それで充分なんだ。自分の役柄をよく読んでみたけど、自分にはできそうもないし、それほどの技量と自信は自分にはないことが分かったと、みんなに伝えるべきだよ。きっぱりとそう言ってしまえば、それで充分だろう。判断力のあるかぎり誰でも、君がそう言う理由は分かってくれるだろう。芝居は中止になるだろうし、君の品性も尊重されるはずだよ」。

「よからぬものを演じてはいけませんよ」とレイディ・バートラムが言った。「サー・

トマスが嫌うでしょうから。ファニー、ベルを鳴らしてちょうだい。ディナーにしなければ。もうジューリアも着替えができているでしょう」

「お母様、僕は断言できますね」とエドマンドはファニーの手を止めながら言った。「サー・トマスのお気に召すとは思えない」。

「ほらね、エドマンドが言ったことを聞きましたか」。

「もし私がこの役を降りれば」とマライアは新たに熱意を込めて言った。「間違いなくジューリアがやるでしょうね」。

「そんなことはないだろう」とエドマンドは声を上げた。「君が降りる理由が分かってもかい」。

「あら、私とジューリアとでは置かれた立場が違っていて、私は慎重にならなきゃいけないから降りるんだと思うかも知れないわよ。そう言うに決まっているわ。いいえ、悪いけど、私はやると言ったのを引っ込めるわけにはいきません。もうすっかり決まってしまったんですから。みんなとてもがっかりするわ。トムお兄様は腹を立てるでしょうし。それにあんまりやかましいことを言っていたら、お芝居なんてできなくなってしまうわ」。

「私もまったく同じことを言おうと思っていたのよ」と、ノリス夫人が言った。「どんなお芝居にも反対していたら、何もできなくなりますよ。そうしたらこれまでの準備にかけたお金も無駄になってしまうわ。それこそ不面目です。私はそのお芝居を知りませんけど、マライアが言うように、少しくらい不適切な箇所があっても――まあ、ほとんどのお芝居はそうですけれどもね――それは削ればいいんだわ。エドマンド、あまりやかましいことを言ってもよくないわ。ラッシュワスさんも参加なさるのだから、問題はないはずよ。ただ、大工が仕事を始める前にトムがどうするつもりなのか決めておいてほしかったわ。あの横の入り口のことで、半日分の仕事が無駄になってしまったんだから。でもカーテンは上出来よ。メイドたちはとても上手く縫ってくれるし、カーテン・リングも何ダースか返品できそうですよ。あんなに狭い間隔でリングを縫いつけることはありませんからね。浪費を避けて、節約をするのに私も少しは役に立っているつもりよ。これだけの若い人たちを監督するのに一人、しっかりした人間が必要ってことね。トムには言うのを忘れちゃったけど、今日もこんなことがあったのよ。養鶏場を見に行って出てきたところにちょうど、あのディック・ジャクスンがもみの木材を二枚手に持って、使用人の入り口の方へ歩いて行くのを見たの。きっと、父親のところへ持って行くところだったんでしょう。それで言うのには「母ちゃんから父ちゃんに言伝を頼まれてきて、そしたら父ちゃんが、この板が二枚どうしてもいるから持ってこいって言ったんで」ですって。そこで、私はぴんときましたよ。だって、ちょうどそのときに、私たちの頭の上では使用人の食事を知らせる鐘が鳴っていたんですもの。ああいう意地汚い人間が私は大嫌いですから――私はいつも言っているけど、あのジャクスンの一家はとても意地汚いでしょう、なんでもありつけるものにはありつこうと思っているのよ――だから、その息子に言ってやったのよ――無骨で大きな図体をした十歳にもなる子どもよ、まったく恥を知るべきよ――「ディック、その板は私がお父さんに渡します。あなたはもういいから、すぐに家に帰りなさい」ってね。あの子どもはとても間抜けな様子で、一言も言わずに背中を向けましたよ。私は言うときは結構きつく言いますからね。これでしばらくはこの家にたかりに来ることはないでしょう。ああいう図々しさには我慢がならないわ。お父様はジャクスン一家にあんなによくして差し上げて、あの男を一年中雇ってやっているというのに」。

誰も何も言おうとはしなかった。間もなく他の人々も部屋に帰ってきたので、エドマンドは、間違っていることをやめさせる努力だけはしたということで満足しなければならなかった。

ディナーの雰囲気は重々しいものだった。ノリス夫人は、またもやディック・ジャクスンをやり込めた話をしてみたが、誰も芝居とその準備に関してはあまり話題にしなかった。エドマンドが不賛成だということは、そのことを認めようとしない兄にさえも伝わったからである。元気づける言葉で賛成してくれるであろうヘンリー・クローフォドがいないので、マライアはこの話は避けた方が賢明だと考えていたのだ。また、ジューリアの好意を得ようとしていたイェイツ氏は、ジューリアが芝居から抜けたことを残念がるよりも、他の話題にした方がまだいい反応が返ってくると気づいた。そして自分の役柄と衣装のことしか頭にないラッシュワス氏に至っては、その両方について、話すことがすぐに尽きてしまった。

しかし、演劇への関心が中断されたのはせいぜい一時間か二時間のことだった。まだ決めるべきことは山ほどあったし、晩になって新たに元気が出てきたトムとマライアとイェイツ氏は、一同が応接間に再び集まると間もなく、離れたテーブルに座って、台本を目の前に広げて、話し合いに熱中していた。ちょうどそのとき、クローフォド氏と妹が入ってきたのは、歓迎すべき中断であった。二人はとても家でじっとしていられず、時間は遅く、夜は暗くて、道はぬかるんでいる中をやって来たが、大変な喜びをもって迎えられた。

最初の挨拶の後に、さっそく「それで、どうなりましたか」、「どこまで決まりましたか」、そして「あなたがいらっしゃらないと何も決められませんわ」といった言葉が交わされた。そして、ヘンリー・クローフォドはすぐにテーブルの三人の仲間入りをする一方、妹はレイディ・バートラムの方へ行き、如才なく愛想を見せた。「お芝居がやっと決まって本当によかったですわね」とクローフォド嬢は言った。「本当によく我慢して下さいましたけれども、私たちの騒ぎと議論で、もううんざりなさったことでしょう。決まったことで、役者も嬉しいでしょうけれど、傍観者の方々の方がずっとほっとなさっていることでしょうね。奥様とノリス夫人と、それから同じ立場にいらっしゃるすべての方におよろこびを申し上げます」と言いながら、ファニーの向こうにいるエドマンドに、半分恐れているような、半分試すような視線を投げかけた。

レイディ・バートラムは非常に丁寧に返答したが、エドマンドは何も言わなかった。自分が単なる傍観者であることについては異論を唱えなかった。数分ほど暖炉のそばにいる人々と話をした後、クローフォド嬢は、テーブルに戻った。そしてそのそばに立ちながら、話し合いを聞いているようであったが、突然思い出したかのように声を上げた。「まあ皆さん、すっかり落ち着いて、小屋とか居酒屋の内と外の相談をなさるのも結構ですが、私がどうなるのか、教えて下さいますかしら。どなたがアンハルトをなさるの。この中のどなたに向かって、私は恋の言葉を口にする名誉を担うのかしら」。

一瞬、誰も何も言わなかった。その後何人かが口を開き、悲しい真実を打ち明けた。

まだアンハルトは決まっていなかったのだ。「ラッシュワス氏はキャセル伯爵に決まりましたが、今のところアンハルトが決まっていないのです」。

「私はどちらも選べたのですよ」とラッシュワス氏は言った。「でも、伯爵の方がいいと思ったのです。ただし、あの立派な衣装には辟易しますがね」。

「とても懸命なご決断ですわ」とクローフォド嬢は顔を輝かせて言った。「アンハルトは大変な役ですからね」。

「伯爵だって四十二も台詞があるんですよ」とラッシュワスは返した。「少ないわけじゃありません」。

「でもアンハルトに名乗りを上げる方がいらっしゃらないのはなんの不思議もありませんわ」とクローフォド嬢は少し間をおいて言った。「アミーリアがあんな風ですもの。あんな大胆なお嬢さんじゃ、紳士方は怖気をふるってしまいますものね」。

「できることなら、僕が喜んでその役を引き受けるんですが」とトムが声を上げた。「でも残念なことに、執事とアンハルトは同時に舞台に上がるんですよ。でもまだ完全に諦めたわけじゃありません。なんとかならないか考えてみましょう。もう一度台本を見てみます」。

「弟さんがなさるべきですよ」とイェイツ氏が小さな声で言った。「そう思いませんせんか」。

「僕からは頼まないね」と、トムは冷たく、決然とした口調で言った。

クローフォド嬢は話題を変え、間もなく暖炉の前に戻ってきた。「私はまったくお呼びではないのよ」と、腰をかけながら言った。「皆さんを困らせて、社交辞令を言わせるだけですから。エドマンド・バートラムさん、ご自分は参加なさらないんですから、第三者としてご意見を伺ってもよろしいわよね。お聞きしたいわ。アンハルトはどうすればよいでしょう。他のどなたかが一人二役をなさることは可能かしら。あなたはどうお思いになりますか」。

「僕が思うには」とエドマンドは落ち着いて答えた。「演目を変えることですね」。

「私はそのご意見には反対しませんわ」とクローフォド嬢は答えた。「そうは言っても、アミーリアの役も相手がまともな方ならばいやじゃないし——つまり、すべてがうまくいくならば別に——私個人はうるさいことは言いたくありませんし——でも、(テーブルの方を向きながら)あっちではあなたのご意見を聞くつもりはないので、無駄でしょうね」。

エドマンドはもう何も言わなかった。

「でも、もしあなたがどれかの役に食指が動くとすれば、恐らくアンハルトの役でしょうね」と、少しの間《ま》を空けてから令嬢は茶目っ気たっぷりに言葉を続けた。「だって、ご存じのように、アンハルトは牧師さんですからね」。

「そんな理由で、僕がやりたがるようなことは絶対にありませんよ」とエドマンドは答えた。「下手な演技で、その人物を嘲笑の的にしたくはないですからね。アンハルトを演じて、もったいぶった真面目な説教家に見せないのは、至難の業でしょうから。ですからこの職業を選んだ者こそ、それを舞台で演じる気は失せますね」。

クローフォド嬢は沈黙した。そして憤りを感じ、いささか傷ついて、自分の椅子をお茶のテーブルのすぐ近くまで動かし、そこでお茶の手配をしていたノリス夫人の相手をすることに専念した。

熱心な打ち合わせが続き、ひっきりなしに会話が聞こえている、もう一つのテーブルからトム・バートラムが「ファニー」と声をかけた。「ちょっと頼みたいことがあるんだ」。

ファニーは何かのお使いかと思って、すぐさま立ち上がった。ファニーをなにかと使い立てるという習慣は、エドマンドがいかにやめさせようとしても、まだ残っていたのである。

「いや、立ち上がるには及ばないよ。今ここで何かを頼みたいということではないんだ。ただ、芝居に参加してもらいたいんだよ。農夫の妻をやってほしいんでね」。

「私がですか」とファニーは、とてもおびえた様子で再び腰を下ろした。「いいえ、どうかご勘弁下さい。何があってもお芝居なんて私にはできませんもの。ええ、本当に、お芝居は無理です」。

「いやいや、駄目だね、勘弁できないよ。怖がることはないんだ。小さな役だし。本当にささいな役で、台詞が全部で六つも出てこない。それに台詞が誰にも聞こえなくても大した問題にはならないから、好きなだけおどおどしていていいんだよ。でも姿を見せてもらう必要はあるがね」。

「台詞が六つで怖がっていたら」とラッシュワス氏が叫んだ。「私のような役ならどうしますか。私は四十二も覚えなければならないのに」。

「台詞を暗記するのが怖いんではないんです」と答えながら、ファニーは、自分が今、この部屋にいるみんなの前で唯一口をきいていて、みんなの視線が自分に注目している状態にあるのに気づいて動揺した。「でも本当にお芝居はできません」。

「いいや、僕たちの芝居になら充分さ。自分の台詞を暗記してくれれば、他のことはみんな僕たちが教えてあげるよ。登場する場面は二つだけだし、僕が農夫の役をするので、君を舞台に上げてあげるし、立つ場所も教えてあげよう。君が上手くやれることは、僕が請け合うよ」。

「いいえ、バートラムさん、本当に、勘弁して下さい。お分かりにならないんですわ。まったく私には無理なんです。もしやっても、がっかりさせるだけですわ」。

「いやいや、そんなに謙遜しなくてもいいんだったら。君にも充分できる。みんなが大目に見てくれるだろうし。完璧にやれるとは期待もしていないしね。茶色の服を着て、白いエプロンをかけて、室内帽をかぶってもらって、それから、顔には少し皺を入れて、目尻にカラスの足跡を入れれば、見事に小さな老婆のできあがりというわけさ」。

「いいえ、勘弁して下さい。どうか勘弁して下さい」とファニーは叫んだ。動揺しすぎて顔がますます赤くなり、困ってエドマンドの方を見た。エドマンドは一部始終を温かく見守っていたが、ここで口をはさんで兄を怒らせたくないので、励ますように微笑みかけただけだった。ファニーの哀願もトムには受け入れられず、トムは同じ頼みを繰り返すだけだった。しかも今や相手はトムだけではなく、マライアとクローフォド氏とイェイツ氏もこの無理強いに加わり、トムよりは穏やかに、あるいは礼儀正しい口調を使ってはいたものの、同じく執拗にファニーを説得しようと、圧倒せんばかりだった。そしてその後、ひと息吐《つ》く間もなくノリス夫人が、怒気を含んだ、誰にも届くひそひそ声でファニーにさらに追い討ちをかけた。「なんてくだらないことに大騒ぎをしているんです。こんな小さなことで従兄姉たちの望みを聞いてあげられないだなんて、ファニー、恥を知りなさい。こんなによくしてもらっているのに。素直に役を引き受けて、もうつべこべ言わないでちょうだい」。

「ファニーに強制しないで下さい」とエドマンドが言った。「そんな風に強制するやり方は感心しませんね。ファニーが芝居に出たがっていないのはもうお分かりでしょう。他のみんなと同じように、ファニー自身の選択に任せるべきだ。きちんと自分で判断できるのですから。強制してはいけませんよ」。

「私は強制しようだなんてつもりはありませんよ」とノリス夫人はぴしゃりと答えた。「でも伯母と従兄姉たちの望みを聞けないなんて、ずいぶん強情で恩知らずな娘なんじゃないかしら。あの子がどこの誰かを考えると、まったくの恩知らずだわ」。

エドマンドは怒りのあまり口がきけなかった。しかし、クロフォド嬢は一瞬驚いてノリス夫人を見て、次にファニーの方を向いて、その目に涙が浮かび始めるのを見ると、すぐにきっぱりと言った。「この場所はよくないわね。私には暑すぎるわ」。そして椅子をテーブルの向こう側のファニーの近くに移すと、腰をかけながら優しい声でささやいた。「プライスさん、お気になさらないことよ。今日はみんなご機嫌が斜めのようね。機嫌が悪くていやなことばかり言っているけれど、私たちは気にしないようにしましょうね」。そしてあえて目立つようにファニーに話しかけ、自分自身もそう楽しい気分でもないのに、ファニーを元気づけようとした。兄に与えた一瞥によって、役者たちにはそれ以上何も言わせず、この場合ほとんどは完全な善意からきていると言っていいこの言動によって、少し損なわれていたエドマンドのクローフォド嬢に対する評価をまたたくまに元に戻したのであった。

ファニーはクローフォド嬢に愛情を抱いていたとは言えないが、このときの親切ばかりは大いに痛み入った。クローフォド嬢はファニーの縫い物を見て、自分もこれほど上手に縫えればばと、型紙を譲ってくれるように頼んだ。従姉が結婚すればもちろん社交界に出るのだろうからその準備に忙しくなるでしょうといったようなことを話した。さらに、最近海に出たお兄様から便りがあったかどうか、是非一度お会いしたいし、きっと立派な方に違いないなどと話し、また次に海に出る前に肖像画を描いてもらうといいと提案した。その頃には、ファニーはクローフォド嬢の話がきわめて快いことを認めざるを得なかったし、思わず熱心に耳を傾けては、答えている自分に気づいたのだった。

その間も、芝居に関する相談は続いており、トム・バートラムが執事の役と一緒にアンハルトの役を引き受けるのは不可能なようだときわめて残念そうにクローフォド嬢に話しかけるまで、ファニーとのクローフォド嬢の会話は続いた。バートラム氏はなんとかできないかと一生懸命考えてみたが、どうしても無理で、これは断念するしかないということだった。「でもこの役を埋めるのにはなんら問題ないですよ」とつけ加えた。「たった一言声をかければいいんですから。こちらで誰か選べますからね。ここから周囲六マイル以内に住んでいる者に限っても、仲間に入れてもらいたがってしょうがない若者なんて、一瞬で六人は思いつくほどいますから。その中で我々に恥をかかせないような奴に絞っても、一人か二人は残ります。オリヴァー兄弟のどちらかでもいいし、チャールズ・マドックスでもいけるでしょうね。トム・オリヴァーはずいぶんと気の利く奴だし、チャールズ・マドックスはどこに出したっていい立派な紳士だし。さっそく、明日の朝早く馬に乗ってストウク（イングランドのどこにでもよくある地名で、ノーサンプトンシャーにも多くこの地名があるが、ここでは架空のものと思われる）まで行ってきて、奴らの誰かと話をつけてきます」。

トムが話している間、マライアは不安げにエドマンドに目をやった。芝居の企画がこのような展開を見せたこと、最初に自分たちが言っていたこととあまりにも違ってきたことについて、エドマンドが反対意見を唱えるに違いないと思ったのだ。しかし、エドマンドは何も言わなかった。少し考えた後、クローフォド嬢が落ち着いて答えた。「私個人としては、あなた方が適当だと判断なさったのなら異論はありませんわ。今お名前が挙がった紳士方のどなたかにお会いしたことはあったかしら。そうだわ、ヘンリー、チャールズ・マドックスさんはお姉様がディナーにお呼びしたことがあったわよね。静かな感じの方でしたね。覚えていますわ。どうぞあの方に頼んで下さいね。まったく存じ上げない方よりはましですから」。

チャールズ・マドックスに話は決まった。トムは翌朝早く訪ねて行くと、もう一度その決定について話した。それまでほとんど口をきかなかったジューリアが、まずマライアを、次にエドマンドを、ちらと見ながら、「マンスフィールド劇団は近所でとても評判になりそうね」と、あてこするような口調で言った。それでもエドマンドは口を閉ざし、感情を表したとすれば、ただ、きわめて重々しい表情を変えようとしないことくらいだった。

しばらく思いにふけっていた後、クローフォド嬢は、「どうもこの芝居は楽しめそうもないわ」とファニーに小声で言った。「それと、稽古のときにはマドックスさんに頼んで、あの方の台詞をいくつかと、私の台詞をだいぶ削除してもらうつもりよ。とても不愉快だし、私が思っていたのとは話がまるっきり違うことになりそうだもの」。

第十六章

クローフォド嬢でさえ、先ほど起こったことをファニーがすっかり忘れてしまうまでの話術は持ち合わせていなかった。夜になって床に就いたときのファニーは、そのことでまだ動揺していた。従兄のトムがあんな風に皆の面前で執拗に食い下がってきたことに衝撃を受けたことと、伯母の不親切な発言と非難に、気持ちが沈んでいくのであった。あのようなかたちで皆の目にさらされたこと、しかもそれがさらに悪化してゆくであろうこと、芝居に出るなどという自分には不可能なことを強要されてしまったこと、そしてさらに、強情で恩知らずだとなじられ、自分が居候の身であることをほのめかされたことがあまりにもつらく、一人になって思い出してもそのつらさが和らぐことはなかった。特に、翌日これがまだ続くと思うとなおさらだった。クローフォド嬢が自分を守ってくれるのはその場だけのことだ。そして家族だけでいるときに、トムとマライアから、得意とする押しの強さでまた依頼されたら、そしてもし、そのときエドマンドがいなかったら、自分はどうすればよいのだろうか。この問いの答えが見つかる前にファニーは眠りに落ちたが、翌朝目覚めても、その答えが見つからないのは変わらなかった。この家に最初に来てからずっと寝室として使ってきたこの小さな白い屋根裏部屋にいたところで何の答えも出せなかったので、ファニーは服を着るとすぐに別の部屋へと移った。そこはもっと広く、歩きまわって考え事をするのに向いていて、もう長年、寝室と同様、自分の部屋と呼べるところになっていた。ここはかつて勉強部屋であり、バートラム姉妹が嫌がってからはそう呼ばれなくなったが、その後も部屋の使い道は変わらなかった。ここは家庭教師のリー先生の部屋であり、三年前にリー先生が暇をもらうまでは、ここで皆で読み書きをして、談笑したのだった。その後この部屋は目的をなくし、しばらくは誰も使わなかった。ただファニーだけが、上の階にある自分の小さな部屋が狭いので、そこに植物を置いて水をやったり、本を置いては読みに来たりしていた。そして次第に、そこにいる時間はファニーにとっていよいよ貴重なものになり、その部屋に置くものを増やし、もっと長い時間を過ごすようになった。なんらこれを邪魔する事情はなく、ファニーはごく自然で当たり前にその部屋にいついたので、今はもうここはファニーの部屋だということになっていた。マライア・バートラムが十六歳になってからは「東の間」と呼ばれるようになり、今やあの小さな白い屋根裏部屋と同じく、間違いなくファニーの部屋とみなされていた。屋根裏部屋があまりにも狭いのだから、この部屋を使う当たり前の理由があったし、バートラム姉妹の部屋は、その優越感が納得するほどの大きさと立派さを兼ね備えていたので、姉妹もファニーがこの部屋を使うのに異論はなかった。そしてノリス夫人も、暖炉にファニーのためだけに火をつけることはないようにと指示することで、誰も使おうとしないこの部屋がファニーのものになるのを何とか了承した。とはいえ、この部屋をファニーが使っていることについて時折夫人が口にするのを聞いていると、まるでこの家の一番いい部屋をあてがっているかのようであった。

日当たりがいい部屋だったので、初春や晩秋の日中でも、ファニーのように贅沢を言わない人間にとっては、暖炉に火がなくても充分に使うことができた。そしてたとえ冬が来ようとも、陽が射すかぎりは、少しでもいいのでこの部屋にいたいと思っていた。時間が空いているときに、この部屋でくつろいでいられることは最高だった。階下で何かいやなことがあっても、この部屋に行けば、何かしらすることがあり、あるいは考えていたことの続きに頭を戻せば、すぐに楽な気持ちになれた。自分の植物や、初めてのお小遣いをもらったときから集めてきた書籍、書き物机、慈善のため工夫を凝らした縫い物、それが全部自分の手に届くところにあった。あるいは何もする気になれず、ただ物思いにふけっていたいだけのときでも、部屋の中のほとんどすべてのものが、何か特別な思い出を呼び起こすのであった。そこにあるすべてが友達であり、あるいは見ていると親しい人々を思い出すのだった。そして時にはずいぶんつらいことがあったり、誤解を受け、気持ちを軽んじられ、自分の知力が過小評価されることがあっても、たとえ横暴な扱いを受け、侮られ、放っておかれて苦痛を味わうことがあっても、必ずと言っていいほど、その後何かしら慰めになるものはあった。バートラム伯母が何か言ってくれたり、リー先生が励ましてくれたりした。そしてそれよりもっと沢山助けてくれて、肩をもってくれたのはエドマンドで、これが一番嬉しいことでもあった。ファニーの味方をし、誤解を解いてくれたし、自分に泣かないように言ってくれるか、あるいは、親切に贈り物をくれて、嬉し涙に変えてくれた。こうしたつらいことと嬉しいことは今や記憶の中で混じり合い、時間が経ったことによって調和していったので、過去のいやなことはどれも魅力的なものに彩られていた。この部屋はファニーにとってこの上なく愛しいものであり、この部屋の家具は、家じゅうで一番いいものとでも取り換える気はなかった。この部屋の家具は、もともと飾り気なくできている上、子どもが荒っぽく使ってきたものばかりだった。最も華やかで、飾りと呼べるとしたら、ジューリアが刺繍で覆い、今は色褪せてしまった足載せ台だが、これも応接間に置くほどの出来ではなかった。それに、透かし絵（特殊な絵の具で紙の上に描くもので、子どもが作ったものを、ステンドグラスのような使い方をした）が大流行りしていたときに作った三枚の作品があった。その三枚は、一つの窓の下半分の三枚のガラスにそれぞれ貼ってあり、ティンターン・アビーが、イタリアの洞窟と、月の光を浴びたカンバーランドの湖の図画に挟まれていた(1)。さらに、他の部屋に飾るには及ばない出来の家族の横顔のスケッチが何枚も炉棚の上に飾ってあり、その脇の壁にピンで留まっているのは、四年前にウィリアムが地中海から送ってきた船のスケッチで、絵の下に、メインマストと同じくらい大きな字で「英国海軍アントワープ号」と書いてあった。

ファニーは、この癒しの部屋が、今回も動揺して不安な気持ちに効いてくれるかどうかを試しに行った。エドマンドの横顔のスケッチを見れば、その助言の言葉が聴こえてこないか、あるいは育てているゼラニウムに新鮮な空気を当てれば、自分の精神力に新たな息吹を与えることができるんじゃないかと思ったのだった。しかし今やファニーが恐れていることは、自分が意志を貫けるかということの他にもあった。自分がどうすべきなのかということが分からなくなってきたのであり、部屋を歩きまわるにつれて、もっと分からなくなっていった。皆があんなにも熱心に自分に頼み、強く望んでいるのに拒否するのは正しいことなのだろうか。自分が恩に着るべき人々があんなにも心血注いでいる計画のために必要なことを拒否してしまうことになる。自分はいやな性格でわがままを言っているのであり、自分が恥をかくのを恐れているだけなのではないだろうか。そしてサー・トマスがそもそもこの計画を快く思わないだろうとエドマンドは判断し、そう確信してはいるが、他の皆の意向に反してまで、自分が参加することを頑なに固辞する言い訳として充分なのだろうか。自分は芝居をするのがいやなのがはっきりしているだけに、ここで固辞する理由が本当に良心から出ただけのものなのか、自分でも怪しくなってきたのだ。そして今周りを見まわすと、従兄姉たちからもらった贈り物の数々が目に入り、自分の負っている恩をひしひしと感じ始めた。二つの窓の間に置いてあるテーブルの上には、たびたびもらった裁縫箱や縫い物籠がところ狭しと並んでいたが、ほとんどはトムから贈られたものだった。そしてこのような幾多の親切を思い出すとさらに、自分の受けた恩の深さに戸惑うばかりだった。どうするのが正しいのか悩んでいるところへ、ドアを軽く叩く音で我に返った。「どうぞ」とファニーが穏やかに言うと、入ってきたのは、常に相談相手にしているまさにその人だった。エドマンドの姿を見てファニーの目は輝いた。

「ファニー、少し話していいかい」とエドマンドは訊いた。

「ええ、もちろん」。

「相談があるんだ。君の考えを聞きたいんだよ」。

「私の考えですって」とファニーは声を上げた。このような頼みを受けたことをとても嬉しく思いながらも、尻込みせざるを得なかった。

「そう、君の助言と意見が聞きたいんだ。どうしていいか分からないんだよ。この芝居の計画はいよいよよくない方向に行っているのは分かるだろう。まずこれ以上ないというほど不適切な芝居を選んでしまうし、しまいには、僕たちがろくに知らない若者を仲間に引き入れようとしている。最初に言っていた、内輪だけとか節度とかいったことはこれで完全に消えてしまったね。チャールズ・マドックスについては、悪い評判は聞かないよ。でもこんなかたちで僕たちと関わるとなると、とても親密な関係に、いや親密以上の、馴れ合いの関係になってしまうので、これは非常によくないね。考えるだけでいらいらしてくる。これほど悪い事態は、できることなら絶対に妨げなければ。君もそう思うだろう」。

「ええ、でもどうすればいいの。あなたのお兄様はもう断固としてお決めになっているのでしょう」。

「とるべき道は一つだけだ、ファニー。僕がアンハルトの役を引き受けるしかないだろう。それ以外にトムを満足させる方法はないよ」。

ファニーは答えることができなかった。

「僕はやりたいとはまったく思わないよ」とエドマンドは言葉を続けた。「こんな風に気が変わったように映ってしまうのは、誰にとっても不本意なものだよ。最初からこの話に反対していたのは明らかなのに、連中がすべての意味で、いよいよ最初よりもずっと度を越し始めた今になって仲間に入るなんて、ずいぶん滑稽に見えるだろう。でも僕には他の方法が思いつかないんだ。君はどう思う、ファニー」。

「そうね」とファニーはゆっくりと言った。「ちょっと今は思いつかないわ。でも……」。

「でも何だい。君の判断は僕とは違っているようだね。でも少し考えてみてほしいんだ。こんなかたちで一人の若者と僕たちがつき合うとなると、弊害があるかも知れない。いや、きっとあるんだが、僕と違うのは、それに君がまだ気づいていないからかも知れないね。その男は僕たちと生活を共にして、いつだってここに来ていい理由ができて、急に、まったく遠慮のない立場に置かれることになるんだ。稽古をするたびに、ますます僕たちと気ままに接することができるようになってしまうんだよ。本当に嘆かわしいことだ。クローフォドさんの気持ちになってごらんよ、ファニー。知らない人間を相手にアミーリアを演じるのがどういうことか、考えてみてくれよ。あの人は明らかにそのことを苦痛に思っているのだから、あの人の苦痛を僕たちも分かち合わなきゃ。昨晩あの人が君に言ったことを聞いただけでも、あの人が知らない人を相手に演技をするのを嫌がっていることが分かったよ。それに多分、あの役を引き受けたときにはこうなるとは予想していなかったのだろうから、つまり、どんな展開になるのかをあまり考えずに引き受けたのかも知れないんだし、それであの人をこんな目に遭わせるのは酷いことだし、間違ったことだよ。あの人の気持ちを尊重しなければならないと思うんだ。君はそう思わないかい、ファニー。迷っているみたいだな」。

「クローフォドさんにはお気の毒だと思います。でも一度やらないと決めたあなたが、伯父様が絶対によく思わないとみんなに伝えていたのに、そのあなたがそんなことに引き込まれて行くことの方が見ていられないわ。他の人はきっと勝ち誇ることでしょうね」。

「僕の演技の酷さを見たら、連中もそう勝ち誇ってもいられないだろう。でも確かにある意味では勝ち誇るだろうし、僕はそれに耐えなければいけないだろうね。でもこの話が大きくなってしまうのを防いで、近所の人の見世物になるのを回避して、このばかげた騒ぎをなるべく小さく収める力に僕がなれるなら、それで充分だよ。今のままでは、僕は何の口出しもできないし、どうすることもできない。連中を怒らせてしまったし、僕にはもう耳を貸さないだろう。でも僕がこうして歩み寄ったことにして、皆の機嫌をとることができれば、今ああして盛り上がって考えているよりもよほど小ぶりにこの話を収めることができると思うんだ。そういう実益があるんだ。僕の狙いは、観客をラッシュワス夫人とグラント夫妻に留めることなんだ。これはやる価値のあることだと思わないかい」。

「ええ、確かに大きな成果になるでしょう」。

「でも君はまだ賛成しないんだね。君は何か他の方法で同じ結果を導けるかい」。

「いいえ、他に何も思いつかないわ」。

「じゃあ僕に賛成してくれよ、ファニー。君が賛成してくれないことには落ち着かないんだ」。

「まあ、エドマンド」。

「もしも君が反対なら、僕は自分がやっていることに自信が持てない。とはいっても、誰でもいいから、芝居に加わってくれないかなんてトムが辺りを駆けずりまわっているのを放っておくわけにはもちろんいかないよ。見栄えだけ紳士なら誰でもいいだなんて。君ならばもっとクローフォドさんの気持ちを汲んでくれるかと思ったんだ」。

「あの方はとても喜ぶでしょうね。きっとほっとすることでしょう」とファニーは、なんとか少しでも賛同の意を示そうとしながら、言った。

「昨晩の君への態度には、本当にあの人の気立てのよさが出ていたね。それを見て、僕はあの人のために何かできればと思ったんだよ」。

「確かにあの方はとても親切でした。ですからあの方を困らせないようにできるのであれば……」。

こうして相手に気を遣って言ってみた言葉を、ファニーは最後まで言うことができなかった。良心が邪魔して最後まで言えなかったが、エドマンドは満足した。

「朝食が終わったらすぐに牧師館に行かなきゃ」とエドマンドは言った。「喜ばせてあげられると思うよ。さあファニー、もうこれ以上君の邪魔はしないよ。本を読もうとしていたんだろう。でも君に相談して、こうして心を決めないことには落ち着かなかったんだよ。寝ていようと起きていようと、夜どおしこのことで頭がいっぱいだったんだ。この話はよくない。でも僕が幾分かでもましな方に持っていければと思うんだ。もしトムが起きていれば、今すぐ行って、話を済ませてくるよ。それで朝食に集まった頃には、こんなに皆で一致してばかをできるってことで全員上機嫌になってるだろう。でも君はその間きっと、中国にでも行っているだろうね。マカートニー卿[2]はどんな調子だい。(テーブルの上にある本の一冊を開き、さらに数冊取り上げながら)そしてもし固い本に疲れたら、ここにクラブの『物語』[3]があるし、『怠け者』[4]もあるね。君のこの小さな部屋は実に素晴らしいね。そして僕が部屋を出て行ったその瞬間から、君は芝居のようなくだらないことをすっかり忘れて、このテーブルの前に落ち着いて座っているんだろう。

寒くなるまでここにいてはいけないよ」。

エドマンドは出て行った。しかしファニーは本も手に取らなければ、中国どころではなく、心の平安もあったものではなかった。エドマンドが言ったことは、自分の理解を超えていて、自分には想像もつかず、納得もいかないことだった。そしてファニーはそのこと以外何も考えられなくなったのである。芝居に加わるなんて。あれだけ反対していたのに。しかもあれだけ理に適っていて、みんなの前でも堂々と反対を表明したのに。あれだけのことを言って、表情にも嘘はなく、そしてその感情も手に取るように分かったのに。本当なのだろうか。エドマンドがこんなにあっさり違うことを言い出すとは。エドマンドは自分で自分を欺いているのではないのだろうか。間違っていやしないか。なんてことだろう。もしそうなら、これはすべてクローフォド嬢が原因だ。エドマンドの言った一言一言がクローフォド嬢の影響によるものであることに、ファニーは心が沈んだ。さっきまで悩んでいた、自分がどうすべきかという疑問やそれによる不安は、エドマンドの相談を聞いている間は忘れられたし、今はもう大した問題ではなくなっていた。エドマンドがもっと大きな心配事をもたらしたため、それはとるに足らないものになっていた。もうなりゆきに任せることにしよう。ファニーにとっては、結果がどうなるのかは問題ではなかった。従兄姉たちは攻勢を再開してくるかも知れないが、もうそのせいで自分が動揺するようなことも起こり得ない。今さらそんな心境にはなり得ない。そしてもし自分が最終的にあの人たちの思いどおりに従わなければならなくなったりしたら――そんなことももはやどうでもよかったのである。もうとっくに不幸の中にいるのだから。

(1) ティンターン・アビーはウェイルズとイングランドとの国境付近にある十二世紀に建立された寺院。ウィリアム・ギルピン(一七二四―一八〇四)が一七七〇年にその風景を本で紹介したことで有名になり、後にウィリアム・ワーズワス(一七七〇―一八五〇)がタイトルに掲げて詩を読み、J・M・W・ターナー(一七七五―一八五一)が描いた。その廃墟のあり方がワイ川のほとりの渓谷とあわせピクチャレスクの風景の一つのかたちを提供した。一方、イタリアの洞窟も、もともとピクチャレスクの原形が南欧由来であることで、当時ジョウゼフ・ライト(一七三四―九七)をはじめとして多くの画家に描かれているモチーフである。いずれも、当時流行した風景や図像が子どもの図工作品にまで影響していたことを物語っている。上巻解説五七〇頁参照。

(2) マカートニー卿は、一七九二年に東インド会社から北京の清王朝へ派遣され、英国と中国の貿易関係の基礎を築き、その際の苦労を日誌に書き残し、これが一八〇七年に出版された。ファニーはこのマカートニー卿が書いた本を読んでいる。

（3）クラブとは作家、外科医、牧師であるジョージ・クラブ（一七五四―一八三二）のことで、一八一二年に『韻文による物語』を出版した。

（4）『怠け者』（あるいは『アイドラー』のタイトルで知られる）はサミュエル・ジョンスン博士（一七〇九―八四）が一七五八―六〇年に雑誌に寄稿した散文をまとめて出版したもの。

第十七章

バートラム氏とマライアにとってその日はまさに大勝利の日となった。エドマンドの慎重さを完膚なきまでに征服してしまうなどとは、夢にも思っていなかったことであり、きわめて喜ばしいことだった。この大事な計画を邪魔するものはもはやなに一つなく、二人はエドマンドのこの変化は嫉妬という弱点が呼び起こしたものとして密かに喜び合い、すべてが思いどおりになった嬉しさを大いに満喫した。エドマンドは依然として重々しい顔つきをして、この話をそもそも気に入らないし、特にこの芝居を選んだことに賛成できないと言っている。でも、自分たちはもう目的を果たしてしまっているのだ。エドマンドは芝居に参加することになったのであり、しかも純粋に、利己的な思惑に駆られてそうなったのは分かっているのだ。それまでいた道徳的な高みからエドマンドが降りてきたことは、二人にとって、好都合なことでもあり、喜ばしいことでもあったのだった。

とはいえ、エドマンドに対して二人はきわめて節度のある振る舞いをして見せ、口の端に笑みを浮かべるくらいしか、喜んでいる素振りを表に出さなかったし、まるでチャールズ・マドックスがこの話に加わるのはまったく不本意なことと思っていたかのように、マドックスの参加を阻止できたことにほっとしている素振りさえ見せた。「仲間内の範囲にしておくことが望ましかったわけだし、よく知らない人が入ってきたらやりにくくなってしまうから」と口にし、この話を受けてエドマンドが、観客の数も制限したいことをほのめかしても、どんな提案にも同意しそうなくらい二人は上機嫌なのだった。皆が機嫌よく、エドマンドにも協力的だった。ノリス夫人は衣装を仕立ててあげると言ったし、イェイツ氏は、男爵とアンハルトが共演する最後の場面では派手な演技と大げさな台詞まわしが入ってくる見せ場があると教えたし、ラッシュワス氏も進んでエドマンドの台詞がいくつあるか数えてくれた。

「ひょっとしたら」とトムが言った。「ファニーも今ならば僕たちの願いを聞き入れてくれる気になるかも知れないね。ファニーを説得できるんじゃないかな」。

「いや、ファニーの決意は固いよ。絶対に芝居はやらないよ」。

「そうか、それならばしょうがない」。それ以上はもう誰も何も言わなかった。しかしファニーは自分が再び危険にさらされていると思っていた。そんな危険などどうでもよいという気持ちは、もう薄れ始めていたのである。

エドマンドのこの心変わりが伝えられて、牧師館でも、バートラム邸のときに劣らぬ微笑を誘った。クローフォド嬢の笑みはとりわけ素敵で、クローフォド嬢が即座に明るさを取り戻して、この話に再び乗り気になったことがエドマンドに与えた影響は推して知るべきであろう。「この人の感受性を重んじたのは確かに正しかった。この決断をして正解だった」。そして自分の信念にはそぐわなくとも、少なくとも楽しい満足感を得ながら、一日が過ぎていった。このことでファニーにとっても一ついいことがあった。クローフォド嬢のたっての願いに応じて、グラント夫人が持ち前の気立てのよさから、ファニーが頼まれていた役を演じるのを引き受けてくれたのだった。とはいえこの日、ファニーが喜んだのはこのことだけだった。それさえもエドマンドから伝えられるとなると、つらい面もあった。というのも自分が恩を負っているのはクローフォド嬢であり、クローフォド嬢の親切な尽力に自分は感謝しなければならなかったし、そのような骨折りをしてくれたクローフォド嬢の美点について、エドマンドがほめたたえるのを聞かなければならなかったのだ。ファニー本人はもう安全だった。しかしこの場合、安全とはいっても心の平穏を伴わないのだった。むしろ、これほど平穏とはほど遠いこともないほどだ。自分が間違っていたとは思えなかったが、その確信とは別に心は乱れていた。エドマンドの決断には感情の面でも判断の面でも納得がいかなかった。その心変わりを許容することはできなかった。そして、心変わりしたエドマンドが嬉しそうにしているのを見ては、みじめになった。嫉妬と動揺に押しつぶされそうになった。クロードフォド嬢が楽しそうにしているのは自分への侮辱にも感じられたし、自分に対する親しげな表情にも冷静に応えることは難しかった。周りでは誰もが楽しく、忙しそうにしており、幸せそうで、それぞれが役割を持っていた。誰もが何かに夢中になり、それぞれの役を持ち、衣装を持ち、お気に入りの場面があり、友人がいて、仲間がいた。誰もがいつもなにかしらを相談し合い、比べ合い、滑稽で奇抜な思いつきを言っては楽しんでいた。自分だけが孤独でつまらない存在だった。何にも一切加わっていなかった。自分がそこから去ろうとそこに留まっていようと、その活動の真っ只中にいようと、そこから引っ込んで東の間に一人で籠もっていようと、誰も気がつく者も、気にかける者もいなかった。これに比べれば、どんなことでも耐えられるかも知れないとまで思うようになっていた。グラント夫人は重宝されていた。皆がその気立てのよさを口にし、グラント夫人の嗜好を重んじ、時間を気にかけ、その存在を必要としていた。グラント夫人を探しては、世話を焼き、ほめたたえた。そしてファニーは最初、危うくも、夫人が演じることを承知した役柄を引き受ければよかったかも知れないと考えてしまうところだった。しかし思い直してみると、これより真っ当な考えに到達した。グラント夫人に当然のように向けられている敬意は、自分には無縁であったろうし、たとえ自分が最大の敬意をもって扱われたにしても、やはり、伯父のことを考えただけでもとても賛成できないこの話に加わっていては、どうあっても心安らかではいられないだろうということにも気づいたのだ。

この中で心が沈んでいるのは自分ひとりきりというわけではないと、ファニーは間もなく気づき始めた。ジューリアもまた苦しんでいたのだ。ただしこの場合、ジューリア自身にもまったく責任がないかというと、そうは言えなかったが。

ヘンリー・クローフォドはジューリアの心を弄んでいた。しかしジューリアも長らくヘンリーが言い寄ってくる隙を与え、それを誘うような態度までとっていたのだ。自分の姉に対する嫉妬心は抱いて当然なものであったがゆえにこそ、今はもうクローフォドのことは忘れてもいいはずではあった。それが、クローフォドが自分よりマライアに気があることがはっきり分かってしまった今、むしろただそれに甘んじるだけで、マライアの置かれた状況を気遣うこともなければ、自分の気持ちを理屈でもってなだめようともしないのだった。陰鬱に黙り込み、その暗い様子は何があろうと変わることはなく、何ごとにも関心を示さず、どんな機知に富んだ話が出ようとも反応を示さなかった。イエイツ氏の相手だけはしてやり、無理に明るく話をし、一緒に他の人たちの演技を小ばかにした。

ジューリアが気を悪くしてから一日か二日の内は、ヘンリー・クローフォドがいつものお愛想とお世辞で修復しようとしたが、これも何度かはねつけられると、それでもなお粘るほどの執着心は見せなかった。そして芝居の準備で忙しくなり、一人といちゃつくので手一杯になってくると、ジューリアとのいざこざなどどうでもよくなった。むしろここで静かに二人の関係が終わったことを幸いと思っていた。このままいけばグラント夫人でなくとも、自分とジューリアとの関係に何かを期待し始めていただろう。グラント夫人はジューリアが芝居から外されて、放ったらかされて座っているのを見て嬉しくはなかった。しかしグラント夫人はそのことで自分が不幸になるわけでもなし、ヘンリーだって自分にとって何が一番よいことなのかは分かっているだろうし、それに自分を安心させるような笑みを浮かべながら、ジューリアも自分も、別に本気だったわけではないとヘンリー本人が主張するので、夫人としてもただ、長女に関しての以前からの注意を繰り返しただけだった。マライアに好意を抱きすぎて心の平穏を乱さないようにとヘンリーに注意をして、若い人々、なかでも自分にとって愛しい二人を楽しませるためにできることを喜んで手助けするだけだった。

「ジューリアは、ヘンリーのことが好きなんじゃないのかしら」とグラント夫人はメアリーに言った。

「ええ、好きなんでしょう」とメアリーは冷淡に答えた。「姉妹揃ってそうなんだわ」。

「姉妹二人ともですって。そんなはずはないわ。そんなこと、ヘンリーに一言でも言ったりしたらだめよ。ラッシュワスさんのお気持ちも考えなきゃ」。

「マライアさんにこそ、ラッシュワスさんのお気持ちを考えなきゃと言って差し上げたらいかが。マライアさんご本人のためにもなるかも知れないわ。ラッシュワスさんのお屋敷と莫大な財産について考えることはよくありますよ。とりわけ、もしもあれが別の人のものだったらいいのにって。でもラッシュワスさんその人については考えたこともないわ。あんな土地と屋敷を持っていれば国政にだって出られるわ。職なんかに就かずに、議員になれるのよ」。

「ええ、あの方もじきに議会にお入りになるでしょう。サー・トマスが戻られたらどこかの選挙区の議員にして下さるでしょうからね。でもまだ誰にも世話をしてもらっていないのよ」[1]。

「サー・トマスは、帰国した暁には、あれやこれやと偉大なことを成し遂げて下さるだろうと期待を集めているのね」と、メアリーは少しの沈黙の後に言った。「ホーキンズ・ブラウン(アイザック・ホーキンズ・ブラウン(一七〇五—六〇)のこと)がポウプを模倣して作った『タバコへの賛辞』

を覚えていらっしゃるかしら。

恩寵を受けし葉よ。そなたの香ばしい風は、
騎士には節度を、牧師には良識をもたらすのだ。

私はパロディを作ったわ。

恩寵を受けし騎士よ。そなたの独裁的な面持ちは、
子どもたちには富を、ラッシュワスには良識をもたらすのだ。

なかなかよくできていると思いませんこと、グラントの奥様。万事、サー・トマスの帰国にかかっているのよ」。

「あの方が家族と一緒にいるところを見れば、影響力の大きさにも納得がいくし、理に適ったものだということが分かるわよ。あの方がいらっしゃらないと、どうもよくないわ。こういう家の当主に相応しく、立派で威厳のある振る舞いをなさるし、そのおかげでみんな節度を守りますからね。ご主人が家にいらっしゃらないと、レイディ・バー

トラムも普段以上に存在感が薄いし、ノリス夫人もやりたい放題だわ。でもメアリー、マライア・バートラムがヘンリーを好きだなんて思ってはいけませんよ。ジューリアだってそうよ。そうでなければ昨晩のようにイェイツ氏とふざけ合ったりなどしなかったでしょうから。ヘンリーとマライアはとても仲が良いけれど、もう心変わりはしないでしょう。だって、あんなにサザトンを気に入ってましたからね」。

「結婚の契約書にサインをする前に[2]ヘンリーが待ったをかけたら、ラッシュワスさんにはとても勝ち目はなさそうね」。

「あなたがそんな風に思っているなら、なんとかしなければならないわね。お芝居が終わったらすぐにでも、二人でヘンリーと話をする場をちゃんと持って、自分の気持ちをはっきり自覚させなければね。そして、もし何とも思っていないのならば、例えヘンリーであっても、しばらくはよそにいてもらうことになるわ」。

ところが、グラント夫人には分からず、ジューリアの家族でさえほとんどは気づいていなかったが、ジューリアは確かにつらい思いをしていたのだった。ヘンリーのことが好きだったし、今でも好きだった。そして情熱的で感情豊かな人間なら、自分でも筋違いとは分かっていながらも抑えられないほどの、強い思いを裏切られたときに感じる苦しみをジューリアは味わうと共に、裏切られたことで恨みも抱いていた。ジューリアの心は傷つき、怒りを感じ、怒ることで慰めとするほかなかった。以前は仲良しだった姉も今や最大の敵となっていた。互いが疎ましくなり、ヘンリーが今でもマライアに見せ続けている好意がなんらかの悲惨な結果をもたらしてくれやしないかと、ジューリアは期待してしまうのであった。自分に対する、そしてラッシュワス氏に対するマライアの恥ずべき許し難い行動に罰が与えられることも願っていた。二人の間に利害関係がないかぎりは、本質的に意地の悪いところもなく、意見の対立もないので大変仲がよかったが、このような試練に遭遇してみると、この姉妹は互いに思いやったり、公平に判断したり、立派な振る舞いをしたり、同情を示したりするほどの愛情も信念も持っていなかったのである。マライアは勝ち誇り、ジューリアの気持ちなどお構いなしに好き勝手をしていた。そしてジューリアは、マライアがヘンリー・クローフォドに好意を寄せられているさまを見るたびに、それが誰かの嫉妬心を煽り、人前でひと悶着起こす原因にならないかと期待した。

ファニーはこの様子を見て、ジューリアがかわいそうだと思っていた。しかし、二人の間に仲間意識は見られなかった。ジューリアは何も言わなかったし、ファニーも自分からさしでがましいことをしようとはしなかった。二人はそれぞれ一人で苦しんでいて、その共通点はファニーの側が意識するのみだった。

二人の兄と伯母がジューリアの不機嫌を大して気にせず、その本当の原因に気づかないのは、それぞれ別のことで頭がいっぱいだったからだろう。三人とも完全に自分たちのことに気をとられていた。トムは芝居のことに夢中になっていて、それと直接関係のないことは目に入らなかった。エドマンドは芝居の役柄と現実での役割との狭間で、また、クローフォド嬢が欲するところと自分がどう振る舞うべきかということとの狭間で、愛を貫くか主義を貫くかの狭間で揺れていたので、同様に何も見えていなかった。そしてノリス夫人は劇団の様々な雑事に頭をひねり、指図を出し、それぞれの衣装づくりを監督しながら、誰も感謝しないのに節約を心がけ、あちこちでここにはいないサー・トマスの財布から半クラウンを節約するのに大喜びで、サー・トマスの娘たちの振る舞いに目をやったり、幸福かどうかを見ていてやる暇はなかったのである。

(1) 一八三二年の選挙法改正が行われるまでは、住民(その内の納税者数)と議席数の割合のバランスがまったく取れていなかったので、人口が少ないのに議席だけが置かれたままになっているいわゆる「腐敗選挙区」を利用することで、有力者や富裕な人物と縁故があれば議会に議員を送ることができた。サー・トマスがその方法によって、親族になったラッシュワス氏を議員にしてくれるだろうという意味になる。

（2）結婚をすると、女性側の家庭が男性側に持参金を支払い、逆に男性は自らの死後の妻の生活を経済的に保障することを取り決めていた。このように、当時の結婚は社会的な契約であると同時に金銭的な契約としての側面も持っており、両家は式に先んじて、法律家の助けを借りながら契約書を準備し、サインする必要があった。これは教会で式に際してするサインとは別のものになる。

第十八章

今やすべてがうまくいっていた。劇場と、俳優、女優、衣装に関するすべてが順調に進んでいた。しかし特に大きな障害はないものの、数日も経たない間にファニーは、関わっている人々にとっても何から何までが楽しいわけではなく、最初は見るたびに自分の方が寂しさを覚えたものの、これほどの円満で楽しい状況が続くわけではないことが分かったのだった。一人ひとりがなにかしらの不満を抱き始めていた。エドマンドの不満は多かった。自分は反対したのにロンドンから呼んでしまった舞台の背景画家がもう到着して、仕事を始めていた。おかげで出費はかさむし、もっと悪いことに、芝居の計画そのものがより大がかりになってしまったのだ。そして兄はといえば、上演を内輪の間だけにしようという自分の意見に従ってくれるどころか、どこかの家族と顔を合わせるたびに片っ端から招待していたのである。トムの方でも、背景画家の仕事が遅いことにいらだち始め、待つのがつらくなってきていた。自分の役柄以外にも、執事を演じながら、さらに演じることのできるすべての小さな役をも引き受けていたが、それらの役柄の台詞をすでに全部覚えてしまい、芝居を始めたくてうずうずしていた。そして何もできない日が続くにつれて、自分の演じる役柄すべてを足し合わせても大したものじゃないと感じ始め、他の作品を選べばよかったと悔やみ始めていたのである。

ファニーはいつだってよき聞き役になり、ただ一人の聞き役でもあることも多かったので、ほぼ全員の不平と苦情に耳を貸すことになった。イェイツ氏が台詞をひどい調子で喚きたてると皆が思っていること、イェイツ氏がヘンリー・クローフォドを見損なっていること、トム・バートラムがあまりにも早口で台詞が聞きとれないこと、グラント夫人が笑ってしまって芝居を台なしにしてしまうこと、エドマンドが台詞を覚えるのが遅れていること、そしてラッシュワス氏に至っては、台詞の一つひとつを教えてあげることが必要で手のつけようがないこと、こうしたすべてをファニーは聞かされていた。それにラッシュワス氏はお気の毒なことに、稽古の相手を見つけられないでいることも知っていた。他の皆の不満と並んで、ラッシュワス氏の不満もファニーは聞かされていた。そして氏が従姉のマライアにも見るからに避けられているのが分かり、クローフォド氏と登場する最初のシーンの稽古ばかり必要以上に何度も行なっているのもあからさまに分かったので[1]、ファニーはじきにラッシュワス氏から、新たな不満を聞かされるのではないかと心配し始めていた。全員が満足し楽しむどころか、一人残らずないものねだりをしており、一人残らず誰かしらの不満の種になっていた。誰もが、出番が多すぎるか、少なすぎるかのどちらかだった。誰一人きちんと集中せず、誰も登場が上手《かみて》からなのか下手《しもて》からなのか一向に覚えようとしなかった。指示を守ろうとするのはその不満を言った本人だけという状況だった。

ファニーはこうした役者当人たちに劣らず、この芝居を無心に楽しんでいると自分でも思っていた。ヘンリー・クローフォドは演技が上手いので、劇場に忍び込み、第一幕の稽古を見るのを楽しみにしていた。マライアの台詞のいくつかを聞いて、どぎまぎせずにはいられなかったが。マライアの演技も上手、いや上手すぎるくらいだった。そして一、二回の稽古をやった後では観ているのはファニーだけとなり、時には台詞を教え、時には観客となり、非常に役立つようになった。ファニーが判断するかぎりではクローフォド氏はずばぬけて演技が上手かった。エドマンドよりも堂々としていたし、トムよりも判断力があったし、イェイツ氏よりも才能に恵まれセンスがあった。一男性としては好ましくなかったが、役者として最も優れていることは認めないわけにはゆかず、この点ではほとんど全員が一致していた。尤もイェイツ氏は、クローフォド氏の演技をおとなしすぎて面白くないと言っていた。そしてとうとうある日、ラッシュワス氏が険悪な表情でファニーにこう言った。「そんなに上手いものですかね。私にはあの男のどこがいいのかまったくもって分かりませんね。ここだけの話ですが、あんな背が低くて、小柄で、貧弱な男が一人前に役者のふりをしているのはちゃんちゃらおかしいですよ」。

この瞬間から、ラッシュワス氏の嫉妬心が再燃し始めた。クローフォド氏との関係にますます期待を持ち始めたマライアは、婚約者の嫉妬をほとんど沈めようともしなかった。そして、ラッシュワス氏が四十二の台詞を頭に入れられる見込みはいよいよ薄くなってきた。その台詞をまともに言えるかどうかに至っては、そんなことができると思っているのは母親一人だけだった。ラッシュワス夫人自身は息子の出番がもっと多ければよかったのにと思っており、稽古が進んで息子が登場するようになるまではマンスフィールドを訪れようとしなかった。しかし他の皆は、ラッシュワス氏が自分の台詞を言うきっかけを覚えて、その出だしが言えるようになって、後はプロンプターの言っていることを繰り返すことができるようになれば御の字だと思っていた。ファニーは同情心と親切心から非常に苦労して、ラッシュワス氏に暗記の仕方を教え、できる限り手助けして指導し、氏のために記憶装置でも作ろうとせんばかりであり、氏の台詞は自分の方が一言ももらさず覚えてしまったが、当の本人は大して進歩しなかった。

ファニーは確かに多くの不安と心配と懸念を抱いていた。しかしこの件と、それ以外にも様々な事柄に時間をとられ、注意を向けなければならないので、一人ぼっちで不安を抱えているどころか、一人だけ何もすることがないとか、役に立つことがないという状況からもほど遠かった。同情心だけではなく、時間も求められていた。最初に抱いたいやな予想は根拠のないものだということが判明した。何らかの意味で全員のためになっていた。そしてひょっとしたら、誰よりも心の平穏を感じていたと言ってもいいかも知れなかった。

さらに、かなりの量の縫い物があり、それを手伝う必要があった。ファニーが他の皆と同じくらい楽しんでいるとノリス夫人も思ったようで、手伝うように要求する口調にそれが現われていた。「さあ、ファニー」と夫人は声を上げた。「ずいぶん楽しんでいるみたいだけれども、こんな風に部屋から部屋へと渡り歩いてのんきに眺めている場合ではないのよ。こっちに来てちょうだい。これ以上のサテン地を注文せずにラッシュワスさんのマントを裁断するのに、へとへとで、もう立っていられないくらいですよ。これを縫い合わせるのを手伝ってちょうだい。縫いしろは三つしかないのだから、すぐにできるでしょう。言われたことをやってるだけでいいなら、私もずいぶん楽なんだけど。あなたはいいご身分だわね。もしもみんなもあなたくらいの仕事しかしなかったら、とても話にならないわ」。

ファニーは静かに縫い物を取り上げ、言い訳をしようとしなかった。しかしもっと親切なバートラム伯母がファニーの代弁をしてくれた。

「お姉様、ファニーが喜んでいるのも無理ないですわ。あの子にとっては何もかもやったことのないことばかりですから。私たちもお芝居は大好きだったじゃありませんか。私は今でも好きなのよ。もう少し暇ができれば、私もあの人たちのお稽古を覗きに行こうと思っているの。ファニー、どういうお芝居かまだ教えてもらっていなかったわね」。

「あらまあ、今あの子に訊かないで下さいな。ファニーって子は、口と手を同時に動かすことができる質ではないんですから。お芝居は恋人たちの誓いの話ですよ」。

「私が聞いたところでは」とファニーはバートラム伯母に言った。「明日の晩に最初の三幕のお稽古があるので、そのときに役者全員が揃うところが見られると思います」。

「幕ができあがるまで待った方がいいかも知れませんよ」とノリス夫人が口を挟んだ。「明日か明後日には幕ができあがりますから。幕がないのにお芝居を観ても仕方がないでしょう。このままいけば、とてもきれいなひだができるはずですよ」。

レイディ・バートラムは待つことにまったく異存はないようだった。ファニーは伯母のように落ち着いていることができなかった。翌晩についてしきりに思いを馳せずにはいられなかったのだ。なにしろ、最初の三幕の稽古が行われるとしたら、エドマンドとクローフォド嬢が初めて一緒に芝居をすることになる。第三幕で二人が登場する場面

（メアリー演ずるアミーリアが、エドマンド演ずる自分の師アンハルトに恋心をほのめかすシーン）にファニーは特に興味があり、二人がそれをどう演じるかを観るのが待ち遠しくもあり、怖くもあった。その場面は恋愛に関わるものだった。紳士の方は恋愛結婚について語り、婦人の方はほとんど求愛とも言える言葉を語ることになっているのだ。

ファニーはこの場面を何度も読み込み、何度も苦痛を感じては、落ち着かなくなっていた。この場面を実際に演ずるのを観るのはファニーにとってあまりにも大きな関心事だった。この場面の稽古は、たとえ二人だけの間でも、まだやっていないと信じたかった。

次の日、その晩の計画が予定どおり進むにつれ、ファニーの気持ちはますます落ち着きを失っていった。伯母の指図のもと、一生懸命に縫い物をしていたが、こうして一生懸命に、そして何も言わずに縫い物をしている間も、心ここにあらずで、不安でいっぱいだった。そして正午くらいになると、縫い物を持って東の間に逃れた。またもや、そしてファニーに言わせるとまったく必要のない、第一幕の稽古がヘンリー・クローフォドの提案で行われることになっており、その場にいたくなかったのだ。自分一人の時間が欲しかったのと同時に、ラッシュワス氏の顔も見たくなかったのである。玄関の広間を横切ったとき、牧師館の二人の婦人がやって来るのが見えたが、その場を逃れたいというファニーの気持ちは変わらなかった。こうして東の間で誰にも邪魔をされずに縫い物をしたり、もの思いにふけったりして十五分ほどすると、ドアを静かに叩く音がして、クローフォド嬢が入ってきた。

「ここでいいのかしら。ああ、これが東の間なのね。プライスさん、お邪魔してごめんなさい。でもあなたに助けていただきたくて探してたのよ」。

ファニーは大変驚いたが、自分の部屋に来た客を気持ちよく迎えようと努め、申し訳なさそうに、暖炉の空っぽの火床とまったくすすで汚れていない格子に目をやった。

「どうぞお構いなく。寒くありませんよ、全然寒くはありませんから。悪いけどちょっとここで、第三幕の台詞のお稽古をしてもよろしいかしら。台本を持ってきたので、私の台詞を聞いていただけたら、本当に助かりますわ。今日はエドマンドとお稽古をするつもりで来たんです。夜のお稽古に備えて二人で練習したくて。でもエドマンドが見つからないし、もし見つかったとしても、少し自分で慣れておかないと、あの人と二人で練習するのは難しいわ。台詞の一つか二つはちょっとね。ねえ、お稽古の相手をして下さるわよね」。

ファニーは至極丁寧に承知はしたが、あまりしっかりした声は出なかった。

「私が今言ったその台詞はご覧になったかしら」とクローフォド嬢は台本を開きなが

ら言葉を続けた。「ほら、ここよ。最初は大したことはないと思っていたんだけど、でも、ほらねえ。ここと、ここと、あとほら、ここもご覧になって。エドマンドの顔を見つめながらこんなことを口に出せるとお思いになる。あなただったらどうなさるかしら。でもあなたは従妹だから全然私とは違うわよね。お願いだから、一緒にお稽古してちょうだい。あなたがエドマンドだと思うようにして、そこからだんだんと慣れていくわ。あなたは時々エドマンドに似た表情をなさるし」。

「本当ですか。ええ、できるだけのことはしますわ。でも私は台詞を棒読みすることしかできません。ほとんど覚えてはいませんから」。

「もちろん、全然覚えていらっしゃらなくて当然よ。どうぞ台本を見ていて下さい。さあ、いいかしら。椅子が二ついるわね。あなたがそれを舞台の前方に持ってこなければなりませんから。あら、とても勉強部屋にぴったりの椅子があるわね、舞台向きではないけれど。小さな女の子が座って、勉強しながら足で蹴っ飛ばすのにおあつらえ向きの椅子ね。それをこんなことに使っているのをご覧になったら、あなたの家庭教師と伯父様はなんておっしゃるかしらね。サー・トマスが今私たちをご覧になったら仰天なさるでしょうね。このお屋敷の至るところでお稽古しているんですもの。イェイツさんは食堂で大声を上げていたわ。階段を上ってくるときに聞こえたの。それに劇場ではもちろん、あの疲れ知らずのアガサとフレデリックがまたお稽古をしているわ。あれであの二人の台詞が完璧でない方がおかしいというものよね。五分ほど前に覗いたんだけれども、ちょうどあの二人が抱き合ってしまわないように気をつけているところで、ラッシュワスさんも一緒だったのよ。表情が険しくなりかけたので、一生懸命、気を逸らせてあげたわ。「アガサは素晴らしいですね。とても母性的で、声も表情も母親そのものですから」とささやいたのよ。うまくやったでしょう。すぐに嬉しそうな顔になったわ。さあ、私の独白の部分からよ」。

クローフォド嬢は台詞を言い始め、ファニーはエドマンドの代わりを務めているという自覚から懸命に相手をしたが、表情も声もあまりにも女性的なので、とても男性の役をやっているとは思えなかった。しかしこういうアンハルトが相手だと、クローフォド嬢もかなり大胆にやることができた。二人が場面の半ばあたりに至ったときに誰かがドアを叩いたので二人は一瞬声を休めたが、次の瞬間にエドマンドが入ってきたので稽古は中断となった。

この思いがけない対面により、めいめいの表情に、驚き、相手への意識、そして喜びが表れた。そしてエドマンドがクローフォド嬢とまったく同じ用事でここにやって来たのが分かると、この二人が互いを意識し、喜びを感じたのは一瞬だけのことでは終わらなくなった。エドマンドも台本を手に、稽古の相手をして、一緒に晩の稽古の準備をしてくれることをファニーに頼みに来たのであり、クローフォド嬢が屋敷に来ていることも知らなかったのだった。このように偶然に会い、互いが同じことを考えていたことが分かって、ファニーの親切をたたえることは二人にとって大変嬉しく、喜ばしいことだった。

一方ファニーの方では二人のように喜ぶことはできなかった。二人が喜べば喜ぶほど自分の気持ちは沈んでいき、今や二人とも自分のことなどほとんど忘れてしまっていると感じ、どちらからも必要とされているという嬉しい気持ちもなくなっていた。二人は一緒に稽古をしようということになった。エドマンドはそう提案し、勧め、お願いしたので、ご婦人の方は、そもそも気が乗らないわけでもなかったこともあり、じきに折れずにいられなくなった。そしてファニーはただ台詞を忘れたときに言ってあげて、あとは見ているだけだった。確かに二人の演技の出来を見て、意見をくれるように頼まれたし、悪いところはすべて遠慮なく言うようにと依頼されはした。しかしそんなことをする気持ちにはまったくなれず、そんなことができるとも、してみようとも思えなかったし、実際にしようとしなかった。たとえ何か意見をするような能力があったとしても、けなすようなことを言うのは良心が許さなかっただろう。自分の個人的な感情があまりにも関わっているので、細部に関して正直でも冷静でもいられないと思ったのである。台詞を思い出せないときに言ってあげる役目を果たすのがせいぜいだった。そしてそのことすら怪しいこともあった。というのも、台本にずっと注意を向けていることができなかったからだ。二人を見ることで集中力が散漫になっていった。そしてエドマンドの演技にだんだんと熱がこもっていくのを見て動揺してしまうと、エドマンドが助けを必要としたまさにそのタイミングなのに、思わず台本を閉じてそっぽを向いてしまったこともあった。二人はファニーが疲れるのも当然だと思い、礼を言い、同情してくれた。しかしファニーが本当に二人の同情を必要としていることは、二人には決して察知されまいと思っていた。ようやく稽古は終了し、二人が互いをほめ合っているところに、ファニーも自分の賛辞を差し挟んでみた。そしてまた一人になり、この出来事について考えるにつれて、二人の演技は確かにきわめて自然で、感情も入っているだけに、評価されるだろうし、自分にとってはきわめて見るのがつらいものになるだろうと確信していった。しかし自分がどう思おうと、この日の内にもう一度、二人の演技を見てつらい思いをしなければならないのだった。

最初の三幕の初めての総稽古は予定どおりその晩に行われることになった。そのため、グラント夫人とクロフォド兄妹は、ディナーを済ませてからなるべく早くこちらへ戻ることになり、関係者は全員、稽古を楽しみにわくわくしていた。この段階では皆の機嫌はいいようだった。トムは最終目標を目前にしたこの大きな前進を喜んでいたし、エドマンドはその日の稽古以来元気そうだったし、些細ないらだちはすべて消えてしまったようだった。全員がてきぱきと動き、待ち切れない様子だった。ディナーが終わるとすぐにご婦人方はテーブルを離れ、(2)紳士方もすぐにその後を追った。レイディ・バートラムと、ノリス夫人、ジューリアを除く全員が早い時間に劇場に集まり、完成しているかぎりの灯りをつけると、後はグラント夫人とクローフォド兄妹の到着を待つばかりだった。

クローフォド兄妹はそれほど待たせずに現われたが、グラント夫人は一緒ではなかった。来られないとのことだった。グラント博士の体調がすぐれないとのことで、妻が留守にするのを嫌がったのであった。尤も、その美しい義妹はそのことをあまり信じていないようだったが。

「グラント博士はご病気なんです」とクローフォド嬢は深刻ぶった面持ちを作って言った。「今日はキジ料理も全然召し上がらず、それ以来ずっと体調がよろしくなかったのよ。肉が硬かったそうで、ご自分のお皿を下げさせて。そのときからずっとお加減が悪いのよ」。

一同、がっかりした。グラント夫人が欠席するとは、きわめて嘆かわしいことだ。その感じのいい振る舞いと、明るくて親しげな様子は常日頃より歓迎されてはいたが、今回については、夫人の存在はなくてはならないものだった。夫人がいなければ満足な芝居もできないし、稽古も立ちゆかなかった。その晩の楽しみはすっかり台なしだ。どうすればよいだろうか。農夫を演ずるトムの落胆は大きかった。皆、困惑して黙り込んだが、何人かがファニーに目を向け、「プライスさんに台詞を読んでいただければ」といった声がちらほらと聞こえ始めた。そうなると、間もなく、ファニーは皆の懇願に包囲されることになった。全員がその頼みを口にして、エドマンドさえもが「ファニー、もしものすごくいやだというのでないなら、やってくれないか」と言うほどだった。

しかしそれでもファニーは尻込みしていた。そんなことは、考えるのも我慢がならなかったのだ。なぜみんなは、クローフォド嬢に頼まないのだろう。というよりも、安全な自室に戻ってしまって、稽古など見に来なければよかった。稽古を見たりすれば、自分の気持ちがいらだち、苦しむことは分かっていた。稽古に関わるべきでないことも分かっていた。のこのことやって来たりしたから、こうして罰が当たったのだ。

「台詞を読んでくれるだけでいいですから」とヘンリー・クローフォドは、さらに頼み込んで言った。

「それに台詞は全部そらで言えるでしょう」とマライアがつけ足した。「だってこの間だって、グラント夫人が間違えたのを、二十ヶ所くらい全部直せたんですから。ファニー、あなたは全部暗記しているはずよ」。

ファニーは否定できなかった。そして皆があまりにも食い下がるので、そしてエドマンドもそうしてほしいと繰り返し、ファニーの親切心を心からあてにしているようだったので、もはや従うほかはなかった。やれるだけやってみることにするしかなくなったのである。こうして全員が満足し、ファニーは、皆が始める準備をしている間、心臓が激しく鼓動するのを感じていた。

稽古がいよいよ始まった。そして誰もが自分たちの騒ぎに気をとられるあまり、屋敷の別のところでは普段とは違った騒ぎが起こっているのには気づかず、稽古は進んでいった。そのとき、部屋の扉が勢いよく開くと、ジューリアが大慌ての顔で現れて、こう叫んだのである。「お父様が帰っていらしたわ。たった今、玄関の広間に入っていらしたところよ」。

〔第一巻終〕

（1）『恋人たちの誓い』の冒頭のシーンは、ここでの配役に従うと、ヘンリー・クローフォド演ずるフレデリックと、マライア・バートラム演ずるその母アガサの再会のシーンになる。配役上は母と息子の関係でありながら、互いの距離が近く、身体的な接触も少なくない演技をする場面ということになる。

（2）ディナーの後に通常は女性のみが別室へ移動し、男性がその場に残ってくつろぐ習慣がある。ただし、この場合は舞台の準備や練習のためにその時間も省略することにしている。上巻解説五六一頁参照。

第二巻

第一章

皆の驚きといったら、それはどうお伝えしたらいいものだろうか。そこにいたほぼ全員にとって、まさしく恐怖の瞬間だった。サー・トマスがもう戻ってくるとは。全員が瞬時にこれは事実だと分かった。騙されているとか、間違った情報かも知れないといった可能性はまったく期待できなかった。ジューリアの顔つきが、疑問の余地がないことの動かぬ証拠だった。そして人々がはっとして、驚きの声を漏らしてから、ひとしきりすると、続く数十秒ほどの間は誰も一言もものが言えなくなった。めいめいが顔色を変えて、互いに顔を見合わせた。そして皆がこのことを、きわめて困った、間の悪い、厄介な事態だと思っていた。イェイツ氏にはこの晩の稽古が中断されていいまいましかっただけだったかも知れないし、ラッシュワス氏にはかえって有難かったかも知れないが、それ以外の人たちにはなんらかの良心の呵責や、なんとも言えない不安を感じさせたのであった。誰もが、「私たちはどうなってしまうのだろうか、これからどんなことが待っているのだろうか」と自問していた。それは恐ろしい沈黙だった。そしてこの事態を裏づけるように扉が開く音や、そばを通る足音が耳に届くのは、もっと恐ろしいことであった。

まっさきに口を開き、行動をとったのはジューリアだった。嫉妬心や恨みはひとまず脇に置いていた。全員を同じく襲った危機の中にあって、利己心どころではなくなっていたのだ。しかしジューリアが劇場の入り口に現れたちょうどそのとき、フレデリックはうっとりとした顔つきでアガサの台詞に耳を傾けながら、その手を取って自分の胸に押し当てていたのである。それが目に入り、さらに、この衝撃的な報せを伝える言葉を耳にしたその後でもなお、フレデリックがそのままで、自分の姉の手を握ったままであるのを見たとたんに、ジューリアの傷ついた心は再び恨みでいっぱいになった。そしてそれまで蒼白だった顔が真っ赤になり、「私はお父様の前に出ても、何も後ろめたいところはありませんけどね」と言いながら部屋を出て行った。

ジューリアが部屋を出ると、他の人々も我に返った。そして同時にトムとエドマンドが、ともかく何かしなければという気持ちに押されて、前に出てきた。二人の間では二言三言交わせばこと足りた。この件については意見の相違の余地などなく、二人とも即座に応接間に行くことにした。マライアも同じ思いで、二人に続いた。そのときはマライアが三人の中でも、一番落ち着いていた。ジューリアが部屋から出て行った原因であるまさにその状況が、マライアからすればきわめて甘美な心の支えとなっていたのだ。あんな場面でヘンリー・クローフォドが自分の手を離さないでいてくれたことは、意味が深く、重要なことであり、それまでの迷いや不安を一切帳消しにしたのであった。マライアはそれを、きわめて真剣な決意の証拠として受け取り、父親の前に出ることも恐るるに足らなかった。三人は部屋を出てゆき、ラッシュワス氏が「私も参りましょうか。私も行った方がいいのではないですか。やはり、私も行くべきではないですかね」と何度も問いかけるのも一切耳に入らない様子だった。しかし三人が出るとすぐに、ヘンリー・クローフォドが心配そうなラッシュワス氏の質問に答えてやり、今すぐにサー・トマスに挨拶をした方がいいだろうと促したので、ラッシュワス氏は喜び、三人のあとを慌てて追って行った。

ファニーはあとに残され、他にはクローフォド兄妹とイェイツ氏だけだった。従兄姉たちにはすっかり忘れられていたのだ。そしてサー・トマスの自分に対する愛情は、子どもたちに対してよりもずっと少ないだろうと思っていたので、少し間をおいて、時間を稼げることは有難かった。ファニーの動揺と驚きは、他の者をはるかに超えていて、別に自分は悪いことをしていないのに、そう感じずにはいられない気質だったのである。ファニーは、もはや気絶せんばかりだった。以前は来る日も来る日も感じていた伯父に対する恐怖心が戻ってきたし、もう間もなく伯父が知ることになる事情をめぐって、伯父にも、他の皆にも同情心で一杯になり、エドマンドを思いやる気持ちといったら言葉にしようもないくらいだった。ファニーは椅子に腰を下ろし、体中を震わせながら、あれこれと不安な思いに駆られていた。一方、残された三人はもう遠慮もいらないとばかり、口々にいらだちを述べ、こうした前倒しの不意の帰宅をきわめて嘆かわしいことだと残念がり、サー・トマスの航海がこの倍以上かかればよかったんだとか、まだアンティグアにいればいいのにといった気持ちを、容赦なく口にした。

クローフォド兄妹はこの件に関してはイェイツ氏よりもさらに激昂していた。二人はイェイツ氏よりもバートラム家のことをよく分かっており、これからどうなるか、より正しく判断できていたからである。二人からすれば、芝居が中止されることは確実であり、これまでの計画が完全に白紙になるのは避けられないことであった。イェイツ氏の方ではこれは一時的な中断に過ぎず、その晩の計画が台なしになるだけだと思っており、お茶が終わって歓待の慌しさも過ぎて、主人も一息ついたあたりで、稽古を再開し、サー・トマスにも見てもらうことまで提案した。クローフォド兄妹はこの提案を一笑に付した。そして、もう大人しく家に帰り、家族水入らずにさせてあげた方がいいだろうと話が落ち着くと、一緒に牧師館に来ないかとイェイツ氏を誘った。しかしイェイツ氏はそれまで、両親に義理を果たしたいとか、家族水入らずでいたいなどと思う人々と一緒にいた経験がなかったので、そんなことをする必要がまったく分からなかった。したがって、兄妹に礼は言ったが「しかし、せっかく来たのだから親父さんにきちんと挨拶したいですし、それに、みんなが逃げ帰ってしまったら他の人たちに悪いと思いますから」と、牧師館への招待は断った。

ファニーはこのときようやく我に返り、これ以上ここに留まっていたら伯父に失礼だと思われるのではないかと考え始めていた。兄妹が、よろしく伝えるようにと伝言を残して、家に帰る準備をするのを目にしつつ、伯父に挨拶に行くという恐ろしい義務を果たすため、自分も部屋を出たのであった。

あっという間に応接間のドアの前に来てしまった。そして無理とは知りつつ、どこから勇気が出てこないものかと一瞬の間をおいてみた。かつてドアの前に立って、勇気が湧いてきたことなど一度だってなかったのではあるが。そして思い切って取っ手を回してみると、応接間の灯りと、家族が集まっているのが目に入ってきた。部屋の中に入ると、自分の名前が呼ばれているのが耳に入った。そのとき、サー・トマスは周りに目をやり、「ファニーはどこだ。かわいいファニーの姿が見えないが」とちょうど言っているところだった。そしてファニーの姿を見ると、驚くほどの、また心に染み入るような愛情を表して、そばに寄り、「かわいいファニー」と呼びかけ、温かくキスして、「背が高くなったなあ」と、心から嬉しそうに言ったのである。ファニーはどう考えたらいいか、どこに目をやっていいか分からなかった。実に圧倒されてしまったのだ。かつてサー・トマスが自分にこんなにも優しく、ここまで優しくしてくれたことはなかった。様子がすっかり変わっていた。声は喜びで震えており、いつもの威厳のある態度も、優しさによって和らげられていた。ファニーを灯りのあるところに連れて行ってじっくりと眺めてみた。そして特に健康状態について尋ねたが、その質問はすぐに引っ込めて、ファニーの様子を見れば言うまでもなく分かるので、訊くにも及ばないなと言い直した。それまで蒼白だったファニーの顔にさっと赤みが差したのを見て、ファニーが健康のみならず容姿も以前よりもよくなったとサー・トマスが思うのも当然だった。次に、ファニーの家族について、特にウィリアムについて尋ねた。あまりにも優しい口調で訊いてくれたので、ファニーはそれまで伯父にあまり愛情を抱かなかったこと、そして伯父の帰宅を喜ばなかったことに関して、自責の念を感じた。ようやく勇気を出して伯父の顔に目をやると、伯父がいささか痩せ、疲労と熱帯の気候の影響で、日焼けし、消耗し、やつれた面差しになっていたため、いっそう胸がいっぱいになり、これから予想だにしない不愉快な事柄に直面することになる伯父のことを思いやり、心を痛めたのであった。

今やサー・トマスは家族の中心であり、サー・トマスの提案で、皆が暖炉を囲んで座っていた。主にサー・トマスが話をするのも当然のことだった。そしてこれほど長い間留守だった後に再び自分の家に帰り、家族に囲まれた喜びで、いつになく非常に饒舌になっていた。航海について細かいことまで教え、二人の息子の口から出る質問に端から即座に答えていた。アンティグアでの仕事は最終的にはとんとん拍子で進み、また、リヴァプール行きなら定期船を待たずとも個人所有の船にうまいこと乗せてもらえることになり、リヴァプール港からまっすぐ帰ってきたということだ。このようにサー・トマスは、レイディ・バートラムの隣に座って、心から満足げな様子で周りの人々の顔を見渡し、細かな行動や出来事、到着や出発にまつわる細部に至るまで、話して聞かせた。一度ならず話を中断して、全員が家にいて本当に幸運だったし、こんなに突然帰ってきたのに、みんな一緒にここに居合わせているなどということは実に嬉しいけれども、まさかそんなことは叶うまいと思っていたと言った。ラッシュワス氏のことも忘れてはいなかった。すでに大変親しげに迎え、心のこもった握手を交わし、今はマンスフィールドに関わる最も重要な人物の一人としてサー・トマスにはっきりと認められているのが明らかだった。ラッシュワス氏は見た目に特に問題があるわけではないので、サー・トマスはすでに氏に対して好意を抱きつつあるようだった。

だが家族の中でも、純粋な、混じり気のない喜びをもってサー・トマスの話を聞いていたのは妻だけだった。夫の姿を見て本当にこの上なく幸せであり、突然の帰宅によってあまりにも気持ちが逸ったので、ここ二十年間ではじめて、興奮にも近い感情を抱いていた。数分間は胸がどきどきしていると言ってもいい状態が続き、その後も感情がまだ高揚していて、刺繍をしまい、脇からパグをどかして、夫に自分の関心を向け、夫にもソファに座るように言ったほどだった。夫人は、人のことを心配しても、自分の喜びを曇らせるようなことはなかった。自分自身は夫の留守中にまったく責められる余地のない生活を送っていたのだ。ずいぶんと沢山の刺繍をやってのけたし、何ヤードもの房飾りを完成させた。そして自分と同じように、若い人たちも皆申し分のない生活をして、時間を有効に使っていたとも言い切ったであろう。再び夫の姿を見て、声を聞くのも話に耳を傾けるのも心地よく、そのことで頭がいっぱいになるのがあまりにも楽しかったので、夫人は自分がいかに夫がいなくて寂しかったか初めて自分でも分かり、もっと長い留守になっていたらとても耐えられなかったと思うようになった。

ノリス夫人の喜びは妹にははるかに及ばなかった。とはいえ、この家で今何が起きていたのかサー・トマスに分かっても、まさか自分が非難されることはあるまいと高をくくっていた。ノリス夫人の判断力がどれほど鈍っていたかといえば、この義弟が部屋に入って来たときに、ラッシュワス氏のピンクのサテンのマントをさっと本能的に隠しただけで、他には何の不安のしるしも表わさなかったのである。しかし夫人は、サー・トマスがこういうかたちの帰宅をしたことにいらだちを覚えていた。自分の役目を台無しにしてしまったからだ。そっと部屋から呼び出されて、最初にサー・トマスの姿を目にして、自分がその後、嬉しい知らせを家中に伝えるという役目を担うつもりだったのだ。ところが夫人のその意図に反して、妻と子どもたちはその驚きに耐え得るだろうと至極尤もな判断をしたサー・トマスは、執事だけに自分の帰宅を知らせ、執事のすぐ後に自分も応接間に入って行ったのである。ノリス夫人は常に、サー・トマスの帰宅、あるいは場合によってはその死亡の知らせを伝える役目を果たすつもりだったのに、その仕事を不当に奪われた気になっていた。だから必要もないのにせかせかと動きまわろうとするし、皆が落ち着いて平穏でいるところを、なにかしら忙しげに世話を焼こうとするのだった。もしサー・トマスが何か食べることに同意したならば、さっそくハウスキーパーのところに出向いて、食事についてあれこれと指示を出し、急ぐようにと余計な口を出しては下男たちの気を悪くさせたことだろう。しかしサー・トマスはきっぱりとディナーを断わった。お茶の前には何も口にしたくないから、お茶が来るまで待っていたいとのことだった。それでもノリス夫人は何分かおきに、あれやこれやと違う食べ物を勧め、サー・トマスがイングランドに帰るときの航海中、フランスの私掠船《しりゃくせん》（上巻解説五五二頁参照）に襲われるかも知れなかったという、きわめてスリルのある話をしているときに、スープをとるようにという提案をして、話の腰を折った。「さあ、サー・トマス、スープを一皿召し上がる方が、お茶よりもずっとよろしいでしょう。スープを召し上がって下さいよ」。

サー・トマスはそれでも腹を立てなかった。「ノリス夫人、相変わらず人のことを思いやって下さるんですね」とサー・トマスは答えた。「でも本当に、お茶以外のものはいらないんですよ」。

「それならば、レイディ・バートラム、今すぐにお茶を注文したらいかが。少しバドリーを急がせましょうよ。今日はちょっとぐずぐずしているようですから」。この点では夫人の提案が通り、サー・トマスは話を続けた。

とうとう話が途切れた。今話したいことはすべてこれで終わり、サー・トマスは今や自分の周りを嬉しそうに見まわし、愛する家族のめいめいに目をやるだけで充分なようだった。しかし沈黙は長く続かなかった。気持ちが高揚したレイディ・バートラムは饒舌になり、「サー・トマス、若い人たちが最近何をして楽しんでいたと思いますか。お芝居をしていたんです。みんなお芝居に夢中になっていたんですよ」と言うのを聞いたときの、子どもたちの気持ちは推して知るべしだろう。

「ほう、そうか。それで何のお芝居をしていたんだい」。

「子どもたちが全部話してくれるでしょう」。

「全部だなんて言っても大したことじゃないんですよ」とトムはさりげなさを装いつつ、慌てて、声を上げた。「でもそんな話を今しても、お父様を退屈させてしまうだけでしょう。明日になったらたっぷり聞かされますよ、お父様。僕たちは暇つぶしと、お母様の気晴らしのためにここ一週間ばかり、いくつかの場面を練習していたんですよ。大したものではありません。十月に入ってからあんまり雨が続いたんで、もう何日もみんなで家の中に閉じこもっていたものですから。三日の日以来、銃もろくに握っていませんよ。最初の三日間はまああの狩猟ができましたが、それからはもうさっぱりです。一日目は僕はマンスフィールド・ウッドの森へ、エドマンドはイーストンの向こうの雑木林に行って、二人であわせてキジを十二羽撃ってきました。二人とも本当はその六倍の数は撃ち落とせたでしょうけれど、僕たちはお父様ご所有のキジを大事にしたいですからね。ご満足でしょう。帰っていらして、森の獲物の量が減っているということはないはずですよ。今年ほどマンスフィールド・ウッドに沢山キジがいたことはありませんから。間もなくあの森で一日狩猟が楽しめますよ」。

とりあえずは災いを回避することができ、ファニーの恐怖もおさまった。しかしそれからすぐにお茶が出てきて、サー・トマスが飲み終えて立ち上がり、我が家に帰ったんだし、一刻も早く懐かしい自分の部屋を見に行きたいと言うと、一同は再び不安に駆られた。部屋にどのような変化が起きているかを誰かが口に出す間もなく、サー・トマスは部屋を出てしまっていた。そしていなくなった後は、不安な沈黙に満たされた。最初に口を開いたのはエドマンドだった。

「なんとかしなければ」とエドマンドは言った。

「お客様のことを考えないと」とマライアは言ったが、まだヘンリー・クローフォドの手が自分の胸に押し当てられている感覚が残っていて、その他のことには頭が回らなかった。「クローフォドの妹さんはどこにいらっしゃるの、ファニー」。

ファニーは兄妹が帰ったことと、二人からの伝言を告げた。

「それならば、イェイツは気の毒に、一人ぼっちなのか」とトムが声を上げた。「奴を連れて来よう。すべてが露見してしまっても、奴がいると好都合だろうから」。

トムは劇場へ向かい、ちょうど父親と友人が初めて会う場面に立ち会うことができた。サー・トマスは自分の部屋にロウソクが灯されているのを見て相当なまでに驚いた。そして部屋中を見わたして、先ほどまでこの部屋が使われていたのが分かり、家具があちこちに動かされているのを見た。玉突き部屋に通じる扉の前に置かれていた本棚が移動しているのが特に驚きだったが、このことについて驚きとは別の感情が湧き起こる前に、玉突き部屋から漏れてくる音が聞こえてさらに当惑した。誰かがとても大きな声で話していた。それは知らない声で、話すというよりは怒鳴っていると言ってもいいくらいだった。サー・トマスは扉のところに行き、このときばかりは、そこから隣の部屋へ直接入れるようになっている利便を歓迎して扉を開けると、次の瞬間、自分は劇場の舞台の上に立っていて、怒鳴りながら歩きまわっている若者が真正面にいて、自分を突き飛ばさんばかりの勢いで向かってきたのである。イェイツがサー・トマスに気づき、それまでの稽古の中でも最も上出来な驚愕を表現して見せたちょうどそのときに、反対側の扉からトム・バートラムが部屋に入ってきたのだが、真顔を保つのがやっとだった。生まれて初めて舞台に立った父親の、しかつめらしくも仰天した表情、そして片や熱情に駆られたウィルデンハイム男爵が徐々に礼儀正しくそつのないイェイツ氏に変身して、サー・トマスにお辞儀をして詫びる姿はまったくの見ものであり、これぞ必見の真に迫った演技と言ってよかった。この舞台の上で演じられる最後の場面、どう考えても最後の場面になるだろうが、これ以上見事な場面は観られないだろうとトムは思った。劇場は大成功のうちにその役目を終えたのである。

しかし今は、この喜劇を楽しんでいる場合ではなかった。自分も前に出てきて二人を互いに紹介しなければならず、様々な気まずい思いに駆られながらも最善を尽くしてみた。サー・トマスは、その社会的立場にたがわない礼節をもってイェイツ氏に挨拶はしたが、イェイツ氏とのこうした対面の仕方は言うまでもなく、このように紹介されなければならないことも、まったく喜んでいるわけではなかった。イェイツ氏の家族や友人関係のことはある程度知っていたので、息子の百人ほどいる「親友」の一人として紹介されるのはきわめて不愉快であった。自分の家でこのように振りまわされ、劇場ごっこの真っ只中の、実にばかげた場面に自ら一役買わされて、こんなにも不都合なときに、自分が決して気に入らないと分かっている若者に否応なく紹介されたサー・トマスが怒りに身を任せなかったのは、ひたすら帰宅の喜びと、その喜びがもたらす寛容な気持ちのおかげであった。この若者ときたら、会ってから五分も経たないのに屈託のない様子でおしゃべりをしており、サー・トマスよりはよほど落ち着き払った様子を見せ始めた。

トムは父親が何を考えているか察し、父がいつもこのように感情を抑えてくれればいいのにと心から思いながらも、父が怒るのも尤もかも知れないと、これまでよりははっきりと理解し始めた。父が部屋の天井や壁に視線を投げかけるのも無理のないことであり、玉突き台はどこにいったのかと、穏やかながらも重々しく尋ねたときも、それを尋ねるのも当然なことだと思い始めたのである。双方にとって、このような気まずい感情に耐えるのは数分で充分だった。そしてサー・トマスは、イェイツ氏に、部屋の模様替えがうまくいったと思いませんかと熱心に尋ねられた際に、物静かに二言三言、賛成の言葉を口にするところまではつき合ったが、その後三人の紳士は応接間に戻った。サー・トマスが深刻な面持ちになっていることに、そこにいる誰もが気づいた。

「おまえたちの劇場を見てきたよ」と、サー・トマスは腰をかけながら落ち着いて話した。「気づいたらそこが劇場だったのだがね。あんなに私の部屋から近いとは。いや、それだけではないのだが、何より、おまえたちのお芝居があした本格的なものだとはまったく思っていなかったよ。ロウソクの灯りで見るかぎりではよくできているし、クリストファー・ジャクスン君の功績かね」。そして、サー・トマスはここで話題を変えて、ゆっくりとコーヒーを飲みながら、家の中のもっと当たり障りのない話をしようとした。しかしイェイツ氏はサー・トマスの意図を汲みとる洞察力もなければ、自分は他の人たちの背後で目立たないようにして、サー・トマスを話題の中心に据えるような遠慮や気遣いもなく、判断力にも欠けていた。もっぱら劇場の話を続け、その件についてサー・トマスに執拗に質問を投げかけ、自分の意見を聞かせ、挙句の果てはエクルスフォードでの計画が駄目になった話を最初から最後まで聞かせる始末だった。サー・トマスは礼儀正しく聞いていたが、イェイツ氏の話の始まりから終わりまで、すべてが自分の礼儀に関する考え方にそぐわないし、イェイツ氏の考え方がよくないものだという評価を裏づけてしまうものでしかなかった。そして、イェイツ氏の話が終わると、かろうじて会釈をしたのがせいいっぱいの同情のしるしだった。

「僕たちのお芝居も、最初はそこから始まったんです」とトムはちょっと考えてから言った。「イェイツがエクルスフォードから病原菌を持ち込みまして、この種のものがどんなに速く伝染するかお分かりでしょう。お父様も昔僕たちにこのようなことをさせた時期があったので、なおさら速く伝染したのだと思いますよ。昔に戻ったような気がしましたよ」。

イェイツ氏はすきを見てすかさず口を挟んで友人から自分の手に話題を取り戻すと、すぐに自分たちがこれまで何をして、今何をしているところだったかをサー・トマスに語り、自分たちの計画が徐々に大がかりなものになっていったこと、当初の困難を無事に克服し、今はすべてがうまく行っていることを話して聞かせた。あまりにも自分の話に夢中になっているので、そばに座っている友人たちの居心地の悪い様子や、表情の変化、落ち着かない仕草や、不安げな「えへん」という咳払いなどに一切気づく様子はなかったばかりか、まさに自分がその目を向けている相手の表情さえも目に入らなかったのである。サー・トマスが黒い眉をぐっとひそめ、娘たちとエドマンド、特にエドマンドに対して何かを尋ねるようにじっと見つめ、少なくともエドマンド自身は痛感せずにいられないような叱責と非難の気持ちを向けているのもまったく分からなかったのだ。ソファニーもエドマンドに劣らず、サー・トマスの気持ちを痛いほど感じていた。ソファに座る伯母の陰に自分の椅子を下げて隠れていたのだが、目の前で起こっていることはすべて見ていたのだった。父親がエドマンドに向けている、あの咎めるような視線を目にすることになるとは夢にも思わなかったのだ。そしてそれが多少なりとも尤もな理由があると思うと、さらにつらかった。「エドマンド、私はおまえの判断力を信頼していたのに、いったいどうしたんだ」と、サー・トマスの視線は語っていた。ファニーは心の中で伯父の前にひざまづき、胸をどきどきさせて懇願していた。「ああ、エドマンドをそんな風にご覧にならないで下さい。他の人たちはともかく、エドマンドだけは」。

イェイツ氏はまだしゃべり続けていた。「実を申しますとね、サー・トマス、今晩ご帰宅なさったときはちょうど稽古の真っ最中だったんです。最初の三幕を通していたんですが、全体的に悪くはなかったですよ。クローフォド兄妹が帰ってしまわれたんで、今晩は我らが劇団は解散してしまって、もう何もできませんが、もし明日の晩同席して下さったら、まずまずのものをお見せできると思いますよ。初心者ばかりなので、もちろん広い心で見ていただけると思っていますが。一つ、ご寛大に願えましたら」。「私は寛大なつもりですよ」とサー・トマスは重々しい口調で答えた。「しかし、もう稽古の必要はないでしょう」。そして少し表情を和らげてつけ加えた。「楽しく広い心持ちでいたいと思って帰ってきましたからね」。そして他の者たちへ顔を向けると静かに言った。「一番最後にマンスフィールドから届いた手紙に、クローフォドさん兄妹のことが書いてあったね。いい人たちなんだろうね」。

この質問にすぐに答えられるのはトムだけだった。二人のどちらに対しても特別な気持ちを抱いてもいなければ、恋愛に関しても演技に関してもまったく嫉妬も感じていないので、両方を率直にほめ上げることができたのだった。「クローフォドさんは非常に感じのよい、紳士らしい人ですよ。妹さんは気立てがよくて、かわいらしくて、優雅で活発なお嬢さんです」。

ラッシュワス氏はもう黙っていられなかった。「いやいや、どちらかと言えば紳士らしくないとは言いませんが、身長が五フィート八インチしかないことをお父様に言っておいた方がいいですよ。さもなければ、立派な風情の人だとお思いになってしまってもいけませんし」。

サー・トマスはラッシュワス氏の言う意味を理解しかね、驚いた顔で氏の顔を見た。

「私の考えを言わせてもらえば」とラッシュワス氏は言葉を続けた。「ずっと舞台の稽古をしているのはとてもいやなことですね。楽しみにも限度というものがありますよ。最初に考えていたほど演技は好きではありませんね。こうしてみんなでここに座って何もしないでいる方がよほどましですよ」。

サー・トマスは再びラッシュワス氏の顔を見ると、賛同を表して微笑みながら答えた。「この件について、我々の考えが同じなのは嬉しいですね。心から満足に思いますよ。私が用心深くあれこれ考えて、子どもたちが思いも及ばないようなことを心配するのはきわめて自然なことですし、家は静かであってほしいし、騒々しい娯楽は勘弁してもらいたいと思う気持ちが子どもたちよりもはるかに強いのも自然なことです。でもあなたのようなお若い方が同じように思っておられるのは、あなたにとっても、あなたの周りの方々にとっても大変結構なことですね。そのような方を味方につけることができたのは、軽んじ難いことですな」。

サー・トマスは、ラッシュワス氏の気持ちを、本人が言い表すよりも上手い言葉で表現してやっているつもりだった。ラッシュワス氏に才気を期待するのは無理だと気がついてはいた。しかし判断力があって堅実だが口下手な若者として、大変高い評価をするつもりだったのだ。そこにいる者の多くは笑みを禁じ得なかった。ラッシュワス氏はこれほど真剣にほめ言葉を沢山浴びせられて、どうしていいか分からない風だった。しかし、サー・トマスにほめられた嬉しさを表に出して、ほとんど口をきかなかったことによって、もうしばらくの間だけは、その評価を保つことができたのだった。

第二章

次の朝エドマンドがはじめにしたことは、父親と二人で話をして、この演劇の計画すべてについて偏りのない説明をすることだった。自分がその中で果たした役割については、冷静になった今でも、これだけは言えるという範囲で言い訳をするに留め、自分の譲歩が部分的な効果しか上げられなかったので、それが完全に正しい判断であったかどうかはきわめて疑わしいということを、非常に率直に認めたのであった。自分についての弁明をするときに、人のことをけなさないように気を遣ったが、弁解やとりなしをする必要は一切なしにその行動を説明できる人物はたった一人だった。「僕たちは全員、多かれ少なかれ落ち度がありました」とエドマンドは言った。「ファニー以外は全員です。ずっと正しい判断をし、それを通したのはファニーだけです。ファニーは最初から最後までこの計画に反対でした。お父様への気遣いを忘れませんでした。ファニーはお父様の期待を裏切っていません」。

このような計画を、このような顔ぶれで、このような時期に行うことが、いかに不適切であるとサー・トマスが感じていたかという点は、まさに息子が案じていたとおりだった。この思いがあまりにも強いため、言葉も多く出なかった。そしてエドマンドと握手を交わし（1）、この計画のことを思い起こさせるものは家からすべて取り払われ、元の状態にもどった後は、できるだけ早くこの不愉快な記憶を消し、自分が忘れ去られていたということを忘れようと努めたのだった。他の子どもたちについては叱責しようという気にはならなかった。このことについてあれこれ尋ねるよりは、子どもたちが反省していると信じることにしたのだ。計画をすべて中断させ、その準備の形跡をすべて取り払うことで、充分なお灸を据えることに代えようとしたのである。

しかしサー・トマスにとって、この家には一人だけ、行動によって自分の気持ちを悟らせるだけでは充分でない相手がいた。ノリス夫人にだけは、その良識をもってすればよくないことと分かったはずなのだから、この計画を止めるように忠告してくれてもよかったのにと、ほのめかさずにはいられなかった。若い人々がそのような計画を立てたのは、確かに思慮が欠けていた。自分たちで正しい判断を下すべきだった。しかし所詮まだ若いし、エドマンドを除いては、とてもしっかりしているとは言い難い。だからこそ、あのような踏み外した行動をとるがままにして、あのような危険な娯楽を許したノリス夫人に対する驚きは、あのような行動や娯楽の提案が出たことへの驚きを超えていたと抗議した。ノリス夫人は少々狼狽し、それまでの人生で一番、言葉を失うのに近い状態に陥った。というのも夫人は、サー・トマスから見てこれほど明らかに不適切な、この計画のまずさに気づかなかったと正直に打ち明けるのは恥ずかしかったし、それでいて、自分にはそんなに影響力がないため、たとえ自分が反対しても効果はなかっただろうと認めるのもいやだったのだ。唯一できたのは、なるべく早く話題を変えて、サー・トマスの注意をもっと楽しいことに向けることだった。常日頃から自分がこの家族のためになり、喜びを与えることを考えているのだと強く匂わせ、急いで駆けつけたり、自宅の暖炉の前でくつろいでいたのを急に呼び出されたりといった場合でも、力を尽くし、犠牲を払っているし、レイディ・バートラムやエドマンドに、人を信用しないこと、倹約をすることなどを適切に何度も忠告したおかげで、いつだってずいぶんと無駄を避け、使用人の不正を一度ならず摘発することもできたのだと話した。しかし中でも一番の手柄はサザトンだった。ノリス夫人の自信となり誇りとなっているのは、ラッシュワス家と知り合いになったことだった。この件に関しては夫人は揺るぎなかった。マライアに対するラッシュワス氏の好意が実を結んだのは何から何まで自分の尽力の賜物なのだと言い張った。「もし私が積極的に、あの方のお母さまに紹介してもらって、妹に最初に訪問するように説き伏せなかったら」とノリス夫人は言った。「間違いなく、今頃は何の話にも発展していなかったはずですよ。ラッシュワスさんは、気立てがよくて、慎み深くて、えいと背中を押してあげなければならないタイプの方ですから。もし私たちがただ手をこまねいていたら、あの人をつかまえようと狙っている若い娘さんは山ほどいたんですよ。でも私は手を抜きませんでしたから。妹を説得するためには天地をも動かす覚悟で、結局説得してみせましたよ。サザトンまでの距離はご存じでしょう。真冬で、道路はほとんど通れないほどでしたけれど、それでも妹を説得しおおせましたからね」。

「あなたがレイディ・バートラムと子どもたちに対して大きな影響力を持っていて、そしてそれが当然のものであるということは私も充分分かっています。だからこそ、あの計画についてもあなたがもっと……」。

「まあサー・トマス、あの日の道路の様子をご覧に入れたいわ。もちろん四頭立てで行きましたけれども、もうたどり着かないんじゃないかと思ったんですよ。あの年寄りの御者は、かわいそうに、私がミカエル祭（キリスト教の天使長ミカエルの祭りと、英国に従来ある収穫祭とが一体になった、九月二十九日の祝祭）以来ずっと治療してやってるんですけど、リューマチがひどくて、御者台に座れないほどなのに、忠誠心と親切心で来てくれたんですよ。ようやく治しましたけどね、冬の間は本当にひどい状態でしたから。そしてあの日はあんな天候の日でしたから、いても立ってもいられず、出発する前に御者の部屋に上って行って、今日は出てこなくていいと言ったほどなんですよ。ちょうどかつら(2)を着けているところでしたから、私は言ってやったんです。「今日は出ない方がいいわ。私も奥様も心配ないわ。スティーヴンはあのとおりしっかりしているし、チャールズはもう何度も御者席に座っているし、心配はいらないでしょう」。でもこんなことを言っても無駄だとすぐに分かったんです。行くと決めていましたから。私はくどくど言ったりお節介を焼くのは大嫌いですから、それ以上何も言いませんでした。でも馬車が揺れるたびに心が痛みましたわ。そしてストウク辺りのでこぼこ道に差しかかったときには、石には霜が降りて、雪も降り積もっていて、きっと想像もできないことでしょうね、御者のことを思うと本当につらかったわ。それに馬だってかわいそうに。一生懸命走ろうとしているのが見えましたから。私がいつもどんなに馬を気遣うかご存じでしょう。そしてサンドクロフト・ヒルのふもとまで来たときに私が何をしたとお思いになりますか。お笑いになるでしょうね、馬車から降りて歩いて登ったんですよ。ええ、本当にそうしたんです。大して助けにはならなかったかも知れませんけれど、何もしないよりはましですし、のんびり腰をおちつけたまま、あの立派な馬を犠牲にしてまで、引っ張って行ってもらうことなんてとてもできませんでしょう。ひどい風邪を引きましたけれど、そんなことはどうでもいいことですから。訪問さえできれば、目的は果たせるのですから」。

「あの方たちと、それだけのご苦労に見合った関係を続けられればいいですね。ラッシュワスさんの立ち居振る舞いにはこれといって目を引くところがあるわけではありませんが、昨夜はある一点については、あの人の意見には感心しました。わいわいがやがやと芝居をするよりも、家族と静かに時間を過ごす方がいいとはっきりと言ったことですよ。私が望むとおりの考え方をする人のようですね」。

「ええ、そうなんです。そしてあの方を知れば知るほど、好きになりますよ。目立つ方ではありませんけれども、一千ほども長所をお持ちですからね。それにあなたをとても尊敬してらっしゃるので、私がからかわれるほどなんですよ。だって、そんなに尊敬するようになったのは私の影響だとみんな思っていますから。この間もグラントさんがこう言うんですよ。「まあ、ノリスさんたら、たとえラッシュワスさんがあなたの息子さんであっても、あんなにサー・トマスを尊敬することはないでしょうね」ってね」。

サー・トマスは諦めた。夫人に煙に巻かれ、おだてられた挙句、時には愛する者を喜ばせるためには、親切心が判断力よりも勝ってしまうことがあるのだと了解しておくよりなかったのである。

その日サー・トマスは忙しかった。家の者との会話に割ける時間はあまりなかった。

マンスフィールドの日常生活に戻らなければならなかったのだ。家令や土地管理人と話をし、調査やら計算やらをして、仕事の合間には厩舎と庭園と一番近くの植林地を見に行かねばならなかった（家令と土地管理人については上巻解説五五五頁参照。植林は後に木材を売買する目的のために行われている）。しかし実行力があって計画的なので、家の主人としてディナーの席についたときには、これらをすべてやり終えていただけでなく、大工に指示して、玉突き部屋でほんの少し前に作られたばかりのものを取り払わせ、背景画家にはさっさと暇をやっていたので今頃はもうノーサンプトン辺りまでは行っているはずだと思って安心することができたのである。背景画家はこうして立ち去り、残したものと言えば、台なしになった一部屋の床と、すべて使い物にならなくなった御者のスポンジと、下働きの召使のうち五人が覚えた怠け癖と不満くらいだった。そしてサー・トマスは、あと一日か二日もすれば、あの計画のすべての目に見える痕跡を消し去ることができるだろうと期待していた。家に置いてある『恋人たちの誓い』の台本も未製本のもの(3)はすべて処分できるだろうとも思っていた。台本を目にするたびに火にくべていたのである。

　イェイツ氏は今やサー・トマスの考えを理解し始めていたが、なぜそのように考えるのかは相変わらず分からずじまいだった。トムと一緒にその日の日中は猟に出かけたので、そのときにトムは父親のこだわりに関して謝罪しながら、これからどうなるかを説明したのであった。イェイツ氏はやはり非常に落胆した。二度も同じことでがっかりする目に遭うのは、きわめて不運なことだった。そしてこのことであまりに憤慨したので、友人のトムと二番目の妹への配慮さえなければ、准男爵の行いは理不尽であると面と向かって抗議し、もう少し物分かりがよくなるように、議論をしかけていたに違いないと思った。マンスフィールド・ウッドにいる間も、家に帰る道中もずっと、そう信じていた。しかし全員がディナーのテーブルにつくと、サー・トマスの持つなんともいえぬ雰囲気に呑まれ、イェイツ氏は、ここはサー・トマスに好きなようにやらせ、そのやり方がばかげているように見えても、反抗しない方が身のためだと思うようになった。これまでも気難しい父親というものは何人も見ており、そういう存在がきわめてやりにくいものだとは感じていたが、サー・トマスほど理屈抜きで道義を貫き、すさまじく専制的な父親に出会ったのは生まれて初めてだった。その子息との付き合いがなかったら我慢ならない人間であり、イェイツ氏がもう数日間その家に滞在してやろうという気になったのは、本人に言わせれば、美しい娘のジューリアのおかげであった。

その晩は、全員の心が動揺はしていても、表向きはなにごともなく過ぎ去った。そしてサー・トマスに言われて娘たちが奏でた音楽の調べは、その場に本当の調和がないことを隠すのに役立った。マライアはかなり動揺していた。クロークフォードが一時でも早く自分の気持ちを打ち明けてくれることが今や一番重要なことであり、何の進展もないままに、たった一日でも過ぎて行くのがもどかしかった。ディナーまでの間ずっとクローフォドの訪問を待っていて、さらに晩になってもまだ待っていたのである。ラッシュワス氏はサー・トマスの帰宅という大事な知らせを伝えるためにサザトンに出発しており、マライアはその後すぐにクローフォドが気持ちを告白してくれて、ラッシュワス氏はもう二度とここへ戻ってくる必要がなくなりやしないかなどと愚かにも思っていたのである。しかし牧師館からは誰も来なかった。誰一人として現れず、グラント夫人からレディ・バートラムに宛てた親切なお祝いの手紙を除いて、伝言すらなかった。両家族が完全に分断されたのは、もうずいぶん久しぶりのことだった。八月に入って以来、なんらかのかたちで互いの家族が一人も会うことなく二十四時間も過ごしたことはなかったのである。悲しく、不安な一日だった。そして翌日も、質こそ違え、同様にいやな日になった。一瞬の喜びがあり、その後は苦痛の数時間が続いた。ヘンリー・クローフォドがまたやってきたのだった。サー・トマスに是非挨拶をしたいというグラント博士と一緒にやってきて、いささか早い時間に、家族のほとんどが集まっていた朝食室に通された。サー・トマスもじきに現われ、マライアは、自分の愛する人が父親に紹介されるのを喜びと動揺をもって見ていた。そのときのマライアの気持ちは言葉では言い表せないものだった。そして数分後に、自分とトムの間に椅子を置いて座っていたヘンリー・クローフォドが小声でトムに向かって、現在は喜ばしい出来事で(サー・トマスへ敬意のこもった視線をちらと向けて)中断している芝居の計画が再開される可能性があるかどうか尋ね、もしあるならば、必要なときにいつでもマンスフィールドに戻る用意があると言うのを聞いたときのマライアの気持ちも言葉では言い表せなかっただろう。これからすぐにバースへ向かって叔父と合流するが、もし『恋人たちの誓い』が再開される見込みがあるのならば、自分は約束があると言って、他のどんな用事だって袖にして、自分が必要なときにはいつでも駆けつけなければならないんだと叔父にも断わっておくと語った。自分がいないがために芝居ができないなどという事態は決して起こらないようにするということだった。

「バース、ノーフォーク、ロンドン、ヨーク、どこにいようと」とヘンリーは言った。「イングランド中のどこにいようと、一時間くれれば駆けつけるよ」。

ここでよかったのは、返事を求められているのがマライアではなくてトムだったことだ。すぐにすらすらと答えることができたからだ。「ここを発つだなんて残念だよ。ただ、我々の芝居に関して言えば、あれはもうおしまいだ。完全に終わりになった(父親の方に意味ありげな視線を向けながら)。画家は昨日追い払ったし、明日には劇場の形跡はほとんど残っていないよ。最初からこうなると分かってはいたんだ。バースに行くには少し季節が早くはないか。まだ誰もいやしないよ」。

「叔父はいつもこの頃に行くんだよ」。

「いつ行くんだい」。

「今日にもバンベリー辺りまで行ければと思ってる」。

「バースではどこの厩舎を使うんだい」というのが次の問いだった。そしてこのことが話題に挙がっている間、プライドも決意も充分に持ち合わせているマライアは、自分が会話に加わることになっても、なんとか冷静でいようと、心の準備をしていたのだった。

クローフォドはじきにマライアの方に向き、大部分はすでにトムに語ったことを、少し優しげな口調にして、そしてもっと残念そうに繰り返した。しかしその口調や調子にしてみたところで何の意味があるだろうか。クローフォドはここを去ってしまうのだ。そしてここを去るのが本人の意志ではないとしても、ここに戻るつもりがないというのは本人の意志で決めたことなのだ。というのも、叔父に義理を果たさなければならないことを除けば、人との約束はすべて本人が決めてしていることだったからだ。必要に迫られてと言うかも知れないが、クローフォドが経済的に人に頼る必要がないことをマライアは知っていた。私の手を引いて、あんなにも強く自分の胸に押し当てたのに。今はその手も胸も微動だにせず、ぴくりともしないとは。マライアは気力によって支えられていたが、心は激しい苦しみを感じていた。しかし、クローフォドの行動と矛盾する言葉を聞きながら、人前にいるために自分の心の動揺を抑え続けるのも、そう長い間でなくて済んだ。クローフォドも、すぐにマライアばかりでなく、他の人たちの方にも向き直って挨拶しなくてはならなかったし、今や別れの挨拶のためと判明した訪問はきわめて短く切り上げられたのである。クローフォドはこの場を去ってしまった。マライアの手に最後に一度触れ、最後のお辞儀をし、マライアはあとは孤独に身を任せるしかなかった。ヘンリー・クローフォドはいなくなった。この家からいなくなり、それから二時間以内にはこの教区からもいなくなるのである。こうして、クローフォドの自分勝手な虚栄心がマライアとジューリアの胸の内に引き起こした希望も、消えてなくなったのであった。

ジューリアはクローフォドがいなくなったのを喜んでいられた。その存在は今や自分にとって忌まわしいものとなっており、それにもしマライアのものにならないなら、それ以外の復讐をしたいなどとは思わない程度には冷静になっていたのである。捨てられた上に、捨てられたのが露見してしまうのは避けたかった。ヘンリー・クローフォドが去るとなると、姉に同情心さえ抱くことができたのである。

ファニーはこの知らせを聞いて、もっと無私の心から喜んだ。ディナーのときにそのことを聞き、有難いことだと思ったのだ。他の人たちは皆残念がってこのことを話した。エドマンドの、ひいき目な、心からの賞賛の言葉に始まり、その母親が口にするまったくおざなりの言葉に至るまで、それぞれの気持ちに見合う程度にクローフォドをほめる言葉を口にした。ノリス夫人は周りを見まわして、クローフォドがジューリアと恋に落ちたのにまったく実を結ばなかったのが不可解だと思い始めた。自分の努力が足りなかったのではないかと懸念さえし始めた。でもこんなに沢山の人たちの面倒を見なければならないのだから、いくら私が行動的だからといって、さすがに何でもかんでもすべて自分一人でできるわけがないじゃないの――。

その一日か二日後に、イェイツ氏も去って行った。サー・トマスの最大の関心は、この男がいつ暇を告げるのかということだった。家族との水入らずの時間を過ごしたいときに、イェイツ氏よりもはるかに優れた他人の存在さえもうっとうしいところ、浅薄で、自信に溢れ、怠け者で放蕩者のイェイツ氏の存在はまったくもって不愉快だった。存在そのものがうんざりするものだったが、トムの友人であり、ジューリアを好いている人物であることを考えるといよいよ疎ましい存在だった。クローフォド氏については、去ろうが去るまいがサー・トマスにはどちらでもいいことだったが、イェイツ氏を玄関まで送り、よい旅をと言ったときには、サー・トマスは心から満足していた。イェイツ氏は、マンスフィールドから劇場の痕跡がすべて消され、芝居に関する一切のものがなくなるのを目にするまでここにおり、この家を去ったときには、すべてが元のとおりの厳粛な状態に戻っていた。イェイツ氏を見送ることでサー・トマスは、これでこのたびの計画の最も質の悪い部分、この一件を想起させる最後のものを取り除けていることを願った。

ノリス夫人は自らの手で、サー・トマスの気に障りそうなものを一つ取り除いた。あれほどの才覚を駆使して見事に仕上げたあの幕を、自分の家まで持って帰ったのだ。ちょうど緑色のベイズ生地を欲しいと思っていたところだったので。

（1）深刻な事柄で対立したり、争ったり、あるいは叱責したり、懲罰を加えたりした際には、その後、和解のしるしとして握手を交わす習慣が英国にはある。それは親子の間でも同様に行われる。

（2）本作の舞台となっている時代は、ちょうど装飾かつらを基本的な身だしなみの一部ととらえる世代と、もはや古風なので装着をしない世代とが併存する、いわば消滅に至る過渡期に相当する。サー・トマスがかつらを被り、その息子たちはかつらを被らない世代と考えるのが順当と思われる時代である。ただしここに言及のある御者については、もともと使用人を古風に装わせる習慣の影響から、お仕着せの一部として職務遂行中にかつらを被ることが求められていた。

(3) 台本に限らず、当時、書籍は大量生産ではないため、印刷された紙の束を未裁断・未製本の状態で書店から購入し、それを製本屋に持ち込んで製本加工を依頼する習慣になっていた。そのため、中味が同じ書籍でもすべて装丁が異なっている。ここでは一部がすでに製本され、一部が製本されていなかったと思われる。

第三章

『恋人たちの誓い』と関係のないところでも、サー・トマスの帰宅は家族の行動に際立った変化をもたらした。サー・トマスの支配の下では、マンスフィールドはまるで別の場所になってしまった。何人かは追い払われ、残った者の多くが元気をなくしている今、前に比べて、代わり映えのしない陰鬱な毎日となった。楽しい気晴らしはほとんどなく、家族だけで静かに過ごし、客が招かれることはほとんどなくなった。牧師館とのつき合いもあまりなくなった。サー・トマスはもともと他人と親密になることを好まず、特に今の時期は一つの家としかつき合いをしたがらなかったのだ。家族以外でも迎え入れたいと思う相手は、ラッシュワス家だけであった。

エドマンドはこうした父の気持ちが分からなくはなく、グラント一家も呼ばれないことを除けば、あとは仕方がないと思った。「でもあの人たちは別だろう」とファニーに言った。「あの人たちは僕たちの一員のようなものだよ。身内のようなものだからね。お父様の留守中にあの人たちがお母様や妹たちにどんなによくしてくれたか分かってくれたらと思うよ。あの方たちも自分たちが軽んじられていると思ってやしないかな。でも実際、お父様はあの人たちのことをほとんどご存じないからね。あの人たちがここに来てから一年足らずでお父様はこの国を出てしまったから。もしもう少しよく知っていたら、一緒に時間を過ごしたいと思っていたはずだよ。まさにお父様のお気に召すような人たちなんだから。僕たちだけだと静かすぎるときがあるからね。妹たちは元気がないみたいだし、トムは明らかにぎくしゃくしているみたいだから。グラント夫妻がいれば我が家ももっと活気づくし、お父様だって喜ぶような晩を過ごせると思うよ」

「そうかしら」とファニーは言った。「私が思うに、伯父様は誰にしろ、外の人に入ってもらいたくないんじゃないかしら。あなたが言うその静けさを重んじていらっしゃるし、自分の家族と落ち着いて過ごすことだけを望んでいらっしゃるようよ。それに昔に比べて重苦しくなったわけでもないわ。それは、伯父様が海外にいらっしゃる前に比べてという意味だけど。私が思い出せるかぎりでは今とあまり変わらなかったわ。伯父様の前で大声で笑うことはあまりなかったし。違いがあるとしても、これだけ長い間、顔を合わせなかったのだから無理もないわ。どこか気後れするというか。でも以前だって騒がしく晩を過ごすことはあまりなかったように思うわ。伯父様がロンドンにいらしてるときは別として。尊敬する人が家にいるときには、若い人はみんな、おとなしくなってしまうものでしょう」。

「たしかに君の言うとおりかも知れないね、ファニー」と、少し考えた後にエドマンドは答えた。「僕たちの晩の過ごし方は何か変わったというよりは、元に戻ったのだろうね。前は、明るくて騒がしいことなんて、珍しかったからね。でもほんの数週間のことが、ずいぶん強く印象に残るものだね。前の暮らしがこんな風だとは忘れていたくらいだよ」。

「私は他の人たちよりは生真面目なのかも知れません」とファニーは言った。「こうして過ごす晩を長くは感じないわ。伯父様が西インド諸島のことをお話しされるのは、聞いているのがとても楽しいの。何時間でも聞いていたいくらいだわ。私にとっては、他のいろいろなことよりも楽しいわ。でもあえて言うと、私は他の人とは違うんでしょうね」。

「なぜそんなことを「あえて」言うんだい(微笑みながら)。君が他の人と違うのは、人より賢くて分別があるからだと言ってもらいたいのかい。でも君だろうが、他の人だろうが、僕は嬉しがらせるようなことを口に出して言ったことがあるかい。ほめてもらいたかったらお父様のところに行くといいよ。たっぷりほめてもらえるさ。最初は外見をほめるだけかも知れないけど、我慢してれば今に君の内面の美しさも充分に認めてもらえるよ」。

ファニーはこんな言葉を聞いたことがなかったので、すっかりまごついてしまった。

「ファニー、君の伯父様は君のことをとてもきれいだと思っているんだよ。ただそれだけのことだよ。僕以外の人なら誰でもこのことはもっと強調して君に言うだろうし、君以外の人ならもっと前からそう言われていなかったことに気を悪くしているところだろうね。本当のことを言えば、君の伯父様は今まで君をきれいだと思っていなかったけど、今はそう思っているんだよ。顔色が本当によくなったよ。そして表情がとても豊かになったし。それに君の体型はね、いや、ファニー、逃げないで聞いてくれよ。所詮伯父が言うことなんだから。伯父に容姿をほめられるくらいのことを嫌がっていたら、どうにもならないだろう。人にほめられる容姿を持っていることを自覚しなきゃ。きれいな女性になったということを受け入れないと」。

「まあ、そんなこと言わないで、そんなこと」と、エドマンドが想像する以上に様々なことを思い、ファニーは困惑して叫んだ。しかしファニーが困っているのを見るとエドマンドはこの話題をやめて、真面目な口調でただこうつけ加えた。「君の伯父様はあらゆる面で君を誇りに思っているよ。ただ、もう少しお父様に話しかけてくれればと僕は思うけどね。君も、晩にみんなで座っているときには、あまり口を開かない方だから」。

「でも昔に比べたらずっと話しかけているわ。そうでしょう。昨日の晩は奴隷貿易(1)について質問したのを聞いていたでしょう」。

「たしかに聞いたよ。しかし続けてどんどん質問してくれればよかった。そうすれば君の伯父様も喜んだのに」。

「ええ、是非そうしたかったわ。でもみんな、あまりにも黙りこくっていたんですもの。従兄姉たちは一言も話さずに、その話に全然興味がない風で座っているし、なんていうか、伯父様が話すことに自分だけが興味や楽しみをみせて、従兄姉たちより目立とうとしていると思われたくなかったのよ。伯父様にしたら、ご自分の娘たちに、そういう興味を持ってほしかったでしょうから」。

「クローフォドさんが先日君について言ったことはきわめて正しかったね。他の女性が無視されたときと同じくらい、君の場合は注目されるのを嫌がるみたいだってね。牧師館で君の話をしていたんだけど、クローフォドさんがそう言うんだよ。とても洞察力のある人だ。あの人ほど人を正しく評価できる人には初めて会ったよ。あんなに若い女性なのに本当に珍しい。ずっと長く知っている人たちよりも、あの人の方が、君のことをよほどよく分かっているね。それにあの人は他の人に関しても、冗談に紛らせて言う言葉とか、うっかり漏らした言葉から判断するに、デリカシーがあるから実際には口にしないけれど、ここにいる人についても、かなり正確に人柄を判断できるだろうね。お父様のことはどう思っていらっしゃるだろう。立派な外見の人で、紳士らしくて、威厳があって、落ち着いた言動の人だと思うだろうね。でもほとんど会っていないので、お父様の態度はよそよそしいと思うかも知れない。もしもっと会うことができればきっとお互いを気に入るはずなんだが。あの人の快活さを快く思うだろうし、あの人だってお父様の立派さが分かる人なんだからね。もっと二人が顔を合わせればいいのに。まさか、お父様に嫌われているとあの人が思わなければいいんだが」。

「他のみんなに好かれているのは充分承知していらっしゃるでしょうから、そんな心配はないでしょう」と、ファニーはかすかに溜息を吐《つ》きながら言った。「それにサー・トマスが、最初のうちは家族水入らずで過ごしたいとお思いになるのは至って当たり前のことですから、そのことにも異論はお持ちにならないはずだわ。少し経てば前と同じようにしょっちゅう会うことになるでしょう。季節が変わったからまったく同じようにとまではいかないかも知れないけれど」。

「子どものときは別だけど、こんな田舎で十月を過ごすのはあの人にはこれが初めてなんだ。タンブリッジやチェルトナムは田舎とは呼べないからね(2)。それに十一月に入るといよいよ娯楽がなくなるから、グラント夫人は冬になるにつれてあの人がマンスフィールドを退屈に思うようになりやしないかと気をもんでいるのが目に見えるね」。

ファニーはこの件についていろいろ意見することもできたが、口を閉ざしている方が安全だと考えた。そして、クローフォド嬢の豊かな趣味、溢れる教養、明るさ、存在感、それにつき合いの広さに関しては、あえて何も言わずにおいた。口を開けば、嫌味と受け取られかねないことまでもうっかり言ってしまいかねなかったのだ。クローフォド嬢は自分について親切なことを言ってくれたし、せめてそれを恩に着て何も言うまいと考え、別の話題を始めた。

「明日は伯父様はサザトンでお食事をなさるのよね。あなたとバートラムさんも一緒に。家にいる人はほんのわずかになってしまうわね。伯父様がこのままラッシュワスさんを気に入っていて下さるといいけれど」。

「それは無理だよ、ファニー。明日の訪問が終わった頃には、まず気に入らなくなっているだろうね。なにしろ五時間も一緒に過ごさなければならないんだから。明日がどんなに退屈だろうと思うとぞっとするけど、その後はもっと酷いことになるだろう。サー・トマスがどんな印象を受けることかと思うとね。もうこれ以上自分を騙し続けることもできないだろう。これについては全員を気の毒に思うし、ラッシュワスがマライアに出会ってなければと心底思うよ」。

確かにこの件では、サー・トマスは失望をまぬがれなかった。いかにラッシュワス氏に対して好意を抱こうとしようが、そしていかにラッシュワス氏がサー・トマスに敬意を見せようとも、サー・トマスがじきに真相に気づき始めるのを止めることはできなかった。ラッシュワス氏が並み以下の若者であり、学問もできなければ仕事もできず、およそ自分の考えも持っていない上に、自分のそういうところにほとんど気づいていないようであるというのが真相だった。

サー・トマスは義理の息子にはまったく違う種類の人を期待していた。そしてマライアのことを思うと心配になり、マライアの気持ちを理解しようと努力した。二人の様子をほんの少し見ても、マライアが相手に抱く感情はせいぜい無関心が関の山だということは見てとれた。ラッシュワス氏に対する娘の振る舞いはぞんざいで冷淡なものだった。相手に好意を抱いているとはとても思えず、実際そのとおりだった。サー・トマスは娘と真剣に話し合うことに決めた。両家の縁組は有利なもので、二人の婚約期間は長く、公のものではあったけれど、それでもマライアの幸せを犠牲にするわけにはいかなかった。ひょっとしたらラッシュワス氏のことをあまりよく知らないうちに婚約してしまい、相手のことをもっと知った今、娘は後悔しているのかも知れないと考えたのだ。

深刻ながら優しい調子でサー・トマスは娘と話した。自分の心配を打ち明け、娘がどうしたいのか尋ね、率直に、また正直に答えてくれと頼み、もしこの結婚で幸せになると思わないのであれば、どんな不都合があろうと破談にするつもりだと言って聞かせた。自分がすべてを引き受けて、白紙に戻してあげるからということだった。マライアはこれを聞きながら一瞬迷いを感じたが、しかし、それはほんの一瞬だった。父が話し終えると、すぐに決然と、そして特に動じた様子も見せずに、答えることができた。父の大いなる気配りと思いやりには感謝しているが、自分が婚約を破棄したいなどと少しでも思っているとお考えなら、あるいは、婚約してから少しでも考えや気が変わったとお思いなら、それはまったくの考え違いですとのことだった。自分はラッシュワス氏の人格と気質をこの上なく評価しており、一緒になれば幸せになることを疑いもしないとのことだったのである。

サー・トマスは納得した。他人が言っているならばもう少し追求すべきと思ったかも知れないが、この件に関しては、納得したいとの思いが強かったのかも知れない。この縁組を破談にするのは好ましくなかったので、このように自分に言い聞かせたのである。ラッシュワス氏はまだ若いので改善の余地がある。優れた人々とつき合えばラッシュワス氏は改善するはずだし、改善するに決まってる。そしてマライアが今現在、明らかに恋に惑わされたり、目を眩まされたりすることなしに、ラッシュワス氏と幸せになれると言っているのならば、その言葉を信じるべきである。あまり激しい感情を抱くような娘ではないのだろう。昔からそう思っていた。しかし、そうは言ってもそのせいで幸せになれないはずもなし、夫が優秀で卓越した人物にならないことだけは納得してしまえば、他の条件はすべて娘にとって有利だった。特に下心もないのに愛のない結婚をする娘は、概して自分の家族にことさら強い愛着を感じている場合が多く、サザトンがマンスフィールドに近いということが娘にとって最も大きな魅力であり、家族の愛に根ざした健全な楽しみをそこに娘が見出したかったに違いないと考えたのだ。このようにサー・トマスは自分を説得していった。婚約破棄という恥ずべき汚点と、それに伴う人々の驚きや推測や非難を避けられるのが嬉しく、自分にさらなる地位と影響力をもたらしてくれる縁談を逃さないで済むことが嬉しくもあり、また、娘の性質がこの縁談にきわめて向いていると信じたくて仕方がなかったのである。

この会話のなりゆきに父親同様、マライアも満足していた。マライアの精神状態は、自分の運命を後戻りできないところまで決めてしまうことで安心するようなものだった。サザトンに身を捧げることを新たに誓い、クローフォドが、自分の行動に影響を与えたり、将来を台なしにしたりするような余地をなくしておくことが喜ばしかったのだ。そして新たなプライドを持って決意を固め、父がまた自分の気持ちを疑うことのないよう、今後はラッシュワス氏に対する言動にもう少し気を遣おうと心に決めた。

ヘンリー・クローフォドがマンスフィールドを去って三、四日のうちに――つまり、マライアの気持ちが少しでも落ち着いて、クローフォドを完全に諦める前に、そしてクローフォドではなくて、そのライバルで我慢しようという気持ちになる前に――もしもそのときにサー・トマスが娘とこの話をしていたならば、別の返事を聞くことになったかも知れない。しかしクローフォドが戻ることはなく、手紙も伝言もなく、自分を思いやる気持ちの兆しもなく、離れたことによって向こうの想いが募る様子もないまま、さらに三、四日が過ぎていくにつれて、マライアも、あんな人は関係ないと思うようにして自分のプライドを満たし、ラッシュワスとの結婚という自己犠牲に慰みを見出すほどには、感情の高ぶりも治まってきていたのである。

自分の幸せを奪ったのはヘンリー・クローフォドだったが、それを本人に知らせるわけにはいかなかった。この人に、自分の評判、体面、そして富までも奪われるわけにはゆかない。マライアは恋い焦がれるあまり、マンスフィールドに引きこもって、自分のためにサザトンやロンドン、自由と贅沢を捨てたのだなどとクローフォドに思わせるわけにはゆかない。今や自由は前にも増して必要なことであり、マンスフィールドでは自由が得られないことも以前よりひしひしと感じていた。父がもたらす束縛はいよいよ耐え難いものとなっている。父がいない間だけ経験できた自由が、今やなくてはならないものになっている。できるだけ早く父親から、そしてマンスフィールドから逃れ、財産と地位、つき合いと社交界の中で、傷ついた心を癒す必要がある。マライアの決意は固く、揺らぐことはなかった。

このような思いの中では、待つ時間というのは、たとえそれが準備のためであっても耐えられないことであり、マライアが結婚の日を待ち遠しく思う気持ちはラッシュワス氏をも凌ぐほどであった。肝心な心の準備の方はすでに完璧であった。実家への嫌悪、束縛への嫌悪、地味な生活への嫌悪に、失恋の痛手、それに結婚相手への侮蔑心まで、結婚に必要な準備はすでにすべて整っていたのである。他の準備は後まわしで構わなかった。新調の馬車や家具の準備なら、春が来てロンドンを訪れて、自分の好みを思う存分発揮できるときになってからで構わない。

当事者とその親たちもこのことについては全員同じ意見だったので、すぐに、結婚の準備に費やすのはほんの数週間で充分だということになった。

ラッシュワス夫人は主婦の座を退き、その座を愛する息子が選んだこの幸運な若い娘に譲る心積もりができていた。そして十一月に入るや、メイド、下男、そして四輪軽装馬車と共に、立派な未亡人の威厳たっぷりに、バースへと居を移した。そこで夜の集まりの度にサザトンの魅力を披瀝し、トランプに興じながら、実際にそこに住んでいたときと同じくらいと言ってもよいほど、サザトンを楽しんだのである。同じ月の半ばになる頃には、サザトンに新しい女主人を据えるべく、結婚の儀式が執り行われた。

非の打ち所のない結婚式だった。花嫁は優雅に着飾り、花嫁付添い人二人にもきちんと花嫁よりも見劣りがする娘たちを選んであったし、父親が花嫁を花婿に引き渡し、母親は気持ちが動揺することを見込んで気付け薬を手にしており、伯母は涙を流すよう試み、式はグラント博士が堂々と執り仕切った。近所がこの話でもちきりになったときも、批判されたのはたった一点で、それは花嫁と花婿とジューリアを教会の戸口からサザトンまで運んだ二人乗り馬車が、ラッシュワス氏が一年間も使った馬車だったということくらいだった。その他のすべてのことに関して、どんなにあら探しをしようとも、落度は見つからなかったはずだ。

式は済み、三人は去って行った。サー・トマスの気持ちは心配する父親そのものであった。その妻は、自分では間違いなく心が動揺するだろうと思いながらも幸運にもそれをまぬがれたが、その代わりサー・トマス自身がその動揺を抱くことになった。ノリス夫人は、その日マンスフィールド・パークで過ごして、妹を元気づけ、ラッシュワス夫妻の健康を祝すという義務をみんなよりも一、二杯多くワインを飲むことによって果たし、とても喜んでいた。夫人は有頂天だった。というのは、この縁談が自分がまとめたものであり、自分がすべての段取りを整えたからであり、そしてその自信に溢れ、勝ち誇った言葉からするに、まるで夫人が生まれてこのかた夫婦間の不和などということを一切聞いたことがないかのようであったし、自分の監督の下に育った姪の性格を少しも理解していないようでもあった。

若夫婦のこれからの計画は、数日後にブライトン（イングランド南岸の町で、保養地として開発され、中でも摂政皇太子（後のジョージ四世）がここを特に気に入り、積極的にこの地のリゾート開発に関わった）へ移って、そこで家を借り、数週間過ごすことだった。マライアにとってどの社交の場も初めてであり、ブライトンでは冬も夏とほぼ変わらない活気があったからである。そこの楽しみにも飽きた頃には、ロンドンのさらなる多種多様な楽しみを経験するのにちょうどいい頃合いになると考えていた。

ジューリアも一緒にブライトンに行くことになっていた。姉妹の間の競争がなくなると、二人は徐々に、以前のような仲の良さをとり戻していった。少なくともこのようなときに、互いがいるのが非常に有難いと思えるほどにはなっていたのである。ラッシュワス氏の妻にとって、夫以外の話し相手を得ることは最大に重要なことだったし、ジューリアもマライアに劣らず、気晴らしと楽しみを追求したがっていた。尤も、そのために姉ほど必死になることはなかったし、自分が中心でないことにも我慢はできた。

こうして姉妹が去ることは、マンスフィールドにまたも大きな変化をもたらし、この空白を埋めるのには時間がかかった。残された家族はかなり少人数となり、ここしばらくの間、バートラム姉妹は決してにぎやかな存在でなかったにせよ、二人がいなくなると寂しかった。母親でさえ、二人がいないのを寂しく思うのだった。そして心優しい従妹にとっては、なおさらだった。家の中を歩きまわっては、二人のことを考え、その思いを想像していたが、姉妹に向けられたこの愛情に相応しいだけのことを、ではこの姉妹が従妹に対してしてあげていたのかというと、そうはとても言えないだろう。

（1）奴隷については上巻解説五五〇頁を参照。サー・トマスは奴隷に依存をした経営を行いながらも、今後も奴隷売買を続けることについては人道的な見地から、あるいは福音主義的な見地から、反対の立場をとっていると考えることができる。その点でファニーの意見とも対立するものではないことをエドマンドは認識している。

（2）タンブリッジはケント州に実在のタンブリッジ・ウェルズのことで、チェルトナムはグロスターシャー州の実在の地名。両方ともロンドンや他の都会から距離としては離れていても流行の保養地としての開発が進んでいたため、ここでは田舎の生活とは言えないと言っている。

第四章

従姉たちが去ると、ファニーの立場はより重要なものとなっていった。応接間ではただ一人の若い娘となり、それまでは娘の中でもつつましやかに三番目の位置を占めていただけであったのが、注目を浴びる唯一の存在になってしまったので、今までにないほど人の目に触れ、意識に上り、注意を集めるようになった。特に用事がない場合でも、「ファニーはどこかしら」という声は珍しくなくなったのである。

ファニーの価値が上がったのは、この家の中だけでなく、牧師館でもそうだった。ノリス氏が他界してからはせいぜい年に二度ほどしか訪れなかった牧師館なのに、ファニーは大歓迎で招待される客となり、十一月の暗くて天気の悪い日々に、メアリー・クロフォードが心待ちにするようになったのである。最初は偶然に訪れたのが、やがてしょっちゅう呼ばれるようになったのであった。グラント夫人は、妹の気晴らしのためには何をするのも惜しまない気でいたために、自己欺瞞にもやすやすと陥ってしまい、ファニーを妹の下へ頻繁に招待してあげることで、ファニーには喜びを与え、自分を磨く機会を与えてあげられているつもりになっていた。

ファニーは、ノリス伯母の使いで村に出かけたとき、牧師館の近くまで戻ってきたところで大雨に降られ、ちょうど敷地の外側に立っていたオークの木の枝と葉の下で雨宿りをしようとしていた。その様子を窓から見ていた牧師館の人々に招かれて、盛大に遠慮をしてはみたが、館の中に入らざるを得なくなったのである。最初に使用人が丁寧に誘ってきた際は断ったのだが、グラント博士自ら傘を持って迎えにきたときには、大いに恥じ入り、すぐさま家に入るしかなくなった。ちょうどクローフォド嬢は哀れにも、しとしとと降る雨を眺めては、きわめて憂鬱な気持ちになり、その日の運動の計画が見事に崩れ去り、一日中家の者としか顔を合わせる見込みのないことを嘆いているところだった。そこに玄関で人の気配があり、見ればプライス嬢がずぶ濡れになって玄関の広間に立っていたのは、大変嬉しいことだった。田舎の雨の日に何かが起こってくれるのがこんなにも喜ばしいものなのだと痛感した。すぐに元気を取り戻し、誰よりもてきぱきとファニーの世話を焼き、本人が言う以上にびしょ濡れだと考えて、着替えを用意した。ファニーはこの好意に甘えて、牧師館のご婦人方とその使用人にあれこれ世話を焼かれることになり、階下に戻ってからは、応接間で一時間ほど雨がやむのを待つはめになったので、クローフォド嬢の方も、この喜ばしい気晴らしがいましばらく続いて、着替えと夕食の時間まで機嫌よく過ごせそうだった。

二人の姉妹は大変親切で感じよく接してくれたので、この訪問を楽しむことができてもよかったのだが、ファニーには自分が邪魔者になっていやしないかという心配もあり、一時間後には雨がちゃんとやんでくれて、グラント博士が馬と馬車を出して家まで送ってくれるなどという恐れ多い申し出を受けたりせずに済ませたいという気苦労もあったのだ。こんな天気のときに家にいないことで家の者に心配をかけてしまうことについては不安はなかった。というのも自分が外出することは二人の伯母しか知らないし、ファニーは誰それの家で雨宿りしているに決まっているわとノリス伯母が言えば、バートラム伯母がそのことを疑うはずはないからだ。

雨があがる気配を見せたとき、ファニーは部屋にハープが置いてあるのを見つけ、いくつか質問をしたので、じきに、ファニーがハープの演奏を是非聴いてみたいと思っていたこと、そして信じ難いことに、ハープがマンスフィールドに到着して以来まだ一度も聴いていないという事実が判明した。ファニー自身にとっては、その理由はきわめて単純で当然なものだった。楽器が到着して以来、牧師館にはほとんど来なかったし、来る理由もなかったのである。しかし以前ファニーがハープの演奏を聴きたいと言っていたことをクロフォード嬢は思い出し、うっかりしていたことを恥じ入り、すぐさま「今何か弾きましょうか」、「何をお聴きになりたいかしら」と親切に言った。

クロフォード嬢はハープを弾いた。新しい聴き手ができたのは嬉しいことであり、しかもその聴き手がこれをとても有難がっている風で、自分の演奏にこれほどまでに感動してくれていて、そして趣味も悪くないようなので、喜びもひとしおだった。ハープの演奏を続けている内に雨も完全にあがり、ファニーも目を窓の方に向け、もうおいとましなければという気持ちを表し始めた。

「あと十五分だけいいでしょう」とクロフォード嬢は言った。「もう少し様子を見ましょう。雨がやんだとたんに逃げてしまってはいやだわ。まだ雲行きは怪しいもの」。

「でも、もう雲は離れていきましたわ」とファニーは言った。「さっきから見ていましたから。雨雲は南から来ていますわ」。

「南であろうが北であろうが、あれが雨雲であることは確かよ。こんなときに表に出てはいけません。それにもう一曲お聴かせしたかったのよ。とてもいい曲で、あなたの従兄のエドマンドもこれが一番のお気に入りなのよ。従兄のお気に入りを聴いてくれなくちゃ」。

ファニーはその曲を聴かなければならないと思った。そして、そう言われる前からエドマンドのことを考えてはいたのだったが、そんな風にエドマンドに関する記憶を語られると特にその姿が目に浮かびあがってきた。そしてエドマンドが何度も何度もこの部屋に来て、もしかしたら今自分が座っているその席に座り、お気に入りの曲を並外れた音と表現力(とファニーには思われた)で演奏されるのを、絶えることのない喜びをもって聴いていた様子が思い浮かんだ。その曲はファニーも気に入ったし、エドマンドと同じものを自分も好きだと思えるのが嬉しかったが、その曲が終わるとその場を早く去りたいという思いがさっきよりも強くなっていた。このことが相手にもよく分かっていたので引き留められはしなかったが、また是非遊びに来てほしいし、散歩のときには是非立ち寄ってハープを聴いていってほしいととても親切に誘われたので、家族の者さえ許すならまた寄らなければいけないと、ファニーは思うのだった。

バートラム姉妹が出発してから二週間が経たない内に、こうして、ファニーとメアリー・クローフォドの間にはある種の親しさが生まれ始めた。これはクローフォド嬢が気晴らしを求めたところから始まったことであって、ファニーの側ではそんなに親しくなった実感はなかった。ファニーは二、三日おきにはクローフォド嬢を訪問した。まるで取り憑かれたかのようであった。行かないと落ち着かないものの、相手に愛情を抱いているというわけではなく、互いに考え方からして違っていたし、自分を誘ってくれるのは他に誰もいないためだから、感謝の気持を抱かなければならないとも思っていなかった。クローフォド嬢との会話を時折楽しくは感じても、それ以上の楽しみではなかったのは、本来ならば自分が敬意を払うべきだと思っている人物や事柄をからかうものであるため、手放しで楽しむわけにはいかなかったのだ。それでもファニーは出向いて行き、その季節には珍しく暖かかったので、二人はグラント夫人の植え込みで三十分ばかりぶらつくことが多かった。時には、もうかなり葉の落ちた木の陰のベンチに腰をかけることもあったが、今年は秋が長引いてくれて嬉しいとファニーが静かに喜びを口にしたとたんに、冷たい風が急に吹いて、わずかに残った黄色の葉っぱを吹き落とすので、二人は飛び上がって、体を温めるために歩きまわることもあった。

「きれいですね、本当にきれいだわ」と、こうして二人で座っているときにファニーは言った。「この植え込みに来るたびに、成長して、美しくなっていくのには目を奪われますわ。三年前は牧草地の北側に無造作に植えられた茂みでしかなかったんですよ。誰もなんとも思わなかったし、何かに使えるとも思わなかったんです。それが今では散歩道になっていて、役に立つからいいのか、きれいだからいいのか、どちらにも決められないほどですわ。それに、ひょっとするともう三年経ったら始めはどんな姿だったのか忘れている——もう忘れているかも知れません。時の流れと、人の考え方の変化は、まったく不思議なものですね」。そしてその内の後者について思いをめぐらせ、すぐにつけ加えた。「私たちに備わった才能の中で、何より不思議なものがあるとしたら、記憶ではないかしら。記憶の力、記憶の欠如、人による記憶の違いといったことには、私たちの知性の他の要素に比べて、特によく分からないものがありますね。記憶というのは、とても優れていて、とても役に立って、私たちの意のままになってくれるときもあるかと思えば、時には非常にごちゃごちゃしていて頼りないものにもなるし、横暴で手のつけられないものになるんですもの。私たち人間は色々な意味で間違いなく奇跡的な存在ですが、思い出す能力と忘れる能力は理解し難いもののようですね」。

クローフォド嬢は興味も示さなければ、よく聞いてもいなかったので、返答しなかった。それに気づいたファニーは、もっと相手の興味を惹きそうな話題に戻した。

「私なんかがこんなことを言うのもおこがましいのですが、ここでは色々なところにグラントの奥様の趣味のよさが出ていますね。散歩道の設計が、こんなにも抑えが効いていて、素朴ですもの。工夫を凝らしすぎていなくて」。

「そうね」とクローフォド嬢は素っ気なく言った。「こういう規模の場所としては悪くないわね。ここで広さを問題にしてもしょうがありませんものね。ここだけの話よ、マンスフィールドに来るまでは、田舎牧師の家に植え込みのようなものがあるとは思いもよらなかったわ」。

「常緑樹が元気なのを見るのは嬉しいものですわ」とファニーは答えた。「伯父様の庭師はいつも、ここの土の方が自分のところよりもいいと言っていますけれど、月桂樹にしても他の常緑樹にしても、成長ぶりを見ると確かにそうですね。常緑樹といったら。本当に美しくて、見ていて喜ばしいし、目を見張りますわ。常緑樹のことを考えると、自然というのは本当に変化に富むものだと思うんです。木の葉っぱが落ちる方が珍しいという国もあるそうですけれども、それでも同じ土に植わっていて、同じ太陽の下に育った植物なのに、こんなにも存在の根本的な原則が違うことがあるだなんて驚くべきことですね。ずいぶん大げさなことを言うと思われるかも知れませんけれども、表に出ているときは、特にしばらく座っていたりするときには、こうして色々なことを不思議に感じてしまうんです。ごくありきたりな自然の産物を見ても、あれこれと想像をめぐらしてしまうものですから」。

「実を言うと」とクローフォド嬢は答えた。「ルイ十四世の宮廷のあの有名なイタリアの総督(1)と同じで、私からしたら、この植え込みで不思議なことといったら、自分がこうしてここに座っているということよ。一年前にもしも誰かが、この場所が私の住む場所になって、こうして何ヶ月もここで過ごすことになると私に言ったとしても、きっと私は信じなかったでしょうね。もうここに五ヶ月もいるんですよ。それも私の生涯の内で最も静かな五ヶ月間だったわ」。

「静かすぎると思われたでしょうね」。

「理屈で考えると、そう思うはずだったの。でもね」と目を輝かせながら言葉を続けた。「全体的に見て、こんなに楽しい夏を過ごしたのは初めてだったわ。ただ、そうは言っても」と、少し考え込んで声を抑えて言った。「これから先のことは、どうなるか分かりませんものね」。

ファニーの胸の鼓動は速まり、その先を推測するのも、言わせるのも忍びなかった。しかしクローフォド嬢はすぐに元気を取り戻して話を続けた。

「田舎に暮らすということに、驚くほど抵抗がなくなっているのよ。状況がよければ、一年の半分だって田舎で暮らしたら楽しいんじゃないかと思い始めているほどよ。とっても楽しいんじゃないかしら。家族や親戚に囲まれて、優雅な、中くらいの家に住んで、常に周りの人たちとおつき合いがあって、その地域では一番の社交の中にいて、もしかしたら、もっと財産で勝る人たちよりも、私たちの方が社交界のリーダーとして尊敬されるし、そういう楽しいつき合いをしていないときにも、世の中で最も気の合う人と二人だけの時間を過ごせるのよ。こういう生活もそう悪くはないと思いませんこと、プライスさん。そういう家庭が築けるなら、新ラッシュワス夫人を羨む必要もないでしょう」。

「ラッシュワス夫人を羨むですって」と言うのがファニーは精一杯だった。「あらあら、私たちはラッシュワス夫人に厳しいことを言ってはいけないわね。あの方のおかげでずいぶんと楽しくて華やかな時間がこれから過ごせるものと期待しているんですもの。これからの一年というもの、サザトンにいることが多くなると思うわ。バートラム嬢の結婚は公益でもあるのよ。ラッシュワスさんの奥様としてまず最初にしたいのは、自分の家に人をどっさり呼んで、この近辺で最高の舞踏会を開くことでしょうから」。

ファニーは何も答えなかった。そしてクローフォド嬢も思いにふけっていたが、数分経って急に顔を上げると、「あら、あの人が来たわ」と声を上げた。現れたのはラッシュワス氏ではなくエドマンドで、グラント夫人とこちらに向かって歩いてくるのが見えた。「お姉様とバートラムさんだわ。一番上の従兄の方がいらっしゃらないから、あの人のことをまたバートラムさんと呼べるのはとても嬉しいわ。エドマンド・バートラムさんとお呼びするのは、あまりにも堅苦しいし、哀れみを誘うし、いかにも次男っぽく響くので、とてもいやだもの(2)」。

「私はまったくそうは思いませんわ」とファニーは声を上げた。「私には、バートラムさんとお呼びする方が冷淡で、素っ気ない感じがします。温かみも個性もない呼び方なんですもの。紳士の呼び方というだけですわ。でもエドマンドという名前にはどこか高貴なところがあるでしょう。勇壮さと名声を思わせるわ。王様や、王子様や、騎士の名前ですもの。騎士道と温かい心が伝わってくるようです」。

「お名前そのものはいいお名前よ。エドマンド卿とかサー・エドマンドだったらとても良い響きだったでしょう。でも「さん」のような素っ気ない、とるに足らないような呼称をつけてしまうと、エドマンドさんは、ジョンさんやトマスさんと変わらないわ。さあ、お二人のところに行きましょう。この季節に戸外なんかに座ってとお説教される前にさっさと立ち上がって、出鼻をくじいて差し上げましょうよ」。

エドマンドは二人を見て特に喜んだ。二人が仲良くなっているという話を嬉しく聞いて以来、一緒にいるところを見るのは初めてだった。自分にとってとても愛しい存在である二人の間に友情が芽生えるというのは、まさしく願っていたことだった。そしてこの恋する男性の名誉のために、判断力が衰えていない証拠として言い添えるなら、エドマンドが考えるに、この友情から得ることが多いのはファニーだけだと思っていたわけでもないし、ファニーの方が得るものが大きいだろうとも思っていなかったのである。

「さあ、私たちのことを無鉄砲だと叱ろうとしていらっしゃるんでしょう」とクローフォド嬢は言った。「私たちがここにこうして座っていたのも、そうやって叱られて、二度とこんなことをしないようにと懇願、哀願してもらうために決まっているでしょう」。

「もしお二人のどちらかが一人で座っていたのだったら、叱ったかも知れませんよ」とエドマンドは言った。「でも二人で一緒になって悪いことをなさるのなら、かなりのことは大目に見ますよ」。

「そんなに長く座ってはいなかったはずよ」とグラント夫人が声を上げた。「だってショールを取りに上がって行ったときに、階段の窓から二人を見たら、そのときは歩いていたわ」。

「それに」とエドマンドはつけ加えた。「今日は本当に暖かいので、あなた方が数分間じっと座っていたとしても、そう無鉄砲なこととは言えないでしょう。我が国の天気は暦どおりにはいきませんからね。五月よりも十一月の方が外で過ごせるときだってありますから」。

「まったくもう」とクローフォド嬢は叫んだ。「あなた方お二人は私が今まで出会った親切な友人の中でも最も期待外れで冷たいのね。ちっとも心配して下さらないんだから。私たちがどのくらい受難に耐えて、どんなに寒い思いをしていたことか。でもずいぶん前からバートラムさんに関しては、女性が常識というものに対抗してなんらかの策略を練ろうとしてもまったく通用しない人だということは分かっていましたわ。最初からこのお方には少しも期待などしていませんのよ。でもグラント夫人、あなたは私のお姉様なのよ。少しくらいは心配をおかけしてもよろしいでしょう」。

「いい気になってはいけませんよ、かわいいメアリーさん。私に心配させようとしても無駄よ。私も心配することはあるけれども、まったく違うことに関してだわ。もし天気を変えることができたとしたら、さっきからあなた方にはずっと冷たい東風が吹きつけていたはずよ。だってほら、このところ夜が暖かいといって、ロバートがここにある植物を出しっぱなしにするのよ。今に急に天気が変わってしまって、すぐさま霜が降りて、みんなが――少なくともロバートは――ふいをつかれて、私の植物が全部駄目になるのは間違いないわ。それにもっとひどいことに、料理人からたった今聞いたんだけど、日曜日までは調理してほしくなかった七面鳥があってね、というのもグラント博士は日曜日のお仕事の後に七面鳥料理を食べるのが楽しみに決まっているのに、その七面鳥がもう明日いっぱいしか保たないと言うんですよ。こういったことが悩みの種ですから、この天気も本当に季節外れで暑苦しいと思いますよ」。

「田舎の村の家の切り盛りってなんて楽しいのかしら」とクローフォド嬢はいたずらっぽく言った。「植木屋と鳥肉店主によろしくお伝え下さい」。

「まあ、それならグラント博士がウェストミンスター寺院かセント・ポール大寺院の首席司祭(3)になれるように、よろしく伝えて下さいよ。そうしたら、あなたと同じくらいに私も植木屋と鳥肉店主を有難く思うでしょう。でもマンスフィールドにはそんな人たちはいませんからね。まったく、どうすればいいと言うの」。

「あら、今やっていらっしゃる以上のことはできないでしょう。しょっちゅうああだこうだと煩わされて、決して癇癪を起さないということよ」。

「恐れ入ったわ。でもメアリー、どこに住んでいようとも、こういった些細な煩わしさから逃れることはできないわよ。たとえあなたがロンドンに落ち着くことになって私が会いに行って、そこに植木屋と鳥肉店主がいても、いろいろと煩わしいことがあるでしょうよ。ひょっとしたらそこの植木屋と鳥肉店主がいるからこそ、例えばそういった人たちに連絡がつかないとか、時間どおりに来ないとか、法外な値段をふっかけるとか、ごまかすとかいったことで、不満が尽きないでしょう」。

「私はそんな不満を感じなくて済むほどのお金持ちになるつもりよ。私が聞いたかぎりでは、幸せになる一番手っ取り早い方法は大きな収入があることですもの。少なくともそれで社交とご馳走はまかなえるわ」。

「あなたはお金持ちになるおつもりなんですね」とエドマンドは、ファニーにはきわめて真剣で意味ありげに思われる面持ちで言った。

「ええ、もちろんですよ。あなたはそうではなくて。誰だってそうでしょう」。

「僕は、分相応のものにしかなりたいと思いませんね。でもクローフォドさんは、お相手の裕福さの程度さえ決めればよろしいですからね。年収何千ポンドと決めさえすれば、そうなるのですから。僕は貧しくならないようにするのが精一杯です」。

「節制して、倹約して、収入を超えない生活をして、といったことですよね。よく分かりますわ。あなたの年齢で、財力が限られていて、便宜を図ってくれる知り合いもいらっしゃらない場合はとても賢明な計画ですわ。そこそこの収入以上のことを願おうとはなさらないでしょうし。もうそんなに時間はないし、ご親戚の方は何か便宜を図ろうともしてくれなければ、自分たちの富と力をあなたに見せつけていやな思いをさせもしない。どうぞ、まっすぐ生きてお金にお困りなさいな。でもあなたを羨ましいとは思わないわ。まっすぐ生きていながらかつお金を持っている人たちの方が尊敬できますから」。

「正直でも金持ちか貧乏かによってあなたの敬意が変わってくるといった事情は僕には関係ありませんよ。僕は貧乏になる気はまったくありませんからね。その中間くらい、世の中の地位から言って真ん中あたりにいる正直者を軽蔑しないでいただければ充分ですから」。

「でも、それ以上になれる可能性をお持ちの場合でそうならば、やはり軽蔑しますわ。卓越した存在であり得るのに、低いところにいることに甘んじるのであれば軽蔑します」。

「でもどうやったら卓越した存在になり得るのですか。僕のような正直者が、抜きん出た存在になり得るのでしょうか」。

この質問はそう答えやすいものではなく、麗しい婦人は「そうね」と言ったきり、しばらく黙り込んでから、こうつけ加えた。「議会に入ることね。そうでないなら、十年前に陸軍に入るべきでしたわ」。

「それは今はもう難しいことですし、議会に至っては、長男でもなくあまり収入のない者が入れる特別な制度ができるまで待たなければなりませんね。いえ、クローフォドさん」と、もっと真剣な口調でつけ加えた。「僕にも、手に入れたいことはあるんです。でも、まったく望みがないなんて言われたらがっかりしてしまいます。でも、それは今おっしゃったのとはまったく違った種類のものですが」。

こう語ったときのエドマンドの意味ありげな表情と、笑ってあしらうように答えたクローフォド嬢の意味ありげな様子は、見ているファニーにとって、気の滅入るようなものであった。そのときは二人の後ろをグラント夫人と一緒に歩いていたのに、夫人との会話にもろくに受け答えができなくなっていたので、すぐに帰ろうと心を決めかけており、それを勇気を奮い立たせて言い出そうとしていたところに、マンスフィールド・パークの時計が三時を告げる音が聴こえた。それを聴いたとたんに、本当にいつもよりもずっと長く家を留守にしていたのに気づき、いとまを告げようかどうか、いつ、どうやってと自問していたことにもすぐに決着がついた。ファニーは決然と別れを告げ始め、同時にエドマンドも、自分の母親がファニーを探しており、自分が牧師館に来たのもファニーを迎えに来るためだったことを思い出した。

それを聞いてファニーはいっそう慌てた。エドマンドが一緒に来ることをまったく期待せずに、一人で帰ろうとしていたが、全員が急ぎ始め、家に帰るためには通らなければならない牧師館の中に全員が戻っていった。グラント博士が玄関の広間に立っており、そこでみんなが立ち止まって話をしているのを聞いている内に、エドマンドが自分と一緒に家に戻るつもりなのだとファニーは気づいた。エドマンドも別れの挨拶をしていたのだ。ファニーはほっとせずにはいられなかった。グラント博士はエドマンドに明日の食事に来るように招待しており、ファニーがそれを聞いて不愉快に思う間もなく、グラント夫人が突然思い出したという風にファニーの方を向いて、一緒に招待した。このことはファニーの人生においてあまりにも珍しいことであり、それまでにないことだったので、ただ驚き、混乱し、口ごもりながら礼を言い、「でも残念ながらそれは無理だと思います」と言いながら、エドマンドが何か言って助けてくれるのを待っていた。しかしエドマンドはファニーがそのような嬉しい招待を受けることを大変喜ばしく思い、ファニーの様子をちらっと見て、一言二言交わしただけで、自分の母のことを気遣っているだけだと判断すると、母が反対することはないだろうからと考え、招待を受けるべきだとはっきりと言ったのだった。ファニーはエドマンドにここまで促されてもなお、自分で決めるなどといった大それたことをする勇気はなかったが、それでは、もし不都合なことがないようであったら、明日はお邪魔させていただきますというところで話は落ち着いた。

「ディナーに何が出るかはもうご存じよね」とグラント夫人は微笑みながら言った。「あの七面鳥よ。とてもいいご馳走になるわよ。だってね」と夫の方を向き直り、「料理人は七面鳥は明日調理しなければいけないと言い張るんですよ」。

「それは結構、結構」とグラント博士は声を上げた。「大変結構だ。そんなに立派なものがあると聞いて嬉しいね。でもプライスさんもエドマンド・バートラムさんも何が出ても大目に見てくれるでしょう。我々は誰もメニューを聞きたいなんて思ってやしないさ。気の合う仲間と、仰々しくない食事さえあれば充分ですから。七面鳥でもガチョウでも羊の肉でも、おまえと料理人が決めたものならばなんでもいいよ」。

従兄妹同士の二人は一緒に歩いて帰った。そしてエドマンドが即座に、次の日の約束が大変嬉しいことであり、今日目撃した喜ばしい友情がこれでまたいっそう固いものとなるだろうと口にした後は、会話はなくなった。というのも、この話を終えるとエドマンドは物思いにふけり、他に何も話したがらない様子だったからである。

（1）フランスの哲学者、文学者であるヴォルテール（一六九四―一七七八）による逸話への言及。ジェノアの総督がフランス宮廷で体験したなかで最も印象深かったことはと尋ねられて、こんなところにいる自分自身が一番信じられないと答えた。

（2）トム・バートラムがいる場では「バートラムさん（ミスター・バートラム）」とは長男であるトムを指す呼称であり、エドマンドをその呼び方で呼ぶことはできないことを言っている。また、そう呼ぶことで長男ではないことが自明になることを言っている。上巻解説五四二頁参照。

（3）首席司祭とは、寺院の中で最も位の高い職位で、寺院を預かる立場。そして、ここにある二つの寺院はロンドンで最も重要な寺院であり、それぞれの首席司祭も最も重要なポストになる。

第五章

「でもなぜグラント夫人はファニーを招待したりしたのかしら」とレイディ・バートラムは言った。「なぜまた、ファニーを。ファニーはあんな風にあのお宅のお食事に呼ばれたことなんてないじゃありませんか。ファニーがいなくなると困っちゃうのよ。きっと行きたくないに決まってるわ。ファニー、あなたは行きたくないでしょう」。

「そんな訊き方をしたら」とエドマンドは、従妹が答える前に声を上げた。「ファニーは行きたくないと即座に言うでしょう。しかしお母様、ファニーは行きたがっていると思いますよ。行かない理由なんてないでしょう」。

「グラント夫人がなんでファニーを招待したのか分からないわ。今まで一度だってそんなことなかったんですもの。あなたの妹たちを招待することなら時々あったけれど、ファニーを招待したことなんてなかったのよ」。

「伯母様、私がいなくてお困りでしたら」とファニーは遠慮がちに言い始めた。

「でもお母様には一晩中お父様がついていらっしゃいますよ」。

「ええ、確かにそうね」。

「では、お父様のご意見をお訊きになってはいかがですか」。

「それはいい考えだわ。そうしましょう、エドマンド。サー・トマスがお戻りになったらすぐに、ファニーがいなくて私が困らないかどうか訊いてみることにしましょう」。

「それもお訊きになるならお好きになされば結構ですが、僕がお訊きになればと言ったのは、招待を受けるのが適切かどうかという方です。これが最初の招待だということを考えると、ファニーの立場からしてもそうですが、グラント夫人のことを思ってもお受けするのが正しいことだと、お父様は思われるでしょう」。

「そうかしら。お訊きすれば分かるわ。でもグラント夫人がファニーを招待したこと自体に、大変驚かれると思いますよ」。

サー・トマスが現れるまではこれ以上話すことはなかった。少なくとも、話しても大して意味はなかった。翌日の晩を快適に過ごせるかどうかがかかっているため、この件がレイディ・バートラムの頭を離れなかったので、サー・トマスが三十分後に、農園から戻って着付け室に向かうときに一瞬顔を見せて、ちょうど戸を閉めようとするのを、「あなた、ちょっとお待ちになって。お話がありますの」と、もう一度呼びとめたほどだった。

夫人の低い、気だるいような声――声を大きくするなどという面倒なことはしないので――には、誰もが耳を傾け従うのが習い性になっていた。サー・トマスもすぐに戻ってきた。夫人は事情を話し始め、ファニーは即座に部屋から出て行った。伯父が加わって自分のことを話している会話など、怖くてとても聞いていられなかったのである。自分が不安を感じているのは分かっていた。こんなに不安になっていること自体がおかしいのかも知れなかった。自分が会食に行こうが行くまいが、大したことではないはずなのだ。しかし、もし伯父が長々と考えた末に決断し、重々しい表情を見せ、そしてその表情で自分のことを見て、最後には許さないと言ったとしたら、おとなしく受け入れてあとは忘れていることなどできそうになかったのだ。ところがこちら側では話はいい方に向かっていた。レイディ・バートラムの話の始め方はこうだった。「あなたがびっくりなさることがありましたのよ。グラント夫人がファニーを会食にご招待下さったんですの」。

「それで」と、サー・トマスは、いつびっくりすることが聞けるのかという風に相槌を打った。

「エドマンドは行かせたがっていますの。でもあの子がいなくなったら私はどうすればよろしいのでしょう」。

「遅くなるだろうね」とサー・トマスは懐中時計を出しながら言った。「でも、それで困ることがあるのかね」。

エドマンドはここで母親の話を分かりやすくする必要を感じて口をはさんだ。事情をすべて話すと、母親は「不思議じゃありませんこと。グラント夫人は今まであの子を招待したことなどなかったのに」とつけ足すだけで済んだ。

「でもグラント夫人が妹さんのために、ファニーのようないいお客さんを呼んであげようと思うのも当然じゃありませんか」とエドマンドは言った。

「確かにそのとおりだよ」、サー・トマスは少し間をおいてから答えた。「それに、妹さんのことがなかったとしても、私に言わせればきわめて当たり前なことだね。グラント夫人が、レイディ・バートラムの姪であるプライス嬢に礼儀を尽くしたからといって、理由を尋ねる必要はないだろう。驚くとしたら、これが初めてだということの方だよ。ファニーがはっきりと返事をしなかったのは大変正しいことだ。きちんと考えた結果なのだろう。しかしあの子も本当は行きたいのだろう。若い者はみんな、集まりたがるからね。ファニーにそういう楽しみを禁じる理由もないだろう」。

「でもサー・トマス、あの子がいなくて大丈夫かしら」。

「ああ、大丈夫だと思うよ」。

「いつもお茶を入れてくれるんですよ。お姉様がいらっしゃらないときにはね」。

「では、その日はお姉様にここにいらしてくれるように頼んだらどうだい。それに私も確実にその日は家にいるよ」。

「分かりました。じゃあ、エドマンド、ファニーを行かせてやりましょう」。

朗報はすぐにファニーのもとに伝わった。エドマンドは自分の部屋に行く途中、ファニーの部屋の戸を叩いた。

「ファニー、すべてうまく決まったたし、お父様は少しも反対しなかったよ。おっしゃったことはただ一つ。行きなさいって」。

「ありがとう、とても嬉しいわ」とファニーは反射的に答えた。しかしエドマンドが行ってしまい、戸を閉めてからは、「でも、私、なんで嬉しいのかしら。行って、つらいことを見聞きするのは分かり切っているのに」と思わざるを得なかった。

そう信じていたにもかかわらず、それでもファニーは嬉しいのだった。他の人にとってはなんでもないように思えても、ファニーにとっては新鮮で、大きな意味のあることだった。というのもあのサザトンを訪れた日を除けば、出先で会食をしたことがほぼなかったのである。訪問先はほんの半マイルの場所、同席するのはたったの三人ではあっても、間違いなく会食は会食であり、こまごまと準備をすることからもう楽しかった。

その気持ちを分かってくれて、アドバイスしてくれなければならない人たちからは、共感も、助けも与えてもらえなかった。なにしろレイディ・バートラムは、自分が誰かの役に立とうなどと夢にも考えたことはなかったし、サー・トマスが翌朝早くから訪ねて行って招待したノリス夫人は大層ご機嫌斜めで、姪の今の喜びにも、この後の楽しみにも、できるだけケチをつけようと思っている素振りだったのだ。

「まあ、ファニー、こんなによくしていただいて、ちやほやしていただいて、誠に結構なことだわね。あなたのことまで考えていただけるなんて、グラント夫人に感謝すべきなのよ。それに、許して下さる伯母様にも感謝するべきですよ。めったにないことだと思わなければだめよ。こんな風に人様に呼んでいただいたり、外で食事をするなんていう立場にないことは分かっているんでしょうね。こんなことが二度とあると思うんじゃありませんよ。それに今日の招待が、あなたのためだなんて思っていないでしょうね。あなたの伯父様と伯母様と私への礼儀で、あなたをお誘いになったんですからね。あなたのことも少しは気にかけてあげるのが私たちに対する礼儀だろうとグラント夫人がお考えになってのことなのよ。そうじゃなかったらこんなことを思いつくことすら、あるわけがないんですからね。もしジューリアが家にいたら、あなたなんて、絶対呼ばれていないのよ」。

ノリス夫人はこのように巧みにグラント夫人の好意をきれいに打ち消してしまったので、ファニーは返事をしなければと思っても、行かせてくれることをバートラム伯母様にとても感謝しているし、そして自分がいなくても支障がないように晩の裁縫の用意をしているということしか言えなかった。

「あら、勘違いしないでちょうだい。あなたがいなくても伯母様は困ることなんてなんにもありませんよ。そうでなきゃ行かせてもらえるもんですか。この私がいるんだから、伯母様の心配なんてしなくてもいいわよ。どうぞ一日、存分に楽しんで、いい思いをしてきたらいいんだわ。でも会食に五人なんて、こんなに半端な数はないわね。グラント夫人のような洗練された方がこんなことをなさるなんて驚きだわ。しかもひどく場所をとっている、あの大きな広いテーブルを囲んでしょう。私があそこを出て行ったときに、博士が、あの意味のない新しいテーブルを持ち込んだりしないで、私のダイニング・テーブルをそのまま使って下さっていたら、全然違っていたでしょうに。まともな感覚の人だったら誰でもそうするでしょうにね。実際にあの牧師館のテーブルは、このディナー・テーブルよりも大きいのよ。テーブルを変えたりしなければどんなによかったか、そうしていればよっぽど人の尊敬だって集めたでしょうに。分をわきまえない人は尊敬されませんからね。これは覚えておくのよ、ファニー。あのテーブルに五人、たったの五人ですって。でもディナーは十人分は用意されているでしょうね」。

ノリス夫人は息継ぎをすると、再び話し始めた。

「人がおのれの分際をわきまえないで、実際以上によく見せようとするなんて、ばかげた愚かな態度をとるといえば、それで思い出したけど、ファニー、あなたにも一つ忠告しておかなきゃ。私たちの付き添いなしで人前に出て行くんですから。どうかお願いだから、自分があなたの従姉たちと同じだなんて勘違いから出しゃばって話をしたり、自分の考えを人前で言ったりしないでちょうだいね。ラッシュワス夫人やジューリアと、自分を一緒にしてはいけませんよ。そんなのは許されないことですよ。どの場にいようとも、自分を最も低い地位、最後の最後に置くことを忘れてはいけません。クローフォドさんも、言ってみれば牧師館では迎える側の立場にいらっしゃるけれども、だからといってあなたの方がお客様みたいに振る舞ってはいけませんよ[1]。それから帰る時間だけれど、エドマンドに合わせなさい。エドマンドに決めてもらいなさいね」。

「ええ、もちろん、そのつもりでおりました」。

「それに、もし雨が降ったら、絶対に降りそうですからね、こんなに雨が降りそうな晩は見たことがないわ、その場合は自分でなんとかするのよ。馬車が迎えにくるのを期待したりしないでね。私は今晩は家に帰らないから、私のために馬車を出すことはないんですから。だから、降るかも知れないと覚悟をして、備えておきなさいね」。

姪はこのことにまったく異存はなかった。ノリス夫人の認識をも凌ぐほど、ファニーは自分が重んじられることなど期待していなかったのである。であるからそれから間もなくサー・トマスが扉をあけて、「ファニー、馬車は何時に用意しようか」と尋ねると、ファニーは驚いて何も言えなかった。

「まあ、サー・トマス」とノリス夫人は怒りで真っ赤になって声を上げた。「ファニーは歩いて行けるんですから」。

「歩くですと」、サー・トマスは相手の返答を許さないほどの威厳をもって繰り返しながら、部屋に入ってきた。「こんな季節に、私の姪が会食の約束に歩いて行くだなんて、まさか。四時二十分ではどうだね(2)」。

「はい、結構です」とファニーは遠慮がちに答えたが、ノリス夫人に対して罪でも犯したような気持になっていた。そして、そのままそこにいると勝ち誇った様子にでも見えたりしたら大変だと、伯父のあとについて部屋を出たが、その際に伯母が怒りに震えて話すのが聞こえてきた。

「なんと無駄なことを。親切が過ぎるわ。でもエドマンドも行くし。そうね、エドマンドのためなのよ。木曜の晩には声がかれているようだったし」。

しかし、ファニーもこれには納得しなかった。馬車は自分のためであり、自分だけのためのものだと感じていた。そして伯父の思いやりは、伯母があれこれ言った後だけに、有難く、一人になったときには感謝の涙を流していた。

御者は一分の狂いもなく馬車を着けた。一分後には殿方が下に降りてきた。ご婦人の方はといえば、遅刻するのをあまりに恐れたために、もう何分も応接間に座って待っていたので、二人は、きわめて時間厳守にやかましいサー・トマスも満足するほどぴったりに出発したのだった。

「さあ、ファニー、よく見せてごらん」とエドマンドは、兄のような優しい笑みを浮かべて言った。「どんな感じだろう。そう、この明るさで見えるかぎりはとても素敵だね。どんな服にしたんだい」。

「あの新しいドレスよ。マライアが結婚したとき、ご親切に伯父様が買って下さった。大げさじゃなければいいのだけれど。でもなるべく早く着なければと思っていたし、この冬はもう着る機会がないかも知れないと思っていたので。大げさじゃないかしら」。

「白しか身に着けていないのであれば、女性が着飾りすぎになるということはないよ。大げさなんかじゃないさ。ちょうどいいくらいだ。そのドレスはとてもきれいだね。そのきらきらした水玉模様がいいね。確かクローフォドさんも同じようなドレスをお持ちじゃなかったっけ」。

厩舎と馬車置場の脇を通り過ぎて、牧師館に近づいた。

「おや」と、エドマンドは言った。「他にお客がいるぞ、馬車がある。僕たちを誰に会わせるおつもりなんだろうな」。そう言いながら窓ガラスを下に降ろして、外を確かめた。「クローフォドのじゃないか、どう見ても、クローフォドのバルーシュ馬車だよ。奴の下男が二人、いつもの位置に馬車を戻そうとしている。ということは、奴も来ているんだろう。まったく驚いたね、ファニー。また会えるなんて嬉しいよ」。

ファニーは自分がエドマンドと違う感想を持っていることを口にする機会もなかったし、そんな時間もなかった。しかし、こうしてまた自分のことを視界に入れる人物が一人増えたのを知ったことで、応接間に入って行くという恐るべき儀式にまつわる恐怖がまた一段と増したのだった。

まさしく、クローフォド氏が応接間にいた。ちょうど着替えをして食事に間に合う時間に着いたのだった。そして氏を囲んで立っている三人の笑顔や嬉しそうな様子は、バースを出た後ここに数日間立ち寄ると突然に決断したことをどれほど周囲が歓迎したかを伝えていた。クローフォド氏とエドマンドはきわめて親しみのこもった挨拶を交わした。ファニーだけを除いて、全員が嬉しそうだった。そしてファニーにとっても、クローフォド氏が居合わせる利点はあったはずだ。人が増えれば増えただけ、人に気にされずに黙って座っているという、ファニーお気に入りの行動がとりやすいからである。ファニー自身、すぐにこのことに気づいた。ノリス夫人の忠告にも反して、自分の思う作法の感覚に照らすなら自分がここでは女性の客として最優先の扱いを受けており、ここはその扱いに合わせて行動するべきだと、覚悟してはいたのだ。しかしいったん席に着くと、次から次へと話がはずんでいき、自分は口を出す必要などなかったのである。兄と妹はバースでの話に花を咲かせ、若い男性二人はしきりに狩りの話をし、クローフォド氏とグラント博士の間では大いに政治の話で盛り上がり、クローフォド氏とグラント夫人の間ではなんだって話題になったので、自分はただ静かに聞いているだけでとても快適に時間が過ごせるだろうとの見込みを持てた。つい先ほど到着したばかりのこの紳士に対して、マンスフィールドでの滞在を延ばして、ノーフォークから狩りのための馬を呼び寄せたらどうだろうとグラント博士が提案すると、エドマンドがこれに賛成し、姉と妹も熱心に勧めたので、クローフォド氏もその気になり、ファニーにさえも勧めてもらいたそうな素振りを見せたが、ファニーはこの場面では意に沿うことができなかった。いい天気が続くだろうかと意見を求められても、その答えは、礼儀が許すぎりぎりの程度の、短くてそっけないものだった。クローフォド氏にここにいてほしくはないし、できれば話だってしたくはなかった。

クローフォド氏を見ると、ファニーはそこにいない二人の従姉、特にマライアに思いを馳せずにはいられなかったのだが、クローフォド氏自身にはそのような記憶に恥じ入る様子などまったくなかったのだ。いろいろなことが起こったこの土地にまた戻ってきていながら、バートラム姉妹がいなくてもまったく平気だし、愉快に滞在する心づもりで、あの姉妹など最初から存在しなかったかのようでさえあった。クローフォド氏の口から、ほんの当たり障りのない事柄について二人のことを話すのを聞く程度であったが、再び応接間に全員が戻ったときは、エドマンドがグラント博士と何か仕事の話に夢中になり、グラント夫人がお茶のテーブルで忙しくしているのを見ると、クローフォド氏は、妹を相手にもう少し踏み込んだ話を始めた。ファニーにはおぞましく感じられる、意味ありげな微笑を浮かべながら、こう言ったのだ。「そうすると、ラッシュワスとその美しい花嫁はブライトンにいるっていうことなんだね。まったく幸せな男だよ」。

「ええ、そうよ。もう二週間ほどになるわ。プライスさん、そうよね。ジューリアもご一緒よ」。

「そして察するに、イェイツ氏もそう離れたところにいるわけじゃないんだろう」。

「イェイツ氏ですって。イェイツさんのことは分からないわ。マンスフィールド・パークに届く手紙にはあまり出てこないんじゃないかしら。ねえ、プライスさん。ジューリアも、なにもお父様への手紙にわざわざイェイツさんのことを書くなんてことはしないでしょう」。

「哀れなラッシュワス、そしてあの四十二の台詞ときたら」と、クローフォドは言葉を続けた。「あれはとてもじゃないが忘れられないね。かわいそうに、今でも目に浮かぶよ。あの努力と絶望。氏の麗しきマライアは、四十二もの台詞を言ってもらうのは御免被ることだろうね」。そして一瞬真剣な表情になってつけ足した。「あんな奴には、あの人はもったいないよ。本当にもったいない」。それから再び口調を変えると、優しく軽口をたたいて、媚びるような調子でファニーに話しかけた。「あなたはラッシュワスさんにとてもよくしてあげていましたよね。あなたの優しさと忍耐強さは忘れられませんよ。台詞が覚えられるように、根気強く相手をしてあげて、生まれながらに恵まれなかった脳を代わりに鍛えてあげようとして、ご自分の溢れる知性の余剰部分で、なんとかあの男にも曲がりなりにも知性らしきものを与えようとなさっていましたね。あの男はあなたの優しさを評価するほどの知能にも欠けていたのかも知れませんが、みんなは充分に分かっていて、高く評価していましたよ」。

ファニーは顔を赤らめ、何も言わなかった。

「夢みたいなものだ、楽しい夢だ」と、クローフォドは数分間思いにふけった後に声を上げた。「あの演劇ごっこはいつまでもこの上なく楽しい思い出として残るでしょう。あんなにみんながおもしろがって、活気に溢れ、楽しみを分かち合えたんだ。みんなが同じ気持ちだったんです。全員が活き活きしていました。一日中ずっととぎれずにすることがあって、希望も、心配ごともあり、忙しく立ちまわって。常になにかしらの問題や疑問、懸念を抱えていて、それを解決しようとしていた。あんなに楽しいことはありませんでしたよ」。

口に出せない怒りを感じつつ、ファニーは自分の中で繰り返していた。「あんなに楽しいことはなかったですって。そうと知りながら許し難いことをしていたまさにその最中に、楽しかったですって。あんなに不道徳で冷酷なことをしていたときが楽しいですって。なんて見下げ果てた人なんでしょう」。

「私たちはついてなかったんですよ、プライスさん」と、エドマンドの耳に届いてしまうことを案じてクローフォドは声を潜め、ファニーの気持ちなどまったく分からずに話を続けた。「本当に運が悪かった。あと一週間、たったの一週間ありさえすればそれで充分だったのに。ものごとの決定が私たちの手に委ねられていたならば、秋分の日あたりの一、二週間の間、マンスフィールド・パークが海上の風向きを決めることができていたならば、事情は変わっていたでしょう。もちろん荒れた天気を送り込んで危険な目に遭わせるなんてことはしませんが、少しの間だけ向かい風を送るとか、凪にするとかね。そうです、プライスさん、あの季節に大西洋を一週間、凪にしていたでしょうね」。

クローフォド氏は返事を待っているようだったので、ファニーは顔をそむけて、いつもよりも強い口調で言った。「もしも私でしたら、一日だってお帰りを遅らせようとは思わなかったでしょう。伯父様はお帰りになって、あのとき行われていたことに反対されたのですから、あれは行き過ぎだったと思っています」。

ファニーはそれまで一度も、これほど長い言葉をクローフォド氏に向けたことはなかったし、相手が誰であろうともこれほど怒りを込めて話したことはなかった。言い終わると体が震え、自分の大胆さを思って顔が赤くなった。クローフォド氏は驚いた。しかし少しの間黙ってファニーを見てから、あたかもその言葉に影響されたことを認めるかのように、より静かで真面目な口調で答えた。「あなたのおっしゃるとおりかも知れませんね。分別よりも楽しみを優先していたのでしょう。はしゃぎすぎでしたね」。そして話題を終わらせると、何か別の話で会話を続けようとしたが、ファニーの相槌があまりにもはにかみ気味で、気が進まない様子だったので、それ以上は会話にならなかった。

グラント博士とエドマンドにさっきから何度も視線を向けていたクローフォド嬢が、「あそこの紳士方はさぞ面白いことをお話ししていらっしゃるのでしょうね」と、口を開いた。

「世界で一番面白いことさ」と兄が答えた。「いかに金を稼ぐか。今でも充分ある収入をさらに増やすにはどうするかということだ。グラント博士はバートラムに、これからバートラムが就くことになっている聖職について教えてあげているんだよ。あと数週間で牧師になるそうだね。食堂でもその話をしていたよ。バートラムがあんなにいい地位に就けると聞いて嬉しいよ。無駄遣いができるほどの充分な収入が、苦労もしないで入ってくるんだからね。年収七百ポンドにはなるだろう。次男にとって、年収七百ポンドは立派な額だよ。もちろん今のままあの家に住み続けるんだろうから、収入はすべて自分のお小遣いになるし、その犠牲として払うのは、せいぜいクリスマスと復活祭《イースター》に説教しなきゃならないことくらいだしね」。

妹は自分の気持ちを笑いに紛らそうとして言った。「自分よりもずっと収入の少ない人たちの生計をそれで充分だと言ってあげるのを見ているのは、実に楽しいものね。お兄様、もしもお兄様のお小遣いが年に七百ポンドだったら平気ではいられないでしょう」。

「そうかも知れないけれど、そういうことはまるっきり比較だけの問題だからね。相続権と習慣によってすべてが決まるのだから。バートラムは、准男爵家の長男でないにしては、高収入だよ。二十四か五になる頃には、年間七百ポンド入るし、そのために何もしなくてもいいのだから」。

クローフォド嬢は、何もしないということはないし、そのための犠牲も払われるので、簡単なことではないと、言おうと思えば言えた。しかし自分を抑え、何も言わないことにした。そして、その二人の紳士がその後間もなくこちらにやって来たときにも、冷静で、落ち着いているように見せようとした。

「バートラム」と、ヘンリー・クローフォドは言った。「君の最初の説教を聞きに、マンスフィールドに来ることにしたよ。若き新米を励ますためにやって来るよ。それはいつになるんだい。プライスさん、ご一緒に従兄さんを励ましましょうよ。私と一緒に、説教の間中、一言も聞きもらさないようにじっと見つめて、時々何か特に(3)美しい文章を耳にしても、それを書き留める以外は目を離さないでいるんです。板と鉛筆を用意しましょう。それで、いつになるんだい。サー・トマスとレイディ・バートラムも聞くことができるように、マンスフィールドで説教しなきゃいけないよ」。

「僕の方じゃ、せいぜい君がいないところでやるよう努めるよ、クローフォド」とエドマンドは言った。「君が参列していると気が散ってしまうし、まさか君ほどの立派な人間がそんな邪魔をしようとなんてしないよな」。

「まったく、この方は、これだけの言われ方をされても分からない人なのかしら」とファニーは思った。「だめだわ、この人はまともにそういうことを感じる神経を持っていない人なんだわ」。

全員が合流し、饒舌な人たちが互いに話し始めたので、ファニーは心静かに座っていられた。そしてお茶の後にホイストのテーブルを用意して――これはグラント博士のための、気のつく妻の計らいであったが、建前上はそうではないことになっていた――クローフォド嬢がハープを取り上げたので、あとはファニーは黙って聴いていればよかった。そしてそのときにようやく得た安心感は、クローフォド氏に時折何か訊かれたり話しかけられたりして、答えなければならないときを除いては、一晩中続いたのだった。クローフォド嬢はこれまでの会話に心を乱されていて、音楽を奏でる気にしかならなかった。そして音楽で自分の気持ちを静め、友人を楽しませることにした。

エドマンドがこんなにも早く聖職に就くという話は、未だに不確かな、まだまだ先の話だと思っていただけに、クローフォド嬢にはまるでしばらく止められていた打撃がいきなり降りかかってきたかのようであり、怒りと憤慨をもたらした。エドマンドに対して大きな怒りを覚えていた。自分の影響力はもう少し大きなものだと思っていたからだ。エドマンドに対して確かに好意を抱き始めていたし、もっと具体的な意図を持ち始めており、そのことが自分でも分かっていた。でもこうなれば、相手と同じくらい冷静な気持ちで接するつもりだった。自分が決して承知しないことを知りながら、あのような地位に就くと決めたのならば、自分に対してなんら真剣な意図も、真実の愛情も感じていないのがはっきりした。ならば自分の方も同じように無関心でいよう。これからは、エドマンドが好意を見せても、単にその場の気晴らしと受けとめることにしよう。相手がそのように自分の気持ちを制御できるのならば、こちらだって好意を見せたりして自分の心の平安を乱すようなことがあってはならない。

（1）ここではディナーにおいて細かく決められている儀礼について言っており、部屋に通される順などについて客の扱いが優先されると決まっているが、その通りにしないようにと指導をしている。

（2）この発言からするとこのディナーは明るい昼の時間ではなく、午後五時頃に開始するディナーであると推測される。十一月であるという時節を考慮すると、往復ともにファニーは真っ暗な中を行くこととなる。

（3）木材または象牙でできた薄い板に、鉛筆（あるいは他の尖ったもの）で書くことで手軽なメモを取った。消すと何度でも書くことができる。二つ折りのものや、ポケットに入るサイズのものがあり、携帯用のメモ帳として使われた。

第六章

ヘンリー・クローフォドは、翌朝にはマンスフィールドでの滞在を二週間延ばすことを決めてしまった。狩猟用の馬を取り寄せる手配をし、提督に宛てて数行で事情を説明する手紙を書いた。そして手紙に封印をして放り投げると妹の方を向き、他に家族が誰もそばにいないことを確かめると、微笑を浮かべながら言った。「なあ、メアリー、狩りのない日に僕が何をして楽しむのか分かるかい。この歳になると、週に三日以上狩りをするのは無理なんだよ。ただ、残った日に何をするか、もう計画があるんだ。なんだと思う」。

「それは、私と散歩して、乗馬をするんでしょう」。

「いや、ちょっと違うね。もちろんその両方とも喜んでするけれども、それならば肉体の運動にしかならない。僕は精神の面倒も見なきゃならないからね。それに、それだったら単に快楽と娯楽でしかなくて、労働という健全な要素が入っていないだろう。僕は働かずにパンを食すわけにはいかないからね（『旧約聖書』の「箴言」より。働かずに得たパンを食さない美徳を持った女性への言及から）。いいかい、そうじゃないんだよ、僕の計画はファニー・プライスの愛を勝ちとることなんだ」。

「ファニー・プライスですって。何をおっしゃってるの。だめ、だめよ。あの二人の従姉までにしておきなさいよ」。

「いいや、ファニー・プライスでないと満足できないんだ。ファニー・プライスの心に小さな穴を開けなければね。あの娘が充分人の注目に値するということをきちんと理解していないようだね。あの人のことが昨晩話題になったときに、この六週間でどんなにきれいになったか、この家の誰一人気づいていないようだった。毎日会っているから分からないんだろうが、秋から比べると別人のようだよ。あのときはただ物静かで、控え目で、外見はそう悪いわけじゃなかったけれど、今は確かにきれいになっているんだ。昔は顔色も表情も大したことはないと思っていたけど、あの柔らかい肌が、昨日見たようにしょっちゅう赤く染まる様子は、間違いなく美しいという域だ。それに眼や口元を見るかぎり、何か表現するものを得るや、非常に表情豊かになる可能性があると思うね。それに、あの雰囲気、物腰、姿かたち全体が、言葉に尽くせないほどよくなったよ。背だって十月から二インチは伸びたと思うんだ」。

「あらあら。昨晩は他に背の高い女性がいなかったのと、あの娘が新しいドレスを着ていて、あんなにおしゃれしているのをそれまで見たことがなかったからよ。十月と全然変わらないわ、本当よ。女性はあの方一人だけだったし、お兄様は必ず誰かしらに目をつけなければいられないんですから。私は昔からあの人をきれいだと思っていたわ。はっとするほどっていうわけではないんだけど、言うところの「充分に美しい」といった感じね。だんだんときれいだと感じられてくるようなタイプよ。眼はもう少し黒くてもいいくらいだけど、笑顔はかわいいわよね。でもお兄様のおっしゃる、目を見張るような変化は、素敵なドレスと、他に見るべき人がいなかったということで説明がつくわ。ですから、これからあの方に言い寄ったりしても、その美しさのせいというよりは、お兄様が暇で愚かだからだとしか思えないわ」。

兄はこの非難に対して微笑を浮かべただけだったが、すぐに口を開いた。「ファニーさんをどう理解していいか分からないね。分かりにくい方だ。昨日もどういうつもりだか解せなかった。どういう性格の人なのだろう。真面目な性格か、変わり者なのか、お堅いのか。なんであんな風に僕によそよそしく、重々しい視線を向けていたんだろう。ほとんど話もしてくれなかったよ。あんなに長く若い女性と一緒にいて、楽しませようとしながら、成果が上がらなかったのは、生まれて初めてだよ。ああまでにこりともせずに僕を見る女性は見たことがない。これはなんとかしなければならない。あの人の目が、「私はあなたのことは好きになりません、好きにならないと決めているんです」と語るんだ。それなら、好きにならせてみようじゃないか」。

「お兄様もばかね。まあそれも、あの人の魅力ってことね。お兄様に興味がないという逆境のせいで、あの人の肌がそんなに柔らかくなって、背も高くなってしまって、魅力と優雅さが増しているんだわ。でもどうか、深く傷つけるようなことはなさらないでね。ちょっと恋愛するくらいなら刺激があってよいかも知れないけれど、奈落の底には沈めないでちょうだいね(1)。あの娘はとってもいい娘だし、非常に感情が豊かなんですから」。

「ほんの二週間のことじゃないか」とヘンリーは言った。「それに二週間で死んでしまったりしたら、よほどの虚弱体質で、どの道救い難いね。いや、あの人を傷つけようなんて思っていないさ。ただ僕に優しい目を向けてくれて、顔を赤らめるだけでなく、笑いかけてもくれて、どこにいても自分の隣の椅子を僕のためにとっておいてくれて、そこに僕が座って話をすると楽しそうにしてくれて、僕の考えに同意して、僕の持っている物や娯楽に興味を持って、マンスフィールドにもう少しいるようにと引き留めてくれて、それに僕が去った後には、もう二度と幸せにはなれないと思ってくれれば、それで充分なんだ。それ以上のことは望まないよ」。

「まあ、なんて控えめなこと」とメアリーは言った。「それなら、何も心配には及ばないわ。これからかなりの時間を一緒に過ごすんだし、あの方の好意を得る機会はたっぷりあるわね」。

そしてもうこれ以上兄を諫めるのをやめて、クローフォド嬢は、ファニーをその運命に委ねたのであった。クローフォド嬢が知りもしないかたちでファニーの心はしっかりと守られていたが、そうでなければ、ファニーにはつらい運命が待ち受けていたかも知れない。というのも、世の中の十八のお嬢さんの中には、どんな天性の魅力や振る舞いに出会っても、ちやほやされたりお世辞を言われたりしても揺るぎない分別ではねのける人がいることは間違いないにしても(そうでなければ、そういう人たちが書物に書かれることもないだろうから)(2)、ファニーがそういう人間の一人だとはとても思えないからだ。そしてあのように心が優しくて、趣味がいい娘だったら、クローフォドのような男が言い寄れば(たとえそれがほんの二週間だとしても)、最初は相手のことをあまりよく思わなかったとしても、完全に無関心でいることは難しいだろう。もしすでに他に好意を寄せる相手がいなかったらの話であるが。ファニーは、他に愛する人がいることと、クローフォドをよく思っていないことによって、自分の心の平安を守っていたが、クローフォドが自分に注意を向け続け、しかもそれが押しつけがましいわけではなく、自分の穏やかで繊細な人柄に合わせてくれるにつれて、クローフォドを以前ほど嫌いではなくなっていった。過去を忘れたわけではまったくなかったし、依然としてよく思ってはいなかった。しかし、その魅力を感じ始めていた。自分を楽しませてくれるし、振る舞いも大変改善され、とても礼儀正しく、しかも真面目に、きちんと礼儀正しくなっていったので、こちらも感じよくせざるを得なかったのである。

　こういう事態に至るまで、ほんの数日ほどを要するのみだった。そしてその数日の間に、ファニーを喜ばせたいというクローフォドの望みを助けるような状況が生じた。ファニーは大いに喜び、今なら誰に対してだって好意を抱いてしまうような状況だった。長く会っていない最愛の兄ウィリアムが、イングランドに戻ってきたのである。ウィリアムからじかに手紙が届いていた。それは船がイギリス海峡に入ったときに走り書きした、数行の喜びに溢れた手紙で、アントワープ号がスピットヘッド（ワイト島とブリテン島南岸の間の海峡、あるいはそこでの投錨所を指す呼称）で錨を降ろしていたときに、そこから最初のボートでポーツマスに届けられた。そしてクローフォドが最初にこの嬉しい知らせを伝えるつもりで新聞を手にしてやって来たときに、ファニーは手紙を読んで喜びに震え、伯父がきわめて冷静に、ウィリアムへの招待状を口述しているのを、顔を赤らめて、感謝に溢れる面持ちで聞いていたのだった。

この件についてクローフォドが詳しい事情を飲み込んだのは、つい前日のことだった。それまではファニーにそのような兄がいることも、その兄がそのような船に乗っていることすら知りもしなかったのである。しかしこの話をするとファニーがあまりにも活き活きとするので、クローフォドは、今度ロンドンに戻ったら、アントワープ号の地中海(3)やその他の寄港地からの帰国がいつになりそうなのかを訊いておこうと決めていた。そして翌朝早く新聞でその船の情報を見つけたときは、ファニーを喜ばせようという思いつきが実を結んだと思うと共に、提督への敬意から船の情報が一番早く掲載される新聞をとっていたことのご褒美だと思った。しかし、それでも遅すぎたのだった。自分こそが一番手となって引き出したいと思っていた感情を、ファニーはすでに表し終えてしまっていたのだ。しかしその気持ちは、大変親切なお気持ちとして有難くお受けすると、相当な感謝を込めて、温かく言ってもらえた。ファニーの言葉は、ウィリアムへの愛が溢れて、いつもの抑え気味なものではなくなっていたからだ。

　愛おしいウィリアムは、間もなくここにやって来ることになった。まだ士官候補生なので、すぐに休暇がもらえるのは間違いなかった（士官候補生に過ぎないからこそ、誰でも代替が利くので、むしろ休暇を取り易い立場にいた）。両親はポーツマスに住んでいるのですでに会っているし、ひょっとしたら毎日会っているかも知れなかったので、実際の休暇は、ここ七年間最も頻繁に手紙をやりとりしていた妹と、それにこれまで援助し支えてくれた伯父のもとで過ごしたって、何も問題はないはずだった。そしてファニーの返事に対してすぐさま返事が来て、早々にやって来ることが決まった。ファニーが初めてディナーに呼ばれてどきどきしていた日からわずか十日後に、もっとどきどきしながら、広間や玄関や階段に立って、兄を乗せてやって来る馬車の音が聴こえるのを待ち受けていた。

幸いなことに、こうして待っているところにその音が聴こえてきた。そして今は遠慮をする必要も、あるいは何かを恐れる必要もなかったため、ファニーは兄が家の中に入ったとたんに飛んでゆき、誰にも邪魔されたり見られたりすることもなく、すばらしい喜びの数分間をすごしたのだった。部屋の扉を開けてくれるためにそこにいる使用人をそれに数えないかぎりは。まさにサー・トマスとエドマンドがめいめいに意図していたとおりになった。そしてそのことは、到着の気配がしたとたんに玄関に出て行こうとしたノリス夫人を、二人同時に、すぐさま止めたことから明らかであった。

ウィリアムとファニーは間もなく姿を現した。サー・トマスは、自分の被後見人が、七年前に海に出してやったときとは見違えるようになり、正直で、感じのよさそうな顔つきをして、くったくのない、自然でいて思慮深く、礼儀正しい物腰の若者となったのを見て、好感を抱いた。

到着を待っていた最後の三十分、そして会ってからの最初の数分間で、ファニーは心を大いに乱され、落ち着きを取り戻すのには時間がかかった。その喜びを喜びと感じるのさえも——兄の外見が変わったのをがっかりする気持ちがやんで、昔ながらの面影を今のウィリアムに見出し、この何年もの間切望していたように話をすることができるまで——、少し時間が必要だった。しかし、ファニーほどには遠慮も不安も抱いていないウィリアムが、ファニーに負けないほどの強い愛情を見せることによって、だんだんと話ができるようになった。ウィリアムにとってファニーは最愛の相手だったが、ファニーよりも強い精神を持ち、より大胆であるために、心に感じた愛情をそのまま表現するのが自然なことだったのである。次の朝、二人が心から楽しみながら辺りを歩きまわり、その翌朝も、また翌朝も、二人きりの時間を楽しむさまは、エドマンドがそう口に出す前からサー・トマスも大いに満足して眺めていたのであった。

この数ヶ月間の内、エドマンドのちょっとした思いやりのある言動が特に自分に向いたときや、予期せず特に親切にしてもらって喜びを感じたときを除けば、これまでの人生でファニーにとってこれほど幸せなときはなかった。誰からも邪魔されず、対等の立場で、何も恐れる必要がなく、兄であり友人でもある人と語らうことができた。自分に心を開き、希望や恐れ、将来の計画、そして長い間待ち望んだ末に努力して得た、当然ながら貴重な昇進についての心配事を話してくれていた。また、ほとんど便りを聞くこともなかった父と母、弟や妹についての近況を詳しく話してくれた。そして、自分が暮らすマンスフィールドでの楽しいことや、ちょっとしたつらいことにも親身になってくれ、この家の人々について自分と同じ意見を持ってくれて、自分と違うところといえば、自分より遠慮なしに話し、ノリス伯母に関して自分よりきつい言葉で悪口を言うことだけだった。さらに、(中でも最も嬉しいことだったかも知れないが)幼い頃の苦労や楽しみを共に語り合い、昔の悲しみや喜びを一緒に懐かしく思い起こすことができたのだった。これは愛情を深める大きな強みであり、この兄弟愛の前には夫婦間の愛も敵わないかも知れない。同じ家族の中で、同じ血を分け合い、幼い頃に同じ思い出や習慣を分かち合った子どもは、その後に築いたいかなる絆からも得られないような喜びを持つことができるのだ。そして、このような最も早い時期からの愛情が失われてしまうことがあるとすれば、それは長い間の不自然な別離であり、その後のいかなる関係によっても修復できない別離によるものだろう。そしてきわめて残念なことに、そういう場合はかなり多くあるのだ。きょうだい愛は持てるすべてともなり得るが、なかった方がましというこどにだってなり得るのだ。しかしウィリアムとファニー・プライスの場合は、その愛はまだ最良のときを迎えた新鮮なものであり、利害関係の対立によって傷つけられることもなく、他の人に愛情を向けたことによって薄められることもなく、時間と不在の影響もその愛を強めるばかりだったのである。

これほどの愛情によって、物の分かった人々からの、二人の評価は日に日に高まっていった。ヘンリー・クローフォドも他の者に劣らず、二人の愛に感銘を受けていた。若き船乗りの温かく、ぶっきらぼうな愛情の表現に心を打たれた。ウィリアムは、ファニーの頭に向けて手を伸ばしながらこんなことを言ったのだ、「その奇妙な髪の結い方ももう気に入ってしまったよ。イングランドでこんなことが流行っていると最初に聞いたときは信じられなかったし、ジブラルタル（スペイン南岸。当時すでに英領に帰属している）でブラウン夫人や他の女性が弁務官の家にそういう格好で現れたときには、頭でもおかしくなったのかと思ったよ。でもファニーがすることだったら、大抵は気に入ってしまうからね」。そしてファニーが頬を赤らめ、目を輝かし、深い関心をもって、兄が長い航海での危険や恐ろしい場面について語るのを夢中になって聞いているのを見て、強い印象を受けたのだった。

ヘンリー・クローフォドは、この光景を評価するだけの道徳的感性を持ち合わせていた。ファニーの魅力はさらに大きなものとなり、今や倍増していた。その顔色を引き立たせ、表情を輝かせた豊かな感情それ自体も魅力的だった。ファニーの感受性に関する疑念は消え失せた。豊かな感情、真実の感情を持っていた。このような若い娘に愛されることと、その若くて無邪気な心が初めて感じるような情熱を自分が呼び覚ますことができるならそれは価値あることだろう。最初に思った以上にファニーに関心を抱くようになった。これは二週間ではとても足りない。クローフォドは滞在を無期限に延ばすことにした。

ウィリアムはしょっちゅう伯父から話をするようにと求められた。その話そのものもサー・トマスにとって興味深いものだったが、話をさせる主たる目的は、今話しているその人物を理解すること、どんな若者になったのかを把握することにあった。そしてウィリアムがはっきりと、明快に、そして元気よく話すのを見ていて、深い満足を覚えた。まっすぐな信念、専門的な知識、活力、勇気、そして陽気さを見て、この話し手が現在すでに優秀であり、将来も有望であることが見てとれた。若いながらもウィリアムはすでに多くのことを見てきていた。地中海に行き、西インド諸島に行ってから、また地中海に戻っていた（ウィリアムの足取りはちょうど当時のネルソン提督の実際の足取りを追うものであり、実際のナポレオン戦争の現実味のある描写となっている）。船長の好意で陸にも何度か上がっていたし（士官候補生は乗組員であり士官ではないので、停泊中も船上に残るのが原則になっている）、この七年間に、海と戦争がもたらすあらゆる危険を経験していた。このようなことを語れる人が話す権利を与えられるのは当然のことであって、たとえノリス夫人が部屋のあちこちでせわしない様子を見せ、自分の甥が難破や戦いの話の真っ最中にいるところへ、糸を通した針が二組見当たらないとか、シャツに付ける使い回しのボタンはどこだろうとかいったことでみんなの邪魔をしようとも、他のみんなは夢中で聞き耳を立てていた。そしてレイディ・バートラムまでが、この恐ろしい話を聞いて心を打たれ、またあるときには縫い物から視線を外して「おやまあ、いやだわ。どうして海になんて行く気になれるのかしら」などと言っていた。

ヘンリー・クローフォドは、これを聞いてまた別の感想を抱いた。自分も是非海に行き、これだけのことを目にして、行動して、その身で苦労を経験したいと思ったのだ。気持ちが逸り、想像力が刺激され、二十歳になる前にこのような肉体的苦痛を切り抜け、精神力を発揮した若者に対して、この上ない敬意を感じたのだった。英雄的行為、貢献度、努力、忍耐、これらの事柄に比べ、自分の利己的で怠惰な生活を振り返ると恥ずかしく思えてきた。自尊心と明るい情熱でもって、自分の将来と地位を築きあげることに成功しているウィリアム・プライスのように自分もなれていたなら、どんなによかっただろう。

これは熱い願いではあったが、そう長くは続かなかった。こうして物思いにふけり、後悔の念に駆られている最中に、エドマンドから翌日のキツネ狩りの計画について尋ねられると、馬と馬丁を好きにできる身分であるのも悪くないかと思い直したのである。

ある意味では、この身分の方が恵まれていた。というのも、喜ばせたいと思う相手に親切にしてやることができたからである。元気で勇敢、何ごとも試したいという好奇心でいっぱいのウィリアムは、キツネ狩りをしてみたいと口にした。クローフォドはウィリアムに馬を貸すのは何の問題もないと言い、馬を借りることの意味をウィリアムよりもよく知っているサー・トマスの心配を取り除いてやり、不安がるファニーにも言い聞かせて安心させた。ファニーはウィリアムの身の危険を案じていた。様々な国で馬に乗ったこと、馬で登山をする一行に加わったこと、それまでに乗った荒馬やラバの話や落馬で重傷を負うのを危うく回避した話などを聞いてさえも、イングランドのキツネ狩り用に上品に育てられた猟馬であっても、ウィリアムが安全に乗りこなせるなどとは、到底思えなかったのである。その後、ウィリアムがなんの事故も失敗もなく、五体満足で無事に帰ってきてくれるまでは、こんな危険を冒すことの意義も分からなかったし、馬を貸してくれたクローフォド氏が期待したとおりに感謝することなどできなかった。ウィリアムの身に何の危険もなかったことが分かると、ようやくクローフォドの親切を理解し、また再び馬を貸してくれたときにはその持ち主に対して微笑みかける余裕も生まれた。そしてその後は、クローフォドは真心を込めて、そして有無を言わせないという口調で、ウィリアムがノーサンプトンシャーにいる間は是非ずっと自分の馬を使ってほしいと申し出たのだった。

（1）スコットランドの詩人ロバート・バーンズ（一七五九―九六）による詩（『スコットランドの音楽博物館』に所収）「恋について語って、苦しめてくれるな／恋こそは我がかたきなのだ／恋は自分を鎖で締め上げて／奈落の底へと沈めるのだ」より。ただし、この詩を作ったのはバーンズの友人であるクラリンダことアグネス・マクルホウズ。

（2）作家ハナ・モア（一七四五―一八三三）による著作『シーレブズが妻を求めて』に登場する、十八歳ながら正しい判断力を行使することができているルーシラのことを指している。

（3）海洋国の宿命として、海上において敵国が近づいてこようとする動きを妨げておくことが最大の防衛策となるので、地中海にも英海軍は配備され常時敵国を監視していた。

第七章

この時期、両家族の交流は昨秋ほどの親密さに戻っていたが、これは前の様子を知る者にとっては意外だったかも知れない。ヘンリー・クローフォドが戻ってきたことと、ウィリアム・プライスが到着したことが大いに関係していたかも知れないが、サー・トマスが牧師館の人々とのつき合いを容認したことも大きく影響していた。当初は気がかりだった様々な事柄が解決した今、グラント夫妻とそこにいる若い人たちには訪問して行くだけの価値があることがサー・トマスには分かってきた。そして、自分が最も愛する人々に有利に働くものであっても、結婚を企てたり目論んだりする気などまったくなく、その手のことに関して勘が働くことをもいじましいこととしていやがっていたのだが、それでもクローフォド氏が自分の姪にいささか多く注意を払っていることを、あくまでも鷹揚で何気ない風にであるが、気づかずにはいられなかった。そしてそのせいでクローフォド氏への招待にも(無意識にではあっても)熱心にならざるを得なかったのである。

しかし、ようやく牧師館からサー・トマスに夕食会の招待を出したときに——招待しても受けてもらえるかどうかについてさんざん議論があり、「サー・トマスがいらしてくれるとは思わないし、レイディ・バートラムはあのように無気力な方なんですもの」といったような、消極的な言葉を交わした後にようやく招待を出したのだが——サー・トマスがこの招待をすぐに受けることにしたのは、礼儀と好意のみのなせる業で、クローフォド氏に関しては、そこに居合わせる気持のよい仲間の一人くらいにしか考えていなかった。実際、このようなくだらない事柄を考える人間にはクローフォド氏がファニー・プライスに好意を寄せていると映るかも知れないとサー・トマスが考え始めたのも、この夕食会のときのことであったのだ。

この会は、話をするのが好きな人々と、話を聞くのが好きな人々との割合がちょうどいいために、大変楽しいものだと全員が感じていた。ディナーそのものはグラント家ではいつもどおりの優雅で贅沢なものだったが、ノリス夫人以外の人たちにとっては、あまりにも普段の習慣どおりなので、誰も特別な感慨は抱かなかった。ノリス夫人だけは、テーブルの大きさや、その上に並べられた皿の数をおとなしく見ていることができず、自分の椅子の後ろを通る使用人をうっとうしく感じたり、こんなに沢山の料理があったら食べない内に冷めてしまうに決まっているなどということを考えていた。

夕方になると、グラント夫人とその妹が予め計画していたように、ホイストのテーブルが一つできあがった後に、もう一つラウンド・ゲーム（現在のトランプのほとんどがそうであるように、ペアやチームにならずに個人で参戦するタイプのゲームを言う）を楽しめるだけの人数が残った。そして、こういう場合大抵そうであるように、誰もが特に希望がなく、どのゲームでもまったく構わないということでホイストに決まると、すぐさまもう一つはスペキュレーション[1]に決まった。そしてレイディ・バートラムはすぐに、どちらかの遊びを選ばなければならないという危機的な状況に置かれ、ホイストで最初のカードを引くか否かの選択を迫られた。レイディ・バートラムは躊躇した。幸運なことに、サー・トマスがすぐそばにいた。

「サー・トマス、どうすればよろしいでしょう。ホイストとスペキュレーションのどちらが私にとって面白いかしら」。

サー・トマスはちょっと考えてからスペキュレーションを勧めた。自分はいつもホイストをするのだが、夫人と一緒に組むことになったらあまり楽しめなくなると思ったのかも知れない。

「そうですね」とレイディ・バートラムは満足気に答えた。「では奥様、スペキュレーションでお願いしますわ。やり方はまったく分かりませんの、ねえ、ファニー、教えてちょうだい」。

しかしここでファニーが心配気に、自分もまったく知らないと口をはさんで言った。今までそのゲームをしたことも、見たこともなかったのだ。それを聞くとレイディ・バートラムはまたしても一瞬の迷いを感じた。しかし他のみんなが口々に、こんなに簡単な遊びはない、トランプの中では一番簡単なんだからと言って安心させた上に、ヘンリー・クローフォドが、是非自分がレイディ・バートラムとプライス嬢の間に座って、お二人に教えて差し上げたいと申し出たので、無事に解決を見ることとなった。サー・トマス、ノリス夫人、そしてグラント博士夫妻が、知的かつ威厳のある方のテーブルについて、残りの六人はクローフォド嬢の仕切りによって、もう一つのテーブルを囲んで腰を下ろした。これは、ファニーの近くに座り、自分の手の内にある札だけでなく、二人の手札にも目を配るので大忙しとなったヘンリー・クローフォドにとっては、好都合だった。というのも、ファニーは三分もしたら、もう遊び方は充分に理解したとしか思えなかったが、それでももっと強気の手を使うよう仕向け、欲を出させ、心を鬼にさせなければいけなかった。これは特にウィリアムが相手となると、結構困難なことだったのだ。そしてレイディ・バートラムに至っては、ヘンリーは一晩中夫人の一つひとつの手を指導しなければならなかった。札が配られている間に自分の手を見てしまうのを止めることができたとしても、その後、配られた手札をどうすべきか、教えてあげなければならなかったのだ。

ヘンリーは上機嫌で、何をしても楽しげで気楽な様子で、どんでん返しや、とっさの判断や、茶目っ気を含んだ厚かましさまで、この遊びを面白くすることをすべて披露して見せた。このようにして、こちらのテーブルは、もう一つのテーブルが見せる落ち着いて厳かな雰囲気や秩序を保った静けさといったものとは好対照をなしていたのである。サー・トマスは、自分の奥方がゲームを楽しんでいるか、勝っているかを二度尋ねてみたが、無駄だった。その重々しい口調に見合うだけの答えなど返している暇はなかったのだ。一回戦が終わって、グラント夫人が立ち上がって、レイディ・バートラムに挨拶するまで、夫人がどれくらいゲームを楽しんでいるかは分からなかった。

「奥様はゲームを楽しんでいらっしゃいますか」。

「ええ、とっても。本当に面白いわ。とても変わった遊びですのね。何がなんだかさっぱり分かりませんわ。自分の札をまったく見てはいけないらしいんですの。あとは全部クローフォドさんがやってくれますの」。

「バートラム」、少し経って、ゲームのペースが少し落ちてきて間が空くと、クローフォドが口を開いた、「昨日馬で家に帰る途中に何が起こったか、言っていなかったな」。

二人は狩りに出かけていて、マンスフィールドからはかなり離れた場所でちょうど調子が乗ってきたところだったのだが、ヘンリー・クローフォドの馬の蹄鉄が一つ外れてしまったので、その場所で諦めて、一人でなんとかして戻らなければならないはめになったのだった。

「あのイチイの木を植えた古い農家の前を通った後で、道に迷ってしまったことは言ったただろう。僕は人に道を尋ねるなんて御免だからね。でも君には言っていなかったけれども、僕には持ち前の運の強さがあって――転んでも決してただでは起きない質なんでね――最終的に、前から見たいと思っていた場所にたどり着いたんだ。ちょっと険しい、草の生えた丘の角を曲がったら、なだらかな丘の間に潜んでいる、小さな村に入っていたんだ。目の前には小川があって、それを渡った右手はちょっとした高台のようになっていて、そこに教会が建っているんだけど、そんな場所にそぐわないほど大きくて立派なものなんだよ。しかも、そこからは紳士の家も、紳士もどきの家らしきものも見当たらないんだ。一つを除いてはね。それが多分牧師館で、さっき言った高台と教会から石を投げても届くくらいの距離にあるんだよ。つまり僕はソーントン・レイシーに迷い込んでいたというわけさ」。

「確かにそのようだね」と、エドマンドは言った。「でも、スウェルの農場を過ぎた後は、どっちに曲がったんだい」。

「そんな意味のない、意地悪な質問には答えられないね。といっても、君が僕を一時間問い糾しても、あそこがソーントン・レイシーではないことは決して証明できないだろうけれどね。だって、確かにそうだったんだから」。

「じゃあ、誰かに尋ねたんだね」。

「いや、僕は誰かに尋ねるなんてことはしないのさ。でも、生垣を修理している男に、ここはソーントン・レイシーだって宣言したら、奴さんが同意したのさ」。

「君は記憶力がいいね。あの場所のことをそこまで君に話していたなんて、すっかり忘れていたよ」。

ソーントン・レイシーとは、エドマンドが就任することになっている教会のある場所で、クローフォド嬢もそのことを充分に承知していた。このときクローフォド嬢は、ウィリアム・プライスの手にあるジャックの札を得るための交渉に急に熱心になった。

「それで」と、エドマンドは言葉を続けた。「君はあの場所を気に入ったかい」。

「ああ、とても気に入ったよ。君は運のいい奴だよ。あの場所が住めるようになるまでには、夏にだけ工事するとして、少なくとも五年はかかるだろうがね」。

「いやいや、そこまでひどくはないよ。確かに農地の部分は潰さなきゃならない。それは認めるよ。でも他に変えるべきところは僕には思い当たらないね。家は決して悪くないし、農地を潰しさえすれば、正面玄関へ通じる道をつけることができるからね」。

「あの農地は完全に潰してしまって、鍛冶屋の店が見えないように、樹を植えなければならないよ。家は北ではなくて東に向けなければならないし。つまり、玄関と主な部屋は、とてもきれいな景色が見える、東側になければいけないということだ。そしてそこから、今は庭があるところを通って、道をつけなければならないよ。それから今の家の裏にあたるところに、新しい庭を造るんだ。そうすると、南西に向かってなだらかに下っていくという、この上ない立地になるからね。ちょうどそのためにあるような敷地なんだから。教会と家の間の道を五十ヤードほど馬で行って、周りを見渡して、どうすればいいか分かったよ。これほど簡単なことはない。これから庭にするところと今ある庭の先の野原が、僕が立っていた道の周りから北東に向かって広がっていたけれども、というのはつまり、村の幹道に向かって広がっているんだけれども、これはもちろん、全部つなげなければならないね。とてもきれいな平原で、立派な木々がちりばめられている。教会についてくる土地なんだろう。もしそうでなかったら、買い上げるべきだよ。それからあの小川。あの小川もなんとかしなければならないけれども、まだどうするか決めていないんだ。二、三、考えはあるけれどもね」。

「僕にだって、二つ、三つの考えはあるよ」と、エドマンドは言った。「そして一つは、ソーントン・レイシーに関する君の計画はほとんど実現が不可能だということだ。外見と見栄えがいささか見劣りしても、我慢しなければならないんだ。家も敷地も、それほど金をかけずに居心地よく、紳士の家らしくできると思うし、それで満足しなければならない。僕のことを心に留めてくれている人だって、みんなそれで満足すべきだと思っているよ」。

エドマンドがこの願いを口にしたときの、ある声の調子と、ちらと投げかけた視線に意味があることを感じとり、いささか不愉快に思ったクローフォド嬢は、ウィリアム・プライスとの交渉を急いで終わらせ、法外な値段でジャックを買いとると、声を上げた。

「さあ、情熱的な女らしく、すべてを賭けたわ。冷静に、用心深さを気取ったりなんてしませんから。じっと座って何もしないだなんて、私の性に合わないの。もし勝負に負けたって、精一杯やることはやったわ」。

勝利はクローフォド嬢のものだったが、ただし、支払っただけの見返りはなかった。また新たに札が配られ、クローフォドはソーントン・レイシーについて再び話し始めた。

「僕の言った計画は、最良のものではないかも知れない。何分も考える時間がなかったからね。でも、かなり手を入れなければならないよ。それだけの甲斐のある土地だし、できるかぎりのことはしておかないと君だって満足しないと思うよ――奥様、札をご覧になってはいけませんよ。ほら、こうして伏せておいて下さいね——それだけのことがある土地だよ、バートラム。紳士の家らしくするって言ったろう。それは農地さえ潰せば簡単にできるよ。あのうっとうしい部分さえなくなれば、あれほど紳士の住居らしい家は見たこともないし、年収数百ポンドの牧師館とは誰も思わないよ。天井が低くて小さな部屋が寄せ集まって、窓と同じくらいの数の屋根があるような、ごたごたした建物なんかじゃない。部屋がただ品もなく詰め込まれているような、ただ四角い形をした農民の家でもない。しっかりとした、広い、邸宅のような家だ。古い家柄の家族が何代もの間、少なくとも二百年は住んでいて、年に二、三千ポンドは金を使っているような、そんな家に見えるよ」。クローフォド嬢は耳をそばだてて、エドマンドはこの意見を認めた。「だから紳士の家らしくするというのは、なにかしら手を入れたら、必然的にそうなるんだよ。でも、もっといろいろなことができるはずだ。——ちょっと待って、メアリー。レイディ・バートラムはその女王に十二枚出す（スペキュレーションは基本的には賭けを前提としたゲームであるが、ここでは実際の金銭ではなくその代用物や仮のゲーム用の通貨であると思われる）とおっしゃっているね。いやいや、十二枚出す価値はないね。レイディ・バートラムは十二枚出さないよ。何もおっしゃっていないから、続けて、続けて——僕が今言ったような改造をすれば——僕の計画どおりにしろと言ってるんじゃないよ。尤も、他にもっといい計画を思いつく奴はいないと思うけどね——、あの場所をもっと格調高くすることができるだろうよ。邸宅に格上げすることができるかも知れない。単に紳士の住居だったものが、正しい改造をすることによって、教育、趣味、近代的なたしなみと優れた人脈を持つ人物に相応しい住居にすることができるんだ。これらの要素をすべて表現することが可能なんだよ。そしてあの近くの道を行く者すべてがあの家を見て、その持ち主はその教区の大地主に違いないと思うような感じだって与えることができるんだ。特に、対抗するような本物の大地主の屋敷があの辺りにはないからね。ここだけの話だけど、こうした環境こそが、特権と地位という意味であの家の価値を、思った以上に高めるものなんだ。あなたは僕に同意してくれますよね——(もっと優しげな口調でファニーの方を向いてこう言った)。あの家をご覧になったことはありますか」。

ファニーは短く「いいえ」と言った後に、容赦なく交渉を進めて、ファニーから札を奪い取ろうとしている兄に熱心に注意を向けることによって、自分がこの話に興味を持ったことを隠そうとした。しかしクローフォドが、「だめ、だめ、女王を手放してはいけませんよ。あんなに高く買ったのに、あなたのお兄様はその半分の価値も出そうとしていませんから。だめです、ここは諦めて。諦めて下さい。妹さんは女王を手放しませんよ。もう決めましたからね」と言ってから、ファニーに向き直ると言葉を続けた。

「このゲームはあなたが勝ちますよ。確かに勝てるでしょう」。

「でもファニーは、ウィリアムが勝った方がずっといいんだよね」とエドマンドは、ファニーに微笑みかけながら言った。「かわいそうに、インチキをしてわざと負けることも許されないとは」。

「バートラムさん」と、クローフォド嬢は数分後に口を開いた。「ヘンリーが、地所の改造に関しては右に出る者がいないことはご存じでしょう。ですから、ソーントン・レイシーを少しでも変えるのであれば、兄の協力を得ないわけにはいきませんよ。サザトンでどんなに役に立ったかは覚えていらっしゃるでしょう。みんなであそこに出かけて行って、敷地を見てまわって、兄が才能を発揮するのを目にした、あの八月の暑い日にどんなに素晴らしい成果があったことか。みんなで行って、みんなで帰ってきて、あそこで成し遂げられたことを並べれば、とても口に出して言い尽くせませんでしょう」。

ファニーは一瞬、深刻というよりも、むしろ非難するような目をクローフォドに向けた。しかし相手と目が合うと、すぐに自分の目を逸らした。クローフォドは何か心に引っかかっているような様子で、妹に向かって頭を振ると、笑いながら答えた。「あの日、サザトンでは大したことができたとは言えないよ。しかもあの日は暑い日で、みんな混乱した様子で、互いのあとを追いかけていたから」。みんなが会話を始めて、自分の声が全体に聞こえなくなったとたんに、ヘンリーは、ファニーにだけ聞こえるように低い声でつけ加えた。「僕の判断力を、あのサザトンの一日だけで評価されてしまうなら残念なことですよ。今僕はものごとをまったく違う風に見ていますから。今の僕をあの日の僕と同じだと思わないで下さい」。

サザトンという言葉はノリス夫人の注意を引いた。そのときちょうど、自分とサー・トマスの決めの一手によって、グラント夫妻という強敵に一歩差をつけたばかりで、満足かつ手が空いたときだったので、上機嫌で声を上げた。「サザトンですって。そう、あそこはいいところでしたね。楽しい一日だったわ。ウィリアム、あなたは今回は残念ね。でも次にここに来たときにはラッシュワス夫妻はお家にいるでしょうから、あなたがお二人から親切に迎えてもらえることを請け合うわ。あなたの従姉たちは、親戚を忘れるような人たちではないし、ラッシュワスさんはとてもいい方ですからね。今お二人はブライトンにいるんですよ。あそこの一番高級な家の一つを借りてね。ラッシュワスさんは、そういうことができるだけの財産をお持ちですからね。距離はよく分からないけれど、ポーツマスに戻ったら、そんなに遠くなければ、ご挨拶に行ってくるべきよ。あなたの従姉たちに私から届けてもらいたい物もあるし」。

「できれば是非行きたいですよ、伯母様。でもブライトンと言えばビーチー・ヘッド岬（イギリス南岸のブライトンよりも三十キロほど東のイーストボーンにある白壁の岬）まで行ったところですよ。もしそんなに遠くまで行けたとしても、あんなにおしゃれな場所では僕が歓迎されるとは思えませんね。こんな、ぱっとしない士官候補生ですからね」。

ノリス夫人は、ウィリアムがきっと温かく迎えられるだろうと熱心に説き始めていたが、これをサー・トマスが決然とした口調でさえぎった。「今はブライトンに行くことは勧められないね、ウィリアム。もっと簡単に会う機会があるだろうからね。でも、うちの娘たちからすると、どこにいようと、従弟に会うのは大歓迎のはずだ。そしてラッシュワスさんも、うちの親戚はみんな、自分の親戚と同じくらい大事にしてくれることが分かるだろう」。

それに対するウィリアムの答えは、「それよりも、その人が海軍総司令官の秘書官であった方が有難かったですがね」だけであり、それもあちらに聞こえないような低い声だったので、会話は途切れてしまった。

これまでのところサー・トマスは、クローフォド氏の振る舞いに特段何も見出せないでいた。しかしホイストのテーブルが第二回戦を終え、グラント博士とノリス夫人が最後の手について意見を戦わせ始めると、サー・トマスはもう一つのテーブルの見物を始め、自分の姪がある人物の関心を惹いていること、というよりむしろ、その人物に特別に注目されていることに気づいたのであった。

ヘンリー・クローフォドはソーントン・レイシーについて、また別の計画を思いついたようだった。だがエドマンドの注意を引くことができなかったので、自分の隣のかわいいお嬢さんを相手にかなり熱中して語っていた。その計画というのは、冬になったら、この近辺に自分の居場所を作るために、自分自身がその家を借りてしまうというものだった。しかもそれは、(ファニーにこう言ったのだが)狩猟の季節にだけ使うのではないとのことだった。といっても、狩猟の要素はかなり重要だった。というのも、グラント博士がずいぶん気遣いをしてくれているにしても、今の場所では、自分も自分の馬もかなり不便な思いをするだろう。しかし自分がこの場所にいたいと思っているのは、一つの楽しみのためでもなければ、一年の内の一つの季節のためだけでもないということだった。いつでも自由に来られるような場所をこの辺りに持ちたいと強く思うようになっていた。休暇をずっとここで過ごして、マンスフィールド・パークの家族との間の交流が、自分にとって日ごとに大事なものとなっていくので、それをこのまま続け、もっとよいものにして、言ってみればこれを完成させたいとのことだった。サー・トマスはその言葉を聞いて、悪くは思わなかった。そしてそれを聞いているファニーの態度も非常に適切で控え目、冷静でそっけなかったので、文句はなかった。ファニーは多くは語らず、相槌もほどほどであり、ヘンリーの計画に自分への好意が込められていると理解している素振りも見せなければ、ノーサンプトンシャーに滞在したいというヘンリーの思いを強めるような言葉も口にしなかった。サー・トマスがこちらに注意を払っているのに気づくと、ヘンリー・クローフォドは同じ内容のことを、もっとさりげない口調ながらも、やはり感情を込めてサー・トマスに話しかけた。

「サー・トマス、今プライスさんにお話していたのを聞いていらしたかも知れませんが、あなたのご近所さんになろうと思いまして。僕がご子息の家の借り手になることを、ご子息が反対するようなことはおっしゃらないで下さると思ってもよろしいですか」。

サー・トマスは礼儀正しく頭を下げると、こう答えた。「今あなたがおっしゃった以外のやり方であれば、私はご近所同士になれることを歓迎しますよ。でも私はエドマンド自身がソーントン・レイシーの家に住んでほしいと思っているし、きっとそうなると思っているんですよ。エドマンド、私は道理に外れたことを言っているかい」。

エドマンドはこう意見を訊かれて、まずなんのことだか説明してもらわなければならなかったが、その質問がどういうことか分かると、すぐに返答した。

「ええ、もちろん、僕はそこに住むという考えしか持っていませんので[2]。でもクローフォド、君には僕の家の借り手になってほしくはないけど、友人としては、家に遊びに来てくれたまえ。冬になったら、僕の家を半分自分のものだと思ってくれよ。君が提案したように、厩舎を改築して、この春に君が思いつくだけの案で改造しようじゃないか」。

「私たちにとっては残念な話ですがね」と、サー・トマスが続けた。「たった八マイルの距離ではありますが、エドマンドがあちらに行ってしまったら、我が家は寂しくなりますからね。でもうちの息子がこうして義務を果たさなかったら私は非常に遺憾に思いますよ。クロフォードさん、あなたがこのことについてあまり考えていらっしゃらなくとも、それは無理もありません。でも教区というのは、常にそこに住んでいる牧師にしか果たすことができないような世話や配慮が必要であって、それは代理の人間などでは不充分なんです。エドマンドはマンスフィールド・パークから移り住まなくても、ソーントン・レイシーへ通って教会で祈りを捧げたり、説教したりすれば、世間的に言う程度の「義務」を果たすことだってできるでしょう。毎週日曜日に、自分が住んでいることになっている家に馬で乗り着けて、礼拝を取り仕切ることもできるんです。七日おきに、三、四時間の間だけ、ソーントン・レイシーの牧師になることだってできたでしょう。でもエドマンドは、そうすることを選ばないのです。人を導くのに週一回の説教だけでは足りないし、教区の人々の中で暮らしながら常に教区民のお世話をすることで、自分が教区民のことを思い、教区民の友人だということを証明しなければ、教区民のためにも、自分のためにもならないことを、エドマンドはきちんと分かっていますからね」。

クローフォド氏は礼をして、賛意を表明した。

「繰り返すようですが」とサー・トマスはつけ加えた。「この近隣で、クローフォドさんに住人になってほしくない家といったら、ソーントン・レイシーだけですよ」。

クローフォド氏は礼をして、謝意を表明した。

「サー・トマスは明らかに」とエドマンドが言った。「教区の牧師の果たさなければならない義務を承知していらっしゃいますよ。息子もそれを承知していることを是非示したいものですね」。

サー・トマスのこのちょっとした熱弁をクローフォド氏が本当のところどう思ったかは分からないが、他の二人の人間にいささか複雑な思いを抱かせた。最も注意深くサー・トマスの話に耳を傾けていた内の二人、クローフォド嬢とファニーである。この内の一人は、そんなにも早く、そんなにも完全にエドマンドがソーントンに落ち着いてしまうことにこれまでまったく気づいていなかったので、今や下を向いて、エドマンドに毎日会うことができない生活がどんなものになるかを考えていた。もう一人はといえば、それまでの兄の言葉によって掻き立てられたソーントンの未来を思って想像をめぐらせていたのだった。その想像には教会は含まれておらず、牧師は姿を消して、ただ上品で、優雅で、近代化された家が見えるばかりで、その家へは独立した財産持ちの男性がたまにやって来るのだ。このような楽しい思いからいきなり現実に戻されて、この夢想を壊したサー・トマスに強い敵意を感じていた。しかもサー・トマスの人格と物腰には、不本意ながら、自分に抑圧を強いるところがあり、この件については冗談を飛ばして気分を晴らす手さえ使えなかったのである。

クローフォド嬢にとって、もう「このゲーム」の面白みは頂点を過ぎてしまっていた。説教が前面に出てくるようならもうトランプ遊びは潮時であり、ここでちょうど一度片づけて、場所と話す相手を変えて気分転換できるので助けられた。

今や暖炉の周りに人がぼつぼつと集まってきて、お開きになるのを待っていた。ウィリアムとファニーは他の人々から離れたところにいた。二人はもう誰もいなくなったトランプ用のテーブルのそばにいて、非常に楽しげに話をしており、他の人々のことは念頭にない様子だったが、周りの方が二人に関心を向け始めた。ヘンリー・クローフォドが最初に自分の椅子を二人の方に向けて、数分間黙って見つめていたが、そのクローフォド自身は、その間グラント博士と立ち話をしていたサー・トマスの注目を引いていた。「今夜は夜会がある日だ」(ポーツマスの町では隔週木曜日に夜会が行われ、海軍兵も多く参加していた)と、ウィリアムは言った。「もしポーツマスにいたら、出席していたかも知れないな」。

「でもポーツマスにいた方がよかったと思っているわけではないのでしょう、ウィリアム」。

「それはないよ、ファニー。ポーツマスにいて、そこで踊るのは、ファニーに会えないときだけで沢山だよ。それに夜会に行っても楽しいのかどうか。踊りの相手が見つからないかも知れないし。ポーツマスのお嬢さんたちは、辞令を受け取っていない人間(3)は相手にしないからね。士官候補生なんて、なんの価値も認められていないよ。本当、そういう扱いしか受けないんだ。グレゴリー姉妹を覚えているだろう。立派なお嬢さん方になったけれども、ルーシーは大尉に言い寄られているから、二人とも僕には言葉もかけてくれないよ」。

「まあ、なんてことでしょう。でもウィリアム、そんなこと気にしないことよ。（そうはいいながら、ファニー自身は、怒りで頬を赤らめていた。）そんなこと、気にする価値もないわ。お兄様のせいではないんですから。どんな偉大な提督でも、たいていは一度は経験していることなのよ。それを考えなきゃ。船乗りならば誰も経験する苦労の一つとして考えないと。悪天候とか、肉体的につらい生活と同じようなものね。ただ一つ、他の苦労と違っているのは、この苦労には終わりがあって、いつまでも続くわけではないっていうことよ。ウィリアムが大尉になったらね、考えてもみて、お兄様、大尉になったらね、こんなくだらないことはほとんど考える必要はなくなるのよ」。

「僕はなんだか大尉にはなれないような気がしてきたよ、ファニー。僕以外はみんな大尉になっているのに」。

「まあ、ウィリアム、そんなことを言っちゃだめよ。そんなに悲観しないの。伯父様は何もおっしゃらないけれども、お兄様の出世のためならば、できるかぎりのことはして下さるおつもりだわ。これがどんなに大事なことかは、お兄様ご自身と同じくらい分かっていらっしゃるのですから」。

伯父が思っていたよりもずっと近くにいることに気づいたので、ファニーは話すのをやめ、二人とも他の話題を探した。

「ファニーは踊るのが好きなの」。

「ええ、とても好きよ。でも、すぐに疲れてしまうの」。

「ファニーと舞踏会に行って、踊るところを見てみたいな。ノーサンプトンでは舞踏会はないのかな。君が踊っているところを見てみたいし、もしいやでなければ、僕と踊ってほしいね。僕が君の兄だということを誰も知らないだろうし、もう一度僕の踊りの相手になってほしいな。よく二人で飛びまわってただろう。ほら、外に手回しオルガンが来たとき。僕もそれなりには踊れるけども、君の方が上手だろうね」。そして、もうすぐそばまで近づいてきていた伯父に向き直った。「ファニーは踊りが上手なんでしょうね、伯父様」。

このような前代未聞の質問に、ファニーは狼狽し、どこを見ていいか、どんな答えを期待していいか分からなかった。非常に重々しい、たしなめるような言葉か、そうでなくとも、非常に冷たく、無関心な返答が返ってきて、それでウィリアムはがっかりし、自分は恥じ入ることになるだろうと思ったのである。しかし意外なことに、返事はそう悪いものではなかった。「残念ながら君の質問には答えられないよ。ファニーが小さかった頃以来、踊るのを見ていないのでね。でもファニーが踊るのを見る機会が仮にできるなら、きっとそのときは淑女らしく振る舞うのは間違いなかろうね。近い内にそういう機会が訪れるかも知れないね」。

「僕は妹さんが踊るのを拝見したことがありますよ、プライスさん」とヘンリー・クローフォドは体を乗り出して言った。「このことに関しては、なんなりと訊いて下されば、満足にお答えしましょう。でも、(と、ファニーが困っているのを見て)、それはまた別の機会にしましょうか。ここには、その話をしてほしくない方がお一人いらっしゃるようですのでね」。

ファニーが踊るのをクローフォドが見たというのは本当の話だった。そして穏やかにして軽やかな優雅さをもって、リズムにきれいに乗って動きまわっていたと請け合う用意があるのも本当だった。しかし本当のところは、ファニーの踊りがどんな風だったかどうしても思い出すことができず、その場にファニーがいたはずだという程度の認識しかなかった。

にもかかわらず、ヘンリーはファニーの踊りを評価できる人物として認められた。そして、この話題を決して嫌がってはいないサー・トマスは踊りの話を続け、アンティグアの舞踏会を描写するのに夢中になり、甥がそれまで見てきたあらゆる踊りの様式について話すのを聞くことに没頭し、馬車の用意ができたという言葉も届かず、ノリス夫人が騒ぎ出してようやく気づいたくらいだった。

「さあ、ファニー、ファニーったら、何をしているの。もう行きますよ。伯母様の準備ができているのが分からないの。早く。早くしなさい。あのウィルコックスを待たせておくのは我慢がならないわ。御者と馬のことを忘れないでちょうだい。サー・トマス、馬車はまた後から、あなたとエドマンドとウィリアムを乗せるために戻ってくることになっていますから」。

サー・トマスは反対するわけもなかった。それもそのはず、これはサー・トマス自身が決めて、妻とその姉に伝えた段取りだったからだ。しかしノリス夫人はこのことを忘れてしまっているようで、何から何まで自分で決めたと思っているようだった。

この訪問はファニーにとっては失望に終わった。というのも、自分の肩に巻くショールをエドマンドがさりげなく召使から受け取ろうとするも、それをクローフォド氏がすばやく手にしてしまったので、ファニーはクローフォド氏の、さり気ないとはちょっと言えない気遣いを受けることになってしまったからだ。

(1) トランプのゲームの一種。ペアやチームでプレイするのではないラウンド・ゲームで、ディーラーを別として六人のプレイヤーで遊ぶもの。ここにみんなが口々に言っているように、トランプの中でも相当ルールが簡単な部類に入る。

(2) 教区に牧師館まで手配されていても、その牧師が担当をしている教区内に住まずに必要に応じて通ってくるケースは往々にして見られた。四六時中神に仕え教区民に奉仕する牧師という職業に関しては、そうした職住分離は不誠実であるとエドマンドが考えていることがここから分かる(また父のサー・トマスも同じ考えである)が、この点はどうあるべきかという議論は当時国内で盛んに行われていた。

(3) 海軍の位としては、大尉以上の将校任命辞令を受け取り、それぞれ独自の任務を与えられ、それをもって一人前の士官と認められる。士官候補生から始めると、それまでに最低でも六年かかるとされている。

第八章

ファニーが踊るところが見てみたいというウィリアムの願いを、伯父はその場ですぐに忘れてしまったりはしなかった。そういう機会があればとサー・トマスが口にしたのは、単に一時の思いつきではなく、ウィリアムのこのような心温まる思いを叶えてやりたいという願いは消え去ることはなかった。他にもファニーが踊るところを是非見たいという者がいれば、その願いを叶え、若い人たちを楽しませてあげたいという思いがあった。そしてこの件について考えをめぐらせ、一人で静かに決意を固めると、その結果は翌朝の朝食のときに表れた。甥が前の晩に言ったことを繰り返して、それをいい考えだと言うと、さらにこうつけ加えた。「ウィリアム、この楽しみを味わわずにノーサンプトンシャーから去るようなことになっては困るぞ。おまえたち二人が踊るのを見てみたい。ノーサンプトンでの舞踏会の話をしていただろう。おまえの従兄姉たちは時々行っていたけれど、今の私たちにはあまり向かないね。伯母様が疲れ切ってしまうだろうから。ノーサンプトンの舞踏会に行こうなんて考えない方がいい。家で舞踏会を開いた方がいいだろう、もしも……」。

「まあ、サー・トマス」とノリス夫人が口をはさんだ。「何をおっしゃろうとしているか分かりますわ。つまり、もしも、かわいいジューリアが戻っていれば、あるいは、あの愛しいラッシュワス夫人がサザトンにいらっしゃるならば、何か理由とか、きっかけができますから、若い人たちのためにマンスフィールドで舞踏会を開こうとお思いになったかも知れないということでしょう。そうに違いありませんよね。あの子たちが在宅中で出席できるなら、このクリスマスに舞踏会を開いていただろうということですよね。伯父様にお礼を申し上げなさい、ウィリアム、さあ、お礼をおっしゃい」。

「うちの娘たちは」と、サー・トマスは重々しい口調でさえぎった。「ブライトンで楽しい時を過ごしていて、大変満足していると願っていますよ。でも私がマンスフィールドで開こうとしている舞踏会は娘の従弟妹たちのためのものです。もし全員が集まっていれば、もっと満足いくのでしょうが、何人かいないからといって残りの人たちの楽しみを奪ってしまうこともありませんからね」。

ノリス夫人はそれ以上、何も言わなかった。サー・トマスの表情には決意が表れていて、自分の驚きと憤りを落ち着かせるために数分間の沈黙が必要だったのだ。こんなときに舞踏会だなんて。娘たちが不在なのに、それに、自分に相談もなく。しかし、すぐに気をとり直した。自分が万事取り仕切らなきゃ。レイディ・バートラムは、何も考えず、何もしなくていい。自分がすべてやるのだ。自分がその晩のもてなし役にならなければならない。そしてこう考えるとかなり機嫌をとり戻し、他の人々が喜びの言葉や礼を口にしている間に、自分も賛同することができたのだった。

エドマンドとウィリアムとファニーの三人は、それぞれの意味でこの舞踏会が楽しみで、それぞれのやり方で感謝の表情や言葉を充分に表し、これにはサー・トマスも満足だった。エドマンドは、あとの二人のことを思って喜んだ。父親が二人に対してしてやったことや、二人にしてやった親切の中でも、この件はエドマンドにとっては飛び切り喜ばしいものだった。

レイディ・バートラムも完全に同意し、満足しており、異議もなかった。サー・トマスが、妻にはほとんど手間をかけさせないと言うと、「手間のことなんてまったく心配していませんわ。手間なんてまったくかからないでしょうし」と答えた。

ノリス夫人は、一番向いている部屋について提案をしようとしたが、それはもう決まってしまっていた。さらに、どの日にするか思いをめぐらし、意見を言おうと思ったが、日取りもすでに決まっているようだった。サー・トマスは、今回の完璧な計画を立てるのを楽しんでいて、ノリス夫人がおとなしく話を聞く用意ができると、招待する家のリストを読み上げ、日が間近だということを差し引いても、踊りの組が十二か十四ほどできるくらいの人を集められるだろうと計算し、二十二日が最も都合のいい日だと決めたその理由を詳しく述べた。ウィリアムは二十四日にはポーツマスにいなければならない。したがって、二十二日がマンスフィールドにいられる最後の日であろう、そして、これほど短い日数しかないので、それよりは早めない方がいいだろうと考えたのであった。ノリス夫人は、自分もまったく同じことを考えていたことと、夫人自身からしても二十二日が一番好都合であると言おうと思っていたところだと伝えるのみで満足しなければならなかった。

　こうして舞踏会を開くことが決まり、晩には、関係者全員が知るところとなった。急いで招待状が送られ、その夜、あれこれ楽しい悩みで頭をいっぱいにして床についた若い娘はファニーだけではなかった。ファニーにとって、悩みは時に楽しみを超えて大きく膨れあがっていた。というのも若くて、経験もなく、選択肢もそうそうなく、自分の趣味にまったく自信がなかったので、「何を着て行こう」というのが深刻な悩みとなっていたのである。そして所有している唯一の装飾品といえば、ウィリアムがシチリア島から買ってきてくれた、とても美しい琥珀の十字架(1)で、それが最も大きな悩みの種だった。というのも、それを身に着けようにも、リボンに通すくらいしか方法がなかったからである。過去に一度、そうやって身に着けたことはあったが、今回のように、他のお嬢さん方がおそらく豪華なアクセサリーを身に着けているときに、そんなことができるだろうか。でもそれを着けないことは考えられない。ウィリアムは一緒に金の鎖も買ってきたかったのだが、そのお金がなかったのだ。そういうわけだから、今回、十字架を身に着けなければウィリアムを傷つけてしまうかも知れない。こういった悩みがファニーの心を掻き乱し、今回の舞踏会が主に自分を喜ばせるために開かれるのだという嬉しい思いになかなか浸ることができなかったのである。

その間も準備は進められており、レイディ・バートラムは、何一つ煩わしいこともなくソファに座っていることができた。ハウスキーパーがいつもよりも頻繁に相談にきて、メイドに新しいドレスを作るのをいささか急がせた。サー・トマスはあれこれと指示を出し、ノリス夫人は駆けずりまわっていたが、レイディ・バートラムとしてはこれらのことには一切自分の手をかけず、まさに本人が思っていたとおり「この件で、実際私には全然手間はかかってはいない」のだった。

この頃、エドマンドには特にあれこれ心配事があった。自分の将来を近々決めることになる二つの重要な事柄で頭がいっぱいだったのである。聖職と結婚、これらはあまりにも大きな問題だった。舞踏会が終わって間もなく、この二つの内の一つが行われるのは決まっていた。したがってこの舞踏会のことも、家の中の他の人たちほどには重大なものとは考えられなかったのである。二十三日に、自分と同じ状況にある友人と一緒にピーターバラ(2)に行くことが決まっていて、クリスマスの週には聖職に就くことになっていた。これで自分の将来の半分は決定するのだが、もう半分はこのようにすいすいと運ぶようには思えなかった。自分の仕事はこうして決まるが、その仕事を助けてくれて、励みになってくれて、動機づけてくれる伴侶はまだ手に入らないかも知れない。自分の気持ちは分かっているが、クローフォド嬢の気持ちを完全に理解しているという自信はない。二人は完全には同意できない点もあったし、クローフォド嬢がいい返事をくれそうにはなさそうに思われるときもあった。自分に好意を抱いていることは確かだと思うので、できるだけ近い内に、目の前の雑事を片づけてしまったら決着をつけようと心に決めて(あるいは、ほぼ決めて)おり、自分が相手に差し出せるものも固まってはいたが、その申し出の結果がどうなるのかは、あれこれと心配し、何時間も悩まざるを得なかった。相手が自分に好意を抱いていることに、時にははっきりと自信を持てることもあった。長いこと自分の好意を受け入れてくれていたことも思い出せたし、他のこともそうだが、私心を捨てて相手を思いやることができる点でも、クローフォド嬢は完璧だった。しかしまた、時には希望に疑いや恐れが入り交じることがあった。人ごみを離れた静かな生活が好きでないと言っていることや、ロンドンの生活が好きだと断言しているのを考えると、きっぱり断わられることしか望めないのではないだろうか。あるいは、申し込みを受け入れられても、自分のいる場所や仕事に関して、こちらの良心が拒絶せざるをえないような犠牲を払うことになれば、断わられるよりももっと酷い事態なのだろう。

すべては、一つの問いにかかっていた。それまで不可欠だと思っていたものを手放すほど、果たして自分のことを愛してくれているのだろうか。そういった一切は、今や必要ないと思うほど愛してくれるだろうか。そして常に自分に対して投げかけていたこの問いに、多くの場合「それでも愛してくれている」と答えることができたが、時には「そんなことはない」という答えも浮かんでくるのである。

クローフォド嬢はもう間もなくマンスフィールドから去ることになっており、この状況をめぐって、最近では「そういうものを手放しても愛している」と「そこまでは愛していない」が常に交代するのであった。友人からの手紙が着いて、是非ロンドンに遊びに来て長く滞在してほしいと伝えていたことを話すとき、クローフォド嬢は目を輝かせ、ヘンリーが、自分がクローフォド嬢をロンドンに連れて行けるよう、一月までここに滞在しようと言うと、それに対して感謝するのも耳にした。ロンドンへの旅を楽しみにして夢中で語る様子を見ていると、その一言一言が「それほどは愛していない」と言っているようだった。ただしこれは、その計画が決まった当日のことであり、それも最初の一時間、友達のところに遊びに行く楽しみしか頭になかったときのことだ。その後はもっと違った感じで話をしているのを聞いた。他の思いが入ってきて、明暗入り混じった様子だった。グラント夫人に向かって離れるのが寂しいと言っているのを聞いたし、これから会う友人も、そこで味わう楽しみも、今の楽しみとは比べ物にならないのではないかと思い始めたとも言っていた。それでも行くべきだし、行けば楽しいだろうことは分かっていたが、今からすでに、マンスフィールドに戻ることを楽しみにしているとのことだった。今のこれは、「たとえそれでも愛している」という意味になるのではないだろうか。

こういったことに思いをめぐらせ、あれこれ計画を立てたり練ったりしていたので、エドマンドとしては、家族みんなが非常に楽しみにしている夕べについては、それほど強い興味を抱くことができなかった。二人の従弟妹にとって楽しい催しであることを除けば、その晩は、いつもの牧師館の家族との会食以上に価値があるわけではなかった。会えば会うほどに、クローフォド嬢の自分に対する愛情について自信を持てるかも知れないという期待はあったものの、ざわついた舞踏会は、真剣な感情を呼び起こしたり、それを口に出して伝えたりするには相応しい場ではないかも知れなかった。周りのみんながが朝から晩まで舞踏会の準備にいそしんでいるとき、エドマンドは、最初の二つの踊り（舞踏会でかかる曲は二曲で一つのセットになっていた）の相手となってくれるようにとクローフォド嬢に早々と頼んでおくくらいしか前もって何もせず、自分として期待できる楽しみは、せいぜいそれくらいだったのである。

舞踏会は木曜日に開かれることになっていた。そして水曜日の朝、何を着たらいいのかまだ迷っていたファニーは、もっとものごとをよく分かっている人に相談しようと思い立ち、グラント夫人とその妹の意見を聞くことにした。あの二人は趣味がいいことで通っているので、間違いはないだろうと考えたのである。エドマンドとウィリアムがノーサンプトンに出かけ、クローフォド氏も不在だということが分かったので、他の人に邪魔されないで話をすることができるだろうと見込んで、ファニーは牧師館へ出かけて行った。そして自分たちだけで邪魔が入らずに話をするというのが、ファニーにとってとても大事なことだった。こんなことくらいでこんなにも頭を悩ませていることを、半ば恥ずかしく思っていたからである。

牧師館から数ヤードのところで、ちょうどファニーに会いに来ようと出かけてきたクローフォド嬢に遭遇した。そしてこの友人が、失礼にならぬよう、一緒に牧師館に戻ろうと誘ってはきたが、実のところ散歩の機会を逸したくはなさそうだったので、ファニーはすぐに自分の用件を口にして、もしご意見をいただけたら、家に戻らなくても外でも用は済むだろうと説明した。クローフォド嬢は相談を持ちかけてくれたことを喜んだようで、一瞬考えた後、始めよりさらに熱心に、一緒に牧師館に戻って話をしようと繰り返した。グラント博士と夫人は応接間にいるけれど、二人の邪魔をせずとも、自分の部屋に上がり、そこでゆっくりとおしゃべりすればいいだろうと提案したのである。これはまさにファニーにとってうってつけの計画だった。そしてこのような迅速で親切な計らいにしきりと感謝して、ファニーはクローフォド嬢と一緒に家の中に入り、二階に上がり、すぐに話に没頭した。相談されたことに気をよくしたクローフォド嬢は、判断力と趣味のよさを総動員して、役に立つ助言を与え、優しい言葉をかけてファニーを安心させようとした。ドレスに関しては大事な部分は全部決まった。「でも、首飾りは何になさるの」とクローフォド嬢が尋ねた。「お兄様が下さった十字架を着けるのでしょう」。そう言いながら、小さな包みをほどき始めた。さきほど外で会ったときからクローフォド嬢が手に持っていたものだと、ファニーは思った。この件について、ファニーは、望んでいることと、心配していることを口にした。十字架を身に着けることも難しいが、身に着けないでいることもできないということだ。その答えとして、目の前に小さな宝石箱が置かれ、中にあるいくつかの金の鎖やネックレスから一つ選ぶように言われた。クローフォド嬢が手に持っていたのはこの箱であり、ファニーに会おうと出かけたのもこの箱のためだったのだ。そしてこれ以上ないくらいの優しい口調で、十字架を通すために一つ選んで、自分を喜ばせるためだと思ってそれは自分でとっておいてほしいと頼み、さらに、この申し出に即座に恐れをなして、尻込みするファニーのためらいを消そうと、思いつくだけの理由を並べた。

「こんなに沢山あるのよ」とクローフォド嬢は言った。「この半分も使っていないし、持っているのを忘れてしまっているくらいなのよ。新品を差し上げようというのではないの。お古のネックレスを受け取っていただきたいだけなのよ。失礼なのは分かっていますけれども、私を喜ばせてちょうだい」。

ファニーはそれでも本心から断り続けた。それはあまりにも高価な贈り物だったのだ。しかしクローフォド嬢は屈せず、ウィリアムの十字架、舞踏会、そして自分の気持ちなど、あらゆる点を挙げながら、愛情を込めて熱心に勧めた結果、とうとう説得に成功した。ファニーは、プライドが高いとか、思いやりに欠けているとか、心が狭いと思われてはいけないと、承知しないわけにはいかなくなってしまった。そして遠慮に遠慮を重ねながらももらうことを承諾すると、選びにかかった。どれが最も価値が低いものか判断しようと、じっくりと見てみた。そして、とりわけ何度も勧められたような気がするネックレスが一つあったので、最終的にそれを選ぶことにした。きれいな細工の施された金のネックレスだった。ファニーとしては、十字架を通すには、もっと長くて飾りのない鎖がよかったのだが、これこそクローフォド嬢が一番手放したいものなのだろうと、これを選んだのだ。クローフォド嬢は非常に満足げな調子で微笑んだ。そしてすぐにファニーの首にネックレスをかけてやり、どれほど似合っているか見てごらんなさいと言って、贈り物の仕上げをした。

ファニーは似合うと言われて特に返す言葉もなかったし、まだためらいが残ってはいたものの、必要としているものが手に入ったのを大変喜んでいた。これが他の人からならさらによかったような気もした。しかし、そんなことを考えるのはよくないことだ。このように、自分が必要なことを分かってくれているのが、真の友情というものだ。「このネックレスを着けるたびにあなたのことを思いますわ」とファニーは言った、「そしてご親切を身に染みて感じます」。

「そのネックレスを着けるときには、もう一人、別の人のことも思い出さなければいけませんよ」とクローフォド嬢は答えた。「私の兄のことを思ってちょうだいね。元々選んだのが兄なんですもの。兄がくれたものなので、ネックレスと一緒に、贈り主を思い出す義務もお譲りしますわ。私たち家族を思い出してね。妹を思うのであれば、兄も一緒でなきゃだめよ」。

ファニーは非常に驚いてうろたえ、すぐさま贈り物を返そうとした。「人からの贈り物、それもお兄様からの贈り物を頂くなんて、とてもできません。絶対にいけないことです」。そして、相手が面白がるほど懸命に、そして狼狽しながら、ネックレスを綿の上に戻し、別のものを選ぶか、そうでないならまるっきり頂かないことにすると言い張った。こんなにもかわいらしく心の内を見せる人を見たことがないとクローフォド嬢は思った。「まあ、ファニーったら」と笑いながら言った。「何をそんなに困っているの。兄がそのネックレスが私のだと気づいたら、あなたが私から盗んだと思うと言うの。それとも、あなたのその美しい喉をこのネックレスが飾っていることで、度を越して喜んでしまうのじゃないかとでも思っていらっしゃるの。その喉がこの世界に存在していることさえも知らなかった三年も前に、自分のお金で買ったものなのに。それとも、ひょっとしたら」と、意味ありげな視線を向けて言った。「二人が仕組んで、兄に頼まれたからこうして差し上げているとでも思っていらっしゃるのかしら」。

ファニーは頬を真っ赤にし、そんなことは思いつきもしなかったと抗弁した。

「それならば」と、クローフォド嬢はもっと真面目な口調で続けたが、心の中ではまったくファニーの言葉を信じていなかった。「何かの企みがあると疑っていらっしゃるわけでもないのですし、普段のあなたらしく特別な好意を寄せられているなんて夢にも考えていないってことを証明するためにも、どうぞ、もう何も言わずにネックレスを受け取ってちょうだい。それが兄からの贈り物だからといって、あなたがそれを受け取ることには何の問題もないわ。私としては手放すのに、本当に、なんの躊躇もないんですから。いつも数え切れないほど兄が贈り物をくれるので、その半分も大切に思っていないし、兄だって半分は忘れているわ。このネックレスなんかは、多分六回も身に着けていないんじゃないかしら。とてもきれいだけれども、ほとんど覚えてもいないわ。もちろんこの宝石箱のどれを選んでいただいてもいいですけれど、もしどれか選べと言われたら、私が最も手放したくて、あなたに持っていていただきたいと思うものを、あなたがたまたま選ばれたのよ。どうか、もう何も言わないでちょうだい。それに、こんなにあれこれ言うほどのこともない話なのよ」。

ファニーはそれ以上反論することができなかった。そして、ネックレスを受け取りつつ、感謝の言葉を述べたが、最初に言ったときのような喜びは感じなかった。というのもクローフォド嬢の目には、どこか引っかかる表情が見てとれたからである。

クローフォド氏の振る舞いの変化にファニーが気づかないということはさすがになかった。ずっと見てきたのだから。明らかに自分を喜ばせようとしていた。自分を女性として意識しているし、注意を向けていた。自分の従姉たちに対するような態度を自分にとっていたのである。従姉たちの心を掻き乱したように、自分の心をも乱そうとしているのだろう。それにもしやこのネックレスの件も一役買っているのだとしたら。それがないとは言い切れなかった。クロフォド嬢は妹としては申し分なくとも、女性として、そして友人としては、思慮の危ういところがあるのだから。

思いにふけり、あれこれ疑い、あれほど欲しかったものが手に入ったのにあまり嬉しくないと感じながら、ファニーは帰路に就いた。来るときに比べて心配事は、減ったというよりは、違う種類の何かに置き換えられたのであった。

(1) 地中海のシチリア島には英国海軍の基地が置かれていた。同じシチリアで入手できるトパーズなどに比べると琥珀は決して高価とは言えず、最下位士官の四分の一ほどの給金しか受け取ることができないウィリアムには精一杯のお土産であったと言える。

(2) ピーターバラは、ノーサンプトンシャーの北東七十キロメートルほどにある実在の町で、大聖堂が置かれており、教会階層の中で「シティ」の格を与えられている(その下が「バラ」、そして「タウン」である)。この地方を代表する大聖堂なので、エドマンドはピーターバラの大聖堂に赴いてその主教によって聖職に叙階されることになる。

第九章

家に着くとすぐに、ファニーは階段を上り、この予期せず手に入れてしまった、はしてもらって嬉しいのかどうか自分でも分からないネックレスを、東の間に置いてあるささやかな宝物を入れるためのお気に入りの箱にしまいに行った。しかし扉を開けると、なんと驚いたことに、従兄のエドマンドが机に向かって何か書き物をしているところだったのである。こんなことは前代未聞だったので、嬉しいと共に不思議に思われた。

「ファニー」と、エドマンドは即座にペンを置いて立ち上がり、手に何かを持って近づいてきた。「部屋に勝手に入ってしまってすまない。君を探しにきて、じきに来るんではないかと待っていたんだが、用件を説明するのに君のインクスタンドを借りているよ。君に宛てて書きかけた手紙がそこにあるけど、用事は今直接言うことにするよ。まあそれは、単に、このささやかな贈り物を受け取ってほしいというだけのことなんだ。ウィリアムがくれた十字架に付ける鎖だよ。先週渡すつもりだったんだけど、僕が思うよりも数日遅れて兄がロンドンに着いたから、ついさっき、ノーサンプトンで受け取ったところなんだ。鎖を気に入ってくればいいんだが。君の趣味に合わせてシンプルなものにしたつもりなんだけど、いずれにしても、僕の気持ちなので、この最古参の友人に入る僕からの愛情の証を受け取ってくれるよね」。

そう口にすると、ありとあらゆる痛みと喜びに圧倒されたファニーが何か言う前に、エドマンドは急いで出て行った。しかしファニーは、中でも感謝を伝えたいという強い気持ちに駆り立てられて呼びとめた。「エドマンド、ちょっと待って、どうか待ってちょうだい」。

エドマンドは振り返った。

「なんとお礼を言えばいいのか」と、ファニーは、動揺して言葉を続けた。「なんてお礼を言っていいのか分からないわ。私の気持ちは、とても言葉に表せませんから。こんなに気をかけていただいて、なんて言ったら……」。

「ファニー、言いたいことがそれだけなら、じゃあ」と、エドマンドは微笑んで、また行こうとした。

「いいえ、そうじゃないの。相談したいことがあって」。

ほとんど無意識に、たった今手渡された包みを開けていたが、宝石商特有の優雅な包みの中に、非常にシンプルできれいな飾りのない金の鎖を見つけると、再び声を上げずにはいられなかった。

「まあ、なんてきれいなの。これはちょうど、私が欲しかったのはまさにこれなのよ。欲しかったのはこれだけなんです。十字架にぴったりだわ。この二つは絶対に一緒に身に着けなければならないし、そのように着けることにするわ。これ以上ないほど嬉しいタイミングよ。エドマンド、これがどんなに嬉しいか分からないでしょう」。

「ファニー、君はこういうことをちょっと大層に考えすぎているよ。君が鎖を気に入ってくれて、明日に間に合ったのはとても嬉しいよ。でも君の感謝の気持は大げさだよ。僕には、君を喜ばせる以上に嬉しいことはないんだから。本当だよ、こんなにも完全に、純粋に嬉しいことはないよ。純然たる喜びだよ」。

このような愛情の言葉を聞かされたのだから、ファニーは一時間くらい、一言も口をきかずにいてもよかったかも知れない。しかし、エドマンドは一瞬待った後、「でも、相談ってなんだい」と言ったので、天にも舞う気分だったファニーは地に引き戻された。

相談というのはネックレスのことだった。今や返したくて仕方がない気持になっており、エドマンドにも同意してほしかったのだ。さっきの訪問の話をしたが、ファニーの喜びもどうやらここまでなのだった。というのも、エドマンドがこの出来事にあまりにも感銘を受け、クロフォード嬢の行いにあまりにも喜び、二人が同じことをしたという偶然にとても胸を打たれた様子だったので、ファニーは、エドマンドは純粋とは言えない喜びに圧倒されているのではないかと思わざるを得なかった。エドマンドが自分の計画を聞いてくれる準備ができて、それについて意見を言ってくれるようになるまで少し時間が必要だった。愛情に駆られ、物思いにふけっていて、時折賛辞を口にするだけだった。しかしやっと我に返って、ファニーの言うことを理解すると、断固としてファニーの考えに反対した。

「ネックレスを返すだって。いいや、ファニー、絶対にいけないよ。あの方をとても傷つけることになるよ。友人に多分喜んでもらえるだろうと思ってあげたものを返されるのは、相当不愉快なことだろう。せっかく君のためにして下さったのに、あの人の喜びを奪うつもりかい」。

「あの方が最初からご自分で下さったのであれば」とファニーは言った。「返そうなんて思わないわ。でもあの方へのお兄様からの贈り物だと分かったら、必要がなくなったら返してほしいと思い始めるんじゃないかと考えるのも、自然でしょう」。

「それが必要でないだなんて、あの人に思わせてはいけないよ。少なくとも、受け取れないものだったと思わせてはだめだ。それに元々お兄様からの贈り物だったということは、関係ないよ。だってその上で君にくれたのだし、君もそれを分かった上で受け取ったのだから、そのまま持っていていけないことはないだろう。きっと、僕があげたものよりも立派で、舞踏会に相応しいものなんだろうね」。

「いいえ、これより立派なんてことはないわ。ある意味ではちっとも立派ではないとも言えるし、私の目的にもほとんど合わないのよ。この鎖の方が、ウィリアムの十字架にずっと合うんですもの」。

「たった一晩だよ、ファニー、たった一晩のことなんだよ、もしそれがいささかの犠牲を払うことになるのだとしても。君もよく考えたら、あんなに君のことを思ってくれる人を傷つけるくらいなら、その犠牲を払おうと思うだろう。クローフォドさんの君への気遣いは、もちろん君はそれに充分値する人間なんだし、君にその価値がないなんてことがないのは僕が一番よく承知しているからね。でもあの人の君に対する気遣いは不変のものだからね。だからその恩を仇で返すように映ってしまうことをするのは、もちろん、そういうつもりがまったくないのは分かるけどね、それは君の意に反することだろう。明日の晩は、あの人と約束したとおりにネックレスを着けて、この鎖の方は、特に舞踏会のために注文したものではないのだから、もっと普通の日に使った方がいいよ。それが僕からの助言だよ。二人の友情が少しでも損なわれるのを見るのが忍びないんだ。二人の仲が良いのを僕はずっとこの上なく嬉しいことだと思っていたし、性格も真の意味で心が広く、生まれつきのたしなみがあるという点でこれだけ似通っているし、少し違う点があってもそれは置かれた状況による違いであって、完璧な友情の邪魔になるものではないからね。二人の友情が少しでも損なわれるのはいやなんだ」と、ちょっと声を沈めて繰り返した。「この世で最も大事に思っている二人の友情がね」。

そう言いながらエドマンドは立ち去り、ファニーは一人残って、できるだけ落ち着くよう努めた。エドマンドにとって自分は最も大事な二人の内の一人なのだ。それは心の支えになるだろう。でももう一人、大事な人がいるのだ。エドマンドがこれほどはっきり言ったのを聞いたことがなかった。そして、長い間感づいていたことではあったが、それでも衝撃的だった。エドマンドが信念と想いを表明したからだ。強い意志表明だった。エドマンドはクローフォド嬢と結婚するつもりなのだ。長い間予期していたとはいえ、やはり衝撃だった。自分が、最も大事な二人の内の一人なのだという言葉を何度も何度も自分の中で繰り返してみないと、実感が湧かなかった。もしもクローフォド嬢が、エドマンドと一緒になるのに値するほどの人物であったならば。それなら事情は全然違ったし、それならずっと納得もいったろう。でもエドマンドは、クローフォド嬢に惑わされている。実際には存在しない長所を見ているし、短所は相変わらずなのにもはや見えていない。ファニーは、この幻惑を思いながらたっぷりと涙を流して、ようやく動揺する気持を抑えることができた。そして、その後にやってきた憂鬱を払いのけるためには、エドマンドの幸せを祈るしかなかった。

ファニーは、エドマンドに対する自分の想いの中から、行き過ぎなもの、利己的になりがちなものをすべて取り除く努力をすることを決意し、そうすることが自分の義務だとも感じていた。これを喪失とか失望と言ってしまったり、そう思ったりすることさえ、おこがましいことだった。この件に関してファニーは充分に謙虚な自分を表すだけの表現が見つけられずにいるくらいだった。クローフォド嬢にならば許されるような感情を自分がエドマンドに対して抱くなど、正気の沙汰ではなかった。ファニーにとっては、どんな状況においても、それはあり得ないことだった。友情以上などということは。自分を強く責め、否定しているのに、こんな考えが浮かぶなんて、いったいどうなっているのか。そんなことは、頭の中にちらとも浮かんではいけないのだ。理性を取り戻し、冷静な知性と純粋な心をもって、本当にエドマンドのことを心配する立場に立って、クローフォド嬢の人格を正当に判断できる立場に立たなければいけないのに。

ファニーは雄々しくも信念を抱き、自分の義務を果たす決意をしていた。しかし同時に若者の、至極自然な感情を持ち合わせてもいた。したがって、ファニーがこのように自らを律しようと決意したその後なのに、エドマンドが書き始めていた紙の切れ端を願ってもいない宝物として手にとったことや、「僕のかわいいファニー、どうか僕のためにこれを受け取って……」という言葉を胸の内を震わせながら読んで、贈られた鎖と一緒に、この言葉もエドマンドからの一番大切な贈り物として箱にしまったことについても、さして不可思議には思わないでいただきたい。それまでエドマンドからもらった中では、唯一の手紙らしきものだったのである。このようなものを受け取ることなど、もう二度とないかも知れない。受け取る場面からしても、その文面からしても、これほど申し分のない手紙を受け取ることなど、もうないだろう。どんな著名な作家の筆から生み出された二行の言葉でも、これほど価値の高いものはかつてなかった。どんなに敬愛に動かされた伝記作家が調べても、見つけることはできないだろう。女性の愛は、伝記作家による愛さえも超えるものなのである。女性からすれば、書かれている内容など関係なく、筆跡そのものが喜びをもたらすのだ。エドマンドの何気ない筆跡でさえもが他に例がないものだった。急いで書かれたこの筆跡の見本は、まるで非の打ち所がなかった。そして最初の言葉の流れ、「僕のかわいいファニー」という言葉の見事な並び方は、ファニーには何度読んでも飽き足らなかった。

こうして理性と弱さを絶妙に組み合わせることで、考えをまとめ、感情の高ぶりを抑えたファニーは、ようやく階下に降りてレイディ・バートラムのもとに行き、いつものの仕事を再開し、特にふさぎこんだ様子も見せずに、伯母の世話をすることができた。

　希望と喜びの約束されている木曜日がやってきた。そしてこのような思うようにいかない、自分ではどうにもならない日々の中では珍しく、ファニーに喜びをもたらした。朝食が終わって間もなく、クローフォド氏からウィリアムに宛てて、親しげな調子の手紙が届いたのである。クローフォド氏は翌日から数日の間ロンドンに行かなければならなくなったので、誰か連れはいないかと思い立ち、もしウィリアムが予定よりも半日早くマンスフィールドを出発することを承知してくれたら、是非馬車でご一緒したいということだった。クローフォド氏は、叔父のいつもの遅めのディナーの時間(1)までにはロンドンに着くつもりでいて、ウィリアムも一緒に提督の家でディナーをと招いた。ウィリアム自身にとっては、この提案はきわめて喜ばしいもので、明るくて楽しい友人と共に、四頭の馬を立てて、最も速くて贅沢な方法で移動するのは(2)楽しみであり、通報艦（海軍で本国に戦争の勝利を伝えるべく公式に派遣される兵員は、特別に速い船である通報艦を使い、個別に報奨を得る習慣があった）になぞらえつつ、いかに快適で威厳に溢れた旅ができるかと想像をめぐらせていた。ファニーはこれとは別の意味で大変このことを喜んだ。最初の計画ではウィリアムは、翌日の晩にノーサンプトンから郵便馬車でロンドンに行くことになっていたが、そうなると、ポーツマス行きの馬車に乗り換える前に一時間も休むことができなかったのである。クローフォド氏のこの申し出によって、ウィリアムと過ごす時間が何時間も減ることになってしまうのだが、ウィリアムが疲れる旅をしなくても済むと思うと嬉しくて、ファニーには他に何も考えられなかった。サー・トマスはまたさらに別の理由でこの計画に賛成した。甥がクローフォド提督に紹介されるのは都合のいいことだったのだ。提督は恐らく役立つ人脈だと思われた。どこから見ても大変喜ばしい手紙であった。ファニーの気持はこの手紙のおかげで半日は明るかったし、その手紙を書いた人物が間もなくこの地を去って行くということも、さらに喜ばしかったのだった。

もうすぐそこに迫った舞踏会に関しては、ファニーは気持が動揺し、不安でもあったので、本来ならば味わっていなければならないはずの、楽しみにわくわくする気持は半分も感じられなかった。多くの若いお嬢さん方ならば、この舞踏会をもっと気楽に楽しむだろうし、ファニーが抱いていると思われるほどの新鮮さも、特別な気持ちも持たずに舞踏会を楽しみにしている若いお嬢さん方が思うほどには、ファニーは舞踏会を楽しみに思えなかったのである。この場に招待された客の半数には名前しか知られていないプライス嬢が今晩初登場し、この夕べの女王となるはずだった。プライス嬢ほど幸せな人はいないだろう。しかしプライス嬢は社交界に入るという稼業に就くように育てられていなかった。この舞踏会で自分が想定されている位置づけを知ってしまったら、何か間違ったことをしやしないか、多くの人に見られるのではないかといったファニーの恐れはさらに高まり、楽しみがさらに失せてしまったことだろう。あまり注目されぬようにし、ひどく疲れることもなく踊れること、一晩の半分くらいは体力と踊りの相手が絶えることがないこと、エドマンドと少し踊って、クローフォド氏とはあまり踊らず、ウィリアムが楽しんでいるのを見ることができて、ノリス伯母を避けること。どうやらこの辺りがファニーの野望の骨頂であり、最大の幸せをもたらすことなのだ。こうしたことをファニーは最も強く望んでいたので、それが常時叶えられていると期待することはできなかった。そして長い一日を主に二人の伯母と共に過ごすにつれて、それほど楽観的な気持を抱けなくなってきた。この最後の日を徹底的に楽しむことを決めたウィリアムは、チドリを撃ちに出かけていた。エドマンドは恐らく牧師館に行っているのは間違いないようだった。そして、ハウスキーパーが夜食について自分の意見を押し通すので機嫌を損ねているノリス夫人の小言を聞かされ、ハウスキーパーと違ってそこから逃げることもできないファニーは、最後には、舞踏会に関するすべてのことがいやになっていた。そして、早く着替えてきなさいと叱られると、まるで舞踏会に行かせてもらえない人のように、無気力に自分の部屋へ戻り、もはや少しも喜びを感じることができなかったのである。

ファニーはゆっくりとした足取りで階段を上りながら、昨日のことを考えてみた。牧師館から帰って、エドマンドが東の間にいるのを見たのはちょうどこのくらいの時間だった。「今日もエドマンドがここにいればいいのに」と、他愛のない空想に浸っていた。「ファニー」、そのとき、近くで声がした。はっとして顔を上げると、ちょうどたどり着いた踊り場の向こうで、エドマンドが、別の階段の上に立っているのが見えた。「ずいぶんとくたびれたようだね、ファニー。遠くまで歩きすぎたんだろう」。

「いいえ、まったく外には出ていません」。

「ならば家の中でくたびれたのだろう。それはもっとよくないよ。外に出かければよかったのに」。

ファニーは不平を言いたくなかったので、何も言わないことにした。そしてエドマンドは自分に対して、いつもの優しい視線を向けてはいたが、すぐに自分の顔色への関心が消えるのが見て分かった。あまり元気がなさそうだった。自分とは関係のない何かで悩んでいるようだった。二人の部屋が一つ上の階にあるため、一緒に階段を上って行った。

「今、グラント博士のところから戻ってきたんだ」とエドマンドが間もなく口を開いた。「どんな用事で行ったのか、分かるね、ファニー」。そう言いながら、あまりにも意味深長な表情を浮かべたので、ファニーにはそんな用事は一つしか思い浮かばず、そのことで胸が苦しくて言葉が出なかった。「クローフォドさんに、最初の二つの踊りの相手をしてもらえるよう申し込みに行ったんだ」というのが続く説明だったので、ファニーは息を吹き返した。そして、自分が何か言うことを期待されていたようなので、申し込みの返答はどうだったかと尋ねることができた。

「ああ」と、エドマンドは答えた。「約束はとりつけたよ。だけど（と、ぎこちない笑みを浮かべて続けた）僕と踊るのはこれが金輪際最後だと言うんだ。本気ではないと思うんだ。本気ではないと思うし、そう思いたいし、そうに違いないと思う。でも、そんな言葉は聞きたくなかったよ。牧師相手に踊ったことはないし、これからもないだろうって言うんだ。ファニー、僕の気持ちとしては、この舞踏会がたまたまこんな日に開かれるなんて。つまり、この週の、まさにこの日に開かれたりしなければ。だって、明日にはここを出るからね」。

ファニーは苦労して言葉を発した。「いやなことがあったのはお気の毒でした。今日は楽しい日だったはずなのに。伯父様もそのおつもりだったわ」。

「ああ、もちろん、そうなるさ、今日は楽しい日になるよ。すべてうまくいくだろう。ただ、今この瞬間ちょっと気分がすぐれないだけなんだ。この舞踏会がまずいときに開かれたと思っているわけでもないよ。大した意味はないからね。でもね、ファニー」と言いながらファニーの手を取って、低い声で真剣に話しかけたので、ファニーは足を止めた。「このことがどういう意味を持つか分かってくれるね。これが、どういうことなのか。僕がどうして、なぜ気分が落ち込むことになったのか、自分で言うよりも君の方がよく分かってくれているだろう。少し話をさせてくれるかな。君は優しく、とっても優しく聞いてくれるからね。今日一日中あの人の態度に傷ついて、気をとり直すことができずにいるんだ。あの人は君に劣らず性格のいい人で、欠けたところなんてないことは分かっているんだけれども、前に一緒に住んでいた人たちの影響から、あの人の会話や意見にどこか間違ったところがあるように見えてしまうことがあるんだ。悪いことを、別に本気で思っているわけでもないのに、それを口にすることがある。冗談で言うんだ。そして、それが冗談だと分かってはいても、僕の心には堪《こた》えるんだよ」。

「受けた教育のせいね」と、ファニーは穏やかに言った。

エドマンドは同意しないわけにはいかなかった。「そうなんだ、あの人の叔父さんと叔母さんだよ。姪の非常に素晴らしい精神を台なしにしてしまった。というのはね、ファニー、実を言うと時にはあの人の態度だけじゃなく、精神そのものもその影響を受けてしまった感じがあるんだよ」。

ファニーは、これが自分の判断力に期待しての言葉であると思ったので、一瞬考えてから答えた。「ただお話を聞いてほしいということなら、お役に立てるように努力します。でも助言はできません。助言を期待しないでね。私では力不足ですから」。

「そうだねファニー、こんな役目を押しつけられたくないのは分かるよ、でも心配することはないよ。この件に関して、助言を求めようとは絶対にしないから。このような事柄に関しては、助言を求めるべきではないからね。こういうことで助言が欲しいと思う人はあまりいないだろうし、助言が欲しいとしたら、それは、自分の良心に反する行動をするように説得されたい場合だけだろう。僕は君に話をしたいだけなんだ」。

「あと一つだけ。こんなことを言っていいのか分からないけれど、お話のし方に気をつけて下さいね。後で悔いるようなことは今は言わないで。ひょっとすると将来……」。

こう言いながら、ファニーは顔を赤らめた。

「大事なファニー」とエドマンドは、まるでそれがクローフォド嬢の手であるかのように情熱的に、ファニーの手を唇に押し当てた。「君は何から何まで気を配ってくれるんだね。でもここでは必要ないよ。将来そういうことにはならないからね。君が今言おうとしたような事態には、決してならないだろうから。そうなれる可能性はきわめて低いと思うようになってきたよ。そしてますます低くなっていくばかりだ。それにもし万が一にも……そうなった場合でも、僕と君の間では、互いに心配するほどのわだかまりが残るはずもないからね。自分がここで懸念を抱いたことは、今後、恥じ入るつもりはないから。それにもしも僕が懸念する必要などなくなるとしたら、それは、あの人の性格がどこか変わってくれた場合であって、以前に持っていた欠点を思えばよりよいものに思えるようになるからね。今みたいなことを僕が話せるのは君だけだよ。でも君は常に僕のあの人への想いを知ってくれているからね。決して僕があの人の欠点を看過していたわけではないことは、君も保証してくれるね。あの人の小さな欠点についてはもう何度語り合ったことだろう。僕のことは心配いらないよ。僕はあの人のことを本気で考えることはもう諦めてしまっているけど、これからどうなろうと、僕は、君の優しさと思いやりに心から感謝しないほどのばかではないさ」。

エドマンドの言葉は、十八歳の娘が経験から知ったことを揺るがすに充分なものだった。エドマンドの言葉は、ファニーがここしばらく経験しなかったほどの喜びを与えたのだ。ファニーはさらに明るい表情になって答えた。「ええ、エドマンド、あなたに限ってそんなことはないわ。他の人は分からないけれども。私はあなたが何を話そうと恐れる必要はないわね。どうぞ、ご自由に、なんでも言いたいことを話して下さい」。

二人は三階まで上ってきており、そこにハウス・メイドがやって来たので、それ以上会話を続けることはできなくなった。ファニーの当面の心の平穏のためには、二人の会話はちょうどいいところでさえぎられたと言えるかも知れなかった。だって、もうあと五分あったなら、エドマンドはクローフォド嬢の欠点や、自分の落胆までもすべて克服してしまったかも知れなかったのだから。しかし、そういうわけなので、二人が別れたときには、エドマンドは感謝の込もった愛情のまなざしをファニーに向け、ファニーは得がたい喜びを抱いていた。もう何時間もこんな気持ちになっていなかった。つまり、クローフォド氏からウィリアムへ宛てた手紙がもたらした最初の喜びがおさまって以来、まったくそれとは反対の気持ちで過ごしていたのだ。自分の外部には喜びの素になるものはなく、自分の内部にも希望はなかった。しかし今や、あらゆるものが輝いて見えた。ウィリアムにもたらされた幸運をまた思い出すと、始めに感じた以上に嬉しく感じられた。それに舞踏会——なんと楽しい夜が待っていることだろう。今やそれはまぎれもなく元気づけてくれるものとなった。そしてファニーは、舞踏会につきものの幸せな、どきどきする気持ちで、準備を始めた。すべてはうまくいっていた。自分の姿にも満足した。そしてネックレスを着けるとき、ファニーの幸せは最高潮に達した。というのも、クローフォド嬢からもらったものは太すぎて、十字架の輪っかをまるっきり通らなかったからである。エドマンドを喜ばせるためにそちらを身に着けようと決めていたのだが、太すぎたのだ。したがって、エドマンドからもらったものを身に着けることになった。そして非常に喜ばしい気持ちで鎖と十字架をつないだのであった。最も愛しい二人の人物からもらったもの、その大事な二つのものが想像の中でも、実際の大きさでもぴったり合うのを確かめて、首に着けて、それがウィリアムとエドマンドの思い出で満たされているのを見て感じた後、ファニーは自然に、クローフォド嬢からもらったネックレスも身に着ける気になれたのである。そうするのが正しいと自分でも思った。クローフォド嬢の好意にも応える必要があった。そしてそれを身に着けることが、より大きな別の誰かの好意、より真実の優しさをさえぎることはなくなったので、クローフォド嬢の好意をきちんと受けとめるのが喜びにさえなった。そのネックレスは確かにとても似合っていた。そしてファニーは自分自身についても、自分の周りのことについても満足して、やっと部屋をあとにすることができたのである。

バートラム伯母様は、今回は珍しいほどにはっきりした頭で、ファニーのことを考えてくれた。誰に言われることもなく、本当に自分から、ファニーの舞踏会に出る準備を手伝うのには、アッパー・ハウス・メイドよりはいい手助けが必要なのではないかと気づいたのである。そして自分が身支度を終えると、なんと、伯母は自分つきのメイドを、ファニーの手伝いに寄こしたのである。もちろん、手伝うには遅すぎたが。チャップマン夫人が屋根裏部屋の階にちょうどたどり着いた頃、プライス嬢はすっかり支度を終えて部屋から出てくるところであった。二人の間には丁寧な言葉が交わされただけであったが、ファニーはレイディ・バートラム自身やチャップマン夫人が感じたのと同じくらい、レイディ・バートラムの思いやりに感激したのであった。

(1) 例外はありながらも、概して社会的な階級が高いほど、夕食の時間が遅くなる傾向が認められる(上巻解説五五九頁参照)。実際、夕食を遅い時間にとるとロウソクや暖炉の炭などの消費が増えた。

(2) ポスト・シェイズと呼ばれる馬車。馬車を御者ごと雇うもので、長距離を走るものもある。馬車駅ごとに停まって元気な馬につなぎ替えることで、長距離も速い速度で移動することを可能にしている。また、この後に言及される郵便馬車は鉄道が発明される前の時代には、世界中で最も速い移動手段であったが、せいぜい時速十五キロメートル程度であった。ときにこのポスト・シェイズも郵便馬車の目的で雇われて走ることもあった。上巻解説五六五頁参照。

第十章

ファニーが階下に降りてくると、伯父と、二人の伯母は応接間にいた。伯父にとってファニーは関心の的であり、ファニーの外見が優雅で、非常に見栄えがいいのに満足していた。ファニーの前では、その服装がきちんとしていて似合っていることしか口にしなかったが、ファニーがその後すぐに部屋を出て行ってから、その美しさをほめたたえた。

「そうですね」とレイディ・バートラムは言った。「ファニーはとてもいい感じですわね。チャップマンを手伝いにやりましたからね」。

「いい感じですって。ええ、そうね」とノリス夫人は声を上げた。「あれだけのことをしてもらったのですから、いい感じにもなりますよ。この家で育ててもらって、従姉たちの立ち居振る舞いがお手本になっていたんですから。ねえ、サー・トマス、私とあなたがあの子にどれだけのことをしてやったか、考えてもごらんになって下さい。今ほめてらしたあの服だって、あのかわいいラッシュワス夫人が結婚されたときにあなたがあの子に贈ってあげたものですよ。私たちが面倒を見てあげなかったら、あの子はどうなってしまっていたでしょうね」。

サー・トマスはそれ以上何も言わなかった。しかし食卓に着いたときに、二人の若い男性の視線から、ご婦人方が退いた後に、また少しこの話をすることができるだろうし、そのときはもっと満足な受けとめられ方をするだろうと考えた。ファニーの方も、自分に賞賛のまなざしを向けられているのが分かった。そして、自分が今日は見栄えがいいのだという意識から、さらに見栄えがよくなっていた。いろいろな理由でファニーは幸せであり、この後すぐにもっと幸せな気持ちになった。というのも、伯母たちの後に続いて部屋を出るときに、ドアを押さえていたエドマンドが、ファニーが通るときにこう言ったからである。「ファニー、僕と踊ってくれるね。踊りを二つ、僕のためにとっておいてくれないとだめだよ。最初の二つ以外は、どの二つでもいいから」。ファニーにはこれ以上望むことはなかった。生まれてこのかた、ほとんど上機嫌と言ってもいいような、こんな気持ちになったことはなかったのである。舞踏会の日に従姉たちが上機嫌でいたことについて、今やもう何も疑問に思わなくなった。確かにとても楽しいことであり、ノリス伯母に見られていないときは、応接間で踊りのステップの練習までしていたのである。ノリス伯母は執事が起こしてくれた文句のつけようのない暖炉の火をいじりまわしては、台なしにしてしまうという一連の作業で手いっぱいだった。

それからの三十分、状況が状況なら少なくとも退屈に感じられただろうが、ファニーの幸福感は続いていた。エドマンドとの会話を思い起こすだけで充分だった。ノリス夫人が落ち着かなくとも、レイディ・バートラムが欠伸をしようと、ファニーは平気だった。

男性たちが応接間に入ってきた。そしてその後はもう、馬車の音を待つだけの、楽しい時間になった。皆に親密で、楽しげな雰囲気が漂っており、立って、しゃべって、笑い合い、喜びと希望でいっぱいだった。エドマンドの楽しげな様子の陰にはなんらかの葛藤があるとファニーには思われたが、それでも、こんなにも巧みにそれを隠しおおせているのを見て嬉しく思った。

馬車の音が実際に聴こえてきて、招待客がいよいよ集まり始めると、ファニーの逸る心はかなり静まり始めた。あまりにも多くの見知らぬ人々を目にして、ファニーはまた自分の中に閉じ込もっていった。最初の挨拶はきわめてものものしく、格式張ったものであり、サー・トマスもレイディ・バートラムも、雰囲気を和らげるようなことはしてくれなかった。そしてその後、ファニーはもっといやなことに何度も耐えなければならなかった。伯父から様々な人に紹介され、話しかけられ、お辞儀をし、自分も話をせざるを得なかったのだ。これは厳しい務めであり、ファニーは呼ばれるたびに、目立たないところをのんびりと歩いているウィリアムの方に目を向け、そっちへ行きたいとどうしても思ってしまうのだった。

グラント夫妻とクローフォド兄妹の到着は有難いことだった。この客たちの気軽な振る舞いと、顔の広さのおかげで、堅苦しい雰囲気がすぐに消えていったのである。あちこちに小さな輪ができて、みんな楽しげな様子だった。ファニーもこの恩恵に与った。そして、エドマンドとメアリー・クローフォドの方ばかりちらちらと見ないでいることができるならば、礼儀の義務から解放されて、再び幸せな気持ちにだってなれただろう。クローフォド嬢は大変美しかった。それはどのような結果を引き起こすのだろうか。ファニーのこうした物思いは、クローフォド氏がすぐ近くにいると分かって、打ち切りとなった。そして、クローフォド氏が即座にと言っていいほどの素早さで、最初の二つの踊りに誘ったことで、思いは別の方向に向けられたのだ。このときのファニーの幸せはきわめて人間的なものであり、混じりけのないものとは言えなかった。最初の踊りの相手が見つかったことは大変喜ばしいことだった。というのも、踊りが始まる時間が刻々と迫っており、ファニーは自分の恵まれた立場をあまりにも理解していなかったので、もしクローフォド氏に誘われなかったら、最後まで誰にも声をかけられず、他の人にあちらこちらに声をかけて、手間をとらせ、とうとう世話を焼いてまで相手を見つけてもらうという恐ろしいなりゆきを思い描いていたからである。しかし同時に、クローフォド氏の誘い方にはどこか意味ありげな含みがあってあまりいい気持ちがしなかった。しかも、氏が自分の着けているネックレスをちらっと見て笑みを浮かべたのに気づき——笑みがあったように思われた——頬を赤らめ、いやな気持ちになったのである。そしてもう再びネックレスに目をやることもなく、それからは穏やかな様子で、自分を楽しませてくれようとしているようだったが、それでも気持ちを落ち着かせることができず、さらに、そのことに相手が気づいていたことまでが伝わってきていよいよ心穏やかでなくなり、相手が他の人と話し始めるまで、心が鎮まることはなかった。そのときになってようやくファニーは、踊りの相手がいることの本当の満足感を徐々に味わうことができた。踊りが始まる前から、自ら申し出てくれる相手がいたのだから。

皆が舞踏室に移動しているときに、ファニーはこの日初めてクローフォド嬢のそばを通ることになった。クローフォド嬢はすぐに、兄よりももっとはっきりと視線と微笑を一ヶ所に向け、その話をしようとしていたが、ファニーは早く説明を終わらせてしまいたいので、二つめのネックレスのいきさつを話し始めた。クローフォド嬢は話を聞き、結果、ファニーに言うつもりだったほめ言葉や思わせぶりな言葉はどこかに行ってしまうことになった。もはやたった一つのことしか頭になかったからだ。そしてすでにきらきらと輝いていた目をいっそうきらきらさせて、喜びを声に出した。「まあ、そうなの。エドマンドが。あの人らしいわ。男性で他にそんなことを思いつく人はいないわ。口では言えないほどあの人の行為に感銘を受けたわ」。そしてあたかも今すぐに本人にそう伝えようとするかのように、周りを見まわした。エドマンドは近くにいなかった。何人かのご婦人方が部屋から出て行くお供をしているところだった。そしてグラント夫人がやって来て、ファニーとクローフォド嬢の腕を取り、三人もあとを追って部屋を出た。

ファニーは気が沈んでしまったが、クローフォド嬢の胸の内に思いを馳せる暇もなかった。舞踏室に入るとバイオリンの演奏が始まっており、気持ちは高揚して、深刻なことを考える余裕もなかった。全体的な流れを見て、どのように振る舞うべきか、注意していなければならなかった。

数分後にサー・トマスがやって来て、踊りの相手はいるのかと尋ねた。「はい、クローフォドさんと約束しています」という返事は、まさにサー・トマスが望んでいるものだった。クローフォド氏はさほど離れていないところにいた。サー・トマスが氏をファニーのところに連れてきて言った言葉を聞いて、ファニーは自分が最初に踊って、舞踏会の始まりを告げる役目を果たす立場にいることに気づいた。そんなことはそれまで夢にも思っていなかった。その晩の細かい段取りを考えるたびに、当然のようにエドマンドがクローフォド嬢と共に最初に踊り出すものとばかり思っていたのだ。そしてファニーはこのことを疑わなかったので、伯父がそれを否定することを言ったのを聞いても、驚いて声を上げ、自分には身に余る光栄であると言い、勘弁してほしいとまで言った。サー・トマスに逆らうなどということ自体、いかに事態が深刻であるかを物語っていた。しかしファニーはこの提案にあまりにも恐れをなしたので、珍しく伯父に顔を向けて、どうか他の方にしてほしいとまではっきりとお願いをしたのである。しかしそれは無駄だった。サー・トマスは微笑みを浮かべ、ファニーを励まそうとしたが、その後は真面目な表情になり、きっぱりとした口調で「それはできないよ、ファニー」と言ったので、もう何も言うことができなかった。そして次の瞬間にはクローフォド氏に手をとられて、部屋の端に立ち、次から次と踊り手たちが列を作るのを待たねばならなくなったのである。

ファニーは今自分の身に起こっていることが信じられなかった。こんなにも沢山の優雅なご婦人方の上に置かれるだなんて。名誉にもほどがある。自分を従姉たちと同じように扱ってもらえるなんて。そしてファニーは、この場にいない従姉たちのことを思い、嘘偽りなく心から、従姉たちが今晩家にいて本来の役目を果たしてくれていたらと残念に思った。従姉たちはどんなにこの場を楽しんだことだろう。うちで舞踏会を開ければどんなに嬉しいだろうと語るのは何度も聞いていた。そしてなんと、二人の留守に舞踏会が開かれ、この自分が先頭に立って踊ることになって、しかもクローフォド氏がその相手だとは。二人が今はもはや自分のこの立場を羨んだりしなくなっていればと願ったが、実際に秋にはどんな状態だったかを思い、この家で最後に踊ったときに互いがどういう関係にあったかを思うと、今自分の置かれた状況が自分でも信じられないほどだった。

舞踏会が始まった。ファニーにとっては、少なくとも最初の踊りは、嬉しさよりも名誉が先に立った。踊りの相手は至って上機嫌にファニーの気持ちも盛り上げようとしたが、ファニーの方はあまりにもどきどきしていて、もうすでに自分が全員の注目の的になっていないと安心できるまでは、恐ろしいばかりで楽しむことができなかった。しかし若くてかわいくて穏やかで、ぎこちなささえもが優雅に見えるファニーに対して、賛辞を惜しむ者はほとんどいなかった。魅力的であり、奥ゆかしくて、サー・トマスの姪御さんであり、さらにクローフォド氏に好意を寄せられているということもすぐに人々の口に上った。全員に気に入ってもらうに充分だった。サー・トマス自身も、ファニーの踊りを満足げに見つめていた。姪を誇りに思い、さすがにファニーの美しさのすべての要素がマンスフィールドで育てられた成果なのだとノリス夫人のようには考えなかったが、その他のすべての事柄は自分の尽力の成果だとは思った。教育と立ち居振る舞いは自分の助力で得たものに違いなかった。

クローフォド嬢には、じっと立っているサー・トマスがこのようなことを考えていることが推測できた。そして、サー・トマスにはずいぶん迷惑を被っているにもかかわらず、それでも気に入ってもらわねばという気持ちが強かったので、機会を狙って踊りの輪から一瞬離れると、サー・トマスに向かって、ファニーをほめる言葉を口にした。その賞賛の言葉には感情が込もっており、サー・トマスの返答もクローフォド嬢を満足させるものだった。慎重さ、礼儀正しさ、そして重々しい口調でできるかぎりの賛同を示し、少なくともその妻よりは良い反応を返した。そのすぐ後にメアリーは、レイディ・バートラムがすぐそばのソファに座るのを見ると、踊りに戻る前に夫人に向き直ってファニーの容姿をほめたのだった。

「ええ、確かにあの子はとてもいいたたずまいですね」とレイディ・バートラムは落ち着き払って答えた。「チャップマンがあの子の支度を手伝ったのよ。私がチャップマンをあの子のところにやったんです」。

レイディ・バートラムは、ファニーがほめられるのを聞くのが嬉しくないわけではなかった。ただ、ファニーの支度を手伝わせるためにチャップマンをファニーのもとにやった自分自身の親切にあまりにも心を打たれていたために、そのことがずっと頭から離れなかったのである。

クロフォド嬢がファニーをほめることによってノリス夫人の機嫌をとろうと思わなかったのは、ノリス夫人という人間をよくよく知っていたからだ。夫人に対してはその場に向いている言葉を述べた。「奥様、今晩ラッシュワス夫人とジューリアがいなくて本当に残念ですね」。そしてノリス夫人は時間が許すかぎり微笑と丁寧な言葉でそれに答えた。というのも夫人は、トランプ遊びをする人を集めたり、サー・トマスにあれこれ提案したり、監督係の年配の夫人たちに部屋のもっとよいところに移ってもらったりすることで大変忙しかったからである。

クロフォド嬢の社交辞令が一番うまい効果を見せなかったのは、それをファニー本人に向けたときだった。ファニーを嬉しがらせ、嬉々とした自信で満たすつもりでいながら、ファニーが頬を赤らめている原因を誤解して、最初の二つの踊りが終わった後に、意味ありげな表情で次のような言葉をファニーに言い、そのことで自信を与えているものとずっと思い込んでいた。「兄がなぜ明日ロンドンに行くのか、あなたなら分かるかしら。ロンドンですることがあるって言っているけれど、なんなのかは教えてくれないの。私に隠し事をするなんて初めてのことよ。でもいずれはそうなるのよね。いつかはもっと大事な人が出てくるんだわ。今となっては、あなたに訊かなければならないのよね。教えてちょうだい、ヘンリーはいったいなぜロンドンに行くのかしら」。

ファニーは恥ずかしさを抑えられるかぎりで、断固として自分は何も知らないということを主張した。

「まあ、それなら」とクローフォド嬢は笑いながら言った。「あなたのお兄様と一緒に旅をして、その間ずっとあなたの話をするためなのでしょうね」。

ファニーはどぎまぎしたが、それは嬉しさゆえではなかった。一方、クローフォド嬢はなぜファニーが笑みを浮かべないのか分からず、過敏なのではないかとか、何か変わったところのある娘だと思ったが、ヘンリーに好意を寄せられているのが嬉しくないのだろうとだけは考えなかったのだ。ファニーはその晩をかなり楽しむことができた。しかしヘンリーが寄せる好意は、その楽しみとはほとんど関係がなかった。クローフォド氏にそんなにもすぐに声をかけられたのは迷惑だった。そして、クローフォド氏がその前にノリス夫人に夜食の時間を尋ねていたのも、その時間に自分の相手をしたいがためだなどと、勘ぐったりしたくもなかったのだ。しかし避けられないことだった。クローフォド氏の振る舞いは、ファニーにのみ関心を向けているのだと感じさせるものだった。

そしてそのやり方は不愉快ではなく、厚かましいところとか、これみよがしなところもないし、時折ウィリアムの話をしてくることなどはそう悪いものではなく、心の温かささえ感じさせたが、それでもそのように関心を向けられていることに喜びを感じはしなかった。ファニーはウィリアムの方に目をやり、舞踏会を楽しんでいる様子を見るたびに幸せだった。五分ほど時間をとってウィリアムと歩きまわり、どんな相手と踊ったのかを聞くたびに嬉しかった。自分が賞賛の的であることを感じて嬉しかったし、エドマンドとの二曲の踊りをほとんど一晩中楽しみにできたことも幸せだった。ファニーを踊りに誘う相手は尽きなかったので、何曲目にとはっきり決めていなかったエドマンドとの踊りは常に、まだこれから先のことだったのである。そしてとうとうそのときが来てもまだ幸せだった。ただそれは、エドマンドが特に快活だったからでも、あるいは、今日自分に向けられたような、優しいほめ言葉のためでもなかった。エドマンドの頭は疲れていて、ファニーの喜びは、そんなときにやすらぎを感じさせる友であることから来るものだった。「もう社交辞令にはくたびれたよ」とエドマンドは言った。「一晩中何か言っているのに、実際は何も言うことなんてないんだ。でも、ファニー、君と一緒だと、静かになれるよ。君には話しかけたりしなくてもいいだろう。沈黙という贅沢を味わおうよ」。ファニーは同意の言葉さえほぼ口にしなかった。今日話した、あの感情から来た疲れなのだろうから、それは特に尊重しなければならないように思われた。そして二人はあまりにも落ち着き払って静寂の内に二つの踊りを踊っていたので、見る者は誰もが、サー・トマスがファニーを次男の妻とするべく養育していたわけではないことを納得したであろう。

その晩はエドマンドには大して楽しくはなかった。クローフォド嬢は、最初に一緒に踊ったときには陽気に振る舞っていたが、エドマンドが求めていたのは陽気さではなかった。その陽気さのせいで、エドマンドは気持ちが楽になるというよりも、むしろ気持ちが沈んでしまうのだった。そしてその後にしても、クローフォド嬢のもとに再び行かずにいられず、つい自分から足を運び、果たして自分がこれからまさに就こうとしている職業に関して、またも毒舌をいただいてしまうのだった。二人は話をした。それから黙った。エドマンドは弁解もしてみた。クローフォド嬢はそれを冷やかした。そしてとうとう二人とも腹を立てつつ別れた。ファニーは二人にまったく目を向けずにいることはできなかったのだが、その様子を見たことである程度の満足感を抱いた。エドマンドが苦しんでいるのに自分が幸せでいるだなんて、もってのほかだった。それでも、エドマンドが確かに苦しんでいるという確信は喜びをもたらさずにはいなかったのである。

エドマンドとの二つの踊りが終わると、ファニーはもっと踊りたいという気持ちも体力も、もう尽きていた。ファニーが最後の踊りで、短くなりつつある踊り手の列を、踊ってというよりは歩いて行き、息を切らせて、手を脇腹に添えているのを見たサー・トマスが、もう踊りをやめて座っているように言い渡した。そうするとクローフォド氏も同じように腰を下ろした。

「大変だったね、ファニー」とウィリアムは一瞬ファニーのもとに行き、自分の踊りの相手の扇子を借りて、命に関わる事態であるかのようにせっせとあおいでやりながら言った。「こんなにもすぐに疲れてしまうんだね。だって、楽しみは始まったばかりじゃないか。もう二時間は続けてほしいくらいなのに。なんでそんなに早く疲れてしまうんだい」。

「早いと言っても、ウィリアム」とサー・トマスはきわめて注意深く懐中時計を取り出しながら言った。「もう三時だし、君の妹はこんな時間に起きていることなんてないのだよ」。

「それならばファニー、明日の朝、僕が出発する前に起きなくてもいいよ。ゆっくり休んで、僕のことは気にしなくていいから」。

「だって、ウィリアム」。

「なに、君の出発前にファニーは起きようとしていたのかね」。

「ええ、そうですわ」とファニーは、伯父に近づくために、夢中で椅子から立ち上がって声を上げた。「起きて、兄と朝食をとりたいんです。だって、最後ですもの、最後の朝ですから」。

「やめた方がいいね。ウィリアムは九時半には朝食を済ませて、発たなければならないのだから。クローフォドさん、九時半にお迎えにいらっしゃるんでしたな」。

しかしファニーがあまりにも懇願し、目に涙をためているので、ここは折れずにはいられなかった。そして「まあ、そうか。それならば」という優しい言葉で許可することにした。

「そう、九時半ですよ」とクローフォドは、その場を離れようとしていたウィリアムに向かって言った。「時間どおりにやってきますよ。僕には、起きてきてくれる優しい妹はいませんからね」。そして低い声でファニーに言った。「僕はわびしい家から急いで出てくるだけですからね。お兄様は、僕と時間の感覚がずいぶん違うのが明日よく分かるでしょうね」。

少し考えてから、サー・トマスはクローフォドに、一人で朝食をとるよりもこの家で早目の朝食を一緒にとらないかと誘った。自分も同席するからとのことだった。そして相手がすぐに招待を受けるのを見て、以前から感づいていた、そしてそもそもこの舞踏会のきっかけとなったことをもはや認めざるを得ない、とある事情について、確信を深めたのだった。すなわち、クローフォド氏はファニーに恋をしていたのだ。この先どうなるのかを、楽しく想像した。一方、姪は今の伯父の誘いを有難く思っていなかった。最後の朝なのだから、ウィリアムを独り占めしたかったのである。それは言葉には言い尽くせない贅沢になっただろう。しかし望みが叶えられなくても、ファニーの胸には不満の言葉は浮かばなかった。むしろ、自分の気持ちを尋ねられたことや、自分の思いに従ってことが運ぶのにまったく慣れていなかったので、ここまで自分の希望が通ったことを不思議に思い、喜ぶだけであり、その後の反動にがっかりすることもなかったのである。

　そのすぐ後に、サー・トマスはまたもやファニーの楽しみをさえぎって、もう休んだ方がよいのではないかと提案した。「提案」と自分では言っていたが、それは完全なる権力に裏づけられた提案だったので、ファニーは立ち上がり、クローフォド氏が真心を込めて別れを惜しむ声を聞きながら、そっと部屋から出て行った。そしてブランクソルム・ホールの婦人のように「たった一瞬、それだけ」立ち止まって（前出スコットの『最後の吟遊詩人の詩』からの引用）、楽しい情景に目をやり、まだ断固たる決心で楽しんでいる、五組か六組の踊り手の姿に最後の一瞥をやった。そして一番大きな階段をゆっくり、這うように上がって行き、背後に絶えることのないカントリー・ダンスの音楽を聴き、希望と恐れ、スープとニーガス（舞踏会では夜食が提供される。ニーガスは同名の英国人が発明したお酒で、砂糖や香料などがブレンドされたもの）で興奮し、足が痛く、疲れ果て、落ち着かなくて高揚した状態で、それでも何があっても舞踏会とは確かにとても楽しいものだと感じていた。

こうしてファニーを立ち去らせたサー・トマスは、ファニーの身体のことだけを考えていたわけではなかったのかも知れない。クローフォド氏がファニーとあまりに長く一緒にいすぎると思ったのかも知れないが、あるいは、自分の言うことに従うところを見せて、ファニーにはよい妻になる素質があるのだということを見せたかったのかも知れない。

第十一章

舞踏会は終わった。——そして間もなく朝食も終わった。最後のキスを交わした後、ウィリアムは去って行った。クロ―フォド氏は、前もって伝えていた時間ぴったりに現れて、楽しい食事を急いで済ませた。

ウィリアムを最後まで見送った後、ファニーはこの寂しい状況を悲しむ場所を求めて、沈む気持ちで朝食室に戻ってきた。ファニーが一人で涙にくれることができるよう、伯父は気を遣ってやった。ひょっとしたら、二人の若者が座っていた椅子がそれぞれに、ファニーの胸の内に優しい情熱を掻き立てるだろうとの思いからかも知れない。ウィリアムの皿に残っているコールド・ポークの骨とマスタードだけでなく、クロ―フォド氏の皿にある卵の殻もまた、ファニーの心を掻き乱すと期待したのかも知れなかった。伯父の思惑どおり、ファニーは愛情に駆られて泣いたのであるが、それは兄弟愛のみによるものだった。ウィリアムがもう去ってしまった今、その滞在期間の半分を、ウィリアムとは何の関係もない、くだらない心配事や、自己中心的な悩みで費やしてしまったような気がしてきた。

ファニーの性格からすると、たとえノリス伯母のことでさえ、あの暗く、わびしい小さな家にいることを思うと、最後に会ったときにもう少し親切にしてあげればよかったと反省するくらいなので、ましてやウィリアムが滞在した二週間の間、ウィリアムのことだけを思って行動して、話して、思いやるべきだったのに、それをしなかった自分を悔やまずにはいられなかったのだ。

けだるい、憂鬱な日だった。二回目の朝食[1]のすぐ後にエドマンドは家族に一週間の別れを告げて、ピーターバラに向けて馬を走らせ、そしてみんないなくなったのであった。昨晩のことも思い出だけが残り、ファニーにはそれを分かち合う相手はいなかった。バートラム伯母に話をしてみた。舞踏会について、誰かしらと話す必要があったのだ。しかし伯母は起こったことをほとんど観察していなかったし、大した関心もなかったので、話をするなんて無理というものだった。レイディ・バートラムには、服装についても、夕食での席順も、はっきりと分かっているのは自分のことだけだった。「マドックスさんのところのお嬢様の一人について何か聞かされたけど、もう忘れてしまったわ。レイディ・プレスコットがファニーのことをなんとかおっしゃっていたけれど、なんだったかしら。ハリスン陸軍大佐が、クローフォドさんだったか、ウィリアムのことだったか、この部屋の中で一番立派な若者だとおっしゃっていたわね。誰かが何かを小声で話してきたけれども、なんだったか、サー・トマスに訊くのを忘れてしまったわ」。そして以上が、夫人の発言の中でも最も長くて明瞭なものだった。あとは、ものうげな調子で、「ええ、ええ、あら、そうね。そうだったかしら。あの方がそんなことを。そうだったの。それは見てなかったわ。どちらだったのか区別がつかないわ」と言うだけだった。相当にひどいありさまだ。ノリス夫人のきつい言葉に比べたらまだましという程度のものだった。ただ、ノリス夫人は、病気のメイドのためにと余ったゼリーを全部持って帰ってしまったので、残された者たちは平和でいい雰囲気を楽しむことができた。尤もそれ以外に特にこれといっていいこともなかったのだが。

　その晩も、昼間と同じように重々しい時間であった。「今日はいったいどうしちゃったのがしら」とレイディ・バートラムは、茶器が片づけられると、言った。「とてもぼんやりしているわ。昨晩あんなに遅くまで起きていたからでしょうね。ファニー、眠気覚ましに何かしてちょうだい。お裁縫は無理よ。トランプを持ってきてちょうだい。本当にぼんやりしているの」。

　トランプを持ってきて、ファニーは寝る時間まで伯母のクリベッジ（トランプのゲームの一種で、二人で一対一で勝負するもの。十七世紀に考案された）の相手をした。サー・トマスは読書をしていたので、それから二時間、部屋の中は静まりかえり、聞こえるのは二人が点数を数える声だけだった。「これで三十一ですね。手持ちのカードが四点、クリブ（最初にプレイヤーが捨てたカードで、最後に親の得点として加算される）が八点。伯母様が配る番ですわ。私がやりましょうか」。ほんの二十四時間で、屋敷の中のこの部屋もあの部屋もどこもどんなに変わってしまったかということに、ファニーは何度も何度も思いをめぐらせた。昨晩はこの応接間の内でも外でも至るところで皆が期待に胸を膨らませ、微笑み、忙しく動きまわり、音と輝きで溢れていた。今はけだるく、寂しい雰囲気しかなかった。

一晩寝てファニーの気持ちは回復した。翌日はもっと明るくウィリアムのことを考えられるようになったし、午前中に、グラント夫人とクローフォド嬢と共に、木曜の晩の話をする機会ができた。過ぎ去った舞踏会の霊をよみがえらせるために必要なたくましい想像力と、冗談や笑いのおかげで、大変満足のいく会話ができ、ファニーはその後そう苦労せずに日常に戻ることができ、これからの静かな一週間の平安に(2)自分を慣れさせることができたのである。

ファニーは、ここでの一日をこれほどの少人数で過ごすという経験をしたことがなかった。そしてみんなが集まったり食事をしたりするときに、気分をよくしてくれて楽しませてくれる、あの人物が不在だった。しかし、このことには慣れなければならなかった。エドマンドはもうじき、ずっといなくなってしまうのだから。そして今、伯父と一緒に部屋にいて、伯父の声を聞いたり、質問されたり、返事をしたりしていても、前のようにみじめな気持ちになることがなくなったのを有難く感じていた。

「あの二人の若者がいないと寂しくなるものだな」というのが、最初の日も、二日目も、ディナーのあとでずいぶんな少人数となったのを見たサー・トマスの第一声であった。そしてファニーの目が潤んでいるのに配慮して、最初の日は、二人の健康を祝して乾杯したのみだった。しかし二日目は、伯父はさらに言葉を継いだ。ウィリアムのことをほめ、昇進を願った。「これからはまあまあ頻繁に会いに来ることもできるんだろう」と、サー・トマスはつけ加えた。「エドマンドに関しては、ここにいないことに慣れてゆかねばな。今までのようにここで暮らすのは、この冬が最後になるだろうから」（翌年からはエドマンドは、クリスマスにはソーントン・レイシーで礼拝の職務を務めねばならないため）。「ええ、そうですね」とレイディ・バートラムは言った。「でもあの子がいなくなるのはいやですわ。みんないなくなってしまうんですもの。みんな家にいてくれればいいのに」。

この願いは特にジューリアのことを念頭に言っているのだった。マライアと共にロンドンに行っていいかと訊いてきたばかりだったのである。サー・トマスは、許しを出すことが両方の娘のためになると思ったのだ。そしてレイディ・バートラムは、持ち前の気立てのよさから、これを邪魔をしようとは思わないものの、本当なら今頃帰ってきているはずのジューリアの帰宅の予定が延びたのを嘆いていたのだった。サー・トマスは、妻がこの予定の変更に納得するよう、きわめて理路整然と言葉を並べた。思いやりのある親ならば感じるであろう事柄をすべて羅列し、子どもの幸せを願う母親ならばこのように感じるはずだと話して聞かせた。レイディ・バートラムは言われたことすべてに対して落ち着き払って「ええ、そうですね」と答えていた。そして十五分間何も言わずに思いにふけっていたが、自分から口を開いた。「サー・トマス、今考えていたんですけれどもね、あのときファニーを引き取って本当によかったわ。他の子たちがいなくなってみると、よいことをしたんだと分かってきましたから」。

サー・トマスはすぐに言葉を続けて、この賛辞を正しい方向に修正した。「まさにそのとおりだね。ファニーを面と向かってほめるのは、ファニーがとてもいい子だと思っているからだよ。今はとても貴重な家族の一員だ。我々がファニーによいことをしてやったとしても、今はファニーの方も我々にとって必要な存在になってくれているのだからね」。

「ええ、そうね」と少し経ってからレイディ・バートラムは言った。「そして、あの子がいつまでもここにいてくれると思うと安心だわ」。

サー・トマスはすぐには返事をせず、少し微笑んで、姪をちらと見てから、重々しく答えた。「我々のところにずっといてくれることを願いたいね。ここよりももっと幸せにしてくれるという別の家に招かれるまでは」。

「ですが、そんなことはあり得ないでしょう。誰があの子を近くに置こうというんですか。あの子が時折サザトンに遊びに行けばマライアは喜ぶでしょうけれども、さすがにあそこで一緒に暮らそうとは言い出さないでしょう。あの子にとって、ここにいる方がずっと幸せなはずよ。それに私だってあの子がいないとやっていけませんから」。

マンスフィールドの屋敷でのこのように静かで平和な一週間は、牧師館ではまったく違う時間だった。少なくとも、それぞれの家の若いお嬢さん方は、ずいぶん違った感情を抱いていた。ファニーにとっての落ち着いた、快適な毎日は、メアリーにとっては退屈でいらだつものだった。これは、二人の性格と生活習慣の違いから来るものであった。一人はものごとに満足しやすく、もう一人は我慢することに慣れていなかったからだ。しかし、さらに大きな理由としては、二人の置かれた状況の違いがあった。利害関係からすると、二人の立場はまったく逆だったのだ。ファニーにとって、エドマンドの不在は、その原因においても、性質においても、安堵をもたらすものだった。メアリーにとっては、それはあらゆる面で苦痛でしかなかった。エドマンドがいないことの弊害を、毎日、ほとんど毎時間感じていた。そしてその結果、なぜいないのかという理由を考えるとなおのこと、いらだちしか覚えなかった。メアリーにとって、この一週間の不在ほど、エドマンドの存在の貴重さを思わせるものはなかった。ちょうど自分の兄も去って行き、ウィリアム・プライスも出発してしまい、あんなにも楽しかった集まりが解散したことに畳みかけてのこの事態である。メアリーはそれをひしひしと感じていた。残ったのはみじめな三人であり、雨や雪が降り続けるために外出もままならず、することは何もなく、気晴らしも望めなかった。エドマンドが自分の意見を曲げず、メアリーの願いも聞き入れないことで腹を立てていたが(そしてあまりにも腹を立てていたので、舞踏会でもよそよそしく別れたくらいであるが)、いなくなると絶えずエドマンドのことを考え、その長所や愛情に思いを馳せ、つい最近までほとんど毎日会っていたことを懐かしく思い出さずにいられなかった。エドマンドの不在は必要以上に長いんじゃないかしら。そんなに長く留守にするべきではないのに。私自身がマンスフィールドを去る日が、もうそこまで迫っているというのに、一週間家を離れているだなんて。そして、メアリーは自分を責め始めた。最後に話したあのとき、あんなに強い言葉を口にしなければと思い始めた。聖職について、きつい、軽蔑するような表現を使ってしまったと反省した。そんなことは、すべきじゃなかった。失礼な態度だし、間違った振る舞いだった。

あんなことを言わなければよかったと、心から思ったのである。

メアリーのいらだちはその週の内にはおさまらなかった。これだけでも不愉快なのに、金曜日が再び訪れて依然エドマンドが現れず、土曜日が来てもなおエドマンドは現れず、日曜日になって家族と少し言葉を交わしたときに、エドマンドが友人のところで数日過ごすから帰りがさらに遅れると書いて寄こしたことを知ると、その気持ちたるやさらに惨憺たるものだった。

それまでもメアリーはいらいらし、後悔していて、自分の言ったことを反省し、それがあまりにも悪い印象を与えたのではないかと思っていたのだが、今やその思いと不安は十倍にまで膨れあがった。さらに、それまでまったく感じたことのない不愉快な感情である、嫉妬心というものとも闘わなければならなかった。その友人のオウウェン氏には何人か妹がいるはずだ。エドマンドはその妹たちに魅力を感じるかも知れない。いずれにしても、こんな場面、これまでの計画ではもう自分がロンドンに移ってしまうというちょうどこんな場面で帰ってこないということの意味を考えると、つらくてならなかった。もしヘンリーが前々からの予定どおり三日か四日の内にここに戻ってきたら、自分も一緒にマンスフィールドを発つことになっていた。是非ともファニーをつかまえて、もっと詳しい情報を聞かなければならなかった。もうこれ以上、一人でこんなみじめな思いでいるのは耐えられなかった。というわけで、もう少し情報を得るため、少なくともエドマンドの名前を耳にするためにも、一週間前は歩くのは無理と思っていた道を通ってマンスフィールドへ出かけて行ったのである。

最初の三十分は時間の無駄だった。というのもファニーはレイディ・バートラムと一緒にいたのだが、ファニーが一人のときでないと、何も望めなかったからだ。それでもやっとレイディ・バートラムが部屋を出たので、クローフォド嬢はほとんど即座に、できるだけ落ち着いた口調で、次のように始めた。「従兄のエドマンドがこんなにも長い間お留守なのを、どう思って。あなたもこの家でお若い人は一人だけになってしまったから、誰よりもお困りでしょう。あの方がいないとお寂しいに違いないわ。帰宅を延ばしたのにはびっくりなさったでしょう」。

「そうですね、どうでしょう」とファニーは躊躇しながら言った。「はい、確かに、特にそう予測してはいませんでしたからね」。

「最初の予定より長くお留守にされるのは、きっと珍しくないことなのね。お若い男性ってみんなそうですもの」。

「以前、オウウェンさんのお宅に一度だけ行きましたけれど、そのときはそうではありませんでしたわ」。

「今はそのときよりもあのお宅に魅力を感じていらっしゃるのね。あの方は本当に、本当に感じのいい方だから、ロンドンに行く前にもう一度お会いできないのは少し残念だわ。この様子だと、そうなるしかなさそうですけれど。私の兄は明日にでもこちらに着くでしょう、そうしたら、私がマンスフィールドにこれ以上いる理由はありませんから。もう一度お会いしたかったというのが正直な気持ちだわ。どうぞよろしくおっしゃってちょうだいね。ええ、そうね、やはり「よろしく」と言うべきよね。プライスさん、私たちの言葉では何か言い足りないとお思いになりませんか。「よろしく」と「愛を込めて」の中間の言葉で、私たちが育んできたような親しさをちょうどぴったり表してくれるような言葉が見つからないのよ。知り合ってからもう何ヶ月にもなるというのに。でも、ここは「よろしく」の方で満足しなければいけないわね。あの方はお手紙は長く書いて寄こされるのかしら。それにあの人は今どんなことをしているのか、あなたに知らせてくるのかしら。クリスマスの催しのためにあちらに残っているのかしら」。

「私は手紙の一部を読んで聞かされただけですわ。伯父様に宛てた手紙の。でも、とても短い手紙で、数行しか書かれていなかったようです。私が聞いているのは、お友達がもっと長くいるようにと強く勧めたので、そうすることにしたということだけでした。二、三日だったか、もっと長かったか、忘れてしまいましたけれど」。

「あら、お父様へのお手紙だったのね――レイディ・バートラム宛てか、あなた宛てかと思っていたわ。でもお父様に書いたお手紙ならば、短くても無理もないわね。サー・トマスに宛てて無駄話は書けませんものね。手紙があなた宛てだったら、もっと具体的なこと、舞踏会やパーティのことを書いていたでしょうね。色んなことや色んな人について書いていたでしょう。オウウェンさんのところは、お嬢さんは何人いらっしゃるのかしら」。

「成人したお嬢様は三人いらっしゃいます」。

「音楽はお得意なのかしら」。

「さあ、分かりませんわ。そうお聞きしたことはありませんけど」。

「最初にこう尋ねるものなのよね」とクローフォド嬢は、明るく、無頓着な風を装って言った。「自分も楽器を弾く女性は、他の女性のこととなると、決まってまずこの質問をするのよ。でも若いお嬢さんについて質問をすること自体がとてもばかげているわね。成長されたお嬢さん方三人なのだから、言われなくても、そういう方はみんななんでもできて、とても感じがよくて、その中の一人はとてもきれいだとかなんとかかって聞かされるのはどうせ分かっているんですから。どの家にも美人がいるのよね。必ずそう決まっているんだから。そして二人はピアノを弾いて、一人はハープを弾いて、みんな歌が歌えるか、あるいはもし教えてもらえば歌が歌えるとか、教えてもらっていないからかえって歌が上手いとか、そんなことになっているのよね」。

「オウウェンさんのお嬢さん方については何も知らないんです」とファニーは落ち着いた口調で言った。

「何も知らないし、関心もない、といったところかしら。口調がはっきりとそう言っていたわ。確かに、見たこともない人に関心は持てないわよね。ともかく、あなたの従兄が帰ってきた頃にはマンスフィールドはとても静かになっているわね。うるさい人たちはみんないなくなって。あなたのお兄様とうちの兄と私のことよ。いざとなるとグラント夫人と別れるのはいやなものだわ。姉も私が行ってしまうのを望んでいないし」。

ファニーはここで何か言わなければならないと感じた。「あなたがいなくなると、みんな寂しがりますわ」と言った。「みんなとても残念がるでしょう」。

クロフォド嬢はもっと話を聞き出したい、その表情から何かを読みとりたいといった風にファニーに眼差しを向け、笑いながら言った。「ええ、うるさくて厄介なものがなくなったときの寂しさよね。つまり、大きく違った状況になることへの。でもお世辞を言ってほしいわけじゃないから、無理しないでね。もし本当に寂しがってもらえているなら、それは態度に表していただけるでしょうから。私に会いたいと思っている人たちなら、きっと私を探しに来るわ。私がどこに行ったか分からないわけでも、遠くに行ってしまうわけでも、一緒について来られない場所へ行ってしまおうというわけでもないんですからね」。

今度はファニーが言えることは何もなかったので、クロフォド嬢はがっかりした。というのも、自分がなんらかの影響力を持っているとしたら、ファニーこそがそれを知っているのだろうと思い、その口から何か耳触りのよい、励ましの言葉を期待していたのだった。メアリーの気持ちはまた暗くなった。

「オウウェンのお嬢様たちね」と、少し経ってから口を開いた。「もしもオウウェンのお嬢様の一人がソーントン・レイシーに落ち着くことになったら、あなたはどう思うかしら。そうあり得ないことでもないわよね。きっとあのお嬢さんたちはそうしようとしているでしょうね。無理もないわ。とても快適なお家でしょうから。それが不思議だとも、いけないことだとも思わないわよ。あり得るかぎりの有利な条件を見つけるのは万人の義務なんだわ。サー・トマスの息子となるとひとかどの人物ですし、あの方は今やあのお家の方々と同じ職業に就いたんだし。あのお嬢さんたちのお父様は牧師さんだし、お兄様も牧師さんだし、皆さん仲良く聖職に就いていらっしゃるのよ。あの方は必然的にあのお嬢さんたちのものだし、あそこに取り込まれて当然よね。何も言わないのね、ファニー。プライスさん、何もおっしゃらないんだから。でも正直に言って、どちらかといえば、そうなるとお思いになるでしょう」。

「いいえ」と、ファニーは断固として言った。「そうなるとはまったく思いませんわ」。

「まあ、まったくですって」とクローフォド嬢はすぐさま声を上げた。「それは不思議だわ。でもあなたは正確に分かっているのよね――常々思っていたんだけど、あなたになら――もしかしたらあの方が一生結婚しないとお考えなのかしら――それとも、今はしないとか」。

「ええ、そのとおりですわ」と、ファニーは小さな声で言った。こう考えていることが間違いではなく、そしてそれを口に出すことも間違っていないことを願いながら。

メアリーは相手の顔をじっと見つめた。そしてそのように見つめたため相手が顔を赤らめたので、さらに勢いづいて、「あの方は今のままでいるのが一番ね」と言ってから、話題を変えた。

(1) この日のこの館での「二度目の朝食」の意味。この日のウィリアムとクローフォドの出発が早いので早い朝食を済ませ、その後の別の時間にエドマンドが朝食をとっている。

(2) エドマンドがピーターバラに向けて出発したのが十二月二十三日なので、クリスマスイヴは、エドマンドは単独で過ごし、ファニーもグラント家で過ごしていることになる。ヴィクトリア朝の到来まではクリスマスに家族だけで過ごす習慣が必ずしも定着していない。

第十二章

こうして話をすることで、クローフォド嬢の気持ちはずいぶん晴れてきた。そして家に帰った頃には、もし求められればあと一週間くらいは、同じ決まった少人数の顔ぶれの悪天候下でも我慢できるかも知れないと思えるほどに元気が戻っていた。しかしまさにその晩に、常からの、いやそれ以上の上機嫌で兄がロンドンから戻ったので、これ以上自分自身の上機嫌が続くかということを試す必要もなくなったのだった。ロンドンに行った理由をまだ打ち明けてくれないことだって、笑いを生み出す材料に過ぎなかった。その前の日だったら気に障ったことも、今は軽い冗談の種であり、自分を驚かせ喜ばせるために何か隠しごとをしているのだろうと推測するくらいなのであった。そして翌日は、実際そのとおり、驚くことがあった。ヘンリーは、バートラムさんたちに挨拶に行って、十分で戻ってくると言って出かけた――しかし一時間経っても帰ってこなかった。そして、一緒に庭を散歩しようと待っていた妹がしびれを切らして、外の門まで出迎えて、声を上げて「もう、お兄様ったら、いったい今までどこに行ってらしたの」と言うと、ただ、レイディ・バートラムやファニーと一緒に座っていただけだよと答えた。「一時間半もの間、あの方たちと一緒だったの」とメアリーは驚いて言った。

しかし驚くことはまだまだあった。

「そうだよ、メアリー」と、ヘンリーは妹の腕を自分の方に引き寄せ、自分がどこにいるのかも分からないといった面持ちで、玄関まで歩いて行きながら言った。「なかなかおいとますることができなかったんだよ。ファニーがあまりにもきれいだったんだ。もう決めたよ、メアリー。僕の心は決まった。こんなことを言うと驚くかな。いや、もう君も気づいているだろう。僕はファニー・プライスと結婚すると決心したんだ」。

今や驚きは頂点に達した。というのも、たとえヘンリーは気づかれたと思っていても、ヘンリーがそんなことを思っているなどということは妹としては思いもよらなかったからだ。メアリーがあまりにも驚きをあらわにしたので、ヘンリーは自分が言ったことをもっと詳しく、そしてもっと真面目に言い直す必要があった。そして兄が心を決めていることが分かってみると、それはそれで不愉快な話ではなかった。メアリーは驚きと共に喜びさえ覚えた。今のメアリーにとって、バートラム家とつながりができることは嬉しいことであり、兄が、自分よりも少し下の地位にいる者を結婚相手に選んでも、不快には思わなかったのである。

「そうだよ、メアリー」とヘンリーは最後にもう一度言った。「僕は完全に虜になってしまったんだ。当初の僕が抱いていたいい加減な動機からの狙いは覚えているだろう。でも、もうそれは終わりだ。――こう言ってもうぬぼれにはならないと思うが――僕だってあの人の心を相当なところまでつかむことができたと思うよ。でも僕の心はもう完全にあの人に持っていかれちゃったよ」。

「まあ、あの娘ったら、なんて、なんて幸運なんでしょう」とメアリーは、口がきけるようになると直ちに声を上げた。「なんて結構な縁談なのかしら。お兄様、どうしたってこれが最初に来る感想よ。でも私がその次に考えることを正直に申し上げましょう。お兄様の選択を心から支持しますし、お兄様の幸せを強く望んでいるし、絶対に幸せになると思うの。かわいらしいお嫁さんをお迎えになるのね。それもお兄様に感謝もし、お兄様を敬う方を。お兄様にはそういう人が相応しいわ。あの娘にしたら、願ってもないご縁でしょう。ノリス夫人はいつもあの娘は運がいいと言ってらっしゃるけれど、こうなったらもうなんとおっしゃるかしら。一家をあげて喜ぶでしょう。あの家にはあの娘を本当に思いやっている人たちがいますけど、その方々からしたら、なんて喜ばしいことなんでしょう。でもね、詳しい話をしてちょうだい。このことをいつまでも話していたいわ。あの娘のことを真剣に考え始めたのは、いつからでしたの」。

このような問いに答えることほど難しいことはなかったが、そうした質問を受けることほど嬉しいこともなかった。「あの甘美な災いがいかにして忍び寄ってきたか(1)」については、はっきりと答えることができず、同じような気持ちを、そう変わらぬ言葉で三度ばかり繰り返していると、妹が夢中になって言葉をはさんだ。「まあお兄様、それでロンドンに行ったのね。それが用事だったのね。決心を固める前に、提督に相談なさりたかったのね」。

しかし、ヘンリーはこのことは頑なに否定した。叔父は、自分が結婚の相談を持ちかけるべき相手なんかではないということは知り抜いていたからだった。提督は結婚が大嫌いであり、財産を持ったいい若者がするようなことではないと考えていたのだった。「叔父様だって、ファニーを見れば、すっかり気に入ってしまうと思うよ」とヘンリーは言葉を続けた。「あの人は、提督のような人間が持つ偏見をすっかり取り払ってしまうことができる人だ。まさに提督がこの世に存在するはずがないと思うタイプの女性だからね。提督が、いるわけがないと思いながらも、心に思い描いているような女性だよ。ただし、思い浮かべているそんな女性を言葉にして言えるだけの繊細な表現力があればの話だけどね。でも、すべてのことが完全に決まって、何の邪魔も入らなくなるまでは、叔父様には何も言わないことにするつもりでいるんだ。だからメアリー、それは違うよ。僕の用事がなんだったのかは、まだ君は知らないままなのさ」。

「あらまあ、それならそれで結構よ。誰と関係のある用事なのか分かったから、他のことは今すぐに聞く必要はないわ。まったく、ファニー・プライスだなんて、素晴らしいわ、本当に素晴らしいことね。お兄様がマンスフィールドからこんなに恩恵をこうむるなんて。まさかお兄様がマンスフィールドで運命の出会いをするなんて。でもおっしゃるとおり、これ以上の選択はないわね。あんなにいい娘は世界中どこを探してもいないし、お兄様は財産が充分にあるんだし、あの娘の親戚関係といったら、ちょっといい方なんてものじゃないわよね。バートラム家といえば、この地域の一番の名士ですものね。サー・トマス・バートラムの姪というだけで、世間は満足するわ。でも続けてちょうだい。もっと話して。これからどうなさるの。あの娘は自分の置かれた幸せな立場をもう知っているのかしら」。

「いいや」。

「じゃあ今すぐに行動に移すべきでしょう」。

「まあ、ものごとには機会が重要なんだよ。メアリー、あの人はあの人の従姉たちとは違うからね。でも、僕の申し出が退けられるとは思っていないよ」。

「ええ、もちろん、そんなことはあり得ないわ。仮にお兄様がここまで魅力的な人物でなかったとしても、そしてあの娘がすでにお兄様に恋していなかったとしても——そんなことはまずないと思いますけど——、たとえそうでも安心していいわ。あの娘の優しくて、恩を忘れない性格からして、お兄様のご好意を即答で返してくれるでしょう。確かに、あの娘が愛情なしでの結婚をするとは思えないのよね。つまり、世の中に玉の輿を願わない娘がいるとすれば、あの娘でしょうね。でもあの娘に向かって自分を愛してくれるようにとお願いすれば、いやだとは言えないはずよ」。

メアリーの興奮がやっと静まって言葉も出なくなると、ヘンリーは妹が待ちかねていたとおり、すすんで話を始めた。そしてそこでの会話は、本人のみならず妹にとっても興味深いものだった。といってもヘンリーが話せるのは、自分の気持ちと、ファニーの魅力についてだけであった。ファニーの顔と姿の美しさ、ファニーの優雅な物腰と気立てのよさは、どんなに語っても尽きることのない題材だった。ファニーの優しさ、謙虚さ、そして性格のよさを熱心に語った。男性にとって、性格のよさというものは、女性の価値を判断するに際してあまりにも重要なポイントになっているので、たとえ性格が最悪な女性を愛してしまっている場合でも、男性はその女性の性格が悪いなどということは、よもや信じられないのである。ファニーの忍耐強さについては、ヘンリーは自分でもよく知っていたし、ほめ上げることができた。しばしばその忍耐強さが試される場を見てきたからである。ファニーの辛抱強さと根気を絶えず試し続けることをしようとしなかった人間が、あの家族の内、エドマンドを除いて一人でもいただろうか。ファニーの愛情が深いのは明らかだった。あの娘がその兄と一緒にいる様子と言ったら、もう。あの娘が心優しく、しかも愛情が深いことの、これ以上の証拠はあるだろうか。あの人の愛情を勝ちとろうと思っている男にとって、これほど励みになることがあるだろうか。さらに、ファニーが賢く聡明であることには疑いもなく、ファニーの言動は、その謙虚で優雅な考え方がそのまま形に表れたものだった。しかもそれだけではなかった。ヘンリー・クローフォドは、妻に徳を求めないほど、分別のない人間ではなかった。道徳に関して真剣に考える習慣がほとんどないので、それを正確に言い表すことはできなかったかも知れない。しかし、「ファニーの行動にはぶれがなくて、一貫している」、「人に恥じない行為、節操といったことを堅く守っている男性なら誰でも、ファニーが忠実でしっかりとした人物であることを信じることができる」といったことをクローフォドが語るときには、実はそれは、ファニーが道徳的で高潔な人間だと言いたかったのである。

「あの人ならば完全に、絶対に、信頼できるんだ」とヘンリーは言った。「そして、それこそが僕が欲しいものなんだ」。

ファニー・プライスに対する兄の評価は、決して大仰なものではないと心から思っていた妹が、ファニーの幸福な将来を喜んであげるのも無理はなかった。

「考えれば考えるほど」とメアリーは声を上げた。「お兄様のやっていることは正しいと思うわ。ファニー・プライスがお兄様の心を射止めるとは夢にも思わなかったけど、お兄様を幸せにできるのはあの娘だというのは、今は間違いないと思うわ。あの人の心の平静を掻き乱すという、お兄様の悪い計画はとてもよかったのね。双方が恩恵に与ったということよ」。

「あんな人に対して、本当に悪いことをした。悪かったよ。でもあのときは、まだあの人のことを知らなかったんだ。それに、あんな考えが僕の頭に浮かんだ瞬間を残念に思うようなことにはさせないよ。あの人を幸せにするよ、メアリー、あの人のこれまでの人生になかったほど、いや、他の人の人生と比べても例のないほどに幸せにするよ。あの人をノーサンプトンシャーから連れ出すようなことはしない。エヴリンガムを人に貸して、この近辺に家を借りるよ。スタンウィックス・ロッジ（ノーサンプトンの北東三十キロメートルほどに位置する実在の場所であるが、実際の地名としては「スタンウィック」・ロッジが正しい）なんかいいな。エヴリンガムを七年間、賃貸に出すよ。とてもいい借家人がすぐに見つかるさ。今すぐにも、僕の条件で借りてくれる上に、感謝までしてくれる人が三人はいる」。

「まあ」と、メアリーは声を張り上げた。「ノーサンプトンシャーに住むのね。それは素敵だわ。そうしたら、私たちみんな一緒にいられるわね」。

メアリーはこの言葉を発したとたんにはっとして、言わなければよかったと思った。しかし顔を赤らめるには及ばなかった。というのも、兄は単にメアリーがマンスフィールド牧師館の客としての自分を想定しているのだと思っており、返事として、自分の家にも是非遊びに来てほしいと、この上なく優しい口調で言い、自分たちにはメアリーに滞在してもらう権利があるのだと伝えただけだったからだ。

「君の時間の半分以上は僕たちに当ててもらわないと」とヘンリーは言った。「ファニーや僕と同じ権利がグラント夫人にもあるなんて納得できないね。ファニーと僕の両方が、君の時間をもらう権利があるんだから。ファニーは本当の意味で君の姉妹になるんだからね」。

メアリーは感謝の意を表明して、社交辞令のみを口にしたが、今や、これ以上、兄にも姉にももう何ヶ月も世話にはなるまいと、決意を固めていた。

「お兄様はロンドンとノーサンプトンシャーを行ったり来たりなさるのね」。

「そうなるね」。

「そうなのね。そしてロンドンでは、もちろんご自分の所帯を構えるのよね。もう、提督のところにいなくてもいいのね。お兄様、提督の立ち居振る舞いが感染してしまって、提督の愚かな考え方の影響を受けてしまって、人生の最大の喜びだと言わんばかりに、ディナーにたっぷりと時間をかけたりするようになってしまう前に、提督のもとを去ることができるなんて、なんていいことなのかと思いますわ。お兄様にはこの利点が分からないでしょうね。提督への愛情の深さから、お兄様には事実が見えなくなっているでしょうから。でも私が判断するかぎり、お兄様が早く結婚なさるのは、お兄様にとって救いとなることだわ。お兄様の言動、容姿、その振る舞いが提督に似ていくのを見ていたら、悲しくて胸が張り裂けそうよ」。

「まあ、まあ、僕たちは叔父のことでは少し意見が違うからさ。提督には欠点があるけれど、あの人はとてもいい人だし、僕にとっては父親以上の存在だったよ。こんなに自分の思うとおりにさせてくれる父親はめったにいないよ。ファニーに先入観を与えないでくれよ。ファニーと叔父には仲良くなってもらいたいんだから」。

メアリーは、これほど性格や言動において相性が悪い二人というのもなかなか存在しないだろうと思いながらも、それを口にするのは控えた。時間が経てば兄もそれに気づくだろうと思ったのだ。しかし提督に関しては、こう言わずにはおれなかった。「お兄様、私はファニー・プライスのことはとても高く評価しています。ですから、かわいそうな叔母様が「クローフォド夫人」であることを嫌う理由の半分も、新しいクローフォド夫人が経験するかも知れないと思うだけの理由が揃っているなら、できるかぎり、お兄様たちの結婚は止めるわよ。でもお兄様のことは充分分かっていますし、お兄様が愛する奥様であれば、最も幸福な女性なわけですし、もし愛が尽きたとしても、お兄様には紳士らしい寛容さと育ちのよさが備わっていることが奥様にも分かるでしょうね」。

ファニー・プライスを幸せにするためにあらゆる手を尽くすし、ファニー・プライスへの愛情に終わりが来ることなどないというのが、ヘンリーの雄弁な返事の根本だったのは言うまでもないだろう。

「今朝のあの人を見てもらいたかったよ、メアリー」とヘンリーは言葉を続けた。「とても言葉で言い表せないほどの優しさと忍耐強さで、あの伯母様の愚かさにつき合ってあげているんだ。一緒に縫い物をしたり、代わりにしてあげたり、身をかがめて縫い物をしているあの人は、頬を美しく紅潮させて、その後に、あの愚かな女性のために書いてやっていた短い手紙を仕上げるために席に戻ってくるんだ。こういうことをみんな、あのようなつつましい優しさでもってやってのけているんだよ。まるで自分の時間が一瞬も持てないことが、当然であるかのように。いつものように髪の毛がきれいにまとめられていたのが、書くにつれて巻き毛が一つほどけてきて、あの人はそれを時に頭を振って払っていて、そしてそれをしながら僕に時折何か話したり、あるいは僕の言うことを聞くのが楽しいという感じで聞いてくれるんだ。メアリー、あの人のあんな様子を見たら、僕の心に及ぼす力が絶えることがあるなんて、考えもしないだろうよ」。

「まあ、お兄様」とメアリーは声を上げたが、言葉を止めて、笑いながら兄の顔を見た。「お兄様がそんなにも恋をしているのを見るのは、本当に嬉しいわ。でもラッシュワス夫人とジューリアはなんて言うかしら」。

「あの二人が何を言うか、何を思うかなんて僕にはまったく知ったことじゃないよ。僕の心をその手に収め、分別のある男の心を勝ちとるのがいったいどんな女性なのか、やっと分かることだろうよ。せいぜい参考にしてもらいたいね。それに、従妹がようやくしかるべき扱いを受けるのをあの二人が見て、自分たちがこれまでどんなに酷くあの人を無視して、不親切にしていたかを、心から恥じてくれればいいと思うよ。二人とも怒るだろうね」と、一瞬の沈黙の後に、より冷静な口調で言葉を続けた。「ラッシュワス夫人はとても怒るだろう。あの人にとっては苦い薬になるだろうよ。と言って、すべての苦い薬がそうであるように、二秒間いやな味がして、それから喉元を過ぎて、忘れ去られるのさ。あの人の気持ちが、他の女性以上に長続きすると考えるほどのうぬぼれ屋ではないよ。僕に対する気持ちであってもね。そうだよ、メアリー、僕のファニーにはこれから大きな変化が起きることだろう。毎日、毎時間、他の人からの扱われ方が違ってくるのを感じるだろう。そしてその違いは僕がもたらしたことであって、あの人に本来相応しい扱われ方をされるように僕が変えたんだということで、僕の幸せは頂点に達することになるんだ。今あの人は他人の情けに頼るしかなく、無力で、友達もいなくて、放っておかれて、忘れられているんだ」。

「いいえ、ヘンリー、みんながそうではないわよ。みんなに忘れられているわけではないわ。友達がいないわけでも、忘れられてもいないわ。あの人の従兄のエドマンドは決してあの人を忘れたりはしないわ」。

「エドマンド、確かにあの男は――全般的に言えばだけれど――あの人に親切だね。サー・トマスもそれなりに親切だ。でもそれは裕福で、優位に立って、もったいぶった、気まぐれでいられる伯父という立場からの親切だね。サー・トマスとエドマンドは、二人が揃ったところで、何ができると言うんだ。僕のように、この世であの人を幸せにして、暮らしやすくしてあげて、名誉と地位を与えてあげられるわけではないだろう」。

(1) ウィリアム・ホワイトヘッド(一八一五―八五)による詩「ジュ・ヌ・セ・クワ[言葉にできない魅力]」からの引用。女性をまともに相手にしようと思っていないところに変化が起きて、本気になるという点が引用部分と共通している。

第十三章

ヘンリー・クローフォドは翌朝、再びマンスフィールド・パークを訪れていた。しかも、目的が普通の訪問にしては早い時間だった。ご婦人二人は朝食室にいたが、好都合にも、クローフォドが部屋に入ろうとすると、ちょうどレイディ・バートラムが部屋を出て行こうとしているところだった。レイディ・バートラムはまさにドアにたどり着かんというところまできていたため、そこまでの苦労を無駄にしたくなかったので、丁寧に挨拶をして、人が待っているとかなにか一言二言口走り、「サー・トマスに知らせるように」と使用人に言い渡して、そのまま出て行った。

レイディ・バートラムが出て行くのを見て大いに喜んだヘンリーは、お辞儀して見送るとすぐにファニーの方を向き、手紙を何通か取り出すと、とても嬉しそうにこう言った。「あなたと二人だけになる機会を作ってくれる人には、それが誰であろうと、この上なく感謝しますよ。あなたがご想像になれないほど強く願っていたんです。妹さんでいらっしゃるあなたとしてのお気持ちをよく分かっていますから、今私がお伝えすることをこの家の他の誰かに聞かれるのは我慢なりませんからね。お兄様は昇進しましたよ。大尉になられました。お兄様の昇進のお祝いを申し上げることができるのは、この上なく喜ばしいことです。これらの手紙は、たった今届いたばかりですが、そのことが書かれています。ご覧になりますか」。

　ファニーは何も言うことはできなかったが、何も言ってほしくないとヘンリーのほうも思っていた。その目の表情、顔色の変化、感情のたかぶり、疑念、混乱、そして喜びを見るだけで充分だったのだ。ファニーはヘンリーが差し出す手紙の束を受け取った。最初の手紙は、提督から甥に宛てたものだった。短い手紙で、プライスという名の若者の昇進という目的を果たしたと報告していた。さらに手紙が二通同封されていた。一通は長官からこの件について便宜を図るように頼んでくれた友人に宛てたもので、もう一通はその友人から提督に宛てたものだった。それによると、長官閣下はサー・チャールズのご推薦に応じることは多大な喜びであり、サー・チャールズもまた、クローフォド提督への敬意を示す機会を得られたことを大変嬉しく感じているということだ。そしてウィリアム・プライス氏がスループ軍艦スラッシュ[1]号の大尉に昇進したことが発表されると、大勢の人々が喜んでいるということだった。

　ファニーが震える手でこれらの手紙を持って、一通、また一通と目を走らせ、感動で胸をいっぱいにしていると、クローフォドは熱意をあらわにして、この件で自分が果たした役割について話した。

「今僕が味わっている喜びはとても大きいのですが、それについては口に出しません。あなたの喜びのことしか頭にありませんからね。誰よりもあなたが喜ぶ権利をお持ちなのですから。世界で誰よりもまず最初にあなたが知るべきことを、自分が知ってしまったのが、腹立たしいくらいです。でも一瞬たりとも時間を無駄にしてはいませんよ。今朝は郵便が来るのが遅かったんですが、それからは一瞬も遅れはありません。この件について、僕がどんなにもどかしく思い、心配して、気が狂いそうになっていたかは説明もできないくらいですよ。僕がロンドンにいる間に片をつけることができなくてどんなに悔しい思いをしたか、ひどくがっかりしたことか。毎日毎日、今日こそはという思いでロンドンを動きませんでした。それほどの理由がなければ、あの半分の時間だって、マンスフィールドを離れているのは耐えられませんでしたからね。でも、叔父は僕が望むだけの熱心さをもってこの件に関わってくれて、すぐにことを進めてくれました。でも仲介役が一人いなかったり、また別の人が他のことで忙しかったりで、とうとう、すべて決着がつくまでそこで待ってはいられなくなって、あとは安心して任せられることは分かっていたので、月曜日に戻ってきたんです。このような手紙が来るのをそう何日も待つことはないだろうと確信しましてね。僕の叔父は世界一の人間ですが、あなたのお兄様に会ってからは、僕の予想どおり、このことに尽力してくれました。お兄様をえらく気に入ったんです。昨日は提督がお兄様をどのくらい気に入ったのか、どのくらいお兄様をほめていたか、半分も言わないようにしていたんですよ。提督のほめ言葉が、真の友人としての言葉なのだということが証明されるまで待つつもりでした。そして今日こうやって証明されましたが。今ならもう言うことができます。ウィリアム・プライスが提督と過ごした一晩の結果、提督が自らお兄様の将来に大きな関心を抱いて、大変熱心に成功を祈り、非常に高く評価したその様子は、僕の期待以上でしたよ」。

「ではこのことは全部あなたのおかげなんですね」とファニーは声を上げた。「なんということでしょう。なんて、なんてご親切なの。あなたが本当に——あなたのご依頼で——ごめんなさい、でも混乱してしまっていますわ。クローフォド提督が申請依頼をして下さったんですか。どのようになさったのかしら。もう、呆然としてしまって」。

ヘンリーはその前段にまでさかのぼって話をし直し、特に自分が何をしたかを説明しつつ、嬉々としてさらに詳しく話すのだった。最後にロンドンを訪れたときの目的はほかでもない、ファニーの兄をヒル・ストリートに連れて行って提督に紹介し、ウィリアムの出世のためになんらかのことを頼むためだったのである。その用事のために出向いたのだった。このことは誰にも言っていなかった。メアリーにさえ一言も漏らしていなかった。結果がまだ分からない間は、他の人をも巻き込んで心配させたくなかったのだが、この件ですでに動いてはいたのだった。自分がこの件についてとても気を揉んでいたことを嬉しそうに語り、非常に強い表現を好んで用い、「他人事には思えなかった」、「二重の理由があった」、そして「言葉では言い尽くせないくらい願っていた」といった言い方をするので、ファニーだって注意して聞いていれば、相手が言わんとしていることに感づかないわけはなかったろう。しかし、ファニーの胸はいっぱいで、まだ感覚も驚きで麻痺していたので、ウィリアムについての話さえきちんと聞くことなどできず、相手がひと息吐いたときに、口をはさんだだけだった。「なんてご親切、本当にご親切を。本当に、クローフォドさん、私たちは心から感謝しています。お兄様、本当に、本当によかったわ」。ファニーは跳び上がるとドアへと急ぎながら声を上げた。「伯父様のところに行ってきます。なるべく早く伯父様にお知らせしなければ」。

しかしそうはいかなかった。クローフォドにとって、これはあまりにも絶好の機会であり、自分の感情を抑えきれなかったのだ。すぐにファニーのあとへついて行った。「まだ行かないで下さい、あと五分だけ時間を下さい」と言うと、ファニーの手を取って、座っていた椅子まで連れて戻り、さらに言葉を続け、自分が連れ戻された理由をファニーが理解する前に、もう話を進めてしまっていた。しかしファニーにようやくその意味が分かり、自分がクローフォドの胸にこれまでにない感情を呼び起してしまったこと、クローフォドがウィリアムのためにやったことはすべて、自分に対する、比肩するものなどないとても強い気持ちからなのであるということを打ち明けられると、非常に困惑し、少しの間、声を出すこともできなかった。その言葉はすべて意味がなく、単なる冗談であり、お世辞であり、その場かぎりの戯れだと思った。自分に対して失礼で、自分をばかにした振る舞いであり、なぜこんな扱いを受けなければならないのかも分からなかった。でもそれはいかにもクローフォドらしい振る舞いで、自分がそれまで見てきたことと矛盾するようなものではなかったのである。ファニーはその不愉快な思いを半分も表に出さないようにした。クローフォドに対する恩義は、相手がどんなに不躾な振る舞いをしても、減ずるものではなかったのである。自分の心が、ウィリアムのことで喜びと感謝に満ちている今、自分だけが傷つけば済むようなことで大きく腹を立てることはできなかった。したがって、二度手を引っ込めようとして、二度相手に背を向けようとして、それを阻まれると、とうとう立ち上がって、きわめて動揺した様子で、こう言うのが精一杯だった。「クローフォドさん、やめて下さい。どうかやめて下さいませんか。こういうお話、私はとてもいやなんです。もう行かなければなりません。ここにはいられませんから」。それでも相手は話し続け、自分の愛情を口にし、戻ってきてほしいと懇願し、最後には、いかなファニーにさえも間違えようのない言葉で、ファニーに身も心も、財産も、すべて捧げると言ったのだった。そう、クローフォドはそう言った。ファニーの驚きと混乱はさらに膨れあがった。そして、なお相手が真剣だとは思えないものの、立っているのがやっとという状態だった。クローフォドは返事を迫った。「だめです、だめです、いけませんわ」と、ファニーは顔を隠して声を上げた。「全部でたらめをおっしゃっているんでしょう。私を困らせないで下さい。もうこれ以上聞くことはできません。兄への親切なご配慮には、言葉で表せないほど感謝しております。でももう耐えられませんし、お聞きすることはできませんわ、こんな……、いいえ、私のことなど考えないで下さい。でも本当は、私のことを考えていらっしゃるわけではないのでしょう。みんなご冗談なのだということは承知しています」。

ファニーはクローフォドの手を振り切って駆け出したが、ちょうどそのときに、サー・トマスが使用人に何か言いながら、二人のいる部屋に向かってきたところだった。これ以上説得したり、懇願している暇はなかった。しかしこの件について楽観的で、どうせ結果など分かり切っていると思い込んでいるクローフォドにとっては、自分と幸せの間に立ちはだかるものはファニーの慎み深さだけだと思われたので、ちょうどこの場面で相手と別れなければならないのは、残酷なことだった。伯父が入ってくるドアの向かいのドアからファニーは駆け出していった。そしてサー・トマスが挨拶して待たせたことの詫びを言い、クローフォドが喜ばしい知らせを語り始めた頃には、ファニーは葛藤する気持ちを抱きながら、東の間の中を行ったり来たりしていたのだった。

ファニーはこれまでのすべてのことに感動し、思い返し、身を震わせていた。動揺しながらも、幸せであり、みじめでありつつ、この上ない感謝の気持ちを抱いており、また非常に腹を立ててもいた。まったく信じられないことだ。あの人は許し難いし、理解し難い。ああいう習慣の人だから、何をやっても、どこかよくないことが混じってきてしまうのだ。そこまでは自分を最も幸せな人間にしてくれたのに、今や侮辱を与えている。何と言っていいのか分からないし、どう判断するべきか、何と思ってよいのか分からなかった。相手が真剣だとは微塵も思わなかったが、しかし冗談だったとしても、どうして冗談でそんな言葉や申し出をできるだろう。

しかし、ウィリアムは大尉になったのだ。このことに関しては何の疑いもなく、混じり気なしの喜びだった。このことだけをずっと考えるようにして、あとは忘れよう。クローフォド氏は二度と自分に対してあのようなことは言わないだろう。どんなに嫌がって聞いていたかは分かったはずだ。そうしてくれれば、ウィリアムの友人として、どれほどあの人に感謝し、敬意を払うことができるだろう。

クロ―フォド氏が出て行ったことが分かるまでは、ファニーは東の間を出ても、大階段の上までしか行こうとしなかった。しかし、間違いなくいなくなったと分かると、階下に降りて伯父のもとに行き、自分も喜び、伯父とも喜びを分かち合い、ウィリアムが次はどこに行くことになるのか、伯父から教わったり、予想を聞いたりするのも楽しくてたまらなかった。サー・トマスはファニーの期待どおり喜んでくれて、きわめて親切にいろいろ話をしてくれた。あまりにも楽しくウィリアムについて伯父と語ったので、ファニーは厄介なことなど何も起こらなかった気さえしていたのだが、最後に、クローフォド氏が今日のディナーのためにまたここに戻ってくるのだと知らされた。これはきわめて有難くないことだった。相手は二人の間に起こったことをなんとも思わないかも知れないが、自分にとっては、そんなに早くまた相手に会うのは心が重いのだった。

ファニーはこの気持ちを克服しようとして、ディナーの時間が近づくにつれて、いつもと変わらない心持ちと振る舞いを保とうとした。しかし客が部屋に入ってくると、この上なく恥じ入って、困惑した表情を浮かべずにいることはできなかった。ウィリアムの昇進を聞いたその日に、これほどの苦痛を味わうとは想像し得なかった。

クローフォド氏は部屋に入ってきただけではなかった。すぐにそばまでやって来た。

妹から手紙を託されていたのだ。ファニーはその顔を見ることができなかったが、その声からは、先ほどはばかなことをしてしまったと思っているようには感じとれなかった。ファニーは何かすることができたのが嬉しくて、すぐに手紙を読み始め、やはりディナーのためにやって来たノリス伯母が落ち着かなくうろうろしているので、相手の視線から多少は隠れることができるのを幸いに思った。

ファニー様、もうこうお呼びしてもいいのよね。ここ一月半以上の間は「プライスさん」とお呼びすることに抵抗があったので、そうだとしたら本当にほっとするわ。お兄様が出かけてしまう前に、あなたにお祝いの言葉を贈り、今回のお話には心から賛成し、喜んでいることを伝えずにはいられませんでした。ファニー、何も恐れることはなく、お話を進めていいのですよ。取り立てていうほどの問題など一つもないでしょう。私が賛成しているということには意味があるのではないかと思っています。ですから今日の午後は兄にたっぷり微笑みかけて差し上げて、出かけて行くときよりもなお幸せな気持ちで兄を帰宅させて下さいね。

あなたを愛する友人　M・C

こうした言葉を読んだからといって、ファニーは一向に安らかな気持ちにはならなかった。あまりにも急いで、狼狽しながら読んだので、クローフォド嬢が伝えようとするところをはっきりと理解できたとは言えなかったが、それでもクローフォド氏が自分を思う気持ちを妹が喜んでいて、その気持ちが本物だと思っている節さえ見えたからなのだ。ファニーはどうしたらいいのか、どう考えればいいのか分からなかった。相手の心が本物だとは考えたくなかった。本気だと思えば思ったで、やはり困惑と動揺を覚えるだけだった。クローフォド氏が話しかけるたびに狼狽してしまうのに、あまりにも頻繁に話しかけてくるのだ。そして自分に話しかけるときの声と様子には、他の人たちと話すときとはまるで違う何かがあるようだった。その日のディナーも台なしになってしまった。ほとんど一口も食べられなかった。そしてサー・トマスがあまりに嬉しくて食欲を忘れてしまったんだねと、機嫌よく言葉をかけるので、その言葉をクローフォド氏がどう解釈するかと思うと、穴があったら入りたい気持ちになった。というのも、何があっても、相手が座っている側である右方には決して目を向けまいとしていても、相手の目が即座に自分に向いたのが分かったからだった。

ファニーはますます黙りこんでいった。ウィリアムの話になってさえ、ほとんど口をはさまなかった。その昇進もやはり右方の席からもたらされたのだと思うと、苦痛に感じるからである。

レイディ・バートラムもいつになく食卓に長居をしたがっているようで、このままでは席を離れられないと絶望した。(2) 一同が居間に移ると、伯母たちが好き勝手にウィリアムの仕事の話題を話し終える間、ファニーはようやく自分を取り戻し始めた。

ウィリアムの昇進にまつわることの中でも、サー・トマスの出費が減ることを、ノリス夫人は特に喜んでいるようだった。「これでウィリアムもやっと自立できますね。伯父様にとってはずいぶん大きいことだわ。伯父様がどれだけお金をかけてくれていたか、分かりませんからね。私もずいぶん助かるわ。お別れのときにウィリアムにあれだけのお金を渡してあげられたのはよかったと思いますよ。あれくらいのお金なら渡せる余裕がこっちにあったのは、本当によかったわ。それなりのまとまった金額を渡すことができましたからね。つまり、私にとって、つましい生活の私にとってはね。船室の装備に役立ててもらえますからね。かなり出費があるでしょうね。沢山買わなければいけないものがあって。それはもちろん、両親が、なんでも安く手に入れる方法を教えてやるでしょうけれども。でも私も少しは貢献することができて、本当によかったわ」。

「お姉様がかなりの金額をお渡しになったのなら、よかったですわ」とレイディ・バートラムはきわめて無邪気に落ち着き払って言った。「私は十ポンドしか渡しませんでしたから」。

「あら、そうなの」とノリス夫人は顔を赤くしながら言った。「あらまあ、あの子もずいぶん懐が暖かくなったのね。おまけにロンドンへの旅費もまったくかからないときているんだから」。

「十ポンドも渡せば充分だからと、サー・トマスがおっしゃったものだから」。

この金額が充分かどうかを考察するつもりのまったくないノリス夫人は、また別の観点から話を続けた。

「本当に驚かされるわ」と夫人は言った。「若い人には本当にお金がかかって。一人前に育てて、社会に出してやるまでのことといったら。それに、全部でどれくらいかかるのかとか、一年間やっていくのに両親や伯父や伯母たちまでが負担していることなんて、考えたこともないんですからね。ほら、例えば妹のプライスの子どもたち、あの子たちのことも併せて考えると、一年にサー・トマスが払っている額なんて、言ったってとても信じてくれないでしょうね。まして、私がどれだけしてやっているかに至っては、もう言うにも及びませんけれどね」。

「ええ、お姉様、確かにおっしゃるとおりだわね。でも、本当にかわいそうに、あの子たち本人にはどうすることもできませんからね。それにサー・トマスにはほとんど影響はありませんから。ファニー、ウィリアムが東インド諸島に行ったら、私にショールを忘れずに買ってきてくれるように言ってちょうだいね。それから何か他にいいものがあったらお願いするわね。ショールが欲しいから東インド諸島に行ってほしいわ。ショールは二枚お願いね、ファニー（当時は欧州産のモスリンの生地が薄かったため、インドのカシミアウールのショールは大変人気が高く稀少だった）」。

一方、ファニーは必要に迫られないかぎり口をきかずに、クローフォド兄妹がどういうつもりなのかを一生懸命理解しようとしていた。あらゆる事柄を考えても、二人が真面目に言っているとは思えなかった。ただし、クローフォド氏の言葉と様子はそれと食い違っていた。当たり前のことにも思われないし、実際にありそうなことだとも思われないし、道理から考えてもなさそうであったし、二人の習慣や考え方、それに我が身の取り柄のなさを考えても、やはりあり得なかった。自分のような人間があああした男性に真剣な気持ちを抱かせるわけがない。なにしろ、多くの女性と出会い、実に沢山の女性に好意を抱かれ、あんなに沢山の女性といちゃついてきて、しかもそれらの女性は自分よりもはるかに優れている人たちなのだ。人が真剣にその気を惹こうとしても、ちっとも真剣になろうとしなかった人物なのである。どう見ても、あれほど軽薄で、考えなしに、残酷に振る舞い、みんなに好かれながら、自分の方では誰一人大事に思っていないようなあの人が。その上、あの人の妹が、あれほど結婚に関して望みが高く、世俗的な考え方をする妹が、このような結婚を奨励するなんてことはあり得るだろうか。どちらにしても、これほど不自然なことはなかった。ファニーはこのように思い悩んでいる自分を恥に思った。自分への真剣な気持ちを持っていることも、そしその気持ちを真剣に応援しているなどということもあり得るはずがない。サー・トマスとクローフォド氏がやって来た頃にはファニーはこのことを確信していた。ただ、クローフォド氏が部屋に入ってきた後にも、この確信をこれほど固く保つことは難しかった。というのも一度か二度、どのように解釈してよいか分からないような視線を向けられた気がしたからである。少なくとも、他の男性であれば、きわめて真剣で、特別な意味のあるものだと思ったかも知れない。しかし、それは従姉たちや、他の五十人もの女性にしょっちゅう向けられてきたのと同じ視線なのだと思おうとした。

クローフォド氏は、他の人に聞こえないように、自分に話しかけたがっているようだった。一晩中、サー・トマスが部屋を出ていたり、ノリス夫人と話をしているときに、何度か試みようとしていたが、そのたびにファニーはその機会を与えないようにした。

ようやく——といってもそれほど遅い時間ではなかったのだが、不安な気持ちのファニーにはようやくと思われたのだが——クローフォド氏は、暇を告げた。しかし喜びも束の間、次の瞬間ファニーの方を向き、「メアリーに何か伝言があるのではないでしょうか。手紙の返事はありませんか。なければきっとがっかりしますよ。一行でもいいですから、何か書いてやって下さい」と言ったのである。

「ああそうですね、確かにおっしゃる通りです」とファニーは声を上げて、急いで立ち上がった。急いだのも、困惑し、早くこの場を立ち去りたいからだった。「今すぐに書きますわ」。

そう言いながら伯母の手紙を代筆するための机に行くと、筆記用具を準備し始めたが、何を書こうかまったく見当がつかなかった。クローフォド嬢の手紙は一度読んだだけだった。内容がおぼろげにしか分かっていない手紙に返事を書くのはきわめて難しいことだった。こんな手紙を書くのにまるで慣れていないので、くよくよと考えていられる暇があって、どんな文体にするか悩むことができるだけの時間が許されるなら、きっとたっぷりと時間をかけたことだろう。しかし、今すぐ何かを書かなければならず、しかも、まさかこちらが真剣に捉えているなどと思われないようにしなければという確固たる思いがあったので、ファニーは心も手も震わせながら、次のようにしたためた。

親愛なるクローフォド様、私の大事なウィリアムに関する親切なお祝いのお言葉に関しては、とても有難く頂戴いたしました。お手紙のそれ以外の部分については、ご冗談だというのは分かっております。でもこのようなことには至って不慣れなものですので、どうかもうそのようなことはおっしゃいませんようお願いすることをお許しいただきたく存じます。お兄様の普段のご様子をよく拝見しておりましたので、どういうおつもりか了解しております。同じようにお兄様が私のことをご理解下さるならば、かような振る舞い方はなさらないで下さるだろうと信じております。何を書いているか、自分でも分からないでおりますが、この件にはもう触れずにいただけましたら大変幸いに存じます。お手紙を賜りまして、感謝申し上げます。

かしこ

クローフォド様

クローフォド氏が、手紙を受け取るという口実のもとに近づいてきていっそうどきどきしたので、最後の部分はほとんど何を書いているか分からなくなっていた。

「何も急かしているわけじゃありませんよ」とクローフォド氏は、ファニーが驚くほど狼狽して手紙を折っているのを見て、低い声で言った。「そのために来たとは思わないで下さい。どうか、ゆっくりと書いて下さい」。

「まあ、どうもありがとうございます。もう書き終わりました、ちょうど今書き終わったところです。すぐにお渡しできますわ。本当にありがとうございます。どうぞこれを妹さんにお渡し下さい」。

差し出された手紙は、受け取ってしまうしかなかった。そしてファニーがすぐに目を逸らしつつ、他のみんなが座っている暖炉の方へ向かったので、クローフォド氏は本当に暇を告げるしかなくなった。

これほど動揺の大きい一日、苦痛と喜びの両方の動揺を味わった一日はないとファニーは思った。しかし幸いなことに、喜びの方はその日一日かぎりで終わってしまうようなものではなかった。というのも、ウィリアムが昇進したという知らせは毎日思い返すことができるのだから。そして苦痛の方は、もう二度と味わう必要がなくなることを願った。うろたえてきちんと考えることができなかったためあの手紙はきわめて拙く、言葉遣いは、子どもでも恥ずかしく思うようなものになってしまっていたに違いない。しかし少なくとも、これで自分がクローフォド氏の振る舞いに騙されたわけでも、嬉しく思ったわけでもないことだけは、あの兄妹に伝えることができたと思ったのだ。

〔第二巻終〕

（1）スループとは、マストを一本だけ備える帆を縦に張った帆船で、十から十八門ほどの大砲を持つ。ただし、スラッシュ号は架空の軍艦。「スラッシュ」は鳥のツグミの意味。ウィリアム・プライスはここで大尉に昇進することで初めて士官の仲間入りをしたことになる。大尉に昇進することでウィリアムはこれから百ポンド以上の年収を稼ぐと見込まれるが、それでも四万ポンドの収入を持つクローフォドの四百分の一の金額である。

（2）前出のとおり、食事の際に女性が別室に移動する習慣を言っているが、この場面のように女性が移動しない限り、男性や、下位にある女性は、非礼に当たるので席を立つことができない。

上巻解説――オースティンの世界を知る

宮丸裕二

『マンスフィールド・パーク』は英国の作家ジェイン・オースティン(一七七五―一八一七)が著し、一八一四年に出版された小説である。オースティンという作家やその作品について、また本作についての解説は下巻に譲ることにして、ここでは『マンスフィールド・パーク』の背景となっていることがらについて、項目ごとに紹介していきたい。我々とは国や時代を異にする世界を舞台とした小説を読む際に、その時代的・文化的背景の違いから戸惑うことがあるかも知れない。それは現代の英国人でも実は同じことである。そうした知識がなければこの小説を読めないというわけではまったくないが、背景事情を知るとより充実したかたちで読むことができ、理解を深めることができるだろう。そこで以下の解説が、本作を読む際に、また本作とは離れてこの時代を理解する際に、役立てば幸いである。

所属階級、爵位と呼称――「レイディ」とは

英国の上流階級は貴族とそれ以外の紳士(ジェントリ)階級から構成されている。貴族に属する家は家長が爵位を有し、公爵、侯爵、伯爵、子爵、男爵の爵位があり、いずれも君主がその爵位を叙爵する。貴族の身分は基本的には世襲により家長に引き継がれるが、経済的に成功して爵位を実質的に買う者、逆に爵位に見合う財政を維持できず貴族でなくなる者、跡継ぎがないための絶家《ぜっけ》などがあり、大変多くの入れ替わりを経ている。フランスのような革命を経なかった英国では、当時と同じ貴族制度がオースティンの時代と変わらずに現在まで続いている。十九―二十世紀には爵位の乱発をして貴族が増えたが、オースティンの時代の貴族は三百家に満たなかった。また、オースティンの時代はもちろんのこと、二十世紀末まで貴族の家長は全員が国会の貴族院に議席を有していたが、現在では必ずしもすべての貴族が議席を有してはいない。また、世襲によらない、一代貴族や、法曹・聖職の職務上の叙爵もある。

上流階級の制度は国境を越えた国際的な制度であり、欧州の君主制を持つ国同士では共通の制度となっており、国際的な社交関係を形成している。その中で、身分違いの結

婚は異例であるが、同じ身分の者を相手に国際結婚をすることはむしろ通例である。

貴族の家長の呼称は、公爵夫妻を除き、姓と共に「○○卿(ロード・○○)」と呼び、その妻は「レイディ・○○」とやはり姓にレイディをつけて呼ぶことになっている。公爵の息子、侯爵の息子、伯爵の長男にも「卿」の呼称が用いられ、伯爵の次男以下の男子、子爵の息子、男爵の息子には「○○閣下(ジ・オナラブル・○○)」が用いられる。

一方、男爵の次位に相当する准男爵というのは、爵位の一つではあっても、厳密には貴族には含められていない。したがって、本作のマンスフィールド・パークの主であるサー・トマスは上流階級ではあっても、貴族には含まれないジェントリ階級であるということになる。

准男爵およびナイトに叙せられる者は「サー」にファーストネームを続けて呼ばれることになっており、従って本作に登場するとおり「サー・トマス」がバートラム家の家長の正式な呼称ということになる。

女性の場合は、本人がナイトや准男爵に叙される場合(オースティンの時代にはほとんどないが)、あるいはナイトや准男爵の配偶者となっている場合は、デイムの称号で呼ばれるのが正式な敬称であるが、通称としては姓とあわせて「レイディ」の呼称が定着している。そこでサー・トマスの妻は「レイディ・バートラム」と呼ばれることになる(伝統的には「令夫人」や「貴婦人」という訳も見られるが本書では「レイディ」を用いた)。

ここにいうレイディは生物学的な女性全般を指す意味ではないと同時に、精神面や振る舞いにおいて淑女の名に値する女性をたたえて用いる呼称でもなく、特定の社会階級に属することを示している敬称である。これは社会的な地位を明確にさせるものでもあるので、姉妹同士であってもその嫁ぎ先の違いという事情から、姉がノリス夫人(ミセス・ノリス)を名乗り、妹がレイディ・バートラムを名乗るという明確な格差も生じてくるのである。

また、貴族を除く上流階級の子弟については、姓をつけた「バートラム氏(ミスター・バートラム)」あるいは「バートラム嬢(ミス・バートラム)」という呼称は長男と長女だけを指す。ただし、複数形で呼んだ場合は長子以外も含めた他の子どもをも指す。そして、長子以外は「エドマンド・バートラム氏(ミスター・エドマンド・バートラム)」とファーストネームをつけて区別する(ただし、区別するべき長男がいない時はこの限りではない)。そういうわけで、ノリス夫人がかつて「ウォード嬢(ミス・ウォード)」と呼ばれていたということは、ノリス夫人が実家では長女なのだということを伝えているのである。

呼称は名前の重要な一部であり、そのことは貴族の爵位以外の呼称についても同様である。この制度を持つ国々では、呼称を正しく用いることは社会通念上とても重視されていると共に、法律によって許可された呼称であるという側面も持つ。したがって、遠慮や謙遜、照れ隠しのつもりであろうと、勝手に変更したり省略したりすることは社会的な混乱を招くばかりか、詐称と捉えられることもあるので、昔なじみや親しい間柄であっても正式な呼称を用いることになっている。

貴族を含む上流階級の子弟の将来については、まず男子は経済的な余力がある限りでは長男にもそれ以外にも同等の教育を与えることが多い。ただし、基本的に家の財産を相続するのは長男だけであり、できるだけ財産を分散させないように一人だけに集中しての相続を行う。そこで上流階級の次男以下の男子は、長男に何かがあった際の「保険」としての存在意義をまず持っていることは否定できない。そして長男に何ごともなかった場合、本作のエドマンドのような次男以下の男子は、自分が受けた教育と親の社会的人脈といささかの資金を元手として、自力で生きていかねばならないという現実が待っている。これにより、親元にいたときよりも自分の階級が一段階下がって生きていくことになるのが通例である。親が分けてくれたある程度の資金で事業を展開するのを別にすれば、その際に就く典型的な職業が軍の将校、牧師や大学教師、裁判官や法廷弁護士などである。こうした職業群は「プロフェッション」と呼ばれ、商売や産業とは明確に区別される。「プロフェッション」は特権的な階級に属していない者には間口が閉ざされているという側面がある。

英国国教会と、聖職者という職業

英国国教会(あるいはより正しくは、イングランド教会、ザ・チャーチ・オヴ・イングランド)は、ヘンリー八世(在位一五〇九—四七)が一五三四年に自らを首長としてプロテスタンティズムの宗旨により創設して以来、何度かのカトリックへの揺り戻しや清教徒による革命、他宗派による反発などを経ながらも、イングランドの国教として現在まで定着している宗派である。国家君主を首長に置くという意味で世俗性の濃い性質を持っており、カンタベリーとヨークにいる大主教が管轄するそれぞれの管区には、大変厳格にして細かい教会組織と人事配置を擁しており、その裾野はイングランド中の各地区にまで至っている。最小単位である「教区」という区分は、教会ごとにその周辺地域を管轄区として定めている地区区分で、宗教上の区分としてだけではなく、行政区としても機能している。

一方で、カトリック教徒、バプティスト派信徒、ユニテリアン派信徒、清教徒、長老派信徒、会衆派信徒、クウェイカー教徒など、英国国教会以外の宗派に属する人々（ディセンターと呼ばれる）にとっては、公式に認められる教会を持つことができず（認められるのは礼拝所のみ）、自身の宗派での結婚は国家によって正式な結婚とは認められていなかった。このように、国教徒以外の者は実質的な被差別対象となり、社会的なマイノリティとして存在した。一八二九年のカトリック教徒解放法公布までは、カトリック教徒が選挙権、被選挙権を得て、公務員や司法職に就くことができなかったことに代表されるように、市民権そのものが大きく制約されていた。

英国国教会の牧師という職業は、先述のように上流階級の子弟でありながら家長を継がない者が就くことの多いプロフェッションと呼ばれる職業群の中でも代表的なものになる。聖職に就くには（レイマンと呼ばれる補助人員以外の場合は）、当然ながら宗教家として職業教育を修める必要がある。その牧師養成機関こそが大学であり、当時であれば、オックスフォード大学かケンブリッジ大学のどこかのコレッジに所属し、卒業することになる。エドマンドの場合はオックスフォード大学を出ている。ヘンリー・クローフォドがケンブリッジ大学に所属したように、牧師の卵にかぎらず上流階級の子弟が社会に出る登竜門としての役割を持ち始めてはいるが、この時代の大学はなお宗教教育こそが主たる関心として運営されていた。就業前には見習い期間として助祭の役を一定期間務めた後で、正式に聖職に就く資格が得られることになる。

教区の数とその牧師のポストは限られており、ある教区の聖職禄《せいしょくろく》を得る者は、その教区の宗教上の責務を担うと共に、既定の牧師館への入居など、家族も含めた生活基盤が与えられる。ノリス夫人の亡夫や、その後任であるグラント博士はこのようにして決まった牧師館に移り住んで職務に就くことになる。教会で礼拝や儀式を司り、説教を実施するだけではなく、その土地の住人に階級を問わず広く寄り添い、悩みに気づき、心配ごとに耳を傾けることが求められる。また、教会付きの農地を耕すこと、そして教区民から教区税を徴収することや、それにまつわる交渉なども仕事に含まれている。必ずしも労働の分量を可視化しやすくはない職種にあって、物質的な心配を最小限に抑えつつ職務に取りかかることができる身分保障の配慮を内包したシステムとなっている。その一方で、こうしたポスト争いの中で、主たる納税者である地域の有力者が大変大きな影響力を持ち、その点でも職場や地位が決まる上で、自身の出自や、家族が持つ縁故が重要である。エドマンドの場合のように、見習い期間に入る前にすでに禄の配分と、しかるべき立場への昇進が約束されている場合もある(第一巻第九章・第十一章)。

加えて、聖職は、他のプロフェッションに比して経済的な見返りは少なく、同等の社会階級に属する中では他と待遇が釣り合わないことで知られる。つまり、多くの聖職者は社会階級としてはジェントリ階級に相当する地位にいて、出身背景を同じくする人々との社交の中にいるものの、それに釣り合わない家計状況に置かれるため、あるべき姿と経済的余裕とのはざまで苦労を強いられる。こうした属する社会階級と物質的な待遇の制約との酷い乖離は、聖職に起こりがちであった。

海軍と階級

英国の海軍は他の君主制国家と同じく国家君主を元首に置く軍隊であり、「英国海軍」(ブリティッシュ・ネイヴィー)あるいは「王立海軍」(ザ・ロイヤル・ネイヴィー)と呼ばれる。海兵隊もまた海軍の下位組織となる。階級は上から、元帥、大将、中将、少将、准将、大佐、中佐、少佐、大尉、中尉、少尉、士官候補生、准尉、曹長、軍曹、一等兵、二等兵、三等兵。この内、元帥から准将までを提督と呼ぶ。元帥の上に位置する職位として

「ロード・ハイ・アドミラル」（海軍卿）という名誉職があり、貴族がその役に就くが、かつては現在のように必ずしも君主や王族が就くとは限らなかった。

本作が書かれた当時の状況は、アメリカ独立戦争を経験した後に三十年ほどを経て、革命後に軍事的な勢いを増すフランスとのナポレオン戦争の最中であるため、英国は諸外国と組んでフランスを相手に戦争を続ける有事態勢にあった。一八〇五年にはトラファルガーの海戦を勝ち抜き、続く対仏大同盟でナポレオンと戦い、ナポレオン失脚後のフランスとも一八一五年まで戦い続け、多くの被害を出すと同時に海上覇権を維持した。同時に一八一二年の米英戦争では合衆国を相手に再度米国大陸近海を舞台に海上戦争を展開した。こうした時代にあって、軍隊の意義や動員する人口規模も大きく、英国国内における軍隊の社会的な存在感は比較的大きく意識されていた時代だということが言える。その中で、ポーツマスは、ウリッジ、チャタム、プリマスと並んで海軍を支える重要な軍港という位置づけを持つ街として知られていた。

海軍は、陸軍や英国国教会と同じく、厳格な階層制度を備える大きな組織であり、人事配置には出身階級が大きく関係していた。ただし、その意味は、単に社会階級の低い者ならば前線の戦闘で危険に晒していいということではない。階級社会の伝統として引き継がれる「ノブレス・オブリージュ」(上に立つ者の社会的責務)が最も色濃く表れるのは軍隊なのである。国の危機に際しては社会において高い位にいる者から率先して戦い、民衆を指揮する役割があり、元々騎士に由来する貴族階級の存在理由はそうした戦闘能力にこそある。そこで王族をはじめ上流階級の子弟が多く軍に所属し、そのトップに貴族を配するのは英国の根強い伝統であり、この考え方は世界大戦時や今日の軍にも引き継がれている。

また、聖職者と同じく、所属する社会階層が軍の内部での職位に大きく影響し、本作にも登場するように採用や昇級にも縁故が大きくものをいう。一方で、当時は大英帝国がなお帝国拡大政策を採る中で植民地における海軍の職場が増えていた事情があり、身分の低い者でも軍に入ることで最下級から士官候補生まで昇る立身出世の可能性があるという意味では、陸上の職業では望み得ないほど、将来の可能性に夢を与えてくれる職業選択でもあった。

西インド諸島――英国の植民地経営

本作の第一巻におけるサー・トマスの長期の不在は、仕事でアンティグアに渡航しているからであると説明されている。「アンティグア」とは、中米カリブ海に位置する西インド諸島の内の一つの島である。クリストファー・コロンブスによって西洋世界が発見して以降、一六六七年に英国の支配に渡り、一九八一年に独立するまで英領であり、現在も英連邦に属している。

これは、大航海時代以降、欧州列強が展開してきた植民地政策の一つの結果である。植民地政策は「地球上の未開の地域を文明とキリスト教により開化させる」ことを大義としながらも、実状として、自国の産業発展を有利に進めるため、軍事力を背景に、他の地域の人力、資源を搾取し利用したという事実は否めない。そこには、現地人でない人間を強制的に連行して労働力を確保する場合や、自由を奪い奴隷として扱う場合も含まれてくる。

実際に、当人の意志に反してアフリカ大陸でさらってきた者を、他の土地で奴隷として売買することに英国人が携わった歴史は長い。トマス・クラークスンやウィリアム・ウィルバフォースらの長年の尽力の結果、一八〇七年に法律で英国内での奴隷売買は禁止され奴隷の身分も廃止されたので、本作が発表された一八一四年にはすでに奴隷の扱いをすることが違法となっている。しかし、それは英国本土に限られており、大英帝国内の他の地域、アンティグアなどでは、奴隷の新たな売買は禁じられていても、既存の奴隷をその身分として使い続けることはなお合法であった。また独立後の米国など、大英帝国外での奴隷を使った産業からも、英国は大いに利益を生み出していた。

マンスフィールドに大邸宅を含む広大な地所を持つバートラム家がその経済力を維持した背景には、植民地アンティグアでの農場経営があったことを物語が伝えている。主な生産物は砂糖だと思われるが、その栽培に有利な気候の土地や資源を利用するのに加え、現地の人間や奴隷として連れてきた者を安く使うことで効率よく産出し、母国や他の地域に売ることで富を生み出していたと言える。ただし、バートラム家の資産の内のどれほどを植民地経営に依存していたかについて、少なくとも本作中の記述からは不明であり、植民地経営の上にほぼ全面的に生活を成立させていたのか、あるいは主たる収入とは呼べない付加的な実入りに過ぎなかったのかについても明らかではない。

元々、植民地経営そのものが支配される側からすると理不尽に満ちた営みであるだけに、現地での反発や反乱による事件も多く起こっている。時には宗主国における奴隷廃止運動や、強制過重労働を理由に植民地の産出物の利用をボイコットする不買運動も起きている。しかし、サー・トマスの地所に損失が出ているという記述があるものの、出張先でのビジネスは存外うまく運び、英国への帰国が早まっているとサー・トマス自身が伝えていることからすると、こうした面での深刻なトラブルは抱えていない状態であったことは推察される。

英国人が西インドやアメリカ大陸に向かう場合、本作にも言及がある通り、交易においても最も利用されていたリヴァプール港まで赴き、そこから大西洋へ出るのが一般的なルートであった。もちろんこの時代は鉄道敷設以前なので、馬車で向かうことになるが、例えばロンドンからなら丸三日、マンスフィールド・パークが位置するノーサンプトンシャーからであれば丸二日がリヴァプールまでの移動だけでかかっていた。

また、当時、英国を含む欧州各国による対仏包囲網に苦戦していたナポレオンは、大陸封鎖戦略の一環として、英国などの敵国の船から積荷を略奪する権限を民間の船に対して公式に認可しており、さらに独立後の米国もフランスと同盟関係にあった。植民地へ向かう上での大西洋航海は、そうしたフランスからお墨付きを得ている私掠船に狙われる危険が伴う時代だったのである。

したがって、当時英国から大西洋を経て西インド諸島に渡るということには、難破の危険だけではなく、フランス軍の軍艦やフランス公認の私掠船に狙われる危険、また現地や船上で熱帯特有の疫病に罹患する危険などが伴い、命がけの航海であったと言える。

十九世紀の通貨

現在のスターリングポンドの制度は一ポンドが一〇〇ペンスと単純化されているが、十九世紀当時の英国の通貨制度では、一ポンドが二〇シリングに等しく、一シリングは一二ペンスに等しいという仕組みになっていた(一九七一年まで)。また、一ポンドは四クラウンでもあり、一クラウンは五シリングの価値となる。

同様に現在では消えた通貨単位にギニーがあった。金《きん》で鋳造されていることが特徴で、当初はギニアで取れた金を使っていたことからこの名前がついた。一ギニーは二一シリングと等価で、一ポンド強ほどの価値がある。これは、プロフェッションである法廷弁護士への返礼や教師への月謝などに、また本作では敷地改造家への支払にも使われており、労働の対価となる「報酬」としてではなく、「謝礼」として謝意を込めて支払う意義から、多少の色をつけた価値になっている。また、売買によらない贈与目的の金銭の受け渡しや寄付に用いられることもある。そうした目的のために、特別の通貨単位と硬貨が用意されていたことになる。例えば第一巻第二章で幼いファニーがウィリアムに手紙を書いた際に、手紙に同封するようにとエドマンドがくれるのは半ギニー金貨であるが、これは手紙に入りやすい薄い硬貨であることもさながら、贈与に際して相応しい硬貨だからこそギニーを用いているのである。ちなみに硬貨を同封する際には封蠟の直下に入れて硬貨の封入が郵便夫等に分からないようにする習慣があったようだ。なお、この時のウィリアムやファニーの年齢や暮らしを考えると、お小遣いの範囲を出るような高額を贈っていると言っていい。

当時の金銭の価値を現在と比較することは容易ではない。比較水準となる物品そのものの価値が大きく変化してきていること、金銭はその性質として額面の合計が同じでも散在するときと一箇所に大規模にまとまって存在するときとでは大きく価値を変えるため富裕層に比較して庶民は本当に小銭だけで暮らしていたこと、今日現在も価値が変わり続けていることなどの理由から、現在におけるどれくらいのものに相当すると示すのは難しい。ただし、イングランド銀行が提供するデータによると、本作が出版された一八一四年における一ポンドの価値は今日の八一ポンドほどに相当するようである。対円におけるポンドの価値は変動が激しいので誤解を避けるためにここに記さないが、これを参考に算出していただけるかと思う。

さまざまな使用人たち

本作が執筆された当時、ある程度以上の階級に属する人々は、使用人を抱えて生活するのが当然であった。貴族階級やジェントリ階級などに属する家というのは、大きな邸宅や地所といった資産を抱え、自らの利潤を生み出す産業に携わるため、いわば家そのものが営利目的の企業のような側面を持つことになる。そのため、対外的な経済活動を支えるための人員も抱える一方で、家の中でも一つの大規模な家政の営みがあり、それを運営するために多くの使用人を抱えることになる。階級が下がるほどに経済的な余裕はなくなるが、それでもファニーの実家であるプライス家が使用人を二人雇っている例に見るとおり、使用人がいるのが通常であった。また、生活規模の小さな核家族や独身者や一人暮らしの高齢者の世帯などにおいても、中産階級である以上は、必ず使用人は置いていた。世帯の規模の大小を問わず、所属する社会階級にふさわしいだけの使用人を抱えることは、実用面の他に、体面の観点からも大変重要なことであった。

ジェントリ階級においては、大規模な邸宅や地所や家政の経営を抱えており、バートラム家のように、「家令」(スチュワード)と「土地管理人」(ベイリフ)が置かれている。家令は不動産や物的財産の管理を行い、土地管理人は財務の管理をするといった風に業務を分担している。また、家政については、「執事」(バトラー)とハウスキーパーが取り仕切る。執事は男性が務め男性の使用人の上に立ち、ハウスキーパーは女性であり女性使用人の上に立つ長である。執事とハウスキーパーは上司部下の関係ではなく、互いに対等な立場に置かれるのが通常である。

それ以下の立場に位置づけられる使用人には、「従僕」(ヴァレット)、「レイディーズ・メイド」、「下男」(フットマン)、「メイド」などがある。メイドはその役割によって「ハウス・メイド」、「キッチン・メイド」、「洗濯婦」などがある。外で働く使用人としては「庭師」、「家付きの御者」、「馬丁」などがいる。「一つの業務に対してそれを専業として担当する者をつける」というあり方が基本であり、同じ者に多くの業務を兼務させないことが一つの格式として重要視された(尤も家庭の階級が下がり財政の制約がある場合には、この原則を守ることにはもちろん無理が生じてくる)。使用人は基本的に邸宅に住み込みで、その立場には厳格な位置づけと指示体系があった。ほとんどの場合は口約束による契約で、一年契約が商慣習として国全体に根づいていた。十八世紀・十九世紀に使用人として従事する者は全人口の十五パーセントほどを占めており、全時代を通じて、イングランドの使用人雇用世帯数と使用人としての従事者数は常に欧州の他の国々を凌ぐ数字になっている。

使用人は、邸宅内での生活を支障なく支えることの他に、家の体面や格付けを表現する役割を担っていた。そこで、給金とは別の現物支給として、外から見られて見苦しくないお仕着せの制服を供与した。中でも、下男は並んで立った時の見栄えを考慮して美脚の男性を積極的に採用しては、白いタイツをはかせることになっていた。本作にも言及があるように、そろそろ年配の人々以外は装飾かつらを被ることを止めて久しかった十九世紀初頭の時代にあってなお、御者にはかつらを被らせておく習慣があり、いささか形式張った装いをさせていた結果、使用人の服装には全体にアナクロニズムが見られたようである。メイドの服装は現在でも黒を基調としたものとして知られるが、本作にも言及がある通り、メイドは邸内では黒や茶など濃い色の服を着ることしか許可されておらず、これは、メイド教育の方針、身分の違いの明確化、品行、忠誠や貞淑さの管理を反映するものであった。

以上に加えて、他の使用人とは別格の被雇用者に、住み込みの「家庭教師」(ガヴァネス)があり、本作ではリー先生という人物として言及がある。家庭での教育に重きを置く家は、学問を修めている人物(チューター)を、科目ごとに別々に家に呼んで子弟に教育を与えることを行っており、パブリック・スクールや大学教育による教育のアウトソース化で次第に減っていくが、限られた科目や女子教育など局所的に残っていく。ただし本作でいうガヴァネスはそこまでの専門性はなく、全科目の教育を一人の女性が住み込みで担う。ガヴァネスは、上記の他の使用人や同じく子どもの世話をする乳母とも明確に区別されており、格が上である。勉学教育を施す資格を与えられているため、中産階級の出自とそこで与えられた教育を背景に持っていることが求められている。ただし、中産階級の家庭の出身でありながら女性が労働に従事することそのものは異例であり、教育がありつつも経済的な斜陽が背景にあることも少なくなく、その観点からすると、人に雇われて生計を立てねばならないことそのものが屈辱的な立場であるという側面も当時の考え方の中には大いに認めることができる。

食事——ディナーの決まりごと

十八世紀当時は、一日に二回の食事をとるのが基本である。

現代では「ディナー」と言えば、そのまま夕食の意味になることが多いが、歴史をさかのぼると元々はその日の内の主たる食事(最も栄養価の高いものや最も分量を多くとる食事)という意味合いであり、むしろ時間帯としては昼頃にとるものを指していた(その後、午後のお茶の時間に、アフタヌーン・ティーに見るように単に紅茶だけではなくかなり大量の食事をとるのは、その日の夕方の食事としての意味合いがあったことの名残である)。そしてその後の「ディナー」がどうあるべきかという認識にはどうしても階級との関係を切り離すことができない。階級が上になるほど、起床時間が遅くなるため、ディナーの時間もまた夕方以降になっていく。例えば、ファニーの実家のプライス家では十五時にディナーをとっているという記述があり(第三巻第十一章)、これは准男爵家であるバートラム家よりもずっと早い時間になる。このように階級と密接な関係があるため結果として、見栄のためにそれを真似ようとする中産階級が夕方の食事をディナーと呼ぶようになり、十九世紀はちょうどディナーを何時にとるかを示すことがその家の沽券に関わる大きな問題となる時期であった。こうした変化に伴って、労働者階級のディナーの時間帯も遅くなっていく現象が見られる一方、特に北方では今も昼の食事をディナーと呼ぶ習慣が根強く残っている。あわせて、ディナーが元々は昼にとるものであることから、そのディナーが何時であっても、一日の中の午前中の時間とはディナーまでのことを指し、ディナー以降を午後と呼ぶという逆転も起こり、ディナーはそれを基軸に午前と午後が認識されるという位置づけになっていく。

また、ディナーはその日の最も正式な食事であるので、社交の場面でもディナーが果たす役割は大きい。近所同士で知己の仲になる過程としては、パーティなどで知り合った後に、互いの家に何度かお茶に招き招かれて懇意になり、やがてディナーに招待することになる。ディナーの当日には招待された客が到着すると、使用人が声を出してその到着を告げる。到着した客は居間でくつろぎ、時代を経るにつれ招待客が揃うと男性が女性をエスコートして食堂へと向かうのが主流になっていく。席次については、本作の時代には上座と下座があり、もてなし役の夫婦(ホスト役とホステス役)や主賓などから順に上座に座っていた。やがてもてなし役の夫婦がすべての客を挟むかたちで細長い席の両端に座るスタイルが定着していくのはこの後の時代になる。招待客の席次はもてなし役が定めて指定しておくことになるが、その際、不仲な客同士を近づけないことはもちろん、ある程度は知己の者同士が話せるようにしつつも、ある程度は知らない者同士が知り合える席次にし、ディナーが全体に盛り上がるように配するのが腕の見せ所となる。また、狩猟の伝統から由来することとして、その日のメインコースとなる肉を切り分けて客の皿に盛るのは、もてなし役である主人の重要な仕事となっている。なんらかの理由で主人が不在の場合は、次代の当主や、第一巻第四章・第六章でエドマンドがその役を担っているように、主人の代理が行う。

いわゆる西洋料理の給仕の方式として知られるコース形式がロシアから欧州に普及するのはずっと後のことで、この当時は様々な種類の料理が数皿ずつに盛って同時に出され、めいめいが近い皿から自分の皿に取って、それを食べるという形式であった。

ディナーでは、主に食事が済んだ後に、スピーチと乾杯を繰り返すこともあれば、詩の朗読や、音楽の演奏を披露するなどの余興が行われることもある。食事が済むと、男女が別れ、それぞれの部屋に行って休憩する時間がもうけられる（あるいは女性のみが別室に移動する）。男性はその部屋では女性がいないので喫煙をすることができ、ポートワインを飲んでくつろぎ、女性が喫煙することは想定されていない。しばしそこで休んだ後に、男性が女性のいる部屋へ移動するかたちで再度男女が合流すると、ある者は続けてお酒を飲んだり、話をしたり、またある者はカードのゲームに興じる。

現代では朝食や昼食の時間を用いた社交や仕事のミーティングもあり、住宅事情などからすべてにおいて同じことができるとは限らないが、こうした社交儀礼の様式の根本的なところは現代英国でもあまり変わってはいない。

馬との密な関係

もしも犬に生まれるならば英国に生まれるべしと言われるくらいに犬が大事にされる国柄であるが、これと比肩して英国において人と近しい関係にあり、愛されている動物が馬である。英国は、農耕手段、移動手段、戦闘手段として、馬と共にある生活を送ってきた長い伝統を持っている。

とはいえ、馬を買い、維持することは、それなりに経済的に高くつく。農民も含め労働者階級が生産・流通手段として所有することもあるので、馬を所有できる階級が限られるわけではないが、誰にでも所有できるものではなかった。本作の記述によると、エドマンドは三頭を所有しているとのことである。そうであればサー・トマスや長男のトムもそれぞれ三頭は持っていることがほぼ確実に想定される。加えて妹二人もそれぞれ一頭ずつ所有しているそうで、さらにファニーが使っていたポニーも数えると、この邸宅に乗馬用だけでゆうに十頭以上はいた。これとは別に馬車用の馬もいた。邸宅には厩舎があって、馬丁が登場しているが、実際、馬丁を雇う必要のある規模である。

ファニーのポニーが死んでしまうと、サー・トマスの許可もなく新たに馬を調達するようなことは控えるべきだという意見があったので、エドマンドが自身の三頭の内の一頭を手放して、交換で女性でも乗れる馬をファニーの乗馬のために手に入れる。その際ノリス夫人が反対意見を述べるが、それはノリス夫人が意地悪をしようとすることと併せて、乗馬というものがなにか特権的な行為であったことを伝えている。馬に乗るのに相応しいのは、それなりの身分の人に限られるという社会通念である。せっかくのその馬をメアリーに乗っ取られてしまって、自由に自分が乗る機会を奪われてしまうファニーの悲壮な感じは、そうした乗馬の特権性が背景にあってのことなのである。

馬は移動手段であると同時に、男性にとっても女性にとっても乗馬はある種のスポーツであり、またファニーの場合のように、軽い運動としても位置づけられている。それなりの階級の家に生まれたならば、男子は例外なく馬に乗ることになる。上手下手はあったとしても馬に乗れないのでは狩りに出ることもできない。一方、女子については、乗る女性と乗らない女性がいて、それは現代に自動車を運転する女性としない女性がいるようなことであろうか。特に理由があるわけでもなく、レイディ・バートラムは乗馬をしないし、オースティンの別の小説『高慢と偏見』のエリザベスもいつも歩いているし、『エマ』の主人公エマも馬には乗る習慣がない。

また、女性が馬に乗る場合、必ず横乗りといって、馬にまたがらず両足とも馬の左半身に乗せる格好になる。その理由は、長いスカートで足を拡げ難いという物理的な理由もさながら、その姿がはしたないと考えられていたからである。その後の自転車の普及にあっても、率先して楽しむ女性がいた一方で、女性が自転車に乗ることについて一部で強い非難が聞かれたのも同様の理由からである。また、女性は横乗りをしていたがために、落馬した場合により深刻な傷害に及ぶことが多かったという。

一方、馬は旅客台や荷台をつないで馬車としても用いられる。江戸時代に松平定信が馬車の普及を認めなかったことはよく知られるが、その前も後も基本的に馬車を使用しなかった文明開化以前の日本とは対照的に、西洋では馬車を陸上の主たる移動・移送手段として利用する長い歴史が積み重ねられていた。

人が乗るための馬車には、自家用のものと営業用のものがある。自家用のものについては本作に登場するとおりであるが、これを稼働させられるようにするためには、乗馬用のものとは基本的に別の馬を所有し、いつでも操縦をさせられるように御者も家で召し抱えねばならないので、やはりどこの家でも持てる代物とは言い難い。バートラム家で持っている「シェイズ馬車」というのもこれになる。そして自家用の馬車にも、実用性を重んじた大人数を安定的に運べるものと、実用性を犠牲に駆動性やスタイルを重視したものとがある。マライアとジューリアの姉妹が我が家の馬車ではなくクローフォドの馬車に乗りたがってエドマンドに叱責されるくだりがある(第一巻第八章)。これは自分の家のダサいワゴン車に寿司詰めで乗せられるよりも、独身であるクローフォドが自ら操縦するクールなスポーツカーで自分だけ隣に座りたい心理ということになる。

自家用とは対照的なものとして、営業用の馬車があり、大きく分けて長距離を移動する馬車(コーチ)と辻馬車(キャブ)があった。長距離馬車は定められた駅から駅へと移動するもので、複数の客が乗り合って都市から都市へと長距離を移動した。一方、辻馬車は流しで巡回しているものを止めるか、あるいは徒歩や郵便で呼び寄せて、一組の客が貸し切りで独占的に利用した。当然ながら都市部で発達し、十九世紀に至るとロンドンに一人乗りや二人乗り、小型で小回りの利くものなど、あらゆる種類のものが登場してくる。二十世紀に入るとコーチは都市間移動の長距離バスに、キャブはタクシーにその名をそのまま継承していき、一八二九年にロンドンに登場した乗合馬車(オムニバス)は個人が占有せず見知らぬ者同士で乗り合う方式で、これは路線バスへと受け継がれていく。

客が貸し切る形態の営業用の馬車の内でも最も速度の速いものがポスト・シェイズと呼ばれるもので、これは馬車駅へと立ち寄っては何度も馬をつなぎ替えて速度を高く保つ。それゆえ、鉄道が発明される前の世界ではこの馬車が地上で最速の乗り物であった。

クローフォドがウィリアムを乗せてロンドンへ向かう際の馬車がこれであり、そうそう乗ることのできない憧れの馬車であった。

また、旅客目的以外の業務用馬車としても、運送業、農耕や建設用、野菜売りの荷馬車など様々な馬車があったが、中でも郵便を集配するための郵便馬車はやはりポスト・シェイズと並んで当時の地上最速であり国中を移動するものであった。郵便夫以外にも、空席を利用して高額を支払える客を乗せることで、急ぎの移動を求める客に対応していた。

当時の馬の利用法としてもう一つ軽視できないのは、運河である。鉄道が開通する前は、国内の運輸の最大の要は、海運と並んで運河を含む河川舟運であった。馬車や人力の荷車では輸送量に制約があったからである。現在では埋め立てられたものや暗渠として地下に潜ったものも多く、地図上から確認できるものがとても少なくなっているが、当時の英国の国土は至るところに運河が掘られている。英国の運河は幅が狭く掘られていて、そこを通る船も大変細長いものばかりで、これは欧州の他の国には見られない英国だけの特徴である。そしてその岸を歩く馬が動力となり、細長い船を引いて、大量の荷物を移動させており、ここでも当時は馬が大いに貢献していた。

娯楽目的での馬の利用としては、先の乗馬があるが、それと並んで競馬が人々の大いなる娯楽となっていた。本作でもニューマーケットなど、具体的な競馬場が登場している。英国における競馬の歴史は史実として辿れないほど古いが、現在に続くものの多くは十七世紀以降に整備されている。そもそも広大な土地を要する上に、馬を何頭も調達して維持することが必要なことからも、ごく限られた階級の娯楽に発していることは言うまでもなく、競馬はそうした上層階級にとっての社交場であり続けた。ただしその一

郵便馬車(上)とバルーシュ馬車(下)の例(Arthur Mee, ed., *I SEE ALL: the world's first picture encyclopedia, vol. four & one*, Amalgamated Press, London)

方で、競馬は十九世紀には大衆化し、労働者階級の男女が大勢で競馬場に詰めかけて、レースを楽しむ習慣が広く定着していたことが分かっている。また娯楽目的として付け加えるべきもう一つはサーカスや遊園地での馬を使った見世物で、ここでも馬が大衆を大いに楽しませた。

地方とロンドン

上流階級の存在は、その不動にして莫大な財産基盤にこそ支えられているため、その拠点を自分の地所や領地が置かれている地方の田舎に持っている。貴族もジェントリ階級も、ジェントルマンはみな基本的に肉体派であり、その騎士としてのルーツにも関連して、自らの広大な土地において馬に乗って疾駆し、たくましく狩りに興じ、その生活が自然や土地と共にある。したがって、そのステレオタイプも知性が先んじて貧弱な肉体を持つとされる中産階級とは対照的である。

いわば田舎の生活は英国のジェントリ層の一つの伝統であり、一つの格式になっている。田舎の生活が持つ格は、ロンドンなどの都会に比べると、ずっと高いものになるのである。

一方、教育課程において、寄宿学校に所属する際や、大学で学ぶためにオックスフォードやケンブリッジに住む際には、自らの土地を離れることになる。また、上流階級にとって、社交こそは自分の存在を維持する命綱であるため、社交シーズンになると、ロンドンをはじめ、バース、ブライトンなど社交のためのリゾート地へ移ってその季節を過ごすことになる。またロンドンは、社交以外にも、議会をはじめとする首都機能を持ち、経済的な拠点としてビジネスの必要からも出向くことになる。そうした都合から、貴族やジェントリの多くがロンドンにも別邸を構えることになる。ただし、ロンドンには多くの魅力がある一方で、様々な誘惑(性的誘惑、賭博、酒など)に溢れているため、人を堕落させる毒された場所という認識も根強かったのである。

庭と造園、ピクチャレスク

本作中に登場する「改造」というのは、地所全体の改造、改修のことで、言ってみれば屋敷そのものの改修を含んだ造園趣味である。造園自体はどの時代にも見られるものであるが、オースティンの生きた時代には他の時代に見られないほどの大流行を見たことが特徴で、それには風景を鑑賞する趣味が非常に盛んになったことが一つの背景としてある。

十七世紀から十九世紀にかけて、多くの英国人がそれまでに見たことがない風景を新たに目にすることになった。「グランド・ツアー」(上流階級の子弟が教育を終えつつある頃にその仕上げとして欧州世界を見聞してまわる、いわゆる卒業旅行)が普及して多くの人が欧州の風景を目にしたこと、土木技術の向上による国内外での交通の利便が上がったこと、また、クロード・ロランやニコラ・プサンといった大陸の画家の一昔前に描いた作品が大量に英国に流入し多くの人の目に触れて、これがある種の風景の理想型を提供したことが背景にある。

ウィリアム・ギルピンが「ピクチャレスク」(まるで絵画のような)という語を定着させるや、このピクチャレスクな風景を探して、国外に行ける者は国外へ、その余裕のない大多数は国内を旅行することが大ブームとなり、多くの風景鑑賞マニアを生むことになる。言うまでもなく本来は自然にある風景を写して描いたものが絵画なのであることを考えると、この「絵画のような風景」を求めるピクチャレスクというのは本来的に本末転倒な概念なのであるが、そこで「絵画のような」と言われる絵画とは抽象的な意味での絵画一般ではなくて、上記のロランやプサンの具体的な絵画作品を指している。したがって、英国一般の風景に比べると荒々しく起伏があり非対称で、遠景に古城や教会などの廃墟が配してある風景を探すのである。

地理的に当然ながら高い山も激しい渓流もほとんど存在しない土地柄であるブリテン島にて大陸をモデルにしたピクチャレスクを見つけるのは至難の業であるが、だからこそ希有なピクチャレスク・スポットを紹介したガイドブックが売れ、その中では風景を正しく見るために立つ位置や見る角度まで細かく指定している。

あるがままの自然を鑑賞することからほど遠い、こうした恣意的な風景鑑賞の趣味はさらに高じて、やがて土木技術によって人工的に風景を造り出すに至る。もちろん、風景を生み出すほどのそれなりに大規模な地所や邸宅を持つ者に限られた道楽ということになるが、敷地の地形を変え、敷地内に庭や森林のみならず小川や池まで造り出し、あるいは改造し、敷地内の邸宅や礼拝堂、橋や東屋に至るまで改築・改修・新築し、理想に近い風景を実現して、趣味を披瀝しあい、鑑賞しあうのである。

かなり手の込んだ例として、動物の出入りによる被害を防ぎ、外部からの侵入者に対する防犯の意味からも柵や垣根をもうけたいが、それで風景を台なしにしないように、堀垣《ほりがき》(ハーハー)を敷地の周囲に掘ることが一般化し、これは本作にも登場している。また詩人アレグザンダー・ポウプ(一六八八—一七四四)は、敢えて外部との仕切りを限定的にすることで外部にある自然を自宅の風景に取り入れる「借景」を実践している。

こうしたピクチャレスクという概念は大変大きなブームになり、文化的な副産物として、イングランド人によるケルト文化の再発見・再評価、中世趣味の勃興(絵画でも実際の風景でも、ピクチャレスクには、中世建築の廃墟が組み合わせられているのがお決まりである)、そして、ホラス・ウォールポウル(一七一七—九七)が個人の発想で生み出したゴシック小説(恐怖小説)があり、その間接的なものも含む後の世界への影響は計り知れないほど大きい。

本作でヘンリー・クローフォドがラッシュワス邸の改造に積極的に意見をし、エドマンドが就任する見込みの教会と境内の造りにまで口を出すのはこうした流行が背景となっている。

オースティンは他の小説『ノーサンガー・アビー』や『分別と多感』においても、このピクチャレスク流行を作中の題材、そして揶揄の対象として、大きく取り上げている。このことからオースティン自身は、風景ブームをむしろ冷ややかな目で眺めていたことが分かる。

マンスフィールド・パーク（上）〔全2冊〕
ジェイン・オースティン作

2021年11月12日　第1刷発行

訳　者　新井潤美《あらいめぐみ》　宮丸裕二《みやまるゆうじ》

発行者　坂本政謙

発行所　株式会社 岩波書店
〒101-8002 東京都千代田区一ツ橋 2-5-5
案内 03-5210-4000　営業部 03-5210-4111
文庫編集部 03-5210-4051
https://www.iwanami.co.jp/

印刷・三秀舎　カバー・精興社　製本・中永製本

ISBN 978-4-00-322227-0　　Printed in Japan

読書子に寄す

――岩波文庫発刊に際して――

岩波茂雄

真理は万人によって求められることを自ら欲し、芸術は万人によって愛されることを自ら望む。かつては民を愚昧ならしめるために学芸が最も狭き堂宇に閉鎖されたことがあった。今や知識と美とを特権階級の独占より奪い返すことはつねに進取的なる民衆の切実なる要求である。岩波文庫はこの要求に応じそれに励まされて生まれた。それは生命ある不朽の書を少数者の書斎と研究室とより解放して街頭にくまなく立たしめ民衆に伍せしめるであろう。近時大量生産予約出版の流行を見る。その広告宣伝の狂態はしばらくおくも、後代にのこすと誇称する全集がその編集に万全の用意をなしたるか。千古の典籍の翻訳企図に敬虔の態度を欠かざりしか。さらに分売を許さず読者を繋縛して数十冊を強うるがごとき、はたしてその揚言する学芸解放のゆえんなりや。吾人は天下の名士の声に和してこれを推挙するに躊躇するものである。このときにあたって、岩波書店は自己の責務のいよいよ重大なるを思い、従来の方針の徹底を期するため、すでに十数年以前より志して来た計画を慎重審議この際断然実行することにした。吾人は範をかのレクラム文庫にとり、古今東西にわたって文芸・哲学・社会科学・自然科学等種類のいかんを問わず、いやしくも万人の必読すべき真に古典的価値ある書をきわめて簡易なる形式において逐次刊行し、あらゆる人間に須要なる生活向上の資料、生活批判の原理を提供せんと欲する。この文庫は予約出版の方法を排したるがゆえに、読者は自己の欲する時に自己の欲する書物を各個に自由に選択することができる。携帯に便にして価格の低きを最主とするがゆえに、外観を顧みざるも内容に至っては厳選最も力を尽くし、従来の岩波出版物の特色をますます発揮せしめようとする。この計画たるや世間の一時の投機的なるものと異なり、永遠の事業として吾人は微力を傾倒し、あらゆる犠牲を忍んで今後永久に継続発展せしめ、もって文庫の使命を遺憾なく果たさしめることを期する。芸術を愛し知識を求むる士の自ら進んでこの挙に参加し、希望と忠言とを寄せられることは吾人の熱望するところである。その性質上経済的には最も困難多きこの事業にあえて当たらんとする吾人の志を諒として、その達成のため世の読書子とのうるわしき共同を期待する。

昭和二年七月

岩波文庫の最新刊

ジェイン・オースティン作／新井潤美・宮丸裕二訳

マンスフィールド・パーク(上)

オースティン作品中〈もっとも内気なヒロイン〉と言われるファニーを主人公に、マンスフィールドの人間模様を描く。時代背景の丁寧な解説も収録。(全二冊)　〔赤二二二-七〕　定価一三二〇円

ポール・ヴァレリー著／塚本昌則訳

ドガ ダンス デッサン

親しく接した画家ドガの肉声と、著者独自の考察がきらめくたぐい稀な美術論。幻の初版でのみ知られる、ドガのダンスのデッサン全五十一点を掲載。〔カラー版〕　〔赤五六〇-六〕　定価一四八五円

徳田秋声作

あらくれ・新世帯

一途に生きていく一人の女性の半生を描いた「あらくれ」。男と女の微妙な葛藤を見詰めた「新世帯(あらじょたい)」。文豪の代表作二篇を収録する。(解説＝佐伯一麦)　〔緑二二-七〕　定価九三五円

バーリン著／松本礼二編

反啓蒙思想 他二篇

徹底した反革命論者ド・メストル、『暴力論』で知られるソレルなど、啓蒙の合理主義や科学信仰に対する批判者を検討したバーリンの思想史作品を収録する。　〔青六八四-二〕　定価九九〇円

……今月の重版再開……

徳田秋声作

縮図

〔緑二二-二〕　定価七七〇円

幸田文作

みそっかす

〔緑一〇四-一〕　定価六六〇円